Bildband ins Glück

Frankfurt Love Story

Part 1

Sämtliche Handlungen und Personen sind frei erfunden. Jegliche Ähnlichkeiten mit lebenden oder verstorbenen Personen sind rein zufällig und nicht beabsichtigt. Orte, Markennamen und Lieder werden in einem fiktiven Zusammenhang verwendet. Örtliche Begebenheiten wurden teilweise dem Storyverlauf angepasst. Alle Markennamen und Warenzeichen, die in dieser Geschichte verwendet werden, sind Eigentum der jeweiligen Inhaber.

Bibliografische Information der Deutschen Nationalbibliothek:
Die Deutsche Nationalbibliothek verzeichnet diese Publikation in der Deutschen Nationalbibliografie; detaillierte bibliografische Daten sind im Internet über http://dnb.dnb.de abrufbar.

Loki Miller

Bildband ins Glück

Frankfurt Love Story – Part I

Deutsche Erstausgabe Juni 2016, 1. Auflage
ISBN: 978-3-7341-2242-63
Copyright © 2016 by Loki Miller

Umschlaggestaltung, Satz & Layout: Sarah Buhr | covermanufaktur.com
Umschlagillustrationen: pics4sale, locote, estherpoon | allesamt shutterstock.com
Innenillustrationen: sabri deniz kizil, Christos Georghiou, browndog-studios | allesamt shutterstock.com

Herstellung und Verlag: BoD – Books on Demand, Norderstedt
www.lokimiller.de

Für meine Familie und Freunde,

die gemeinsam mit mir Träumen

Prolog

Mama? Ich bin zu Hause.« Schwungvoll feuerte ich den Schlüssel in die dafür vorgesehene Schale auf der Kommode neben der Haustür und stellte den mitgebrachten Kuchen daneben ab. Ich hatte extra früher Feierabend gemacht, da Mama mir bei meinem letzten Besuch unermüdlich vorwarf, dass ich ja nie Zeit für sie hätte.

Das Problem kannte wohl jedes Kind, aber meine Mutter war ein ganz besonders hartnäckiger Fall. Selbst wenn ich den ganzen Tag mit ihr verbringen würde, könnte ich mir mit Sicherheit trotzdem noch anhören, was für eine unglaublich selbstsüchtige Tochter ich wäre, weil ich mir so etwas wie ein eigenes Leben aufgebaut hatte.

Ich konnte mich noch sehr gut an das Drama erinnern, als ich vor drei Jahren auszog. Fort von zu Hause und hinaus in den Großstadtdschungel. Fast zwei Monate hatte meine Mutter deswegen geschmollt und nicht mehr mit mir geredet. Ich sollte vielleicht erwähnen, dass die Fahrtzeit von meiner Wohnung bis zu ihr gerade einmal fünfunddreißig Minuten betrug und ich sie mindestens dreimal in der Woche besuchen fuhr. Das reichte für sie jedoch nicht aus.

Durch die Trennung von meinem Vater fühlte sie sich natürlich einsam. Vollkommen verständlich. Aber ich konnte nicht verstehen, wieso sie mir nicht auch ein wenig Freiraum zugestand. Es kam mir so vor, als ob ich die Verpflichtung hätte, mit ihr zu leiden. Im Gegensatz zu ihr würde ich aber nicht den Rest meines Lebens im Bett liegen und einer Liebe hinterhertrauern, die keine Zukunft hatte.

»Mama?«, rief ich wieder die Treppe hinauf. Sie redete ja nie sehr viel mit mir, aber dass so gar keine Antwort kam, war schon sehr ungewöhnlich. Es gab eigentlich nur einen Ort im Haus, an dem sie sein konnte. Das Wohnzimmer, die Küche oder gar den Garten hatte sie seit einer Ewigkeit nicht mehr betreten. Mit an Sicherheit grenzender Wahrscheinlichkeit lag sie im Bett und weinte, tobte vor Wut oder trauerte im Wechsel. Ich hatte lange genug Zeit, mich an die Tatsache zu gewöhnen, dass sie eine gebrochene Frau war.

Des Öfteren versuchte ich mich an die Zeit zurückzuerinnern, als wir noch eine glückliche Familie waren. Meine Eltern verliebt und strahlend schön, mit mir auf dem Arm – fast wie aus einem Bilderbuch. Es kam mir so surreal vor, da die Frau, die ich seit Jahren nur mit fettigem Haar und verquollenem Gesicht kannte, so gar nichts mehr mit der Frau auf den Familienfotos gemeinsam hatte. Sie war das perfekte Beispiel dafür, wie die unerwiderte Liebe einen Menschen zerstören kann.

Ich zog meine Jacke aus, hängte sie ordentlich an die Garderobe und ging die Treppe hinauf. Die Stille war geradezu unheimlich und das Gefühl wurde von den knarzenden Stufen noch verstärkt. Als ich fast das Treppenende erreicht hatte, rief ich noch einmal lauter: »Mama? Alles okay? Ich habe heute ganz viel Zeit und deinen Lieblingskuchen mitgebracht.« Keine Antwort.

Vielleicht schläft sie einfach nur, versuchte ich mein ungutes Gefühl zu beruhigen. An ihrem Schlafzimmer angekommen, klopfte ich und öffnete dann die Tür. Das Erste, was mir auffiel, waren die leeren Tablettenpackungen, die auf dem Nachttisch und dem Boden verteilt waren. Mein Magen verkrampfte sich, während mein Blick hinüber zum Bett wanderte. Dort lag meine Mutter. Regungslos und in einer unnatürlichen Haltung erstarrt.

Nein, nein, nein ...

Mit zwei schnellen Schritten war ich bei ihr und fühlte ihren Puls. Besser gesagt, ich fühlte nichts. Hatte ich die richtige Stelle erwischt? Hektisch fuhren meine Finger über die Haut an ihrem Handgelenk und wanderten dann zu ihrem Hals. Nichts.

Oh Gott, sie fühlte sich auch schon so kalt an. Oder waren das nur meine Finger? Ich versuchte mir meinen Erste-Hilfe-Kurs wieder ins Gedächtnis zu rufen. Was tat man in so einem Fall? Irgendwie musste ich ihr doch helfen können. Mit zittrigen Fingern angelte ich mein Handy aus der Hosentasche und wählte den Notruf.

Bitte, Bitte, lass es nicht zu spät sein ...

Kapitel 1

Nervös schritt ich in meiner kleinen Wohnung auf und ab. Meine Hände waren ganz kalt vor Aufregung und mittlerweile schon beängstigend bläulich angelaufen. Trotzdem konnte mich nichts auf der Welt davon abbringen, mein Handy aus der Hand zu legen, um mich an der Heizung aufzuwärmen.

Die Nervosität war seit gestern Abend mein ständiger Begleiter. Da hatte ich nach drei Monaten bangen Wartens endlich eine Antwort auf meine Bewerbung erhalten. Leider aber nur per E-Mail, in der man mir kurz und knapp mitteilte, dass sich die Personalabteilung am nächsten Vormittag telefonisch bei mir melden würde. Als Umschülerin mit Fernstudium und ohne praktische Erfahrung grenzte es schon an ein Wunder, dass ich überhaupt eine Antwort erhalten hatte. Von dem Verlauf dieses Telefonats hing meine Zukunft ab! Kein Gedanke, der mich sonderlich beruhigte.

Dass ich einmal an so einem Punkt ankommen würde, hätte ich nie gedacht. Ich hatte alles, was man sich wünschen konnte. Bis zu dem Tag, an dem mein Leben anfing den Bach runterzugehen und ich meinen gut bezahlten Job als Mediengestalterin bei einem Modemagazin verlor. Bereits meine Ausbildung hatte ich dort gemacht, mir danach vier Jahre lang den Hintern aufgerissen und wurde sogar zur Teamleiterin befördert. Wir waren zwar nur eine kleine Abteilung, aber ein eingeschworenes Team, auf das man sich immer verlassen konnte. Dachte ich zumindest.

Aber erst, wenn man einmal wirklich in einem Tief steckt, weiß man, wer tatsächlich für einen da ist und den Rücken stärkt. Meine Chefin war es auf jeden Fall nicht.

Sie warf mir vor, meine Arbeit zu vernachlässigen und die ganze Atmosphäre im Team mit meinen Stimmungsschwankungen zu gefährden. Meine Mutter war kurz vorher verstorben und ich fand, dass mir ein paar Monate mieser Laune unter diesen Umständen schon zustanden, was ich ihr auch deutlich zu verstehen gab. Daraufhin zuckte meine Chefin nur mit den Schultern und bot mir an, eine Auszeit zu nehmen.

Zwei Tage später hatte ich meine Kündigung im Briefkasten.

Immerhin konnte ich noch eine ordentliche Abfindung aushandeln, sodass ich mir eine Zeitlang um Geld keine Sorgen machen musste. Dafür stand ich vor einem neuen Problem, denn so ganz ohne Perspektive drohte ich endgültig in meinem Sumpf aus Selbstmitleid und Trauer zu versinken.

Vor dem Tod meiner Mutter war ich in jeder freien Minute mit meiner Kamera in den Straßen Frankfurts unterwegs, um alles zu knipsen, was mir vor die Linse kam. Wenn ich durch den Sucher blickte, war ich in meiner eigenen Welt. Dort existierten nur mein Motiv und ich. Die Kunst, den Auslöser im richtigen Moment zu drücken, verschaffte mir jedes Mal ein Hochgefühl. Es war fast schon eine Sucht. Im Laufe der Zeit hatte sich so eine beeindruckende Sammlung von Fotografien in meiner Wohnung angehäuft.

Doch als der Tod sich in mein Leben schlich, verlor ich den Sinn für Schönheit. Ich verbannte alle Bilder und meine Ausrüstung in die hinterste Ecke des Kellers und vergrub mich in meiner abgedunkelten Wohnung.

Meinen wenigen Freunden war das Verhalten nicht ganz geheuer. Anfangs überschütteten sie mich noch mit Anrufen und den obligatorischen Fragen, wie es mir so ginge, und Aufmunterungsversuchen, dass ja bald alles wieder gut werden würde. Aber je länger ich mich vergrub, umso spärlicher wurden die Anrufe.

Einzig Rico, mein bester Freund aus Kindheitstagen, blieb weiterhin treu an meiner Seite. Er erledigte meine Einkäufe, kochte, putzte und ertrug meine Laune mit stoischer Gelassenheit. Eines Tages übertrieb ich es jedoch offenbar ein kleines bisschen und brachte ihn damit an seine Grenze.

Als ich kurz nicht im Wohnzimmer war, hatte er die Gelegenheit genutzt, um die Vorhänge aufzuziehen und durchzulüften. Sonst achtete er darauf, sie immer rechtzeitig wieder zu schließen, bevor ich zurückkam. Diesmal hatte er es aber versäumt, da er singend und pfeifend in der Küche mit der Zubereitung unseres Abendessens beschäftigt war. Das war entschieden zu viel gute Laune und Helligkeit in meinem Leben, das doch nur noch von Tristesse geprägt sein sollte.

Ich schrie ihn an und tobte durch die Wohnung wie ein tasmanischer Teufel. Rico dagegen stand nur regungslos in der Küche und starrte mich mit verschränkten Armen an. Das machte mich noch wütender. Ich eilte auf ihn zu, außer mir vor Zorn, und wollte ihm eine Backpfeife verpassen.

Was ich nicht bedacht hatte, war, dass er mit 1,89 Meter knapp einundhalb Köpfe größer war als ich und meine Hand so locker abfing, als ob ich eine lästige Fliege wäre.

Dabei sprach pure Mordlust aus seinen Augen, als er mich in meine Schranken wies mit den Worten: »Silja, ich werde jetzt gehen. Wenn ich durch diese Tür gehe und du mich nicht hinaus unter Menschen, in den Sonnenschein und ins LEBEN begleiten möchtest, werde ich dich nie wieder belästigen und du kannst hier meinetwegen an deinem Selbsthass ersticken. Kommst du aber mit, werde ich diese kleine Szene als Ausrutscher abhaken und einfach vergessen.«

Damit drehte er sich um, ging in den Flur und zog sich seine Jacke an. So hatte ich ihn noch nie erlebt. Er hatte vorher nie auch nur die Stimme in meiner Gegenwart erhoben. Sprachlos

blinzelte ich ein paarmal, um mich wieder zu fangen. Bestimmt würde er sich gleich wieder umdrehen und mich tröstend in den Arm nehmen, wie er es immer tat.

Doch er machte Ernst und verschwand durch die Tür.

Die Angst, ihn auch noch zu verlieren, überwog meine Abscheu, die Wohnung zu verlassen. Also richtete ich kurz mit den Fingern meine zerzausten Haare, zog Schuhe und Jacke an und eilte hinter ihm her.

Wir drehten nur eine kurze Runde am Main entlang. Mehrmals musste ich gegen den Drang ankämpfen, zurück in meine Wohnung zu fliehen, aber Rico zuliebe biss ich die Zähne zusammen und hielt tapfer durch.

Zunächst gingen wir schweigend nebeneinander her. Um wieder ein bisschen Boden gutzumachen, hakte ich mich bei ihm unter und lehnte meinen Kopf an seine Schulter. Behutsam legte er seine Hand auf meinen Arm und meinte lächelnd: »Siehst du, ist doch gar nicht so schlimm, an der frischen Luft zu sein.«

Und genau in dem Moment entleerte ein Vogel seinen Darminhalt auf Ricos Schulter …

Ich konnte mich kaum noch halten vor Lachen, als er mit angewidertem Gesichtsausdruck in Richtung Wasser rannte, um das Malheur zu beseitigen, und dabei die schlimmsten Kraftausdrücke ausstieß.

»Natur pur, Rico. Natur pur…« Weil ich nicht aufhören konnte zu lachen, kitzelte er mich so lange durch, bis ich um Gnade flehte.

Die Unbeschwertheit war genau das, was mir monatelang gefehlt hatte. Kurz darauf fing ich auch wieder an zu fotografieren und kämpfte mich so langsam ins Leben zurück.

Rico hatte auch die Idee, dass ich eine Weiterbildung zur Fotodesignerin machen sollte. Zusammen durchforsteten wir das Internet und schrieben mich für ein Fernstudium ein.

18 harte Monate später durfte ich dann stolz mein Zertifikat in den Händen halten.

Jetzt musste nur noch ein Job mit Perspektive her. Entsprechend akribisch stellte ich meine Bewerbungsmappe für ein Praktikum bei **SkyLinePics** zusammen – die angesagteste Fotoagentur im ganzen Rhein-Main-Gebiet. Sie hatten zudem noch den Ruf, ihre Praktikanten voll in die Arbeit zu integrieren und nicht nur Kaffee holen zu lassen. Dementsprechend heiß umkämpft war dieser Praktikumsplatz.

Zwar war ich überzeugt, nicht allzu schlecht zu sein, aber große Chancen hatte ich mir als 27-jährige Arbeitslose ohne Vorkenntnisse nie ausgerechnet.

Zum hundertsten Mal blickte ich auf das Display. Mittlerweile war es 11 Uhr. Ich spürte eine leichte Übelkeit aufsteigen. Mein Magen reagierte schon immer sensibel auf Nervosität. Die meiste Zeit vor meiner Abschlussprüfung hatte ich auf der Toilette verbracht. Sobald ich in der Prüfung saß, war alles wieder gut, aber die Warterei davor setzte mir jedes Mal sehr zu.

Auch jetzt spürte ich, wie mein Magen sich hob, und rannte zum wiederholten Male in Richtung Toilette. Wenn das so weiterginge, hätte ich gegen Abend endlich mein Wunschgewicht erreicht ...

Mit einem kühlen Waschlappen auf der Stirn saß ich zehn Minuten später erschöpft auf der Couch, als ich gedämpft mein Handy klingeln hörte. Natürlich hatte ich es auf der Toilette liegen lassen ...

Mit einem Aufschrei riss ich den Lappen weg, stieß mir den kleinen Zeh am Couchtisch an und hechtete hinüber ins Badezimmer.

»Silja Bredenstein hier«, schrie ich fast schon hysterisch ins Telefon.

»Agentur SLP, guten Tag. Eine Sekunde, ich verbinde«, antwortete eine äußerst beschäftigt klingende Frauenstimme und ließ mir keine Zeit zu fragen, mit wem sie mich überhaupt verbinden würde.

»Frau Bredenstein?«, begrüßte mich nach kurzer Warteschleife eine angenehm raue männliche Stimme, die nach zu viel Whiskey und Partynächten klang.

»Ja, die bin ich. Und mit wem habe ich das Vergnügen? Verzeihen Sie bitte meine Frage, aber man hat mir den Namen meines Gesprächspartners nicht genannt.«

»Mein Name ist Diego. Diego Santale. Ich bin der Geschäftsführer von **SkyLinePics** und am Ende dieses Telefonats vielleicht Ihr Boss.« Ich musste einmal kurz schlucken. Direkt der Geschäftsführer? Oh, Oh…

»Ich vermute, dass Sie sich jetzt fragen, warum Sie direkt mit mir telefonieren, aber ich glaube, Sie kennen den Grund.«

Beklommen nickte ich, wurde mir dann aber bewusst, dass er mich ja nicht sehen konnte. Also antwortete ich: »Ja, ich kann es mir denken. Der Grund dürfte mein Nachname sein.«

»Hmmm«, brummelte er. »Ich kenne Ihren Vater. So wie fast jeder in unserer Branche.«

Zorn wallte in mir auf. Mein Vater …

Wenn ich nur an ihn dachte, wurde mir schon wieder schlecht. Es gelang mir nicht ganz, die Emotionen aus meiner Stimme zu halten, als ich antwortete: »Das mag sein. Es sollte aber kein Kriterium sein, das für oder gegen meine Einstellung spricht. Ich weiß, was ich kann, und verzichte gerne darauf, mit ihm in Verbindung gebracht zu werden.« Eigentlich wollte ich nicht so zickig klingen, aber mein Vater war für mich noch immer ein rotes Tuch.

»War das der Grund für Ihren Rauswurf aus seinem Unternehmen?«

Mir wurde heiß und kalt. Mit dieser Frage hätte ich rechnen müssen. Mein Vater war eine ganz große Nummer im Medienbusiness. Wegen ihm hatte ich mich auch für diesen Berufszweig entschieden und wollte in seine Fußstapfen treten. Damals … als meine Welt noch in Ordnung und mein Vater für mich noch ein Heiliger war.

Nach dem Tod meiner Mutter hatte ich den Kontakt zu ihm abgebrochen. All meine Liebe und Bewunderung für ihn waren einer tiefen Enttäuschung gewichen, als ich die Wahrheit herausfand. Ich konnte ihn nicht mehr anschauen, ohne ihn für ihren Tod verantwortlich zu machen. Nach unserer letzten, unschönen Auseinandersetzung war ich auch nicht weiter verwundert, seine Unterschrift auf meiner Kündigung wiederzufinden. Er war schon immer ein wenig nachtragend.

»Wir haben uns nicht gerade im Guten, aber dafür im gegenseitigen Einvernehmen getrennt. Heute bin ich mehr denn je der Meinung, dass man Familie und Beruf strikt voneinander trennen sollte.«

»Gut. Ich kann Vitamin B nämlich nicht leiden und Familiennamen beeindrucken mich überhaupt nicht. Talent ist das Einzige, was für mich von Bedeutung ist. Und Sie scheinen mir welches zu haben. Wenn Sie für mich arbeiten wollen, muss Ihnen allerdings klar sein, dass das kein Zuckerschlecken wird. Mit 27 Jahren sind Sie älter, als es meine Praktikanten für gewöhnlich sind. Das ist ein Nachteil. Aber Sie haben ein Gespür für das richtige Motiv. Sie werden viel unterwegs sein und wenig Schlaf bekommen. Haben Sie Familie?«

»Nein. Ich bin …« Ich musste mich räuspern, da meine Stimme zu versagen drohte. Wie jedes Mal, wenn ich an meine Mutter dachte. »Nein, keine Familie.«

»Nun gut. Dann erwarte ich Sie morgen früh um 9 Uhr zu einem Probeshooting im Büro. Wir stellen die Räumlichkeiten,

Ausrüstung und zwei Models zur Verfügung. Das Thema und die Requisiten überlasse ich Ihnen.«

»D-Danke sehr ... Das ist ...«, stotterte ich verdutzt vor mich hin.

»Ja, ja, schon gut«, wiegelte er ab. »Seien Sie pünktlich und vor allem: Beeindrucken Sie mich.«

Damit legte er auf.

Erleichtert atmete ich langsam aus und lehnte meinen Kopf an die Wand. Wenn ich mich morgen beweisen könnte, würde ich meinem Traumjob einen Schritt näher sein. Aber dafür musste ich mir erst mal ein geniales Konzept überlegen. Bis morgen früh!

Oh Gott, oh Gott, oh Gott ....

Und mit diesem Gedanken rannte ich wieder einmal in Richtung Bad.

Kapitel 2

Am nächsten Morgen war ich bereits um 8.15 Uhr am Gebäude von SkyLinePics angekommen. Vor lauter Angst zu spät zu kommen war ich viel zu früh losgefahren. SLP hatte die komplette oberste Etage in der »Welle« gemietet – einem schicken Gebäudekomplex im noblen Frankfurter Westend. Diese Tatsache trug nicht unbedingt dazu bei, mir die Nervosität zu nehmen.

Die halbe Nacht hatte ich wach gelegen und an meiner Idee für das Shooting gefeilt. Als ich endlich damit zufrieden war, quälte mich die Frage, was ich überhaupt anziehen sollte? Eher schick? Leger? Lässig? Cool? Oder doch lieber die seriöse Geschäftsfrau in Kostüm und High Heels?

Schließlich entschied ich mich für die hippe Variante mit hellblauen Röhren-Jeans, beigem Shirt, Beanie und Ankle Boots. Zufrieden betrachtete ich mich nun auf dem Weg nach oben in den Scheiben des gläsernen Fahrstuhls. Der Schlafmangel war mir trotzdem anzusehen. Alles Make-up der Welt konnte die Ringe unter meinen Augen nicht kaschieren. Verdammt ... Egal, da musst du jetzt durch!

Als die Fahrstuhltüren aufgingen, straffte ich die Schultern und durchquerte mit forschen Schritten die längliche Empfangshalle, um mich am Tresen anzumelden.

»Silja Bredenstein, guten Morgen. Ich habe einen Termin mit Herrn Santale.« Die Dame hinter dem Tresen nahm die Brille ab und verdrehte ihre großen rehbraunen Augen mit den Worten: »Mist, er hatte schon wieder recht ...«

»Äh ... Ich verstehe nicht ganz ...«

Lächelnd stand sie vom Stuhl auf und kam um den Tresen herum auf mich zu, um mir die Hand zu schütteln. »Bitte entschuldigen Sie meine Manieren, ich verliere nur so ungern eine Wette. Ich bin Alexandra, die Assistentin von Diego. Aber nennen Sie mich ruhig Sandra, das tun alle und die Abkürzung ist mir sowieso viel lieber. Diego ist noch nicht da, er hat mir aber gesagt, dass ich Ihnen schon alles zeigen soll. Möchten Sie etwas trinken, bevor wir starten?«

»Ein Kaffee wäre super«, entgegnete ich dankbar.

»Mit Milch und Zucker?«

»Nur Milch, Danke.«

»Okay, ich bin sofort wieder da. Setzen Sie sich ruhig so lange und machen Sie es sich gemütlich.« Sie hatte diese Art aufrichtig und herzlich zu lächeln, die mich sofort für sie einnahm. Und offenbar nahm sie kein Blatt vor den Mund, was ich umso mehr schätzte. Irgendwie schaffte sie es dadurch tatsächlich, dass ich etwas ruhiger wurde und mich einfach nur auf den heißen Kaffee freute.

Während ich das Getränk genoss, plauderte ich ganz ungezwungen mit Sandra, als ob wir uns schon Ewigkeiten kennen würden.

Mein Handy hatte ich dabei die ganze Zeit in der Hand. Ich hoffte sehr, dass es ihr nicht auffallen würde. Und tatsächlich schien es heutzutage so normal zu sein, dass sie sich nicht eine Sekunde darüber wunderte. Perfekt!

Eine Viertelstunde später war mein Koffeinspiegel wieder hergestellt und wir machten uns auf den Weg ins Studio. Sie stellte mir die Models, die Visagistin und den Foto-Assistenten vor, erklärte mir das Equipment und ließ mir dann kurz Zeit, mich damit vertraut zu machen und die Models einzuweisen.

»Diego wird in einer halben Stunde hier sein. Brauchen Sie noch irgendetwas von mir?«

»Nein, vielen Dank. Sie haben mir schon sehr geholfen.«

»Ich drücke Ihnen die Daumen!« Augenzwinkernd verschwand sie aus der Tür und mit ihr auch meine mühsam aufgebaute Selbstsicherheit.

Zwölf Augenpaare ruhten auf mir und warteten gespannt auf Anweisungen. Ich hatte zwar schon Erfahrung damit, ein Team zu führen, aber das war eine völlig neue Situation. Mein charmantestes Lächeln aufsetzend, rief ich alle zusammen, um meine Ansprache zu halten. Meine größte Sorge war, wie sie auf meinen ungewöhnlichen Vorschlag reagieren würden.

»Was ich von euch möchte, ist nicht das, was ihr gewöhnlich macht«, begann ich und erntete schon dafür von fast jedem entgeisterte Blicke. Dann erläuterte ich meinen Plan. Ich wollte mit ungewöhnlichen Mitteln Großartiges erreichen, das noch dazu nicht gestellt wirkte. Eine Mammutaufgabe, aber durchaus zu bewältigen, wenn jeder mitzog.

»Da sind Sie ja. Bitte entschuldigen Sie die Verspätung. Zur Messezeit ist der Verkehr noch um einiges übler als sonst.« Ein leicht untersetzter, braun gebrannter Mann Mitte 40 eilte durch den Raum auf mich zu und streckte mir die Hand entgegen.

Durch sein volles dunkles Haar und seinen Bart zogen sich leichte graue Strähnen. Um die Augen hatte er Lachfältchen, die ihn auf den ersten Blick sympathisch machten. Allein an seiner Stimme hatte ich ihn bereits wiedererkannt.

Diese Stimme hatte mich gerade zusammenzucken lassen, als ich mit überkreuzten Beinen auf dem Boden saß und konzentriert in den Laptop auf meinem Schoß starrte. Ich entknotete meine Beine, stand vorsichtig auf, ging ihm entgegen und schüttelte seine Hand. »Hallo Herr Santale. Freut mich, Sie persönlich kennenzulernen.«

Erst lächelte er noch weiter freundlich, runzelte dann aber irritiert die Stirn, als er sich im Raum umblickte: »Wieso sind Sie

alleine? Wo sind meine Angestellten?« Sobald sich seine Tonlage änderte, wandelte sich seine Ausstrahlung komplett. Nun war es seine bedingungslose Autorität, die mich immer kleiner werden ließ. Gütiger Gott, den Mann würde ich nicht wütend erleben wollen …

»Ich habe sie weggeschickt.« Ich versuchte so viel selbstsichere Gelassenheit wie möglich in meine Stimme zu legen. In meinem Magen breitete sich wie immer ein ungutes Gefühl aus, als ich sah, wie seine Augenbrauen in die Höhe schossen: »Sie haben was?«

»Ich habe alle Schüsse, die ich brauchte, und habe sie dann nach Hause geschickt, um in Ruhe die Bildstrecke zu bearbeiten.« Sein Kiefer klappte nach unten. Keine Sekunde ließ er mich aus den Augen, während er mich mit einer herrischen Geste aufforderte, ihm den Laptop zu reichen. Meine Hände zitterten merklich, als ich ihm den Rechner in die Hand drückte.

Jetzt gilt es. Alles oder nichts …

Je länger er sich durch die Bilder klickte, umso mehr Überraschung zeigte sich auf seinem Gesicht. Und ich meinte sogar ein kleines bisschen Zufriedenheit darin wahrzunehmen. Nervös trat ich von einem Fuß auf den anderen und musste mich dazu zwingen, nicht auf den Fingernägeln herumzukauen.

Dann blickte er endlich auf, musterte mich noch eine Weile und nickte dann ganz sachte mit dem Kopf. »Auf den Bildern ist keines meiner teuer bezahlten Models zu sehen. Warum?« Im Geiste ging ich noch einmal die Bilder durch. Aus meiner langjährigen Erfahrung bei dem Modemagazin meines Vaters wusste ich, dass diese Branche sehr viel aus Oberflächlichkeit bestand. Oftmals kannten sich Fotograf, Model und Assistenten vorher nicht und hatten auch keine große Lust darauf, sich näher kennenzulernen. Das war aber nicht meine Art zu arbei-

ten. Ich wollte Ausdruck in meine Bilder bringen. Das nämlich schaffte kein Bildbearbeitungsprogramm der Welt.

Nach meiner Ansprache hatte ich allen die Aufgabe gestellt, sich einfach nur zu unterhalten und mir am Ende einen kurzen Einblick in das Gespräch zu geben. Wie erhofft wurde dabei sehr viel gelacht, aber auch diskutiert und gegrübelt. Ich war unglaublich froh, dass sie mir so eine Bandbreite an Emotionen lieferten. Es hätte ja auch genauso gut nach hinten losgehen können.

Möglichst unauffällig ging ich im Raum umher, immer mit vermeintlichem Blick auf mein Handy, um im richtigen Moment abdrücken zu können. Selbstverständlich war mein Handy keine Profikamera, aber nur so wirkten die Bilder nicht gestellt. Und das war genau das, was ich erreichen wollte.

»Weil die Menschen hinter den Bildern erst die Bilder ausmachen«, antwortete ich Diego. »Was wären die Models ohne Visagisten? Ohne Assistenten, die die richtige Ausleuchtung übernehmen. Ohne so nette Menschen wie Sandra, die überhaupt erst die richtige Arbeitsatmosphäre schaffen, damit andere ihr Bestes geben können. All diese Menschen haben einen unwahrscheinlich großen Anteil am Gesamtergebnis – dem Bild. Da ist es nur richtig, dass sich auch einmal jemand um sie kümmert und sie wertzuschätzen weiß. Die ganze Zeit bin ich ihnen mit meinem Handy gefolgt und habe sie fotografiert, ohne dass sie es mitbekommen haben.«

Jetzt drohte sein Kiefer endgültig auszurenken: »Sie haben DIESE Bilder mit Ihrem Handy gemacht??«

»Ich weiß, dass es eine gewagte Idee war, aber ich musste es einfach versuchen. Und wenn man die richtigen Menschen um sich hat, dann ergibt sich der Rest von selbst.« Nach außen hin zuckte ich lässig mit den Schultern, aber in meinem Inneren tanzten meine Eingeweide Samba.

Erleichtert registrierte ich, dass sich sein linker Mundwinkel leicht nach oben hob, als er antwortete: »Also, ich muss schon sagen … Ich bin angemessen beeindruckt.« Dann legte er den Laptop zur Seite, ergriff meine Hand und lächelte endgültig wieder so sympathisch wie zu Beginn: »Herzlich willkommen bei **SkyLinePics**.«

Kapitel 3

Ich hätte platzen können vor Glück!

Eine ganze Stunde hatte ich noch mit Diego zusammengesessen, meinen Praktikumsvertrag ausgehandelt und bereits einen Einarbeitungsplan bekommen. Normalerweise wurden seine Praktikanten erst einmal zwei Wochen in die Grundlagen und Abläufe des Unternehmens eingearbeitet, dann waren sie für weitere zwei Wochen die rechte Hand des Foto-Assistenten, bevor sie danach (wenn sie sich gut anstellten) einmal selbst die Kamera in die Hand nehmen durften, um ein Shooting für ihre Mappe zu erstellen.

Mit mir hatte Diego jedoch (ich zitiere) Großes vor. Somit wurden meine Kenntnisse der Abläufe bei SLP auf einen dreitägigen Crashkurs mit Sandra gekürzt und danach würde ich direkt auf die Menschheit losgelassen werden. Natürlich immer in Begleitung eines erfahrenen Kollegen und auch nur mit meiner eigenen Ausrüstung.

Ich war viel zu aufgekratzt, um nach Hause zu gehen und Schlaf nachzuholen. Daher beschloss ich, noch ein bisschen shoppen zu gehen und mich selbst mit einer Auswahl an neuen Klamotten zu feiern.

Fröhlich winkend verabschiedete ich mich von Sandra und ging in Richtung Aufzug. Während ich auf ihn wartete, fiel mir noch etwas ein: »Ach, Sandra, eine Sache noch: Worum ging es eigentlich bei eurer Wette?«

Sie blickte auf, zog die Brille ab und erwiderte schmunzelnd: »Dass Diego sich sicher war, dass du mindestens eine halbe

Stunde zu früh erscheinen würdest und er dich alleine deshalb einstellen würde.«

Mit einem Ping öffneten sich die Aufzugstüren und ich stieg lachend ein. Ich war mir sehr sicher, dass ich mich hier unwahrscheinlich wohlfühlen würde.

Eine halbe Stunde später stand ich auf der Rolltreppe, die mich Stück für Stück hinaus aus der U-Bahn-Station Hauptwache und hinein in das hektische Gewusel auf der Zeil brachte. Frankfurts bekannte Shoppingmeile war wie immer voller Menschen. Die meisten wollten ihre Mittagspause nutzen, um hektisch noch ein paar Einkäufe zu erledigen. Viele saßen aber auch in den Cafés und genossen die ersten warmen Sonnenstrahlen, die Hoffnung auf einen baldigen Frühling machten.

In aller Seelenruhe und bestens gelaunt klapperte ich ein Geschäft nach dem anderen ab. Ich war mehr als nur erfolgreich und hatte nach kurzer Zeit in jeder Hand vier volle Tüten. Wenigstens in meinem Lieblingsladen wollte ich noch kurz vorbeischauen, bevor ich keine Kraft mehr hatte, meine ganze Beute nach Hause zu schleppen. Das Personal im Jive kannte mich schon seit Jahren. Jenni, die hübsche, blonde Chefverkäuferin, sah mich schon von Weitem und winkte zur Begrüßung.

Höflich, wie ich war, wollte ich natürlich zurückwinken. Die Tüten in meinen Händen hatten jedoch etwas dagegen ... Als ich im Laufen die Hand hob, blieb ich mit ihnen am Türrahmen hängen, verkeilte mich zusätzlich noch mit meinem Absatz in der Fußmatte, verlor das Gleichgewicht und drohte nach vorne zu stürzen. Unaufhaltsam sah ich den Boden auf mich zukommen ... und dann zwei starke Arme, die mich festhielten.

Wow, das war knapp...

Mein Herz schlug mir bis zum Hals und das Adrenalin pumpte in meinen Adern. Die Arme hielten mich weiterhin fest und halfen mir, mich wieder aufzurichten.

»Alles okay?«, sprach eine leicht raue, warme Stimme zu mir, die vermutlich zu den beiden Armen gehörte.

»Ja, ja, alles gut«, erklärte ich und blickte an den Händen langsam hoch. »Ich bin manchmal echt absolut ungeschickt. Aber Gott sei Dank war …« Weiter kam ich nicht, denn mir blieb wieder einmal die Luft weg. Die Arme waren schon beeindruckend muskulös und ließen darauf schließen, dass ihr Besitzer groß und kräftig gebaut war. Ein Blick zur breiten Brust bestätigte das Ganze noch. Doch als ich das zugehörige Gesicht sah, verschlug es mir die Sprache. Mich lächelten zwei leuchtend hellgrüne Augen hinter vollen Wimpern an. Und als wäre das nicht schon Grund genug zur Schnappatmung, wurden diese sensationellen Augen von einem recht schmalen, aber dennoch männlichen und äußerst attraktiven Gesicht mit blonden kurzen Haaren und Dreitagebart eingerahmt. Ich war im Himmel …

»Ganz sicher, dass alles okay ist?« Jetzt runzelte er besorgt die Stirn.

… Hmmm … Sexy …

»Silja, oh mein Gott. Das hätte böse enden können. Alles okay bei dir?«, kam nun auch Jenni dazu, nahm mir die Tüten ab und lotste mich in Richtung der Sitzplätze vor den Umkleidekabinen. Wie in Trance ließ ich mich von ihr führen und warf immer wieder einen verstohlenen Blick über die Schulter zurück zu meinem Retter. In seiner dunkelblauen Jeans und dem schlichten schwarzen T-Shirt stand er noch immer in der Ausgangstür und fixierte mich mit seinen Augen. Ich war jedoch unfähig, einen klaren Gedanken zu finden oder mich auch nur anderweitig zu verhalten, als ihn weiter stumpf anzustarren.

Erst als er mir kurz zuwinkte und dann verschwand, erwachte ich aus meiner Starre.

»Jenni, kennst du den Typ, der mich aufgefangen hat?«

»Nein, Süße, den habe ich heute hier zum ersten Mal gesehen.« Sie beugte sich zu mir herüber und raunte mir verschwörerisch zu: »Ein verdammt heißer Typ, oder? Den würde ich auch nicht von der Bettkante stoßen…« Dann klopfte sie sich auf die Schenkel, stand auf und sagte: »Jetzt trinken wir zwei auf den Schock erst mal einen Sekt. Bleib sitzen, ich hole nur schnell die Gläser. Für den Notfall habe ich immer welche hier.« Damit eilte sie davon und ließ mich mit meinen Gedanken alleine.

Warum nur hatte ich so merkwürdig reagiert? Ich war es gewohnt zu flirten und auch nicht gerade auf den Mund gefallen. Männer wickelte ich normalerweise mit Leichtigkeit um den kleinen Finger. Noch niemals hatte es einer geschafft, dass ich durch seine bloße Anwesenheit sprachlos war und mein Hirn einfach aussetzte. Das beschäftigte mich und machte mich neugierig.

Und genau das war es, was ich nicht wollte. Meine erste und einzige Grundregel im Umgang mit Männern: Ich hatte lediglich One Night Stands, maximal kurzfristige Affären. Beziehungen waren für mich tabu, da ich für keinen Mann Gefühle entwickeln durfte. Niemals! Also sollte ich froh sein, dass diese potenzielle Gefahr genauso schnell aus meinem Leben verschwand, wie sie hineingetreten war. Oder?

»Kannst du mir vielleicht mal helfen?«, schrie ich in Richtung Wohnzimmer, um den von Rico voll aufgedrehten Fernseher zu übertönen. Zur Feier des Tages hatte ich ihn zum Essen einladen wollen, aber da heute Bundesliga lief, weigerte er sich auszugehen. Ich interessierte mich zwar nicht die Bohne für

Fußball, hatte aber auch keine Lust, den Abend alleine zu verbringen. Also schlossen wir einen Kompromiss – ich kochte, er schaute Fußball und spülte dann nach dem Essen ab. In der Küche war ich allerdings nicht halb so ein Genie wie in meinem Beruf und hatte gerade arge Probleme damit, die Dose mit den geschälten Tomaten zu öffnen.

»Ich kann gerade nicht. Die Eintracht hat einen neuen Torwart bekommen. Schau dir den mal an. Was für ein Schönling!« Er schüttete sich aus vor Lachen. Genervt verdrehte ich die Augen und ging bewaffnet mit Dosenöffner und Dose zu ihm hin.

»Das ist mir so was von egal. Wenn du mir nicht hilfst, dieses Ding zu öffnen, werden wir leider verhun…« Mitten im Satz und in der Bewegung erstarrte ich. Wieder einmal. Aus dem Fernseher blickten mich die nur allzu bekannten leuchtenden Augen an.

»Wer … Wer ist das?«

Ich konnte meine Augen nicht von der Mattscheibe abwenden, als Rico antwortete: »Hörst du mir nicht zu? Ich habe doch gerade erzählt, dass die Eintracht einen neuen Torwart hat. Das ist er – Alexander König. Voll der Lackaffe, wenn du mich fragst.«

»Alexander … Der Name passt.« Versonnen grinste ich dümmlich den Fernseher an. Alexander, der Große …

»Hey, Erde an Silja.« Rico schnippte mit den Fingern vor meinem Gesicht herum. »Gibst du mir jetzt die Dose oder nicht?«

»Tüten.«

»Was?«

»Ich habe Tüten getragen. Keine Dosen.«

»Wovon zum Teufel redest du?«

»Na von Alexander … Wovon redest du?«

»Ich kann dir nicht folgen ... Noch mal langsam von vorne, bitte. Was für Tüten?«

»Beim Einkaufen heute Mittag. Ich hatte die Hände voller Tüten, bin gestolpert und wäre gestürzt, wenn er mich nicht aufgefangen hätte.«

»Du hast beim Einkaufen Alexander König getroffen??«

»Äh ... ich denke schon. Er sah auf jeden Fall genau so aus wie der Typ da gerade im Fernsehen.«

»Und das sagst du mir nicht??«

»Ich hatte doch keine Ahnung, wer er war!«

»Mein Gott, so was weiß man doch. Selbst wer sich nicht für Fußball interessiert, kennt Alexander König. Genialer Torwart und gefragtes Model ... In irgendeinem deiner geliebten Klatschblätter musst du ihn doch schon einmal gesehen haben.«

Ich durchforstete angestrengt mein Gedächtnis, konnte mich aber beim besten Willen nicht daran erinnern. Dieses Gesicht wäre mir definitiv aufgefallen. Zumindest kannte ich jetzt seinen Namen. Das war gar nicht gut. Wenn ich etwas herausfinden wollte, war ich wie ein Terrier. Ich konnte nicht loslassen, bis ich alles erfahren hatte. Und über Alexander König wollte ich einfach alles erfahren. Auch wenn das bedeutete, gegen meine eigenen Prinzipien zu verstoßen.

Nach meiner Rückkehr in ein normales Leben fing ich auch langsam wieder an auszugehen. Zunächst nur mit Rico. Doch dann stellte ich fest, dass es mit einem Mann an der Seite schwer war, einen Typen aufzureißen. Also schloss ich Freundschaft (oder sagen wir besser, Bekanntschaft) mit einer Gruppe Frauen, alle Mitte Dreißig, Single und kinderlos.

Das war perfekt, denn alle anderen Frauen in meinem Bekanntenkreis waren verheiratet, hatten Kinder und lebten nur noch dafür. An lange Partynächte war mit ihnen nicht

mehr zu denken. Glückliche Paare konnte ich, dank meiner Eltern, sowieso nicht um mich herum ertragen, ohne zynisch zu werden. Abgesehen davon wollten die meisten von ihnen ohnehin keinen Kontakt mehr zu mir haben, da sie mich für psychisch labil hielten. Und so war es kein Wunder, dass ich mich bewusst einer Horde brünstiger Singlefrauen anschloss, um jedes Wochenende die Stadt unsicher zu machen.

Meine »Gang«, wie Rico sie immer liebevoll nannte, hatte sich dieses Mal dazu entschlossen, zur Neueröffnung eines Clubs im Westend zu gehen. Gut, ich gebe zu, dass die Idee von mir stammte ... Aus sicherer Quelle wusste ich, dass die Chancen nicht schlecht standen, ein paar Spieler der Eintracht dort anzutreffen. Zufälle waren schön und gut, aber ein bisschen nachhelfen war ja wohl noch erlaubt.

Ich war zwar selbstbewusst genug, um zu wissen, dass ich recht hübsch anzusehen war, aber das reichte mir heute nicht. Um einen heißen Kerl wie Alexander König zu beeindrucken, musste ich die schweren Geschütze auffahren. Meine schulterlangen dunklen Haare drehte ich zu Locken auf, betonte meine blauen Augen durch Smokey Eyes, schlüpfte in ein rotes Minikleid, das mir kaum Luft zum Atmen ließ, und rundete das Ganze durch mörderisch hohe High Heels ab. Hoffentlich würde sich der Aufwand auch lohnen, denn sonderlich wohl fühlte ich mich in diesem Outfit nicht. Normalerweise war ich nur in bequemen Schuhen und eher lässiger Kleidung anzutreffen. Was tat man nicht alles, um einem Mann zu gefallen.

Als wir am Club ankamen, war schon eine relativ lange Schlange an der Eingangstür. Louisa, die blonde Verführung aus meiner Mädels-Truppe, hielt nie viel von Regeln und ging einfach hoch erhobenen Hauptes an der Schlange vorbei und direkt auf den Türsteher zu. Ein kokettes Lächeln und einen Augenaufschlag unter langen, pechschwarzen Wimpern spä-

ter standen wir bereits an der Bar und genossen unsere ersten Drinks. Ich fühlte mich immer noch nicht sonderlich wohl und musste ständig den Drang unterdrücken, mein Kleid zurechtzuzupfen.

Ein bis zwei Gläser Caipirinha später waren die Bedenken endlich halbwegs verflogen und selbst meine schmerzenden Füße ignorierte ich nun gekonnt. Von Herrn König war trotz vorgerückter Stunde aber leider noch immer nichts zu sehen. Je später es wurde, umso frustrierter wurde ich. Und ich hatte mittlerweile alle Hände voll zu tun, mir aufdringliche Verehrer vom Hals zu halten. Normalerweise wäre ich schon längst mit einem von ihnen knutschend in einer Ecke verschwunden, aber heute wartete ich auf andere Beute. Genervt verließ ich meinen Beobachtungsposten an der Bar und flüchtete auf die Tanzfläche.

Keine zwei Minuten später schlangen sich zwei Arme um meine Taille und zogen mich fest an eine muskulöse Brust. Erschrocken zuckte ich zusammen, schöpfte kurz Hoffnung, dass es Alex wäre, wurde aber ganz schnell enttäuscht, als mir Rico ins Ohr raunte: »Heiß siehst du aus!«

Missmutig befreite ich mich aus seinem Griff und fauchte ihn an:

»Was zum Teufel machst du hier?«

»Ich dachte, du könntest Hilfe gebrauchen. Ich habe gesehen, wie die Kerle Schlange standen, um dir einen Drink auszugeben, und du dann auf die Tanzfläche geflüchtet bist. Weißt du, du solltest echt nicht so herumlaufen, wenn du keine Lust auf einen deiner üblichen Aufrisse hast. Oder wartest du etwa auf jemand Bestimmten?« Unschuldig grinste er mich an, was mich unglaublich sauer machte.

»Du weißt ganz genau, auf wen ich warte!«

»Ach ja, richtig. Der Gute kann sich glücklich schätzen, wenn er denn kommt ...« Als er sich der Doppeldeutigkeit dieser

Aussage bewusst wurde, lachte er lauthals. Manchmal konnte er ein richtiges Arschloch sein. Ich funkelte ihn wütend an, drehte mich um und wollte nur noch weg von ihm. Er hielt mich jedoch am Arm fest und zwang mich so, ihn wieder anzusehen. »Tut mir leid. Das war mies. Entschuldige bitte.« Seinem Dackelblick konnte ich nie lange böse sein. »Darf ich um diesen Tanz bitten?«

»Nur wenn du die Klappe hältst!« Er nickte und legte sich feierlich die Hand auf das Herz: »Versprochen!«

Nach zwei Liedern hatte sich mein Groll gelegt und ich begann das erste Mal an diesem Abend Spaß zu haben. Rico wirbelte mich so über die Tanzfläche, dass wir alle Blicke auf uns zogen. Zugegeben, er sah echt verdammt gut aus mit seinem dunklen, vollen Haar und dem südländischen Teint. Aber er war eben Rico. Mein Sandkastenfreund. Und die einzige Person, die die ganze Geschichte über meine Eltern, meine Angst vor Gefühlen und dem Selbstmord meiner Mutter kannte. Mein Vertrauter und Fels in der Brandung. Aber eben auch nicht mehr.

Der Abend neigte sich dem Ende zu und noch immer war nirgends eine Spur von dem Objekt meiner Begierde zu sehen. Der Club hatte sich bereits geleert und der DJ fing an, die langsamen Lieder zu spielen – ein sicheres Zeichen dafür, dass der Laden bald schließen würde.

»Soll ich dich nach Hause bringen?« Rico hielt mich eng umschlungen, während wir uns im Takt der Musik wiegten. Ich genoss seine Nähe und seine Bewunderung für mich. Das verschaffte mir ein klein wenig Genugtuung und war Balsam für mein angeschlagenes Ego.

Aber ich musste aufpassen, dass ich ihm keine falsche Hoffnung machte. »Danke dir, aber ich nehme mir ein Taxi. Louisa würde sich bestimmt freuen, wenn du sie nach Hause bringen

würdest. Sie steht auf dich, weißt du?« Verschwörerisch zwinkerte ich ihm zu und löste mich dann aus seiner Umarmung, um Louisa zu suchen. Kurz darauf entdeckte ich sie, wie sie alleine an der Bar stand und in unsere Richtung blickte. Ich ging auf sie zu und zog dabei einen nicht allzu glücklich aussehenden Rico hinter mir her.

»Hey, Louisa. Rico hat gerade angeboten, dass er dich nach Hause bringen würde, wenn du magst. Ich bin total fertig und nehme mir gleich ein Taxi.«

Louisa sprang von ihrem Stuhl auf und gab Rico einen Kuss auf die Backe. »Sorry, Süßer. Normalerweise würde ich das Angebot sofort annehmen, aber ich habe gerade einen dicken Fisch am Haken. Er ziert sich noch etwas, aber ich glaube, ich habe ihn bald so weit.« Damit sprang sie wieder zurück auf den Barhocker und zupfte ihren Ausschnitt zurecht.

Okay ... Das war ungewöhnlich ... Louisa würde sich niemals eine Gelegenheit entgehen lassen, um mit Rico alleine zu sein. Gerade als ich mich fragte, wer sie denn so dermaßen für sich eingenommen hatte, kam Alexander König um die Ecke der Theke gebogen – jeweils ein Glas in jeder Hand – und steuerte auf Louisa zu. »Sorry, sie schenken nur noch Kurze aus. Es war die letzte Runde.« Er stellte das Schnapsglas vor Louisa und nahm dann einen beherzten Schluck aus seinem mit schlichtem Wasser gefüllten Glas. Dabei ignorierte er vollkommen die Tatsache, dass Louisa ihres erhoben hatte, um mit ihm anzustoßen, was mir eine gewisse Genugtuung verschaffte.

Erst als er sein Getränk wieder absetzte, schien er Rico und mich zu bemerken und blickte uns fragend an. »Sorry, aber ich gebe heute Abend keine Autogramme. Kommt doch am Dienstag zum öffentlichen Training, da stehe ich euch zur Verfügung.« Damit stellte er das Glas auf der Theke ab, gab Louisa einen Handkuss und sagte: »War schön, dich kennenzulernen.

Komm gut nach Hause.« Dann verschwand er mit einem Kumpel durch die Seitentür. Zurück ließ er drei völlig irritiert aussehende Personen, die ihm fassungslos hinterherstarrten.

Rico fand zuerst seine Sprache wieder: »Was für ein arroganter Mistkerl!«

Danach Louisa: »Ich fasse es nicht, dass der mich einfach hat abblitzen lassen!«

Und dann ich: »Er hat mich nicht einmal angeschaut!«

Kapitel 4

Die ganze Fahrt nach Hause textete ich den Taxifahrer zu, wie unglaublich ungerecht und gemein diese Welt doch wäre. Er nickte mitfühlend an den richtigen Stellen, zeigte sich sonst aber eher unbeeindruckt und war wahrscheinlich sehr froh, als ich endlich ausstieg. Zu Hause angekommen tauschte ich als Erstes meine engen Klamotten gegen Jogginghose und T-Shirt und warf mich dann mit meinem Laptop auf die Couch. Ich war noch immer viel zu sauer und zu betrunken, als dass ich jetzt einfach hätte ins Bett gehen können.

Stundenlang hatte ich mich herausgeputzt, in Schale geschmissen, kaum atmen können, meine Füße in diese mörderischen Schuhe gezwängt und wofür? Dieser Idiot hatte mich keines Blickes gewürdigt!

Ganz im Gegenteil: Er dachte, ich wäre ein lästiger Fan, und wollte mich verscheuchen. Jetzt mal ernsthaft: Ich sah doch nicht aus wie ein Fußball-Fan?!?!

Je mehr ich darüber nachdachte, umso mehr steigerte ich mich in meinen Zorn hinein. Wie gern würde ich diesem Alex jetzt gerade die Meinung geigen. Er musste doch mit Sicherheit eine Homepage haben. Mit Gästebuch …

Flink flogen meine Finger über die Tasten des Laptops. Bereits nach kürzester Zeit wurde ich fündig. Er hatte zwar leider keine eigene Homepage, dafür aber eine Facebook-Seite. Und sie war sogar so eingestellt, dass ich ihm direkt eine Nachricht senden konnte. Ein Hoch auf die öffentlichen Plattformen!

Ich goss mir noch ein Glas Wein ein, legte die Füße hoch, hob den Laptop auf meinen Schoß und begann zu tippen.

Ein schlimmer Schmerz schoss durch mein Genick und ließ mich hochschrecken. Ich griff in den Nacken und versuchte, die Stelle zu erwischen, um den Schmerz wegzumassieren. Die Sonne stand schon hoch am Himmel und blendete mich. Ich blinzelte gegen die Helligkeit an und versuchte mich dann zu orientieren. Gestern musste ich wohl auf der Couch eingeschlafen sein. Aber warum?

Langsam blickte ich mich um. Nur ein leeres Weinglas stand auf dem Tisch. Okay, das hieß, ich war zumindest alleine in der Wohnung. Gott sei Dank! Eine unschöne Verabschiedungsszene hätte ich jetzt nicht ertragen. Dann fiel mein Blick auf den noch immer auf meinem Schoß liegenden Laptop. Hatte ich gestern noch mit Rico geskypt?

Verwirrt klappte ich ihn auf, um nachzusehen. Geöffnet war aber nur meine Facebook-Seite. Ich hatte eine neue Nachricht. Dann fiel es mir wieder ein ... ACH ... DU ... SCHEISSE!!!

Bitte, bitte, lass diese Nachricht nicht von ihm sein ...

Zitternd fuhr ich mit dem Mauszeiger darüber ... Dann zog sich mein Magen krampfhaft zusammen, als ich las: Neue Nachricht von: Alexander König.

FUCK!

Schnell klappte ich den Laptop zu und warf ihn weit weg ans andere Ende der Couch, als ob ich damit alles ungeschehen machen könnte.

Wild fluchend ging ich in meinem Wohnzimmer auf und ab. Wenn ich mich doch nur daran erinnern könnte, was ich ihm geschrieben hatte ...

Ich weiß noch, dass ich ziemlich sauer auf ihn war. Und ziemlich betrunken. Oh, oh ...

Ich brauchte dringend einen klaren Kopf. Frische Luft und Kaffee waren dafür die besten Mittel. Schnell schlüpfte ich in Jeans, Pulli und Turnschuhe und eilte hinaus in die Sonne und dem Kaffee entgegen.

Eine halbe Stunde später ging es mir schon wesentlich besser. Frisch gestärkt fühlte ich mich nun bereit genug, um mich seiner Nachricht zu stellen. Mit spitzen Fingern öffnete ich den Laptop, gab mein Passwort ein und machte mich auf einen Schwall wüster Beschimpfungen gefasst, als ich seine Nachricht öffnete.

Hallo Silja,

es tut mir leid, dass ich Sie offenbar so enttäuscht habe, auch wenn ich Sie eigentlich gar nicht kenne.
Diesen Umstand würde ich gerne ändern, ebenso wie Ihre Meinung über mich.
Ich würde mich sehr freuen, wenn ich Sie auf einen Kaffee einladen dürfte, um einiges klarzustellen.

Viele Grüße,
Alexander

Oh…
Okay…
Das war nicht die Antwort, mit der ich gerechnet hatte. Hatte ich am Ende doch nicht meiner Wut freien Lauf gelassen? Schnell überflog ich noch einmal meine Zeilen von gestern Nacht:

Hallo Alexander (oder sollte ich besser sagen, Herr König?),

offenbar halten Sie sich nämlich für einen König, so wie Sie mit mir umgesprungen sind. Auch wenn es für Sie schwer zu glauben

sein mag - nicht jeder ist ein Fan von Ihnen und will unbedingt ein Autogramm haben.

Ebenso möchte ich mich aufrichtig dafür entschuldigen, dass ich Ihre kostbare Zeit in Anspruch genommen habe, als Sie mich neulich vor dem sicheren Sturz retten mussten.

Ich hatte gar keine Gelegenheit, mich dafür zu bedanken, auch wenn Sie sich mit Sicherheit nicht einmal mehr daran erinnern können. Aber seien Sie sich sicher, dass ich nur das Beste über Sie berichten werden, sollte mich einmal jemand dazu befragen.

Schließlich können Sie ja nichts dafür, dass die Berühmtheit schon so manchen Charakter verdorben hat und Sie anscheinend ebenfalls dieser Verlockung erlegen sind.

*Viele Grüße,
Silja*

Beschämt schlug ich die Hände vor mein Gesicht. Wie hatte ich mich nur zu so etwas hinreißen lassen können?

Verdammt! Verdammt! Verdammt! Nie wieder Alkohol!

Was sollte ich jetzt bloß tun? Was sollte ich antworten? Eine kluge Frau, die ihren Prinzipien treu blieb, hätte das Ganze hier beendet. Allerdings hätte so eine Frau erst gar nicht diese emotionsgeladene Email verfasst.

Jahrelang hatte ich jedes noch so zarte Gefühl sorgsam vermieden und erfolgreich bekämpft. Niemals wäre ich mit einem Mann Kaffee trinken gegangen und so Gefahr gelaufen, ihn näher kennenzulernen. Ich hatte meinen Spaß mit ihnen und warf sie danach aus meinem Leben. Alles aus lauter Angst, so zu werden wie meine Mutter.

Leidenschaft war erlaubt – Gefühle jedoch strikt verboten. Eine einfache Regel. Leicht zu befolgen.

Bis ich diesem vermaledeiten Alexander König über den Weg lief (oder besser gesagt, in die Arme fiel), war ich äußerst zufrieden damit.

Er hatte etwas an sich, das mein Interesse an ihm weckte. Nicht einfach nur, dass ich ihn äußerst attraktiv fand, nein, ich wollte wissen, wer der Mann dahinter war. Schon allein die Tatsache, dass er überhaupt auf meine »ganz leicht« provozierende Email mit einer Einladung zum Kaffee reagierte, machte mich neugierig.

Das war nicht gut. Gar nicht gut.

Den restlichen Sonntag überlegte ich hin und her, kam aber zu keinem Entschluss. Ich brauchte dringend eine zweite Meinung. Rico konnte ich nicht fragen, da er voreingenommen war und Alex nicht ausstehen konnte. Die Mädels kamen auch nicht infrage, denn sie sollten so wenig wie irgend möglich über mich wissen. Und wenn Louisa davon erfahren würde, würde sie mich umbringen.

Schlussendlich kam nur noch eine einzige Person infrage, bei der ich mir sicher war, dass sie mir eine ehrliche Antwort geben würde.

Das war ein verdammt gefährliches Spiel, auf das ich mich da einließ. Wie auch immer ich mich entscheiden würde – ich war so was von erledigt.

Kapitel 5

Mein erster Tag im neuen Job verging wie im Flug. Ich hatte Mühe, mir alles zu behalten, was Sandra mir erklärte. Kurz vor Feierabend setzten wir beide uns noch einmal bei einem Kaffee zusammen und ich hatte Gelegenheit, noch einige Fragen zu stellen. Geduldig stand mir Sandra Rede und Antwort, meinte aber irgendwann, dass sie sich vorkäme wie bei der Spanischen Inquisition, weil mir immer noch mehr Fragen einfielen.

»Also gut, du hast es gleich überstanden«, erwiderte ich schmunzelnd.

»Nur noch eine Frage, die ich dir gerne stellen würde. Aber sie hat nichts mit dem Job zu tun.«

Mit hochgezogenen Brauen beugte sie sich zu mir: »Jetzt machst du mich neugierig. Lass mich raten: Es geht um einen Mann?«

»Woher weißt du das?« Die Verwunderung konnte ich nicht ganz aus meiner Stimme heraushalten.

»Ach, Kindchen, es geht doch immer um einen Mann ... Was hat er angestellt?«

»Er hat mich auf einen Kaffee eingeladen.«

Sichtlich irritiert starrte mich Sandra daraufhin an, als ob ich von einem anderen Stern kommen würde. Bevor sie etwas sagen konnte, fuhr ich schnell fort: »Also, vorher hat er mich noch vor einem üblen Sturz bewahrt. Dann hat er mich aber völlig ignoriert, woraufhin ich ihm betrunken eine böse Mail geschrieben habe, und am nächsten Morgen hat er mich zum Kaffee eingeladen.«

»Sei mir nicht böse, aber ich versteh dein Problem nicht ...«

In dem Moment fing ich an, mich über mich selbst zu ärgern. Wie sollte ich einer völlig Fremden mein Problem erklären, ohne zu viel von mir preiszugeben? Jetzt hatte ich aber schon einmal angefangen und konnte keinen Rückzieher mehr machen. »Ich verstehe einfach nicht, wie ein Mann mich einladen kann, wenn ich ihn vorher übel beschimpft habe? Was will er denn noch von mir?«

»Nun, ich kenne ihn zwar nicht, aber ich könnte mir vorstellen, dass er deine Meinung schätzt. Vielleicht möchte er auch verstehen, warum du ihn beschimpft hast. Ich verstehe es nämlich, ehrlich gesagt, nicht. Es gibt immer zwei Seiten einer Geschichte. Gib ihm doch einfach die Chance, dass er dir seine erzählen kann. Dann kannst du immer noch entscheiden, wie du weiter vorgehen möchtest.«

Mist, das klang echt vernünftig. »Also meinst du, dass ich mich mit ihm treffen sollte? Kann man sich denn überhaupt unverfänglich auf einen Kaffee treffen?«

»Süße, es ist nur ein Kaffee. Davon geht die Welt nicht unter. Auch wenn du danach feststellen solltest, dass er der absolute Vollidiot ist. Wenn du nicht hingehst, wirst du es nie erfahren.«

Wie ferngesteuert machte ich mich danach auf den Weg nach Hause, nicht ohne vorher noch einmal meine Weinvorräte aufzufüllen. Mein Entschluss stand fest – ich würde mich mit ihm treffen. Aber um den »Senden«-Knopf zu drücken, musste ich mir Mut antrinken.

Eine Stunde später hatte ich gegessen, Kerzen angezündet, zwei Gläser Wein intus und war bereit, mein Schicksal zu besiegeln.

Hallo Alex,
vielen Dank für Ihre Antwort. Ich muss zugeben, dass mich diese doch sehr überrascht hat. Insbesondere die darin enthaltene Einladung zum Kaffee, die ich hiermit gerne annehme.

Würde es Ihnen am Donnerstag um 17 Uhr im Café Augustin passen?

Zufrieden lehnte ich mich zurück. Kurz, knapp, verbindlich.
Gerade als ich mich fragte, wann er wohl zurückschreiben würde, gab mir mein Laptop mit einem kurzen »Ping« zu verstehen, dass die Antwort eingetroffen war.

Es freut mich, dass ich noch jemanden überraschen kann. ;)
Bis Donnerstag

Ein Smiley? Ernsthaft? Den hatte ich bis jetzt nur zugeschickt bekommen, wenn der Kerl mich nach einer heißen Nacht nochmal sehen wollte. Oh Gott, oh Gott, das war doch ein Date!
Schnell schüttete ich mir noch ein Glas Wein ein, leerte es in einem Zug und verfluchte dabei meine Kollegin und den ach so harmlosen Kaffee.

Bei dem einen Glas blieb es leider nicht, sodass ich am nächsten Morgen äußerst verkatert und mies gelaunt bei der Arbeit erschien.
»Ich nehme an, du hast die Einladung nicht angenommen?«, fing mich Sandra ab, als ich mir gerade in der Küche den ersten Kaffee einschenken wollte.
»Oh doch. Und er freut sich, dass er noch jemand überraschen kann. Er FREUT SICH. Gefolgt von einem zwinkernden Smiley!«, fuhr ich sie an, woraufhin sie mich wieder einmal verständnislos anschaute.
»Ich glaube, ich brauche für dich einen Dolmetscher. Was genau ist daran falsch?«
»Nichts, wenn man ein Date mit jemandem haben möchte. Genau das will ich aber nicht. Oder doch? Ach, ich weiß selbst

nicht, was ich eigentlich will!« Vor mich hingrummelnd schüttete ich Milch in den Kaffee und rührte ihn stärker um als nötig.

»Ach so. Na dann wird es Zeit, dass du herausfindest, was du willst, Miss Griesgram«, zog mich Sandra lachend auf. »Wann trefft ihr euch?«

»Am Donnerstag nach der Arbeit.«

»Bis dahin nutze die Zeit und beeindrucke mich mit deinem Wissen. Wie lauten noch einmal die Firmengrundsätze?«

Sichtlich darum bemüht, nicht allzu genervt zu klingen, ratterte ich sie herunter: »Sei pünktlich, höflich, ehrlich und erwische den richtigen Moment.«

»Das sollten übrigens auch deine Grundsätze für dein Date sein«, gluckste Sandra und stupste mich dabei in die Seite.

»Sehr witzig ...« Eigentlich wollte ich säuerlich klingen, konnte mir ein Grinsen jedoch nicht verkneifen. Es war echt schwer, ihr irgendetwas übel zu nehmen.

Die nächsten Tage vergingen wie im Flug. Sandra forderte mich bis aufs Äußerste, sodass ich abends todmüde ins Bett fiel und gar keine Chance hatte, groß über die Frage »Date oder nicht Date« nachzudenken. Am Donnerstagvormittag durfte ich das erste Mal einem Profifotografen über die Schulter schauen und ihn mit meinen Fragen löchern. Auch er war supernett und geduldig und ich saugte seine Antworten auf wie ein Schwamm. Hier konnte ich so unendlich viel lernen, ohne auch nur eine Sekunde das Gefühl zu haben, jemandem mit meinen Fragen auf die Nerven zu gehen.

Ich war gerade schwer damit beschäftigt, meine Notizen zusammenzutragen, als Sandra den Kopf hob und mich über den Tresen hinweg musterte. »Willst du dich nicht umziehen? Du musst doch gleich los zu deinem DATE.«

Mittlerweile hatte ich es aufgegeben, ihr zu versichern, dass das kein Date war. »Nö, für einen Kaffee muss ich mich nicht herausputzen.« In Wahrheit hatte ich selbstverständlich noch Ersatzklamotten mitgenommen und natürlich auch meinen kleinen Notfall-Schminkkoffer. Ich überließ nichts gerne dem Zufall. Zwischenzeitlich war ich aber zu dem Schluss gekommen, dass ich mich nicht zu sehr in Schale werfen wollte. Nur ein bisschen das wenige Make-up auffrischen, das ich heute Morgen aufgetragen hatte. Schließlich war es ja kein Date!

»Wann musst du los?«

Ein Blick auf die Uhr verriet mir, dass es langsam Zeit wurde. »Ähm, genau jetzt.« Damit raffte ich meine Sachen zusammen und stolzierte an Sandra vorbei in Richtung Aufzug. Sie konnte es sich natürlich nicht verkneifen mir hinterherzurufen: »Viel Spaaahhhaaasss. Und kein Austausch von Körperflüssigkeiten beim ersten Date!«

Während sich die Aufzugtüren langsam hinter mir schlossen, versuchte ich, sie mit Blicken zu töten. Sie erwiderte es mit schallendem Gelächter, das mich bis hinunter ins Foyer verfolgte.

Um 17.05 Uhr betrat ich das Café und versuchte mich nicht allzu auffällig nach Alex umzusehen. Das misslang mir jedoch gründlich, denn als ich ihn entdeckte, blieb ich wie angewurzelt stehen. Mir war nicht mehr bewusst, wie unglaublich gut dieser Mann aussah. Weiße Sneakers, hellblaue Jeans, beiger, eng anliegender Pullover, der die V-Form seines Körpers noch betonte, und ein farblich passendes Beanie. Und dann diese Augen, die mich magisch in ihren Bann zogen …

Als er mich sah, stand er von seinem Stuhl auf und kam auf mich zu. Ich war jedoch immer noch unfähig, mich zu bewegen, selbst als er mir die Hand zur Begrüßung hinhielt.

»Hallo, Silja. Freut mich, dass es geklappt hat.« Erwartungsvoll schaute er mich an.

Tu etwas! Nimm seine Hand!, schrie mich mein Gehirn an. Die Muskeln versagten jedoch den Gehorsam. Im Hintergrund nahm ich wahr, dass sich die Eingangstür öffnete. *Sie geht nach innen auf. Wenn du dich nicht bewegst, hast du sie gleich im Kreuz hängen*, vernahm ich wieder die Stimme in meinem Hirn. Alex war jedoch wieder einmal schneller und zog mich zu sich heran, bevor ein Unglück passieren konnte. »Sie sollten wirklich ein bisschen besser aufpassen. Ich kann Sie ja nicht immer retten.«

Nein, nicht loslassen, wollte ich schreien, als er mich in Richtung Tisch führte, aber selbst das gelang mir nicht. *Herrgott, Silja, reiß dich zusammen!*, versuchte ich mir selbst in den Hintern zu treten. Immerhin brachte ich ein »Vielen Dank. Wieder einmal.« hervor, als ich mich hingesetzt hatte.

»Gern geschehen. Wieder einmal«, erwiderte er verschmitzt grinsend.

Puh, dieses Grinsen war auch nicht von schlechten Eltern …. Ich durfte ihm nur nicht zu lange ins Gesicht schauen. Dann würde ich es überstehen, ohne dass er dachte, dass ich ungefähr den IQ einer Amöbe hätte.

Gott sei Dank kam in dem Moment die Kellnerin und lenkte mich ab, als sie die Bestellung aufnahm. Ich orderte einen großen Milchkaffee, in der Hoffnung, dass dieser meine Nerven beruhigen würde.

»Den nehme ich auch. Und dazu noch ein Wasser. Dankeschön.«

Manieren hatte er auf jeden Fall. Das war ja in der heutigen Zeit eher eine Seltenheit.

»Geht es Ihnen heute wieder besser? Sie sahen am Samstag ein wenig blass um die Nase aus. Ich hoffe, das hatte nichts mit dem Zwischenfall im Klamottenladen zu tun?«, wandte er sich wieder an mich.

»Oh, Sie haben mich also wiedererkannt? Warum haben Sie nichts gesagt?«

»Ich war mir, ehrlich gesagt, nicht ganz sicher, ob Sie es wirklich waren. Unter all dem Make-up und mit diesem Hauch von Nichts am Körper … Irgendwie hätte ich Sie nicht für diesen Typ Frau gehalten.«

»Für welchen Typ Frau?«, fragte ich schärfer als beabsichtigt. Schließlich hatte ich mich nur für ihn herausgeputzt. Bevor er antworten konnte, kam die Kellnerin mit unseren Getränken und verschaffte ihm so noch etwas Zeit.

»Ich wollte Sie nicht beleidigen, aber Ihre Freundin sagte mir, dass Sie eher der lockere Typ sind. Das wollte ich ihr erst nicht glauben, aber dann habe ich Sie mit jeder Menge Kerle flirten und dann eng umschlungen mit diesem Mann tanzen sehen … Na ja, und dann habe ich wohl etwas vorschnell eins und eins zusammengezählt.« Entschuldigend zuckte er mit den Schultern.

Louisa! Das hätte ich mir denken können. Dieses Miststück hatte versucht, mich schlechtzureden. Und er hatte mich den ganzen Abend beobachtet. Also schien ich ihm zumindest nicht egal zu sein.

»Dieser Mann ist mein bester Freund, mit dem ich nur getanzt habe, um den ganzen aufdringlichen Männern zu entfliehen.« Ich verschränkte die Arme vor der Brust und blickte Alex herausfordernd an. Sein Mund formte sich zu einem »Oh«, als er begriff.

»Ich muss jedoch gestehen, dass ich mich in Jeans und T-Shirt wesentlich wohler fühle«, fuhr ich beschwichtigend fort und zeigte auf mein bequemes Outfit.

»Und das steht Ihnen ausgezeichnet.« Seine Augen fuhren an meinem Körper entlang, dass mir heiß und kalt wurde. Zu meiner Schande spürte ich sogar, wie die Röte in mein Gesicht schoss. Das war nun wirklich neu.

Sein zufriedenes Grinsen zeigte mir, dass er das durchaus bemerkt, und vor allem beabsichtigt hatte. Jetzt war es an ihm, sich mit verschränkten Armen zurückzulehnen, als er sagte: »Nun gut, dann schießen Sie mal los. Was haben Sie für Fragen an mich?«

Verwirrt runzelte ich die Stirn. »Äh, also, so genau habe ich mir das gar nicht überlegt. Ich kenne mich da nicht so gut aus und dachte eher, dass sich das so aus dem Gespräch heraus ergibt.« Ich kam mir so dämlich vor, aber nun hatte ich es ausgesprochen, dass ich absolut keine Ahnung von Dates hatte.

»Ach so, Sie haben das also noch nicht so oft gemacht?«

»Das ist, ehrlich gesagt, mein erstes Mal. Wie oft machen Sie denn sowas?«

»Schon ein wenig öfter. So zwei- bis dreimal pro Woche.« Als er meine erschrocken aufgerissenen Augen sah, fuhr er fort. »Das bringt mein Beruf so mit sich. Ich muss meinen Bekanntheitsgrad noch steigern. Mein Trainer hat mir sogar empfohlen, möglichst viele Termine wahrzunehmen.« Dann beugte er sich vor und raunte verschwörerisch über den Tisch: »Soll ich Ihnen ein paar Fragen verraten, die mir im Allgemeinen so gestellt werden?« Ich war noch immer viel zu beschäftigt damit zu verdauen, dass er zwei- bis dreimal pro Woche ein Date hatte, um irgendetwas zu antworten. Also fuhr er fort: »Hier ein paar Beispiele: Wie gefällt Ihnen Frankfurt? Leben Sie gerne hier? Vermissen Sie Ihre Familie? Wie hoch war die Ablösesumme? Werden Sie direkt in der A-Mannschaft spielen? Wo oft trainieren Sie in der Woche? Sind Sie nervös vor den Spielen? Haben Sie ein bestimmtes Ritual, bevor Sie aufs Feld gehen? Und so weiter und so weiter …« Ich kapierte gar nichts mehr. »All diese Fragen stellt man Ihnen bei einem Date??«

Sein Gesichtsausdruck machte mir klar, dass ich gerade etwas äußerst Dämliches gesagt hatte. Dann begann er auch schon aus vollem Hals zu lachen, bis ihm die Tränen kamen.

»Date … Sie sind echt witzig für eine Journalistin …«, brachte er zwischen zwei weiteren Lachanfällen hervor.

Vor Zorn begann ich die Fäuste zu ballen. Ich war offenbar eine einzige Lachnummer für ihn. »Da liegt dann wohl ein Missverständnis vor«, presste ich zwischen zusammengebissenen Zähnen hervor. »Ich bin keine Journalistin. Und ich will Sie ganz bestimmt nicht interviewen.«

Erst als er den Ernst in meiner Stimme hörte, schien ihm aufzufallen, dass ich nicht im Mindesten mit ihm lachen konnte, und er verstummte.

»Sie sind keine Journalistin? Aber … Sie haben mir doch geschrieben, dass Sie über mich berichten wollen … Deswegen wollte ich mich doch nur mit Ihnen treffen.« Das schlug dem Fass echt den Boden aus. Ich kramte das Kleingeld aus meiner Hosentasche hervor, knallte es auf den Tisch und erhob mich. »Wissen Sie, ich dachte wirklich, dass Sie anders wären. Ich hatte das erste Mal in meinem Leben Interesse daran, einen Mann näher kennenzulernen. Sie kennenzulernen. Ich danke Ihnen vielmals, dass Sie mir diese Flausen aus dem Kopf getrieben haben.« Damit drehte ich mich um und ging zur Tür. Ich hatte keine Ahnung, wieso ich das gesagt hatte, aber es musste in diesem Moment einfach raus.

»Silja!«, rief er mir hinterher. Kurz zögerte ich, drehte mich aber dann doch noch einmal zu ihm um.

»Ich date nicht. Nicht mehr.« Er sah fast traurig aus, als er dies sagte. Dann fügte er noch hinzu: »Aber würde ich es tun, wären Sie meine erste Wahl.«

Kapitel 6

Zu Hause angekommen tat ich etwas, das ich schon seit einer Ewigkeit nicht mehr gemacht hatte, und weinte mich in den Schlaf. Wieso nur war diese Welt so ungerecht? Aber vielleicht sollte mir das auch einfach eine Lehre sein, mich nicht an irgendwelche albernen Träume vom Glück zu zweit zu klammern.

Ich wusste ja, wohin dies meine Mutter gebracht hatte. Nämlich an den Rand des Wahnsinns und schließlich noch ein Stück darüber hinaus.

Selbst am nächsten Tag auf der Arbeit war ich noch ein Häufchen Elend. Natürlich entging dies meiner überaus aufmerksamen Kollegin nicht. Sie fragte nicht groß nach, was passiert war, sondern nahm mich einfach nur in ihre Arme. Nachdem ich mich wieder halbwegs beruhigt hatte, erzählte ich ihr trotzdem alles. Einfach weil es guttat, sich jemandem anzuvertrauen.

»Das tut mir echt leid. Aber wenigstens weißt du jetzt, woran du bist. Das ist besser als die ständige Ungewissheit und Hoffnung.« Ich konnte nur beklommen nicken, weil mir die Tränen noch immer die Kehle zuschnürten. Das Einzige, was ich tun konnte, war, mich in die Arbeit zu stürzen. Und das tat ich auch voller Inbrunst.

»Lust, mit mir das Spiel anzuschauen?« Rico blickte mich hoffnungsvoll an. Eine Woche und ein Tag waren seit dem desaströsen Nicht-Date mit Alex vergangen.

Inzwischen hatte ich auch Rico davon berichtet. Er kannte mich ja nur als jemanden, der kein sonderliches Interesse an tiefergehenden Gefühlen zu Männern hatte. Entsprechend überrascht war er und natürlich nicht erfreut darüber, dass ich mich auf ein Date eingelassen hatte. Ich war mir allerdings sicher, dass er sich dagegen sehr gefreut hätte, wenn ich mich auf ein Date mit ihm eingelassen hätte. Das sagte ich ihm aber natürlich nicht.

Ich hatte ihn gebeten, den Samstag mit mir zu verbringen. Lust auszugehen hatte ich keine, wollte aber auch nicht alleine sein.

»Wer spielt denn?«, fragte ich, obwohl ich die Antwort eigentlich schon kannte.

»Eintracht gegen den HSV.«

Es wäre absolut albern und kindisch, ihm diesen Wunsch abzuschlagen. Also schluckte ich meinen verletzten Stolz hinunter und sagte: »Na klar. Mach die Glotze an. Ich bestelle uns Pizza.«

»Du bist die Beste!« Er sprang auf und drückte mir einen Kuss auf die Backe, bevor er sich auf die Couch fallen ließ und den Fernseher anschaltete.

Eine Dreiviertelstunde später saßen wir beide, mit Pizza und Bier bewaffnet, auf der Couch und feuerten leidenschaftlich »unsere« Mannschaft an. Alex spielte zwar von Anfang an, war aber als Torwart nur wenig gefordert an diesem Abend und dadurch Gott sei Dank selten im Bild. Doch jedes Mal, wenn er kurz eingeblendet wurde, blieb mir das Herz stehen.

Der nächste Angriff des HSV lief gerade und ich bereitete mich innerlich darauf vor, dass Alex gleich wieder zu sehen sein würde. Und da wurde er auch schon eingeblendet. Voll auf den heranstürmenden Gegner fokussiert und bereit, den Kasten sauber zu halten. Eine absolute Augenweide. Ich musste mich schwer konzentrieren, nicht direkt loszusabbern.

Er stieß sich ab, fing den Ball aus der Luft, prallte mit einem Spieler der gegnerischen Mannschaft zusammen – und blieb regungslos auf dem Rasen liegen.

Mir rutschte das Herz in die Hose! Scheiße, das sah übel aus.

Da kamen auch schon die Mannschaftsärzte angerannt, um ihn zu versorgen. Eine Nahaufnahme zeigte, dass er zumindest bei Bewusstsein war. Blut sah ich zwar keines, aber dafür konnte ich allzu deutlich sein schmerzverzerrtes Gesicht erkennen. Idiotischerweise wollte ich nur aufspringen, zu ihm eilen und ihn trösten.

Kurz darauf wurde er auch schon mit der Trage vom Spielfeld abtransportiert. Entfernt nahm ich wahr, wie der Reporter sagte, dass er direkt zur Untersuchung ins Krankenhaus gebracht werden würde. Welches Krankenhaus? Die Uni-Klinik? Sollte ich hinfahren?

»Mein Gott, Silja, er wird schon wieder. Der Verein hat die besten Ärzte angeheuert, die sich um ihn kümmern werden. Immerhin haben sie viel in ihn investiert. Und vor allen Dingen: Du bist nicht seine Freundin!«

»Vielen Dank, das hätte ich ohne dich ja fast vergessen«, giftete ich ihn an.

»So wie du gerade geschaut hast, hätte man das fast denken können«, fauchte er nicht weniger giftig zurück.

Wir verfolgten das Spiel noch bis zum Ende (Keine Ahnung, was noch genau passierte, aber immerhin weiß ich noch, dass die Eintracht gewann), vermieden aber beide das Thema »Alexander König«, so gut es eben ging. Mit einem Ohr hörte ich zum Schluss noch mit an, wie der Reporter verkündete, dass er sich eine Meniskusverletzung zugezogen hätte und für die nächste Zeit wohl ausfallen würde. Ansonsten ginge es ihm aber gut. Meine Erleichterung darüber versuchte ich mir nicht anmerken zu lassen und heuchelte weiterhin völliges Desinteresse.

»Bereit für deinen ersten Alleingang?«

Erschrocken blickte ich von meinem Laptop auf. Ich war gerade mitten in der äußerst kniffligen Bearbeitung eines eigent-

lich total überbelichteten Bildes, als mich Diego ansprach. Entsprechend geistreich erwiderte ich: »Hä?«

»Ich hab einen Job für dich. Melinda hat sich für heute krankgemeldet und ich habe keinen Anderen, den ich zu dem Job schicken kann.« Als ich endlich kapierte, was er mir gerade mitgeteilt hatte, sprang ich von meinem Stuhl auf: »Aber natürlich! Das ... Klar, ich mache den Job!«

»Sag nicht vorschnell zu. Es ist kein leichter Auftrag und eigentlich nur was für einen erfahren Fotografen.«

»Wieso? Worum geht es denn?«

»Die Königsdisziplin: Sportfotografie«

Mir wurde leicht flau im Magen. Damit kannte ich mich überhaupt nicht aus. Ich hatte zwar schon ein oder zwei Versuche gestartet, meine Bilder waren aber immer verschwommen oder unscharf gewesen, weil ich die Verschlusszeit der Blende falsch eingestellt hatte.

Diego war mein entsetztes Gesicht nicht entgangen. Er legte beruhigend einen Arm um mich und sagte: »Natürlich bekommst du vorher noch eine kleine Einweisung. Und zwar von mir höchstpersönlich. Alles klar?«

Dankbar lächelte ich ihn an: »Ja, alles klar. Ich mache es!«

Den Rest des Tages verbrachte ich zusammen mit Diego in seinem Atelier. Er zeigte mir geduldig seine Tricks und erzählte mir alles Wichtige zum Thema Sportfotografie. Am Ende qualmte wieder einmal mein Kopf und ich hoffte inständig, dass ich mir alles behalten hatte.

Dann fiel mir ein, dass ich die wichtigste Frage noch gar nicht gestellt hatte.

»Diego, wen soll ich eigentlich fotografieren?«

»Die Anfrage kam von der Eintracht-Medienabteilung. Deren Fotograf hat sich das Bein gebrochen und wir sollen den Ersatz stellen. Lange Jahre arbeiten wir schon zusammen und springen ein, wenn Not am Mann ist. Du sollst das öffentliche Training morgen früh begleiten. Wir brauchen ein paar Bilder, die zeigen, wie intensiv gerade trainiert wird. Irgendein Top-Spieler hat sich wohl am Samstag verletzt und man will zeigen, dass sich die Mannschaft davon nicht unterkriegen lässt.«

Ich konnte mich gerade noch zurückhalten, nicht laut loszufluchen. Das konnte ja wohl echt nicht wahr sein. Irgendjemand machte sich doch einen Scherz daraus, mich ständig mit diesem Mistkerl zu konfrontieren. Durfte ich nicht einmal irgendwann zur Ruhe kommen und diesen Mann endlich vergessen? Ich musste Diego völlig entsetzt angesehen haben, denn er fragte: »Was ist los? Du siehst auf einmal so blass aus?«

»Nichts, alles gut«, versicherte ich ihm schnell und hoffentlich glaubhaft. »Morgen früh also. Wo trainieren sie?«

»Der Trainingsplatz ist direkt am Stadion. Parke am besten in der Tiefgarage. Von da aus sind es nur ein paar Meter bis zum Platz. Um 10 Uhr fängt das Training offiziell an. Sei lieber, wie immer, etwas früher da, um dich mit dem Gelände vertraut zu machen. Die Geschäftsstelle ist ab 9 Uhr geöffnet. Melde dich einfach da an. Die geben dir auch einen Ausweis, mit dem du dich frei bewegen kannst.«

»Alles klar, Boss«, war meine betont fröhliche Antwort. Wenigstens standen die Chancen nicht schlecht, dass ich Alex nicht über den Weg lief. Er war bestimmt noch im Krankenhaus. Aber selbst wenn nicht – mit einer Meniskusverletzung konnte er schlecht beim Training erscheinen.

Kapitel 7

Mit jeder Menge Equipment im Gepäck fuhr ich am nächsten Morgen meinem ersten Solo-Auftrag entgegen. Natürlich war ich auch nervös, in erster Linie freute ich mich aber wie ein kleines Kind an Weihnachten. Bereits um 6 Uhr fuhr ich ins Büro, um alles einzupacken und vorzubereiten. Eine Stunde später traf auch schon Diego ein und konnte sich ein Grinsen nicht verkneifen, als er mich aufgeregt im Equipment-Raum herumwuseln sah. Mit einem »Du packst das schon« klopfte er mir aufmunternd auf die Schulter und verschwand dann in seinem Büro.

Nun hatte ich noch eine ganze Stunde Zeit, um einen Weg von sechs Kilometern zurückzulegen. Selbst im morgendlichen Stadtverkehr durfte das kein Problem darstellen. Gut gelaunt vor mich hinpfeifend, fuhr ich mit dem Firmenwagen an der Messe vorbei, durch das Gutleutviertel, überquerte den Main, passierte die Galopprennbahn und bog dann auf das Gelände der Commerzbank Arena ein.

Seit dem Umbau vor sieben Jahren war ich nicht mehr hier gewesen. Damals, als es noch Waldstadion hieß und ich ein riesiger Fan der Footballmannschaft Frankfurt Galaxy war. Bei jedem Heimspiel war ich dort anzutreffen – bis zur Auflösung der NFL Europa. Entsprechend freute ich mich jetzt wieder einmal hier zu sein. Wie von Diego empfohlen, parkte ich den Wagen in der Tiefgarage, packte meine Ausrüstung zusammen und machte mich auf den Weg in Richtung Ausgang.

Das war jedoch leichter gesagt als getan…

Normalerweise hatte ich eine sehr gute Orientierung. Doch jetzt stand ich ein wenig ratlos im Parkhaus und suchte verzweifelt einen Wegweiser, der mich aus diesem Labyrinth herausbringen würde. Doch weit und breit war außer einer Tür zum Treppenhaus nichts zu sehen.

Na gut, erfahrungsgemäß verlässt man ja durch ein Treppenhaus das Parkhaus …

Stockwerk für Stockwerk stieg ich schwer beladen die Treppe hoch und wurde immer nervöser. Ähm … Hatte ich vielleicht den Ausgang verpasst?

Also wieder die Treppen runter … Wieder ganz unten angelangt stand ich noch immer ratlos vor der Tür zum Business Club. Hier war ich definitiv falsch.

Also wieder zurück zum Auto und noch einmal von vorne. Völlig abgekämpft und außer Atem schob ich mit meinem Ellenbogen die Tür zu meiner Parkebene auf und fiel mal wieder einem gutaussehenden Mann in die Arme.

»Wow … Immer langsam …«, lachten mich zwei blaue Augen an. Hui, nicht schlecht …

»Sorry, ich bin gerade ein wenig verzweifelt auf der Suche nach dem Ausgang …«

»Na, da hast du aber Glück, dass du mir über den Weg gelaufen bist«, zwinkerte er mir schelmisch zu. Ich musste mich zurückhalten, um ihm nicht erleichtert um den Hals zu fallen: »Gott sie Dank! Ich dachte schon, ich wäre für den Rest meines Lebens hier gefangen!«

»Ich bin ja gerne dein Retter, aber glaube mir, irgendwann wärst du schon von alleine darauf gekommen, dass du einfach nur fünfzig Meter weiter nach rechts laufen musst, um die großen, an die Wand gemalten Pfeile zu sehen, neben denen auch noch das Wort AUSGANG steht …«

PEINLICH!!!! Wo war das nächste Erdloch, in das ich versinken konnte?

Mit hochrotem Kopf erwiderte ich dann auch ganz leise und peinlich berührt: »Ich kenn mich hier leider überhaupt nicht aus ...«

»Macht doch nichts. Ich habe mich an meinem ersten Tag auch verlaufen. Na komm, lass mich dir was abnehmen. Wo musst du überhaupt hin?« Mit einem Nicken in Richtung meiner Kamera fragte er weiter: »Bist du von der Presse?«

»Nein, keine Presse. Ich müsste erst mal zur Geschäftsstelle und mich da anmelden. Ich springe für deren erkrankten Fotografen ein, um die Spieler während des Trainings zu knipsen.«

»Ah, also kein Schreiberling, sondern eine Paparazza.«

»Wieder falsch. Ich bin nur eine unschuldige Frau mit Kamera, die ins kalte Wasser geworfen wurde.«

»Ich glaube ja, dass du so einiges bist, aber unschuldig bist du garantiert nicht ...«

»Das kann man von dir offenbar auch nicht behaupten.«

»Touché«, antwortete er lachend. »Na komm, ich bringe dich zur Geschäftsstelle. Das liegt eh auf meinem Weg. Das nächste Mal solltest du aber lieber die Parkplätze direkt vorm Haus nehmen. Die liegen näher am Trainingsgelände. Und es gibt kein Treppenhaus, in dem man sich verlaufen kann.« Blödmann!

»Das werde ich mir jetzt den ganzen Weg anhören dürfen, oder?«, grummelte ich vor mich hin.

»Jap«, war seine fröhliche Antwort.

Völlig außer Atem standen wir zehn Minuten später endlich vor der Geschäftsstelle. Das hieß: ICH war außer Atem. Mein Retter hatte nicht einmal eine Schweißperle auf der Stirn. Dabei hatte er das Meiste geschleppt. Die Welt war so ungerecht ...

»Dann mal hinein mit dir in die gute Stube.« Ganz gentleman-like hielt er mir die Tür auf.

»Ich weiß gar nicht, wie ich dir danken soll. Und ich kenne noch nicht einmal deinen Namen.«

Schmunzelnd hielt er mir seine Hand hin: »Basti.«

Ich ergriff sie um mich dann ebenfalls vorzustellen: »Silja.«

»Gefällt mir.«

»Der Name oder ich?«

»Muss ich mich denn für eines entscheiden?« Herausfordernd blickte er mich an, während er weiter meine Hand festhielt. Endlich mal ein Mann, der mir eindeutige Signale sendet, dachte ich erleichtert und ging auf seinen Flirtversuch ein: »Namen kann man vergessen.«

»Manche Personen aber auch …«

»Zusammengenommen bin ich definitiv unvergesslich …«

Auflachend zog er mich näher an sich heran, bis sich unsere Gesichter fast berührten: »Gibst du mir Gelegenheit, das bei einem Kaffee selbst herauszufinden?«

»Einer Einladung zum Kaffee konnte ich noch nie widerstehen.« Im Hintergrund hörte ich ein Telefon klingeln. Das ließ uns beide kurz zusammenzucken und erinnerte mich daran, dass ich eigentlich nicht zum Flirten hier war. »Nur habe ich einiges zu erledigen und kann leider überhaupt nicht abschätzen, wie lange ich hier brauche.«

»Das dürfte kein Problem sein. Ich bin noch ein bisschen länger hier. Und ich habe irgendwie das Gefühl, dass wir uns noch einmal über den Weg laufen werden.« Bevor ich fragen konnte, wie er das meinte, war er auch schon zur Tür hinaus verschwunden.

Eine gute halbe Stunde später hatte ich mich angemeldet und meinen Ausweis erhalten. Nach einer kurzen Vorstellungsrunde

mit dem Geschäftsstellenleiter und zwei Verwaltungsangestellten wurde ich in die freie Wildbahn entlassen.

Der Trainingsplatz war Gott sei Dank nur ein paar Meter entfernt und sie hatten mir netterweise einen Praktikanten zur Seite gestellt, der mir zur Hand gehen würde. Ein etwa 16 Jahre altes, aufgewecktes Kerlchen, das sich als Sohn des Geschäftsstellenleiters zu erkennen gab. Er war gerade auf der Suche nach dem »Was werde ich, wenn ich groß bin?«. Nicht unbedingt der schlechteste Praktikumsplatz, um das herauszufinden, dachte ich bei mir.

Aber er war sehr hilfsbereit, wissbegierig und vor allem nett. Also packte ich meine Vorurteile über Familienbande bei der Arbeit beiseite, konzentrierte mich auf meinen Job und fand dank seiner Hilfe schon bald den perfekten Platz zum Fotografieren.

Aufgrund des herrlich sonnigen Wetters hatten sich etliche Fans versammelt, um ihrer Mannschaft beim Training zuzuschauen. Als Erstes kamen die Torhüter aus der Umkleide auf den Trainingsplatz. Kurz hielt ich die Luft an, aber von Alex war weit und breit nichts zu sehen.

Die ersten paar Bilder waren noch nicht optimal, aber je länger ich draufhielt und ausprobierte, umso besser wurde ich. Bald hatte ich ein Gespür für den richtigen Augenblick und die optimale Verschlusszeit entwickelt. Schon bei der ersten Durchsicht am Kameradisplay entdeckte ich einige Bilder, die sich super verwenden lassen würden. Viele davon waren genau in der Flugphase aufgenommen, bevor der Ball entweder im Netz oder in den Händen des Torwarts landete.

Noch ganz in meiner Euphorie gefangen, hatte ich gar nicht bemerkt, dass sich jemand zu mir gesellt hatte und mir über die Schulter und auf das Display schaute. Entsprechend erschrocken

fuhr ich zusammen, als ich Bastis Stimme an meinem Ohr hörte: »Das sieht echt verdammt gut aus!«

»Herrje, erschreck mich doch nicht so!«, lachend schlug ich ihm auf den Arm, als sich mein Puls wieder halbwegs beruhigt hatte. Dann stutzte ich jedoch, als ich sein Outfit bemerkte. »Wieso hast du denn Trainingsklamotten an? Bist du so ein Riesenfan, dass du dir eine ganze Kollektion zugelegt hast?«, zog ich ihn auf. Er grinste mich nur mit seinen blauen Augen an.

»Ey, Basti. Hier wird nicht geflirtet! Ab auf den Platz mit dir«, brüllte uns eine tiefe Stimme vom anderen Ende des Platzes an. Sie gehörte dem Mann mit der Pfeife um den Hals, der uns nun grimmig anstarrte. Messerscharf schloss ich daraus, dass es sich bei ihm wohl um den Trainer handeln musste. Ich hätte vielleicht vorher einmal recherchieren sollen ..., schoss es mir durch den Kopf.

»Kaffee. Nach dem Training. Da drüben.« Basti deutete schmunzelnd über meine Schulter hinweg auf den Fan-Shop und trabte in Richtung Trainer davon. Offensichtlich war er ein Spieler der Eintracht. Na super!

Jap, ich hätte mich WIRKLICH vorher einmal mit der Mannschaft vertraut machen sollen ...

Vielleicht war es nicht ganz so klug, sich mit einem Kollegen von Alex zu verabreden. Bestimmt würde er denken, dass ich mich nur mit Basti treffe, um ihn eifersüchtig zu machen. Auf der anderen Seite war Basti nett und vor allem unkompliziert. Genau der Richtige, um mein Selbstbewusstsein aufzubauen und mich abzulenken.

Während ich so hin– und herüberlegte, hätte ich beinahe vergessen, meinen Job zu erledigen. Erst als sich mein Helferlein neben mir laut räusperte, riss ich mich zusammen und fing an, auch vom Training der Feldspieler Fotos zu schießen. Dies gelang mir jedoch nicht ganz so gut wie zuvor. Ich war

einfach nicht mit ganzem Herzen dabei und das sah man. Nur wenige Aufnahmen sagten mir richtig zu. Und die waren fast ausschließlich von Basti. Verdammt!

Eine Stunde später beendete der Coach das Training mit einem schrillen Pfiff, der selbst mich fast stramm stehen ließ. Basti winkte mir noch kurz zu, bevor er mit seiner Mannschaft in Richtung Kabine verschwand. Auch ich packte meine Sachen zusammen und verstaute sie, mit der Hilfe des Praktikanten, wieder in meinem Kofferraum. Nachdem auch er mich netterweise noch einmal darauf aufmerksam gemacht hatte, dass man auch direkt vor dem Gebäude parken könnte, bedankte ich mich bei ihm für alles und machte mich dann mit meinem Laptop unterm Arm auf den Weg in Richtung Fan-Shop. Etwas zu trinken konnte ich jetzt sehr gut gebrauchen.

Dort angekommen, war von Basti noch nichts zu sehen. Ich beschloss, mir trotzdem einen Kaffee zu holen und in der Zwischenzeit schon einmal mit der Bildbearbeitung anzufangen. Zufrieden setzte ich mich mit meinem Heißgetränk an einen Tisch direkt am Fenster, mit Blick hinaus auf das Trainingsgelände.

Kurze Zeit später nahm ich aus dem Augenwinkel wahr, wie sich vor der Tür ein Pulk Menschen aufgeregt um zwei Männer versammelte und diese mit Autogramm- und Fotoanfragen bestürmte.

Arme Schweine …, dachte ich bei mir, widmete mich dann aber wieder meinen Bildern. Trotzdem musste ich darüber nachgrübeln, wie ich mich fühlen würde, wenn ich so belagert werden würde. Immer aufpassen, was man sagt, wie man sich gibt, wie man aussieht, jeder Schritt wird überwacht und festgehalten. Sich in dieser Situation noch ein Privatleben zu bewahren, schien mir fast unmöglich. Immerhin wurden sie

fürstlich dafür entlohnt. Aber war es das wert? Die Macht der Medien war nicht zu unterschätzen. Es ist immer ein Geben und Nehmen, der eine kann ohne den anderen nicht existieren. Eine Symbiose zwischen Prominenten und Medien. Aber ein einziger Fehltritt, eine schlechte Berichterstattung oder auch nur ein unglücklich aufgenommenes Bild, konnte die Meinung Tausender beeinflussen und im schlimmsten Fall die Karriere ruinieren.

Aus diesem Grund hatte ich mich auch strikt gegen eine Laufbahn als sogenannte »Paparazza« entschieden. Ich wollte Bilder machen, die etwas aussagten und Menschen tief in ihrem Inneren bewegten. Eben Kunst und keine Sensationshascherei. Dafür verzichtete ich gerne auf die großen Honorare, die Klatschblätter für kompromittierende Bilder zahlten.

Ich bemerkte erst, dass ich die Menge während meiner Überlegungen wieder angestarrt hatte, als diese sich nach und nach auflöste und den Blick auf die beiden umlagerten Männer freigab. Mir blieb das Herz stehen, als ich sie erkannte. Beide lächelten und sahen absolut umwerfend und verboten sexy aus. Doch nur von einem der Beiden konnte ich meinen Blick nicht abwenden – Alexander!

Basti war auf jeden Fall eine Augenweide, aber er war leicht zu durchschauen und weckte meinen Jagdinstinkt nicht. Ganz im Gegensatz zu Alex. Normalerweise konnte ich Menschen gut durchschauen. Bei ihm gelang es mir absolut nicht. Er hatte diese tiefgründige und unnahbare Art an sich, die mich jedes Mal aufs Neue faszinierte. Von den meisten Männern war ich es gewohnt, dass sie mich anschauten. Kurz. Oberflächlich. Eher ein Auschecken, ob ich für mehr bereit wäre.

Alex dagegen schaute mich nicht nur einfach an. Bei ihm hatte ich das Gefühl, dass er mich tatsächlich sah. Und genau deshalb machte es mich stinkwütend, dass er nicht mehr von mir wollte.

Nun hatte sich die Menge endgültig aufgelöst und die beiden gingen in Richtung Fan-Shop weiter. Beziehungsweise Basti ging und Alex humpelte auf Krücken hinterher. An der Eingangstür angekommen hielt Basti ihm diese auf und verbeugte sich tief mit den Worten: »Darf ich bitten, Sie Frauenheld und Publikumsliebling.«

»Nicht witzig, Basti.« Entgegen seiner Aussage schmunzelte Alex, während er hineinhumpelte. Was zum Teufel wollte er hier? War er nicht krankgeschrieben oder so? Und wieso brachte Basti jemanden mit? Und dann ausgerechnet IHN!

Basti klopfte Alex kumpelhaft lachend auf die Schulter und schloss dann die Tür. Sein Blick irrte forschend durch den Raum. Ich versuchte instinktiv mich kleiner zu machen und rutschte in meinem Stuhl ein Stück tiefer in der Hoffnung, dass sie mich nicht sehen würden und ich unauffällig verschwinden konnte.

»Hey, da ist sie ja.«

Mist! Freudig winkend kam Basti auf mich zugelaufen. Alex humpelte hinterher. Bis jetzt hatte er mich offenbar noch nicht bemerkt.

»Sorry, hat ein wenig länger gedauert. Mr. Hinkefuß hier hat mich aufgehalten. Ich nehme ihn gleich noch mit nach Hause, deswegen sind wir leider nicht allein bei unserem kleinen Kaffeeplausch.« Er zwinkerte mir wieder zu und machte dann Alex Platz, um ihm den Stuhl zurechtzurücken. Der blickte weiter auf den Boden, um eventuellen Stolperfallen auszuweichen, als er sagte: »Ist mir ehrlich peinlich, aber meine Mitfahrgelegenheit hat mich versetzt. Ich verspreche auch, dass ich ganz …«

Er hatte sich auf den Stuhl fallen lassen und blickte jetzt zum ersten Mal auf. Seinem erschrockenen Gesichtsausdruck nach zu urteilen, fand er die Situation plötzlich auch mehr als nur unangenehm. Ich lag noch immer halb auf meinem Stuhl und

presste die Lippen zusammen, brachte aber immerhin irgendwie ein »Hi« heraus. Wie gerne hätte ich mich einfach in Luft aufgelöst! Irritiert blickte Basti zwischen Alex und mir hin und her. Plötzlich schien ihm ein Licht aufzugehen, als er sich an Alex wandte: »Jetzt sag mir bitte nicht, dass sie …«

Ruckartig riss Alex den Kopf zu ihm rum und unterbrach ihn zischend: »Wieso hast du mir nicht gesagt, dass du dich mit Silja zum Kaffee triffst?« Die Freude, dass er sich noch an meinen Namen erinnern konnte und offenbar mit Basti über mich geredet hatte, wurde direkt hinweggefegt, als er sich zu mir umdrehte: »Und was glaubst du, was du hier tust? An mich kommst du nicht ran, also schnappst du dir meinen besten Freund? Sportfotografin, ja? Dass ich nicht lache. Ihr Pressefuzzis lasst euch doch immer was Neues einfallen, um an die besten Storys heranzukommen. Es reicht euch wohl nicht, dass meine letzte Beziehung so ausgeschlachtet wurde. Mein Privatleben geht euch überhaupt nichts an!«

Normalerweise liebte ich es, wenn er mich so durchdringend ansah, aber dieses Mal wollte ich mich nur noch verkriechen. Das war mit Abstand die schlimmste Reaktion, die ich mir vorstellen konnte. Und so verdammt ungerecht!

»Hey, Mann … Meinst du nicht, du übertreibst ein bisschen? Sie ist wirklich nur für Ralph eingesprungen. Ich war doch dabei, wie sie sich angemeldet hat«, versuchte mir Basti beizustehen.

»Basti, du weißt doch, wie die sind. Wie Haie, die Blut gewittert haben.« Alex blickte von ihm zurück zu mir: »Und die unschuldig aussehenden sind die schlimmsten von allen.«

Jetzt reichte es! Ich warf allen Anstand über Bord und sah nur noch rot: »Du selbstgefälliger Mistkerl kennst mich doch überhaupt nicht. Wage es ja nicht, mich mit einem von diesen Leuten über einen Kamm zu scheren. Ich weiß selbst sehr genau,

wie es ist, jeden Tag beobachtet zu werden. Zwar musste ich es nur kurze Zeit über mich ergehen lassen, aber das reicht mir für das ganze Leben. Keinen Schritt konnte ich gehen, ohne dass mir Fragen gestellt und eine Kamera ins Gesicht gehalten wurde. Mein einziger Ausweg war es, mich zu Hause zu verkriechen, bis sie eine interessantere Story gefunden hatten als den Selbstmord einer High-Society-Dame, die zufällig meine Mutter war. Ich habe mir die Aufmerksamkeit nicht ausgesucht – im Gegensatz zu dir!«

So viel hatte ich niemals von mir preisgeben wollen. Die Zeit nach dem Tod meiner Mutter war die schlimmste meines Lebens, an die ich nie wieder erinnert werden wollte. Alex hatte mich mit seinen Anschuldigungen so sauer gemacht, dass ich, ohne nachzudenken, geredet hatte.

Nun starrten mich beide mit offenem Mund an. Basti fand als Erster die Sprache wieder: »Silja, das tut mir echt leid. Ich entschuldige mich für meinen bescheuerten besten Freund, dem offenbar die Medikamente zu Kopf gestiegen sind!«

Ich konnte meinen Blick trotz allem Zorn nicht von Alex abwenden. Zufrieden bemerkte ich, wie sich sein Gesichtsausdruck veränderte und weicher wurde. Er neigte den Kopf zur Seite und fragte: »Wer bist du nur?« Erfreut registrierte ich, dass auch er mittlerweile zum »Du« übergegangen war. Irgendwie hatte ich aber das Gefühl, dass er das mehr zu sich selbst gesagt hatte als zu mir.

Trotzdem antwortete ich: »Nun, das wirst du wohl nie erfahren.« Daraufhin packte ich meine Sachen zusammen und stand auf, um mich zu verabschieden. »Basti, war nett, dich kennengelernt zu haben. Ich glaube, du bist echt ein feiner Kerl.« Schnell drückte ich ihm einen Kuss auf die Backe. Er verzog jedoch das Gesicht: »Feiner Kerl? Autsch!« Doch dabei grinste er und zeigte mir so, dass er über die Abfuhr nicht sauer war.

Das machte ihn gleich noch sympathischer und ich grinste zurück. Mein Gesicht gefror jedoch, als ich mich zu Alex hinunterbeugte: »Vielleicht solltest du dir abgewöhnen, so vorschnell zu urteilen. Dann haben deine Mitmenschen auch eher Lust, sich mit dir zu unterhalten.«

Damit stolzierte ich hoch erhobenen Hauptes zur Tür hinaus.

Kapitel 8

Silja, kommst du mal bitte?«, hörte ich Diego nach mir rufen.

»Ja, Chef, komme sofort.«

Zwei Wochen waren seit dem unschönen Zwischenfall mit Alex vergangen. Genug Zeit, um darüber hinwegzukommen und die Sache abzuhaken. Theoretisch …

Praktisch dachte ich jedoch noch immer jeden einzelnen Tag an diesen Mistkerl. Fast schon verzweifelt hatte ich mich an den Wochenenden auf Männerjagd begeben, um mich abzulenken. Keiner konnte ihm jedoch auch nur annähernd das Wasser reichen, was mich nur noch mehr frustrierte. Ich drohte immer mehr zu werden wie meine Mutter – völlig auf einen Mann fixiert. Hoffentlich würde sich das mit der Zeit wieder geben. Es war nur verdammt schwer, ihn zu vergessen, wenn ständig über ihn berichtet wurde.

Egal ob ich den Fernseher einschaltete, im Internet surfte oder am Zeitungskiosk stand – Alexander König war allgegenwärtig.

Zumindest war meine Kollegin Melinda wieder schnell genesen, sodass sie die weitere Vertretung für den kranken Fotograf der Eintracht übernahm und ich nicht mehr Gefahr lief, Alex noch einmal live über den Weg zu laufen.

Diego war über die Maßen beeindruckt von meinen Bildern und bot mir an, künftig die dauerhafte Vertretung zu übernehmen, falls wieder eine Anfrage der Eintracht einging. Ich war natürlich sehr geschmeichelt, hoffte aber gleichzeitig, dass dies nicht so schnell wieder der Fall sein würde.

Gespannt machte ich mich nun auf den Weg in Diegos Büro. Die letzten zwei Tage waren relativ ruhig gewesen und ich hoffte darauf, dass er einen neuen spannenden Einsatz für mich hätte. Vielleicht einmal ein eigenes Modeshooting oder so.

»Hey, Chef. Du hast gerufen?« Neugierig betrat ich Diegos Büro und ließ mich dann auf einem der beiden Stühle an der Kopfseite seines Schreibtisches nieder.

»Ah ja, gute Nachricht, Silja: Die Langeweile ist vorbei. Ich habe einen neuen Auftrag für dich.«

Bitte, bitte nichts mit Fußball!, betete ich im Stillen, während ich laut antwortete: »Sehr gut. Mir wäre schon fast die Decke auf den Kopf gefallen. Um was geht es?«

»Was hältst du davon, einen Bildband zu fotografieren?« Hmmm … Ein Bildband an sich war jetzt nichts sonderlich Aufregendes. Aber mit viel Glück würde er mich bekannt machen, sollte er veröffentlicht werden. »Klingt gut! Wovon soll er handeln?«

»Das möchte dir der Auftraggeber selbst sagen.« Geheimnisvoll legte Diego die Fingerspitzen aneinander und lehnte sich dabei in seinem Sessel zurück.

»Äh, ich verstehe nicht ganz …?«

»Ich habe keine Ahnung, wie du es geschafft hast, aber er hat mir sehr deutlich zu verstehen gegeben, dass er unsere Agentur nur damit beauftragt, wenn du die Bilder machst. Da ich weiß, was für eine ausgezeichnete Arbeit du bisher abgeliefert hast, habe ich damit auch kein Problem.« Sein Lob machte mich verlegen und ich lief ein wenig rot an.

»Danke, Chef. Das freut mich sehr, dass du so viel Vertrauen in mich hast. Zumal ja in vier Wochen mein Praktikumsvertrag ausläuft.« Das Thema wollte ich schon länger einmal ansprechen und jetzt schien mir genau der richtige Zeitpunkt zu sein. Diego hatte mich natürlich voll durchschaut und lachte laut auf. »Kluges Mädchen, das genau jetzt zur Sprache zu bringen.« Dann lehnte er sich nach vorne und stützte die Ellbogen auf dem Schreibtisch auf. »Ich sage dir was: Wenn du dieses Projekt zu meiner Zufriedenheit abschließt, gebe ich dir einen Vollzeitjob ohne weitere Probezeit!«

Vor Freude wäre ich ihm am liebsten um den Hals gefallen. Stattdessen riss ich mich zusammen und erwiderte betont gelassen: »Ich werde dich nicht enttäuschen.« In dem Moment streckte Sandra ihren Kopf zur Tür rein: »Boss, dein Besuch ist da.« Gerade wollte ich aufstehen und gehen, doch da hielt mich Diego zurück. »Nein, bleib bitte da. Du sollst doch deinen neuen Auftraggeber kennenlernen.« Dann fuhr er an Sandra gewandt fort: »Schick ihn bitte rein. Und könntest du eine Runde Kaffee fertig machen?«

»Na klar, Boss.« Und damit verschwand sie wieder.

Meine Neugier wuchs ins Unermessliche. »Kannst du mir nicht einen kleinen Tipp geben?«, bettelte ich Diego an. Der schüttelte nur den Kopf, was mich fast wahnsinnig machte.

»Hallo Herr Santale. Freut mich, Sie endlich einmal persönlich kennenlernen zu dürfen.« Als ich die Stimme hörte, verabschiedete sich mein Blutdruck und mir wurde kurz schwarz vor Augen. Das durfte ja wohl nicht wahr sein ...

»Herr König, freut mich auch sehr. Ich nehme an, Sie kennen meine Mitarbeiterin Silja Bredenstein bereits?« Langsam drehte ich den Kopf in Richtung Tür, noch immer unfähig, von meinem Stuhl aufzustehen. Da stand er – mein Fleisch gewordener Albtraum – und grinste mich herausfordernd an. Was ... zum ... Teufel ...?

»Ja, ich hatte schon mehrfach das Vergnügen«, brachte ich heraus, nachdem ich mich halbwegs gefangen hatte. Die Krücken war er anscheinend losgeworden, aber man sah deutlich, dass er nur ein Bein voll belastete und somit noch immer mit seiner Verletzung zu kämpfen hatte. Zu meinem großen Ärger wallte sofort Mitgefühl in mir auf und ich stellte mir vor, wie es wäre, ihn gesund zu pflegen.

Bevor ich mich in diesem Tagtraum verlieren konnte, stand ich endlich auf und reichte ihm zur Begrüßung die Hand. Bloß keine Schwäche zeigen vor ihm!, ermahnte ich mich.

»Bitte, nehmen Sie doch Platz, Herr König. Meine Assistentin bringt uns gleich Kaffee.«

»Das ist sehr freundlich, vielen Dank. Leider habe ich nicht allzu viel Zeit, weshalb ich ganz gerne gleich zur Sache kommen würde.« Das war ja wieder typisch. Alles musste nach seiner Pfeife tanzen. Wenn meine Zukunft nicht von diesem Auftrag abhängen würde, würde ich ihm direkt noch einmal die Meinung geigen! So schluckte ich den Ärger hinunter und gab mich weiterhin extrem gelassen: »Das wäre mir persönlich auch sehr recht.«

Okay, das kam jetzt leider bissiger raus, als ich gewollt hatte. So viel zum Thema Gelassenheit. Verdammt!

»Was genau können wir denn für Sie tun, Herr König?«, ergriff nun Diego das Wort, nicht ohne mir vorher ein fragendes Stirnrunzeln zuzuwerfen.

»Sie wissen ja vielleicht, dass ich vor Kurzem erst den Verein gewechselt habe. Man kennt mich zwar von öffentlichen Auftritten und von Spielen, aber ich würde gerne eine andere Seite von mir zeigen. Eine Seite, die nicht von Journalisten verfälscht und zerrissen wurde. In meinem alten Verein hatte ich leider keine Möglichkeit mehr bekommen, mich ... zu gewissen Themen ... zu äußern.« An dieser Stelle geriet er kurz ins Stocken. Welche Themen meinte er? Bei unserem letzten Zusammentreffen hatte er auch so etwas angedeutet, aber bei meinen Recherchen hatte ich zu seinem Wechsel nichts Verfängliches gefunden. Ich kannte nur die Berichte, in denen von besseren Konditionen geredet wurde. Ein ganz normaler Bundesliga-Transfer also. Dann überraschte mich mein Chef, indem er antwortete: »Ich habe davon gehört. Die Gerüchte halten sich wohl noch immer hartnäckig?«

Ich sah, wie Alex' Unterkiefer mahlte, als er hervorpresste: »Richtig. Die meisten Artikel mussten zurückgezogen werden, aber eine Gegendarstellung wurde abgelehnt. Das würde ich gerne ändern. Mein Management hat mir davon abgeraten, ein Interview zu geben. Aber mit meiner Idee eines Bildbandes über mein neues Leben in Frankfurt waren sie einverstanden. Ich habe volle Freiheit eingeräumt bekommen. Zwar steht mir ein Redakteur zur Seite, die letzte Entscheidung treffe jedoch ich.« Ich verstand kein Wort mehr. Was war bloß vorgefallen? Und wieso wusste mein Chef davon, der alles, was mit Sport zu tun hatte, scheute wie der Teufel das Weihwasser?

Diego machte jedoch absolut keine Anstalten, auf meinen eindringlich fragenden Blick zu reagieren, und fuhr unbeirrt fort: »Und für die entsprechenden Bilder hätten Sie gerne unsere Silja engagiert?«

»Ganz genau. Ich habe einige Bilder von ihr gesehen, die mich sehr fasziniert haben. Deswegen glaube ich, das sie versteht, was ich vermitteln will.« Zum ersten Mal blickte mich Alex nun an: »Ich glaube, dass du die Richtige bist.«

Zunächst konnte ich ihn nur dümmlich anglotzen. Hatte er das gerade wirklich gesagt? »Aber ... Du magst mich doch überhaupt nicht ...«

»Das ist so nicht korrekt. Zugegeben, ich war misstrauisch. Nach unserer kleinen ... Unterhaltung ... neulich habe ich mich allerdings eines Besseren belehren lassen. Basti hat mir ganz schön den Kopf gewaschen, kann ich dir sagen. Er mag dich und ich mag ihn und vertraue seinem Urteil. Ich würde mir wirklich wünschen, dass du den Job annehmen würdest.« Erwartungsvoll schaute er mich an. Ebenso wie mein Chef, der mich mit Sicherheit für total gestört hielt, da ich noch immer stumm vor mich hinglotzte. Sag etwas, Silja. Irgendwas!

»Wie würde die Zusammenarbeit denn ablaufen?«, fragte ich, nachdem ich durch Räuspern den Kloß aus meinem Hals vertrieben hatte.

Erste Erleichterung spiegelte sich auf Alex' Gesicht wider: »Du würdest mich zusammen mit dem Redakteur jeden Tag begleiten. Zwei Wochen lang. So lange dauert es voraussichtlich noch, bis ich wieder voll einsatzfähig bin. Ich möchte in dem Bildband vor allem meine persönlichen Spielvorbereitungen und auch meine Projekte außerhalb des Fußballs hervorheben. Wir werden uns viel in meiner Freizeit treffen, was wahrscheinlich jede Menge Überstunden für dich bedeutet. Am Ende der zwei Wochen wähle ich die Texte und Bilder aus, die für den Bildband verwendet werden. Ich alleine treffe diese Entscheidung und du wirst damit leben müssen. Das möchte ich von Anfang an klarstellen. Sämtliche Bildrechte bleiben natürlich bei dir. Die Weiterverwendung erfolgt aber nur mit meinem Einverständnis. Einen entsprechenden Vertrag setzen meine Anwälte auf.«

Mit jedem seiner Worte wurde mir mehr und mehr bewusst, dass das kein Spaziergang werden würde. Bei all unseren bisherigen Begegnungen hatten wir uns gezofft. Dabei waren wir nie länger als zehn Minuten zusammen in einem Raum gewesen. Und jetzt sollte ich zwei Wochen lang nach seiner Pfeife tanzen? Zumindest hätte ich mit dem Redakteur noch einen Leidensgefährten an meiner Seite, der im Notfall hoffentlich vermitteln konnte. Außerdem: Was hatte ich denn schon für eine Wahl? Wenn ich den Auftrag nicht annehmen würde, könnte ich mich von meinem Traumjob verabschieden.

Während ich noch hin- und herüberlegte und Diego dabei zusah, wie er irgendwelche Unterlagen auf seinem Schreibtisch suchte, beugte sich Alex zu mir herüber. Sein männlich herbes Parfüm drang dabei in meine Nase und vernebelte mir die

Sinne, als er mir leise ins Ohr flüsterte: »Damit das absolut klar ist: In den zwei Wochen würdest du mir gehören und tun, was ich sage.«

Es war unfassbar, wie sehr mich seine herrische Art antörnte. Dieser Mann wusste genau, was er wollte. Und ich wusste, dass ich ihn wollte. So sehr, dass es körperliche Schmerzen verursachte.

Mein Herz frohlockte, aber mein Hirn brüllte mich an, dass mein Schicksal besiegelt wäre, wenn ich dieses Angebot annehmen würde. Ich musste total gestört und ein wenig sadistisch veranlagt sein, denn ich antwortete sarkastisch und ein wenig zu laut: »Soll ich mir noch eine Zahnbürste einpacken oder darf ich wenigstens zu Hause schlafen?«

Diegos Kopf fuhr herum, seine Augen quollen aus den Höhlen hervor, aber Alex lachte herzhaft auf. »Das ist die richtige Arbeitseinstellung!« Dann wurde er wieder ernst, als er mir die Hand hinhielt und fragte: »Haben wir also einen Deal?«

Ein Blick zu Diego verriet mir, dass er mich direkt rausschmeißen würde, wenn ich mich weiterhin so merkwürdig verhielt. Also schluckte ich meinen Stolz und meine Prinzipien hinunter und schlug ein: »Deal!« Das darauf folgende Schmunzeln ließ seine Augen noch mehr strahlen und mein Herz vor Freude hüpfen. Als er meine Hand wieder losließ, musste ich ein Seufzen unterdrücken.

»Das freut mich sehr zu hören. Ich muss jetzt leider los. Herr Santale, meine Anwälte werden Ihnen den Vertrag übersenden. Lassen Sie mich wissen, wenn Sie noch Fragen haben. Ansonsten setzt mein Management sich mit Ihnen in Verbindung, um einen ersten Termin mit Silja auszumachen.« Sie schüttelten sich noch einmal die Hände. »Hat mich sehr gefreut.«

»Gleichfalls, Herr König. Wir werden alles Weitere in die Wege leiten«, erwiderte mein Chef sichtlich erleichtert darüber,

dass ich mich endlich eingekriegt hatte. Beim Rausgehen nickte mir Alex noch einmal zu und verschwand dann zur Tür hinaus. Ich stieß die angehaltene Luft aus, sackte auf meinem Stuhl zusammen und schlug die Hände vors Gesicht. Was hatte ich nur getan? Das konnte doch nur in einer Katastrophe enden.

»Silja?« Der warnende Unterton in Diegos Stimme ließ mich aufhorchen. Ich blinzelte ihn zwischen zwei Fingern hindurch an: »Ja?«

»Ist da irgendetwas, das ich wissen müsste?«, fragte er mich mit hochgezogener Augenbraue. Ich schluckte schwer, nahm dann endgültig die Hände herunter und setzte meine unschuldigste Miene auf: »Nein, alles okay. Alles bestens. Alles super.«

»Je mehr du mir sagst, dass alles okay, bestens und super ist, umso misstrauischer werde ich. Es ist okay, wenn du mir nicht alles erzählen willst. Sag mir nur so viel: Bekommen wir ein Problem, wenn du mit ihm so viel Zeit verbringst?« Diego war auf mich zugekommen und lehnte sich jetzt mit verschränkten Armen an den Tisch, um mich forschend anzublicken. Mit einer viel zu hohen und piepsigen Stimme antwortete ich: »Nein.« Peinlich berührt räusperte ich mich noch einmal und fuhr fort: »Ich garantiere dir, dass ich den Auftrag professionell abschließen werde.«

Warnend hob Diego den Zeigefinger: »Nun, das hoffe ich. Du weißt, was auf dem Spiel steht.«

Kapitel 9

Fußballstar rastet aus

Wie uns heute Morgen von einer Quelle aus dem Umfeld des ehemaligen U21-Nationaltorwarts Alexander König berichtet wurde, musste er seinen Verein vorzeitig verlassen. Nach einer heftigen Auseinandersetzung mit seinem Trainer Charles Hickory waren wohl für den aufbrausenden Star Worte nicht mehr genug und er schlug zu. Hickory wurde mit mehreren gebrochenen Rippen und einer Gehirnerschütterung ins Krankenhaus eingeliefert. Worum es bei dem Streit ging, ist nicht bekannt. Tatsache ist aber, dass Herr König bereits seit Wochen nicht mehr in der A-Mannschaft gesetzt war. Durch seinen Manager ließ er ausrichten, dass er für keine Stellungnahme bereitstehe. Sein Vertrag, der eigentlich noch bis Ende 2015 läuft, wurde vom Verein mit sofortiger Wirkung gekündigt. Trotz seines offenbar aufbrausenden Temperaments haben bereits etliche große Bundesliga-Vereine Interesse an ihm bekundet. Ob er die in ihn gesetzten Erwartungen auch erfüllen kann, bleibt wohl abzuwarten.

Beklommen sah ich vom Laptop auf.

Ich war einfach zu neugierig gewesen und wollte endlich wissen, was genau damals wohl vorgefallen war. Rico war zwar ein Fußballfan, aber an dem Klatsch rund herum nicht wirklich interessiert und somit keine große Hilfe. Nachdem mir Diego auch nur vage Andeutungen gemacht hatte, hatte ich stundenlang zusammen mit Rico im Internet recherchiert. Ich war schon kurz davor aufzugeben, aber dann fand ich diesen Artikel.

Er war der einzige, der nicht zurückgenommen wurde. Alex' Management hatte ganze Arbeit geleistet.

»Und mit so einem Typen willst du zwei Wochen verbringen?«, entsetzt schaute mich Rico an. Er war schon vorher nicht sehr angetan von dem Gedanken, dass ich über so einen langen Zeitraum so nah mit Alex zusammenarbeiten sollte. Früher hatte er nie auch nur einen Anflug von Eifersucht gezeigt. Aber früher hatte mich auch nie ein Mann näher interessiert. Rico war anscheinend nicht entgangen, dass mich Alex faszinierte. Und eigentlich ging ihn das auch überhaupt nichts an. Schließlich war er zwar mein bester Freund, aber eben »nur« mein bester Freund.

Noch mehr Dramen konnte ich in meinem Leben nun wirklich nicht gebrauchen und reagierte entsprechend trotzig: »Ich will nicht. Ich muss, wenn ich meinen Job behalten will. Das ist ein großer Unterschied. Und außerdem glaube ich kein Wort von dem, was in der Presse berichtet wird. Du weißt doch noch, wie sie mit mir umgesprungen sind. Und ich war nur eine kleine Nummer, für die sich nach einer Weile kein Mensch mehr interessiert hat.«

»Hättest du damals die Hilfe von deinem Vater angenommen, hätten sie dich in Ruhe gelassen«, war Ricos trotzige Antwort. Genervt schnaubte ich und verdrehte die Augen. Diese Diskussion hatten wir schon so oft geführt und ich war es langsam leid, mich immer vor ihm rechtfertigen zu müssen.

Das hielt mich natürlich nicht davon ab, es trotzdem zu tun: »Zum hundertsten Mal: Er wollte nur sein Gewissen beruhigen! Er ist schuld am Tod meiner Mutter. Aber anstatt sich damit auseinanderzusetzen, lässt er mich feuern, um nicht mehr an sie erinnert zu werden. Was soll das denn bitte für eine Hilfe sein?«

»Er hätte seine Kontakte nutzen können, um die Aasgeier von dir fernzuhalten. Ich weiß, dass er das gerne getan hätte.« Ein

schrecklicher Verdacht keimte in mir auf. Meine Augen verengten sich zu schmalen Schlitzen, als ich ihn gefährlich anzischte: »Woher willst du das wissen?«

Ertappt senkte Rico den Blick, unfähig, mir weiter in die Augen zu sehen. Ich hatte also recht gehabt. Trotzdem wollte ich es aus seinem Mund hören: »Rico?« Meine Stimme hatte einen bedrohlichen Unterton angenommen.

»Also ... Na ja ... Er hat mich ein paarmal angerufen ...« Die Schuld in seiner Stimme war nicht zu überhören.

Das konnte doch echt nicht wahr sein!

»Wie konntest du mir das antun? Du bist der Einzige, dem ich bedingungslos vertraue! Und dann fällst du mir so in den Rücken? Ihr zwei habt euch bestimmt köstlich über mich amüsiert. Du bist genauso falsch und verlogen wie er!« Meine Stimme wurde immer lauter und fast schon hysterisch, während ich ihm bei jedem Satz den Zeigefinger gegen die Brust rammte.

Rico wich immer mehr zurück, bis er schließlich im wahrsten Sinne des Wortes mit dem Rücken zur Wand stand. »Silja ... Ich ... Bitte! Das war doch keine böse Absicht. Ich wollte doch nur zwischen euch vermitteln.«

»Du hättest es mir sagen müssen!« Vor lauter Zorn schossen mir die Tränen in die Augen. Wahrscheinlich aus Reflex heraus wollte mich Rico in die Arme nehmen, um mich zu trösten. Seine Nähe ließ meine Wut jedoch nur noch mehr anschwellen. Sein Verrat schmerzte fast mehr als der meines Vaters. Ich hatte mich ihm geöffnet und er hatte nichts Besseres zu tun, als zu meinem Vater zu rennen. Dem Menschen, mit dem ich nicht einmal mehr in einem Raum sein wollte.

»Lass das!«, fuhr ich Rico an und schlug seine Arme weg. »Bitte geh, bevor ich mich vergesse.«

Er sah kurz so aus, als ob er noch etwas sagen wollte, überlegte es sich dann aber anders, als er mir ins Gesicht schaute.

»Es tut mir leid. Ich hoffe, du kannst mir eines Tages verzeihen. Bitte!«, murmelte er kleinlaut, bevor er sich umdrehte und meine Wohnung verließ. Als ich das Geräusch der ins Schloss fallenden Tür wahrnahm, brach ich heulend auf der Couch zusammen.

Ein Blick in den Spiegel am nächsten Morgen, bestätigte meine schlimmsten Befürchtungen. Das Ergebnis einer durchheulten Nacht waren dick verquollene Augen, die auch mit jeder Menge kalter Umschläge nicht abschwellen wollten.
»Na ganz toll«, brummelte ich meinem Spiegelbild zu. Mit Mascara und Make-up versuchte ich zu retten, was noch zu retten war. Allerdings wenig erfolgreich. Danach zog ich mich an und machte mich auf den Weg zu meiner ersten Verabredung mit Alex. Alles rein geschäftlich und hoch professionell. Meine Aufregung und Nervosität schob ich darauf, dass meine Zukunft von dem Ausgang unseres Projektes abhing. Die Person Alexander König hatte damit rein gar nichts zu tun! Ich hatte den Gedanken noch nicht zu Ende gedacht, da hörte ich bereits meine Libido schallend lachen.

Unser erstes Treffen fand in den Büroräumen von Alex' Beraterin statt. Die Tatsache, dass eine Frau mit ihm so eng zusammenarbeitete, ohne Mordgedanken zu hegen, machte mich neugierig. Ihren Namen kannte ich bereits: Yolanda Moreno. Bei diesem Namen stellte ich mir eine wunderschöne rassige Spanierin vor, die Kastagnetten schwingend und Flamenco tanzend jeden Mann betören konnte. Keine beruhigende Vorstellung, so jemanden in Alex' ständiger Nähe zu wissen. Obwohl es mir natürlich egal sein konnte.
Das Büro befand sich im Herzen von Frankfurt in einem wunderschönen alten Gebäude am Museumsufer mit Blick

auf den Main. Wie immer war ich natürlich viel zu früh dran, wurde aber ausgezeichnet mit jeder Menge Kaffee und Keksen versorgt.

Pünktlich um 10 Uhr erschien eine große, schlanke, ältere Dame in einem Kostüm und streckte mir freudig lächelnd die Hand zur Begrüßung entgegen: »Sie sind bestimmt Frau Bredenstein. Ich bin Yolanda Moreno. Freut mich, Sie endlich kennenlernen zu dürfen. Alexander hat mir so sehr von Ihnen vorgeschwärmt, dass ich es gar nicht abwarten konnte. Ich gebe zu, dass ich ebenfalls sehr von Ihrer Arbeit angetan bin. Ihre Fotografien sind wirklich sehr gut, und auch wenn ich das als Laie nur schwer beurteilen kann, würde ich sagen, dass Sie sehr talentiert sind.«

Mit ihrer herzlichen und sympathischen Art entsprach sie überhaupt nicht meiner Vorstellung und überforderte mich damit total. Ich hatte ein bissiges, aufgetakeltes Karriereweib erwartet. Die echte Yolanda war das genaue Gegenteil. Sie war sehr elegant angezogen, strahlte aber nicht diese Arroganz aus, die man normalerweise bei Geschäftsfrauen erwartet. Mit ihren kurzen blonden Haaren und den von Lachfältchen eingerahmten grauen Augen entsprach sie auch optisch überhaupt nicht meinen Erwartungen. Kurzum war sie mir auf den ersten Blick unglaublich sympathisch. Mit dieser Frau konnte ich mir eine Zusammenarbeit durchaus vorstellen.

Ich schüttelte meine Verwunderung ab und fing an, ihr strahlendes Lächeln zu erwidern, als ich ihre Hand ergriff: »Freut mich auch sehr. Verzeihen Sie, wenn ich das sage, aber ich hatte Sie mir ganz anders vorgestellt.«

Sie lachte kurz auf: »Ja, das höre ich öfter. Mein Vater war Spanier, meine Mutter Schwedin. Raten Sie mal, welche Gene sich durchgesetzt haben. Wenigstens den Namen wollte sich mein Vater dafür aussuchen.«

»Bitte entschuldigen Sie, ich wollte nicht indiskret sein«, erwiderte ich verlegen. Mein Mund war wieder einmal schneller gewesen als mein Kopf.

»Ach was, machen Sie sich mal keine Gedanken. Ich bin so einiges gewohnt. Ich vertrete viele Fußballer. Die neigen sehr dazu erst zu reden und dann zu denken.« Sie zwinkerte mir verschwörerisch zu, bevor sie fortfuhr: »Apropos: Alexander verspätet sich ein wenig, müsste aber gleich hier sein. Was halten Sie davon, wenn wir so lange einmal das grobe Konzept durchgehen?«

»Sehr gerne! Aber sollten wir dafür nicht noch auf den Redakteur warten?«, warf ich ein.

»Oh, der wird erst zum Schluss noch einmal die von Alexander geschriebenen Texte überarbeiten. Hat er Ihnen nicht erzählt, dass er absolut freie Hand hat?«

»Doch, doch, aber ich dachte, dass er nur die Texte korrigiert und nicht selbst schreibt.« Leichte Panik überkam mich. Ich hatte meine ganze Hoffnung auf diesen Puffer zwischen Alex und mir gesetzt. Wie sollte ich sonst diese zwei Wochen überstehen?

»Alexander kann am besten wiedergeben, was er mitteilen möchte. Die Sache hat ihm damals sehr zugesetzt. Es würde nicht funktionieren, einen Dritten darüber schreiben zu lassen. Das hatten wir bereits mehrfach versucht. Über das Thema an sich dürfen wir nicht mehr mit der Presse sprechen. Daher mussten wir andere Mittel und Wege finden, um sein Image aufzupolieren.«

Tausende Fragen schossen mir durch den Kopf. Die ganze Geschichte wurde immer mysteriöser. Was war nur vorgefallen? Und wieso hatte man Alex einen Maulkorb verpasst? Es machte mich schier wahnsinnig, dass darum so ein Geheimnis gemacht wurde.

Ich beschloss, Yolanda zu fragen. Irgendeiner musste doch einmal den Mund aufmachen. »Ich glaube, es wäre ganz gut, wenn ich wüsste, was genau damals vorgefallen ist. Vielleicht kann ich so verstehen, worum es Alex geht. Das würde mir auch für den Bildband helfen. Bilder drücken manchmal mehr aus als tausend Worte.«

Yolanda holte tief Luft und ich frohlockte bereits innerlich. Gleich würde ich endlich alles erfahren. Gespannt lehnte ich mich vor, als sie anfing zu reden: »Ich denke, es wäre wirklich gut, aber...«

»Aber es geht sie nichts an!«

Yolanda und ich zuckten zeitgleich zusammen, als wir die schneidende Stimme Alexander Königs vernahmen. Yolanda war das schlechte Gewissen anzusehen. Ich dagegen war sauer, dass ich so kurz vor dem Ziel abgeblockt wurde. Mit vor der Brust verschränkten Armen lehnte ich mich im Stuhl zurück und schaute ihn herausfordernd an: »Dir auch einen guten Morgen!«

Dann wanderte mein Blick an ihm entlang. Dunkle Jeans, schwarze Chucks und ein schwarzes T-Shirt, das perfekt seinen durchtrainierten Körper betonte. Eine Sekunde später war meine Aggression verpufft. Dieser Mann gehörte verboten! Als ich die Begutachtung seines Körpers beendet hatte und in sein Gesicht blickte, zog sich sein Mundwinkel wissend nach oben. Verdammt! Offenbar hatte ich mein Gesicht nicht so gut im Griff gehabt wie gehofft.

Er stieß sich vom Türrahmen ab, an dem er lässig gelehnt hatte, und kam zu uns herübergelaufen: »Gut wird er hoffentlich erst noch. Bis dahin solltest du lernen, deine Neugier zu zügeln. Wenn ich dich daran erinnern darf: Im Vertrag für unsere Zusammenarbeit steht eindeutig, dass dieses Thema tabu ist. Wenn du dich nicht daran hältst, darf ich mich über einen schönen Zahlungseingang auf meinem Konto freuen.«

Und schon war er wieder da, der allgegenwärtige Zorn, sobald Alex den Mund aufmachte. »Ich habe den blöden Vertrag nicht gelesen und Diego hat auch nichts gesagt. Aber fein, ganz wie du willst. Wir alle haben ja unsere kleinen Geheimnisse. Was schert mich deines?«, giftete ich ihn an.

»Bitte, bitte, reißt euch zusammen«, schritt Yolanda mahnend ein und wandte sich dann an mich: »Ich weiß, dass er manchmal ein wenig schroff sein kann, aber ich bin davon überzeugt, dass ihr super zusammenarbeiten werdet.«

Wenig überzeugt nickte ich. Um nicht schon wieder irgendetwas Provozierendes zu sagen, schlürfte ich lieber meinen Kaffee weiter. Das schien Yolanda zu beruhigen. Sie klatschte erfreut in die Hände: »So, und jetzt arbeiten wir mal.« Mit diesen Worten klappte sie die vor ihr auf dem Tisch liegende Mappe auf und förderte die ersten Entwürfe zutage.

Wider Erwarten war der Vormittag doch sehr produktiv verlaufen. Wir hatten die ersten Locations festgelegt und einen Zeitplan erstellt. Das war der schwierigste Teil, da Alex ständig irgendwelche Termine hatte. Trotzdem verließ ich äußerst optimistisch das Gebäude und spazierte noch ein bisschen am Main entlang. Erst morgen früh würde ich mich wieder mit Alex treffen, sodass ich den Nachmittag noch zur Vorbereitung nutzen konnte.

Spontan beschloss ich, mich auf einer Parkbank am Ufer niederzulassen und meine Notizen zu sortieren, bevor ich endgültig ins Büro und an meinen PC zurückkehren musste. Alex hatte wirklich tolle Ideen für seine Imagekampagne entwickelt. Wenn ich noch die richtigen Bilder dazu beitragen würde, würde sich der Bildband verkaufen wie warme Semmeln.

Ich hatte fast damit gerechnet, dass er meine Vorschläge aus Prinzip ablehnen würde, aber das genaue Gegenteil war der Fall

gewesen. Wir diskutierten zwar des Öfteren kritisch, aber auf einem Niveau, das Spaß machte und die Kreativität förderte.

Das trug natürlich nicht unbedingt dazu bei, dass ich Alex weniger anziehend fand. Ein paarmal hatten sich unsere Hände zufällig berührt, wenn wir über den Unterlagen gebeugt dicht nebeneinander standen.

Verträumt grinste ich vor mich hin, während ich mich an die wohligen Schauer zurückerinnerte, die mir seine warme Haut so nah an meiner verschafft hatte. Wie es wohl wäre, wenn er mich tatsächlich einmal absichtlich berühren würde?

»Silja?« Alex' Stimme direkt neben meinem Ohr ließ mich vor Schreck hochfahren und kurz aufschreien. Dabei ließ ich meine Notizen fallen, die sofort in den Main geweht zu werden drohten. Hektisch rannte ich im Zickzack den fliegenden Blättern hinterher – Alex im Schlepptau, der seine Qualitäten als Torhüter zeigen konnte, indem er wild durch die Luft hüpfte und die Blätter einfing. Er war damit trotz seiner Verletzung wesentlich erfolgreicher als ich, sodass wir nach Kurzem alle Blätter eingesammelt und vor dem sicheren »Tod durch Ertrinken« gerettet hatten.

Eine Entenfamilie, die wir mit unserem Herumgehampel wohl gestört hatten, kam zeternd und quakend auf uns zugewatschelt. Normalerweise fand ich Enten total süß, aber mit aufgerissenem Maul hatten sie doch etwas leicht Bedrohliches an sich. Ohne nachzudenken, sprang ich hinter Alex' breiten Rücken und lugte ängstlich hinter seinem Arm hervor. Ich sah, wie er stirnrunzelnd zwischen der schimpfenden Entenfamilie und mir hin und her blickte und kurz darauf aus vollem Halse anfing loszulachen.

Erst wollte ich böse sein, da er mich offensichtlich auslachte, aber dieses herzliche, offene Lachen war so ein schönes Geräusch … und vor allem war es ansteckend. Erst als die Entenfamilie endlich weitergezogen war, konnten wir uns halbwegs beruhigen. Dann nahm ich ihm meine Notizen aus der Hand und verstaute alles wieder in meinem Block. »Mach das ja nicht noch einmal mit mir. So viel Aufregung ist nicht gut für meinen Blutdruck.« Noch immer war das Lachen meiner Stimme anzuhören.

»Sorry, ich wollte dich nicht erschrecken. Ich habe schon von Weitem deinen Namen gerufen, aber du hast mich anscheinend nicht gehört.« Entschuldigend deutete er auf sein Handy, während er fortfuhr: »Ich dachte, es wäre vielleicht nicht schlecht, wenn wir Nummern austauschen würden. Dann könnten wir uns immer direkt verabreden und sparen uns den Umweg über Yolanda und deinen Boss. Was meinst du?«

Ich kämpfte noch immer damit, meinen Puls wieder zu beruhigen. Der Gedanke, seine private Nummer zu haben, half nicht unbedingt dabei. Dieser Mann machte mich echt fertig!

»Klar, kein Problem. Solange du versprichst, mich nicht zu stalken.« Ich bildete mir ein, es lustig gesagt zu haben, aber seine Miene wurde von einem Augenblick zum anderen todernst.

»Ich kann mich gerade noch beherrschen«, war seine ruppige Antwort. Was war denn jetzt schon wieder los? Meine Irritation war mir wohl deutlich ins Gesicht geschrieben, denn seine Tonlage milderte sich ein wenig, als er fortfuhr: »Tut mir leid. In deiner Nähe sage ich auffallend oft Dinge, die ich nicht so meine. Ich verspreche, dass ich daran arbeiten werde.« Seine Worte unterstrich er mit einem schwachen Grinsen, das ihn um Jahre älter wirken ließ. Was hatte dieser Mann nur mitgemacht, dass er sich so verschloss und um sich trat, sobald ihm jemand näherkam?

»Entschuldigung angenommen.«

Während wir unsere Nummern austauschten, ließ mich die Frage einfach nicht los. Irgendwie musste ich es schaffen, ihn aus der Reserve zu locken. Ich schwor mir, am Ende der nächs-

ten beiden Wochen sein Geheimnis gelüftet zu haben. Danach würden wir wieder getrennte Wege gehen. Ob ich es wollte oder nicht.

Er verabschiedete sich und ich blickte ihm noch kurz hinterher, bevor ich mich ebenfalls auf den Weg ins Büro machte. Ich hörte ihn noch einmal meinen Namen rufen: »Die Zusammenarbeit mit dir hat echt Spaß gemacht. Ich freue mich schon auf morgen.« Dann drehte er sich um und war kurz darauf in Yolandas Bürogebäude verschwunden. Ich hatte größte Mühe, die Schmetterlinge in meinem Bauch zu bekämpfen, die bei seinen Worten angefangen hatten zu rebellieren. Die ganze Fahrt zurück ins Büro murmelte ich wie ein Mantra vor mich hin: »Nur beruflich … alles nur rein beruflich …«

Herrje, wem wollte ich eigentlich irgendetwas vormachen?

Kapitel 10

Das sieht doch schon sehr vielversprechend aus.« Das Lob von Diego freute mich sehr. Nach meiner Rückkehr war ich direkt zu ihm gegangen. Ich wollte ihm noch einmal versichern, dass ich das Projekt ohne Zwischenfälle professionell durchziehen konnte. Was er sah, schien ihn zu beruhigen.

»Das freut mich sehr. Und die Zusammenarbeit mit Alex und seinem Team war sehr angenehm. Ich habe ein richtig gutes Gefühl bei dieser Sache.« Meine Laune war auf dem absoluten Höhepunkt. Es hätte nur noch gefehlt, dass ich fröhlich singend und tanzend durch die Büroräume geschwebt wäre. Auf dem Weg zurück zu meinem Schreibtisch fing mich Sandra ab: »Ein Rico hat sich gerade für dich angemeldet.« Was zum Teufel wollte der denn hier? Na gut, ich konnte mir schon denken, was er wollte. Seine unzähligen Anrufe und Nachrichten hatte ich bewusst ignoriert und jetzt kam er persönlich vorbei. Ich wollte mir zwar die Stimmung nicht verderben lassen, war es ihm aber irgendwie schuldig, ihn anzuhören. »Ich hole ihn in der Lobby ab. Danke dir, Sandra.«

In der Lobby angekommen, entdeckte ich ihn sofort. Er saß in einem Sessel und las in der ausgelegten Tageszeitung. Offenbar hatte er sich auf eine längere Wartezeit eingestellt und gedacht, ich würde ihn zappeln lassen. Mit schnellen Schritten durchquerte ich die Halle und stellte mich vor ihn: »Lust auf einen Kaffee?«

Prompt ließ er die Zeitung fallen, sprang auf und antwortete strahlend: »Sehr gerne.« Schweigend gingen wir aus dem

Gebäude und überqueren die Straße. Direkt gegenüber war ein sensationell guter Coffee-Shop, bei dem ich mittlerweile Stammkundin geworden war.

Mein Kaffeekonsum war auch früher schon hoch gewesen, hatte sich aber durch deren süchtig machenden Latte Macchiato noch in beängstigendem Maße gesteigert.

Wir ließen uns an einem der hinteren Tische nieder und gaben unsere Bestellung auf. Die ganze Zeit über hatten wir noch kein weiteres Wort gewechselt. Ich hatte allerdings auch nicht vor, den Anfang zu machen. Schließlich hatte nicht ich den Mist gebaut. Mit ausdruckslosem Gesicht blickte ich Rico einfach nur an, bis er schließlich die Initiative ergriff. »Ich habe damals nicht genug nachgedacht. Ich wollte nur helfen und habe dabei deine Gefühle verletzt. Ab jetzt gibt es keine Alleingänge mehr von mir. Das verspreche ich dir.«

Seine ehrlichen Worte erwärmten mein Herz. Ich konnte ihm einfach nicht länger sauer sein. »Ich weiß doch, dass du mir nur helfen wolltest. Aber nicht auf diese Art und Weise. Keine Alleingänge und keinen Kontakt zu meinem Vater mehr!«

»Versprochen!« Freudestrahlend reichten wir uns die Hände und schlossen somit Frieden. Dieser Tag konnte kaum besser werden.

Die Kellnerin brachte unsere Getränke an den Tisch. Mit mir und der Welt im Reinen, genoss ich in kleinen Schlucken meinen Latte und tauschte mit Rico den neuesten Klatsch aus.

»Und wie läuft's mit deinem König?«, fragte er irgendwann fast schon zu beiläufig. Das war das einzige Thema, über das ich nicht mit ihm sprechen wollte. Ich wollte ihm wirklich gerne alles erzählen, aber dann würde ich seine Gefühle verletzen. Also entschloss ich mich zur halben Wahrheit und versuchte nicht ganz so euphorisch dabei zu klingen.

»Och, ganz gut. Ich habe mich gestern mit ihm und seiner Beraterin getroffen. Die ist echt supernett und ich habe ein gutes Gefühl bei der Zusammenarbeit.« Puh, war doch gar nicht so schwer neutral zu klingen. Bevor er etwas erwidern konnte, fing mein Handy an zu vibrieren. Dummerweise hatte ich es auf den Tisch gelegt, sodass Rico sehen konnte, wer da anrief. Mit klopfendem Herzen ging ich ran: »Hey.« Selbst mir fiel auf, dass meine Stimme plötzlich einige Oktaven höher klang.

»Selber hey.« Alex' Stimme dagegen war wie flüssiger Honig. Dieser selbstbewusste Mistkerl! »Kleine Planänderung für morgen. Ich hole dich um acht Uhr bei dir zu Hause ab. Pack dir Sportsachen ein.«

»Was? Warum? Wofür?«, die nackte Panik brach bei mir aus. Ich war zwar nicht unsportlich, neigte aber dazu, sehr schnell einen feuerroten Kopf zu bekommen. Auf GAR KEINEN FALL durfte er mich so sehen. Ich konnte hören, dass er mühsam versuchte, ein Lachen zu unterdrücken, als er antwortete: »Lass dich überraschen. Und vergiss nicht, mir deine Adresse zu schicken. Bis morgen dann.«

Shit, Shit, Shit! Ich musste noch Wäsche waschen, aufräumen, putzen. Nur für den Fall, dass er meine Wohnung betreten sollte... Man musste schließlich alle Eventualitäten einkalkulieren!

»Du siehst aus, als ob du gleich einen Hirnschlag bekommen würdest.« Rico hatte die Arme verschränkt und blickte mich nun herausfordernd an. »Wird das Höschen schon feucht, wenn er nur anruft?«

Mit offenem Mund starrte ich ihn an. Woher kam das denn jetzt? Rico hatte mich schon mehrmals mit anderen Männern gesehen. Meistens war er sogar mein »Wing man« und stand mir bei meiner Flirterei zur Seite. Niemals hatte er auch nur den Anflug von Eifersucht gezeigt. Als ich ihm allerdings jetzt

in die Augen blickte, fand ich darin nur blanke Wut. »Was soll das? Warum führst du dich auf wie ein Vollidiot?«, zischte ich ihn an.

»Irgendeiner muss dir ja mal sagen, dass du dich in seiner Nähe wie ein verliebter Teenie aufführst. Gegen deine ständigen Affären habe ich nie irgendwas gesagt. Jeder braucht seinen Spaß und ich weiß, warum du dich nie auf mehr eingelassen hast. Er ist gefährlich! Lass es einfach bleiben.«

»Das kannst du doch gar nicht beurteilen. Wir arbeiten nur zusammen. Abgesehen davon hat er keinerlei Interesse an mir. Und ich auch nicht an ihm.« Vor Zorn hatte ich die Hände zu Fäusten geballt.

»Rede dir das ruhig weiter ein. Du empfindest etwas für ihn und verrennst dich dadurch in etwas, das nie passieren wird. Willst du etwa so enden wie deine Mutter?« Am liebsten hätte ich ihm für diesen letzten Satz eine reingehauen. Niemals würde ich so enden wie sie. Zum zweiten Mal in kürzester Zeit hatte Rico meinen Schwachpunkt ausgenutzt und gegen mich gewendet. Auch wenn er teilweise recht hatte, war ich überzeugt, dass in Wahrheit die Eifersucht aus ihm sprach.

»Ich gehe jetzt besser, bevor ich etwas tue, das ich später bereuen würde.« Damit stand ich auf und ließ ihn mit den Getränken und der Rechnung sitzen.

Später am Abend hatte ich mich wieder halbwegs beruhigt und meine Emotionen im Griff. Zumindest was Rico anging. Sobald sich allerdings Alex in meine Gedanken schlich, war es mit der Ruhe vorbei. Wie ein Wirbelwind fegte ich durch meine Wohnung und brachte sie auf Vordermann. Das half dabei, mich abzulenken, und war sowieso schon längst überfällig gewesen. Entsprechend erschöpft fiel ich gegen 22 Uhr in mein Bett und schlief fast sofort ein, als mein Kopf das Kissen berührte.

Bereits um halb acht saß ich fertig angezogen und mit gepackter Sporttasche in meiner Küche und starrte auf die Uhr. Wieso verging die Zeit nur so langsam, wenn man sich auf etwas freute? Meine Hände waren vor lauter Aufregung eiskalt. Immer wieder blickte ich durch das Küchenfenster auf die Straße hinaus. Ich zuckte nervös zusammen, als mein Handy sich durch lautes Vibrieren bemerkbar machte. Eine neue Nachricht: *Bist du fertig?*

Wir hatten doch erst kurz nach halb acht! Also war ich doch nicht der einzige überpünktliche Mensch auf diesem Planeten. *Na klar*, schrieb ich zurück. Ich hatte noch nicht richtig den Senden-Knopf gedrückt, da klingelte es schon an meiner Haustür. Neugierig ging ich zur Tür und öffnete sie. Vor mir stand ein fröhlich grinsender (und wieder einmal verboten gut aussehender) Alex mit zwei Kaffeebechern in der Hand.

Mit einem »guten Morgen« reichte er mir einen davon. Schon alleine dafür hätte ich ihn knutschen können.

»Guten Morgen. Komm doch rein.« Ich trat einen Schritt zur Seite, um ihn an mir vorbeizulassen. Dabei wehte mir sein Duft in die Nase. Männlich, herb, nicht aufdringlich und einfach zum Niederknien. Ich musste unwillkürlich an Hannibal Lecter denken, wie er den Duft seiner Opfer einatmete, und konnte ein Lachen nicht unterdrücken.

»Was ist los?«, drehte sich Alex fragend zu mir um.

»Ach, ich habe nur gerade den Kaffeeduft genossen.« Ich hoffte sehr, dass er mir das abkaufte und nicht die Röte sah, die mir ins Gesicht schoss.

»Hab ich mir doch gedacht, dass du ein kleiner Kaffeejunkie bist. Fehlt nur noch, dass du einen auf Hannibal Lecter machst und den Duft wegschniefst.« Ernsthaft?!

Als ich ihm eine Antwort schuldig blieb, fragte er: »Kennst du den Film nicht? Schweigen der Lämmer ist doch Kult. Da hast du echt was verpasst.«

Damit drehte er sich um und ging weiter in den Flur und fing an, sich in meinem Zuhause umzusehen. Gott sei Dank hatte ich gestern noch die Wohnung gewienert!

»Schön hast du's hier. Ich wollte eigentlich auch eine Wohnung in der Gegend haben. Leider sind hier aber selten welche frei.« Er ging zu meinem Bücherregal, das fast eine gesamte Seite meines Wohnzimmers einnahm, und sah sich die Buchtitel genau an. Fast schon zärtlich strich er mit einem Finger über einige Bücherrücken und zog dann mein Lieblingsexemplar hervor. Es war eine alte Sammlung von 1.001 Gutenachtgeschichten. Daraus hatte meine Mutter mir immer vor dem Schlafengehen vorgelesen, während mein Vater anderweitig beschäftigt war. Das Buch befand sich seit drei Generationen in Familienbesitz und war entsprechend abgegriffen. Aber immer noch mein absolutes Lieblingsstück. Die Kombination von diesem heißen Kerl in meinem Wohnzimmer, der auch noch mein Lieblingsbuch in den Händen hielt und darin herumblätterte, ließ meine Libido Amok laufen. Am liebsten hätte ich ihn hier und jetzt angefallen.

»Das ist schön. Hätte nicht gedacht, dass du solche Geschichten magst. Würdest du mir bei Gelegenheit ein paar Bücher ausleihen?« Er blickte zu mir rüber, während er das Buch wieder zurück an seinen Platz stellte. Ich war verloren. Hoffnungslos und absolut verloren. Genau in dieser Sekunde hatte ich mich endgültig in ihn verliebt. Fast konnte ich Ricos Worte dazu hören: Ich habe dich gewarnt. Du wirst genau so enden wie deine Mutter. Einsam, verlassen und verbittert.

Ich war mir dessen völlig bewusst. Und es war mir vollkommen egal.

»Silja?« Seine Stimme riss mich aus meiner Starre.

»Äh, ja klar. Kannst dir gerne was mitnehmen. Aber müssen wir nicht auch langsam mal los?«, versuchte ich, meine Gefühle zu überspielen.

Er nickte nur irritiert und nahm mir dann meine Tasche ab, um sie für mich zu tragen. Himmel hilf, dieser Mann musste doch irgendwo einen Fehler haben! Das war das Einzige, was mich noch retten konnte. Irgendetwas, was mich so abstoßen würde, dass ich endlich wieder klar denken konnte.

Den ganzen Weg hinunter zu seinem Auto musste ich mich anstrengen, nicht seine Kehrseite anzustarren, was mir allerdings gründlich misslang. Um Ablenkung bemüht, versuchte ich ihn in ein Gespräch zu verwickeln und plapperte wild drauf los. »Also, der Kaffee schmeckt echt super. Ich trinke ja am liebsten Latte Macchiato. Aber der ist auch echt klasse. Und vor allem noch so schön heiß. Allerdings muss man da schon aufpassen, dass man sich nicht verbrüht. In Amerika könnte man deswegen eine Klage einreichen. Ich habe gehört, dass einige damit Millionen gemacht haben. Verrückt, oder? Bei uns geht so was ja Gott sei Dank nicht. Wobei ich schon gerne mehr Geld auf meinem Konto hätte.«

»Silja!« Alex war stehen geblieben und fuhr mich an. »Du plapperst und ich habe noch nicht genug Koffein intus, um das zu ertragen!« Dann schlich sich wieder dieses selbstsichere Grinsen in sein Gesicht: »Bist du etwa nervös?« Arschloch! Hätte ich am liebsten gesagt. Aus meinem Mund kam jedoch: »Ich hatte wohl schon zu viel Kaffee. Das macht mich immer ein wenig flatterig.« Am liebsten hätte ich mich selbst geohrfeigt. Sein Grinsen wurde noch breiter: »So, So …«

Wir hielten vor einem schicken Cabriolet an. Schwarzes Auto mit hellen Ledersitzen. Der Mann hatte auf jeden Fall Geschmack. Auch das noch …

»Wo fahren wir eigentlich hin?«, fragte ich ihn, während er mir die Tür aufhielt.

»Ich habe einen Physiotermin. Danach wollte ich noch ein bisschen mit Gewichten trainieren. Mein eigentlicher Trai-

ningspartner hat mir abgesagt. Deshalb musst du leider für ihn einspringen.« Er schloss die Tür, nachdem ich mich gesetzt hatte, verstaute meine Tasche im Kofferraum und nahm dann auf dem Fahrersitz Platz. Ich und Gewichte stemmen? War er wahnsinnig geworden? »Meinst du nicht, du traust mir da ein wenig zu viel zu? Ich kann doch im Leben nicht deine Gewichte mitstemmen. Wie soll ich dir denn helfen?«

»Zurzeit darf ich mein Bein noch nicht so belasten. Es sind Gewichte, die du im Notfall auch halten könntest. Und, ehrlich gesagt, brauche ich dich eher als moralische Unterstützung, da ich nicht gerne alleine trainiere. Mit dir könnte es ganz witzig werden.« Aus dem Augenwinkel sah ich die Belustigung in seinem Gesicht.

»Die Vorstellung, von einer Hantel erschlagen zu werden, find ich alles andere als witzig«, brummelte ich verstimmt vor mich hin.

»So schlimm wird es schon nicht werden. Außerdem würden dir ein paar Muskeln nicht schaden. Du bist viel zu dünn.« Ich spürte seinen abschätzenden Blick auf mir ruhen. Normalerweise war ich mit meiner Figur sehr zufrieden. Noch nie hatte irgendjemand etwas daran auszusetzen gehabt. So idiotisch es auch war – mich störte es, dass ihn etwas an mir störte. Verkniffen starrte ich weiter geradeaus und hielt den Mund. Als ich trotz seines intensiven Blickes noch immer nichts sagte, fuhr er fort: »Wenn ich etwas Falsches gesagt haben sollte, tut es mir leid. Ich bin das einfach nicht gewohnt.«

Jetzt musste ich ihn doch ansehen: »Was bist du nicht gewohnt?«

»Den Umgang mit Frauen.« Ich musste mich anstrengen, um ihn zu verstehen, da er es ganz leise gesagt hatte. Über diese Aussage war ich so irritiert, dass wieder einmal mein Mund schneller war als mein Hirn. »Du verarschst mich doch! Wenn man so aussieht wie du, hat man doch die freie Auswahl.«

Er schwieg eine Weile und ich dachte schon, dass er gar nicht mehr antworten würde. Aber dann überraschte er mich wieder einmal: »Ich halte mich bewusst von Frauen fern. Yolanda ist für mich so etwas wie ein Mutterersatz. Du bist nach ihr die erste Frau, mit der ich seit einer langen Zeit zu tun habe. In der Mannschaft pflegen wir einen ruppigeren Ton. Ich wollte dich nicht herabsetzen. Dein Körper ist absolut perfekt, so wie er ist.«

War das gerade etwa ein Kompliment? Genau genommen sogar mehrere Komplimente? Das musste ich erst einmal verdauen und brachte nur ein »Huh« als Antwort heraus. Lange darüber Nachdenken konnte ich nicht, da wir nach kurzer Zeit bereits am Therapiezentrum angekommen waren und er den Wagen parkte.

Alex wurde von den Angestellten fast schon wie ein alter Freund begrüßt. Wobei mir durchaus die Blicke der weiblichen Belegschaft auffielen. Für ihn waren sie voller Bewunderung. Für mich dagegen blieb nur noch ein kurzer abfälliger »was will die denn hier«-Blick übrig.

Nachdem ich mich umgezogen hatte, stand ich mit der Kamera bewaffnet in einem der unzähligen Trainingsräume. Einige Geräte, wie Laufband und Fahrrad, kannte ich sehr wohl aus dem Fitnessstudio. Andere waren mir völlig unbekannt und jagten mir ein bisschen Angst ein. Aus fast jedem dieser Monstrositäten ragten Kabel und Messgeräte heraus. Neugierig betrachtete ich ein besonders kompliziert aussehendes Gerät und zupfte an den Kabeln herum. »Wenn du etwas kaputt machst, komme ich nicht für die Schäden auf.« Wieder einmal zuckte ich zusammen, da ich nicht mitbekommen hatte, dass Alex den Raum betreten hatte. »Herrgott, erschreck mich doch nicht jedes Mal so. Was bist du? Ein Ninja?«

»Ich würde mich eher als Jäger bezeichnen, der seine Beute nicht verschrecken möchte.« Wie um seine Aussage zu unterstreichen, kam er mit anmutigen, geschmeidigen Bewegungen auf mich zugelaufen. Dabei glitt sein Blick an meinem Körper auf und ab und blieb dann auf meinem Gesicht ruhen. »Ja, ich muss gestehen, dass ich vorschnell geurteilt habe.«

»Inwiefern?« Meine Stimme zitterte vor Erregung, als er ganz nah vor mir stehenblieb. So nah, dass sich unsere Gesichter fast berührten und ich seinen Atem auf meiner Haut spüren konnte. Seine Augen hielten mich gefangen. Selbst wenn ich gewollt hätte, hätte ich mich nicht bewegen können. Dafür, dass er Frauen mied, hatte er diesen heißen Blick verdammt gut drauf!

Der erste intime Moment, seitdem wir uns kannten, wurde leider viel zu plötzlich durch das Eintreffen seines Physiotherapeuten gestört. »Hi Alex. Wie geht's dir denn heute? Was macht das Bein?« Unsere Köpfe schnellten in seine Richtung und Sekunden später fuhren wir ertappt auseinander. Jetzt erst blickte er von seinem Klemmbrett auf und bemerkte, dass ich auch anwesend war. »Oh, ein Neuzugang«, rief er erfreut aus und kam dann auf mich zu, um mir die Hand zu schütteln. »Hallo. Sie müssen die Fotografin sein. Frau Bredenstein, richtig?«

»Fotografin ja, aber nennen Sie mich doch bitte Silja.«

Seine braunen Augen funkelten mich liebenswert an. »Sehr gerne. Ich bin Rainer. Und mir wäre es am allerliebsten, wenn wir uns auch noch duzen würden. So muss ich nicht lange überlegen, wie ich jemanden anreden soll. Mit Mitte 40 lässt das Gedächtnis doch manchmal zu wünschen übrig«, fügte er entschuldigend hinzu.

Alex hatte wirklich nur sehr sympathische Leute, die ihn betreuten. Ob er sie sich ausgesucht hatte? Oder hatte er einfach nur unverschämtes Glück gehabt?

»Sehr gerne, damit fühle ich mich auch wohler. Ich hoffe, ich störe nicht allzu sehr. Ich versuche mich auch möglichst im Hintergrund zu halten.«

»Nein, nein, kein Problem. Solange ich nicht Modell stehen muss, störst du mich überhaupt nicht«, wiegelte er ab.

»Oh bitte, alles, nur keine gestellten Posen. Tut einfach so, als ob ich nicht da wäre.« Alex und Rainer besprachen noch kurz die anstehenden Übungen, während ich meine Kamera vorbereitete. Zuerst war ich noch angespannt und nervös. Aber die lockere Atmosphäre ließ die Anspannung nach kurzer Zeit von mir abfallen. Ich war voll in meinem Element und schoss ein Bild nach dem anderen.

Nach einer Stunde verabschiedete sich Rainer und ließ uns beide allein im Raum zurück. Mein Gesicht war vom ständigen Hin- und Herlaufen und Positionswechseln schon völlig rot angelaufen. Alex war dagegen nicht die geringste Anstrengung anzusehen. Wie ich ihn dafür hasste …

Absichtlich langsam packte ich meine Sachen zusammen, in der Hoffnung, dass er keine Lust mehr auf unser gemeinsames Training hatte. Ich würde mich sowieso nur blamieren. Das war so sicher wie das Amen in der Kirche!

Hinter mir hörte ich Schritte langsam näher kommen. Ich konnte regelrecht spüren, wie mich Alex musterte. »Falls du darauf aus bist, Zeit zu schinden, muss ich dich leider enttäuschen. Ich habe den Rest des Tages keine Termine mehr und alle Zeit der Welt«, zerstörte er daraufhin auch meine Hoffnungen. Mist! Gelassenheit vortäuschend, packte ich weiter meine Sachen ein und erwiderte, ohne mich umzudrehen: »Das sind hochempfindliche Gerätschaften, die ein kleines Vermögen gekostet haben und noch dazu nicht mir gehören. Ich möchte einfach nur nichts kaputt machen.«

»Dann lass dich von mir nicht stören.« Er war zwischenzeitlich so nah herangekommen, dass ich seine Brust in meinem Rücken spüren konnte. Seine Nähe ließ meine Hände zittern. Ein kleines Glucksen an meinem Ohr verriet mir, dass er es bemerkt hatte und sich darüber amüsierte. Wie ich es hasste, dass er diese Wirkung auf mich hatte! Sonst war ich Männern gegenüber immer die Coolness in Person.

Genervt darüber, mich nicht unter Kontrolle zu haben, schob ich die letzte Blende an ihren Platz, knallte den Kofferdeckel zu und drückte mich an ihm vorbei in Richtung Hantelbank. »Können wir dann? Im Gegensatz zu dir habe ich nämlich heute noch was vor.« Das war zwar eine glatte Lüge, aber ich wollte nur noch schnellstmöglich weg von ihm.

Mein patziger Ton war ihm natürlich nicht entgangen. Im Spiegel gegenüber der Hantelbank sah ich, wie seine Augenbrauen in die Höhe schossen. Offenbar konnte er mit meiner Reaktion wieder einmal nichts anfangen. Ich hatte aber weder Lust noch die Nerven, ihm irgendwas dazu zu sagen. Mit verschränkten Armen wartete ich darauf, dass er etwas sagte.

Er musterte mich noch eine Zeitlang, zuckte dann mit den Schultern und schlenderte gemütlich zur Hantelbank. Noch immer ohne ein Wort zu sagen, ergriff er die erste Hantel und setzte sich dann auf die Bank, um Bizeps-Übungen zu machen. Bei jeder Anspannung sah ich, wie sich der Saum seines Shirts über den festen Muskeln wölbte. Der Anblick nahm mich gefangen und gegen meinen Willen spürte ich ein Ziehen unterhalb meines Bauchnabels. Ich musste mich dringend ablenken, sonst würde ich ihn hier auf der Stelle anfallen!

Bemüht, mir nichts anmerken zu lassen, fragte ich: »Und wie genau hast du dir jetzt meine Rolle hier vorgestellt? Hoffst du vielleicht, dass ich von der Hantel erschlagen werde und du es wie einen Unfall aussehen lassen kannst?«

Sein Mundwinkel zuckte kurz in der Andeutung eines Grinsens. Unendlich langsam drehte er dann den Kopf zu mir herum: »Der Gedanke ist mir kurz gekommen. Aber dann wurde mir klar, dass ich deinen Mund auch anderweitig zum Schweigen bringen kann.«

Bei dem Gedanken daran, wie sich seine Lippen auf meinen anfühlen würden, musste ich schwer schlucken. Der Blick, den er mir daraufhin zuwarf, sagte mehr als tausend Worte. Wieder spürte ich das allzu vertraute Ziehen, das mich dieses Mal allerdings mutiger werden ließ: »Was ist, wenn ich nicht schweigen will?«

Ich konnte regelrecht sehen, wie es in seinem Kopf ratterte und er mit sich einen inneren Kampf austrug. Gespannt wartete ich, ob er endlich einmal auch auf meine Flirtversuche eingehen würde. Bisher hatte er jedes Mal einen Rückzieher gemacht, wenn ich in die Offensive gegangen war. Alex hielt seinen Blick weiter auf mich gerichtet, holte Luft ...

Doch dann schüttelte er den Kopf, senkte den Blick und fuhr mit seiner Übung fort. Ich konnte nicht dem Drang widerstehen und verdrehte die Augen.

»Dir ist schon klar, dass ich dich im Spiegel sehen kann, oder?«, war seine Reaktion darauf. Verdammt! Den Spiegel hatte ich total verdrängt. Aber Angriff war ja bekanntlich die beste Verteidigung: »Wieso erstickst du eigentlich jede Unterhaltung im Keim?«

Fast hätte er die Hantel fallen lassen vor Überraschung: »Tu ich das?«

»Allerdings! Mit deinen einsilbigen Antworten und deinem bösen Blick, den du übrigens jetzt gerade schon wieder aufgesetzt hast.« Ich beugte mich zu ihm hinunter und fuchtelte zur Verdeutlichung wild mit meinem Finger vor seinem Gesicht herum. »Auf der einen Seite tust du alles, um mich zu vergrau-

len, und kurz darauf bist du wieder voll auf Flirtkurs. Kannst du dich vielleicht mal entscheiden, ob du mich nun leiden kannst oder eben nicht magst?« Endlich legte er die Hantel weg, rückte ein Stück zur Seite und klopfte auf den frei gewordenen Platz. Ich tat ihm den Gefallen und setzte mich neben ihn. Dabei berührten sich unsere Knie. Selbst dieses leise Streifen ließ mein Herz schneller schlagen.

Fast schon schüchtern zwirbelte Alex die Ränder seines Shirts zwischen den Fingern. »Ich rede nicht gerne über mich. Es gibt Dinge in meiner Vergangenheit, an die ich nicht erinnert werden möchte. Ich weiß nicht warum, aber bei dir habe ich den Drang, dir trotzdem alles zu erzählen. Das würde jedoch alles zerstören. Deswegen habe ich den Passus in den Vertrag aufnehmen lassen, dass die Umstände meines Wechsels tabu sind. Und deswegen meide ich Unterhaltungen.« Er schaffte es noch immer nicht, mir ins Gesicht zu sehen, als er mit leiser Stimme fortfuhr: »Ich kann dich leiden. Sehr sogar.«

Mein Herz machte bei diesen Worten einen kleinen Hüpfer vor Freude. Jetzt wusste ich wenigstens, dass Hoffnung bestand. Ebenso leise wie er antwortete ich: »Ich kann dich doch auch leiden.«

Erfreut sah er mich endlich an und hatte sogar ein echtes Grinsen für mich als Antwort übrig. Na also, geht doch. Aber mir wurde klar, dass er wie ein scheues Reh war, das bei dem kleinsten Vorstoß in die falsche Richtung die Flucht ergreifen würde. Also war es an mir, ganz behutsam vorzugehen, wenn ich ihn für mich gewinnen wollte.

Ich stupste ihn mit der Schulter aufmunternd an: »Was hältst du davon, wenn du mir erst einmal Fragen stellst? Du kannst mich aushorchen, wie du möchtest. Und ich verspreche, dir keine Fragen zu stellen. Auch wenn ich noch so neugierig sein sollte. Abgemacht?«

Lächelnd hielt ich ihm die Hand hin, die er tatsächlich nach kurzem Zögern ergriff und dann mit wieder fester Stimme antwortete: »Abgemacht!«

Fast schon erleichtert stieß ich sanft den angehaltenen Atem aus: »Na also, war doch gar nicht so schwer. Dann schieß mal los. Was möchtest du wissen?«

Alex rieb sich grübelnd über das Kinn: »Du machst ein Praktikum, richtig? Warum erst jetzt? Bist du nicht ein bisschen zu alt dafür?«

Mir blieb kurz die Spucke weg. Er hatte es doch tatsächlich geschafft, direkt in die erste Frage eine Beleidigung einzubauen. Zu blöd, dass ich ihn dafür jetzt nicht anschnauzen konnte. Seinem ehrlich interessierten Blick nach zu urteilen, war ihm das offensichtlich noch nicht einmal bewusst. Dieser Mann hatte echt noch einiges im Umgang mit Frauen zu lernen. Aber jetzt war leider nicht der richtige Zeitpunkt, ihm das beizubringen. Also riss ich mich zusammen und antwortete ganz ruhig: »Die Fotografie war schon immer ein Hobby von mir. Gelernt habe ich meinem Vater zuliebe etwas anderes, da ich eigentlich in seine Fußstapfen treten sollte.«

Er hob den Zeigefinger, um mich zu unterbrechen: »Da habe ich gleich ein paar Zwischenfragen, wenn es okay ist.«

Dieses Mal konnte ich mir das Lachen nicht verkneifen. »Na klar, aber frag bitte einfach dazwischen, ohne den Finger zu heben.« Das schien ihm erst jetzt aufgefallen zu sein, so irritiert, wie er nun auf seinen Finger blickte und daraufhin tatsächlich rot anlief: »Sorry, ich bin wohl noch im Team-Modus. Bei uns haben immer alle wild durcheinander geredet und es wurde schnell hitzig. Irgendwann haben wir dann eingeführt, dass nur denen das Wort erteilt wird, die es per Handzeichen signalisieren. Das ist zwar wie in der Schule, aber zumindest funktioniert es.«

Ich lächelte ihm weiter aufmunternd zu: »Fühl dich bei mir bitte ganz frei von jedem Zwang und frag einfach drauflos.«

Er musterte mich kurz, ob ich es auch wirklich ernst meinte, und stellte dann seine Fragen: »Was macht dein Vater? Hat er eine eigene Firma? Und wieso hast du nicht studiert?«

Vor diesen Fragen hatte ich mich gefürchtet, aber jetzt gab es keinen Weg zurück. »Studiert habe ich nicht, weil ich nach dem Abitur unbedingt etwas Praktisches machen wollte. Und mein Vater hatte auch nichts dagegen, da er selbst nie studiert hat. Er hat ganz alleine durch Fleiß und harte Arbeit sein Imperium aufgebaut.« Bei dem Wort Imperium riss Alex die Augen auf und ich sah tausend Fragezeichen darin. »Mein Vater ist Geschäftsführer eines Medienimperiums und mein ehemaliger Boss. Ich habe bei ihm als Mediengestalterin gearbeitet und sogar eine kleine Abteilung geleitet. Die Zusammenarbeit hat irgendwann allerdings nicht mehr funktioniert. Mein bester Freund Rico hat mich dann dazu ermutigt, mein Hobby zum Beruf zu machen.«

Ich hoffte inständig, dass er nicht noch weiter die Einzelheiten meines Rauswurfs hinterfragen würde. Ich wollte ihm zwar viel über mich erzählen, aber so weit waren wir dann doch noch nicht. Er tat mir dann auch wirklich den Gefallen, als er mir die nächste Frage stellte und damit das Thema wechselte.

»Hast du viele männliche Freunde?« Bei dieser Frage konnte ich sehen, wie seine Kiefer aufeinander mahlten. Oh ja, es bestand tatsächlich Hoffnung!

»Ich habe generell nicht viele Freunde. Rico ist genau genommen mein einziger Freund. Ihn kenne ich schon seit meiner Kindheit. Mit Frauen kam ich noch nie sonderlich gut zurecht. Die meisten sind mir einfach zu zickig.« Entschuldigend zuckte ich mit den Schultern.

»Rico war der Kerl im Club, oder? Ich dachte, die Mädels gehörten auch zu dir.« Belustigt erinnerte ich mich an den Abend zurück, an dem ich dachte, dass Alex etwas mit Louisa anfangen würde, und ich diese unsägliche Email an ihn verfasste. »Richtig, die gehörten auch zu mir. Allerdings gehen wir nur zusammen weg. Eine echte Freundschaft ist daraus nicht entstanden.«

Verwundert blickte Alex mich an: »Das verstehe ich nicht. Wieso brauchst du jemanden nur zum Ausgehen?« Mir fiel keine bessere Antwort ein, als einfach die Wahrheit zu sagen. Auch wenn er mich mit Sicherheit für ein Flittchen halten würde: »Weil es mit Frauen an meiner Seite leichter ist, Männer kennenzulernen.« Ich hielt die Luft an und wartete mit einem flauen Gefühl im Magen seine Reaktion ab. Mit gerunzelter Stirn und eingezogenem Mund brauchte er eine Weile, um das zu verdauen. Als er sich wieder gefasst hatte, antwortete er: »Nun ja ... Also ... Das ist mal eine absolut ehrliche Antwort ... Lernst du viele Männer kennen?« Seine Stimme war vorsichtig und lauernd und mir wurde bewusst, dass ich mich gerade auf ganz dünnes Eis begab. Aber sowohl mit einer Lüge als auch mit der Wahrheit konnte ich ihn vergraulen. Und eine Lüge würde früher oder später sehr wohl auffliegen.

»Ja. Das tue ich. Und um die nächste Frage vorwegzunehmen: Ich habe auch meinen Spaß mit ihnen. Aus einigen wurden längere Affären, aber meistens sind es One-Night-Stands.« Meine Anspannung wuchs ins Unermessliche. Ich begann leicht zu zittern und bereitete mich schon darauf vor, dass er gleich kommentarlos den Raum verlassen würde. Doch die Abscheu, die ich erwartete, suchte ich vergeblich in seinem Blick. Viel eher war darin ... Neugier zu erkennen. Mit dieser Reaktion hatte ich weiß Gott nicht gerechnet.

Alex bestärkte meine Vermutung noch, als er tatsächlich neugierig fragte: »Ich verstehe nicht, wieso du Single bist. An

Schüchternheit kann es ja wohl nicht liegen … Du bist klug, witzig, und wenn ich das sagen darf, verdammt sexy. Mich wundert es nicht, dass so viele auf dich stehen. Hattest du schon einmal eine Beziehung?« Nun waren wir bei dem Thema angelangt, vor dem ich mich am meisten fürchtete. Bei seiner Frage schossen mir unweigerlich die Bilder meiner Mutter durch den Kopf. Wie sie verheult, mit verschmiertem Make-up auf dem Bett liegt und sich mit einer Flasche Whiskey und Tabletten in den Schlaf weint. Schuld daran waren nur ihre irrsinnigen Gefühle für meinen Vater, der selbst an ihrem Hochzeitstag Besseres zu tun hatte, als mit ihr zu feiern. Nach allem, was ich wusste, hatte er den Tag mit einer seiner unzähligen Affären im Hotel Frankfurter Hof verbracht. In der Suite, die meine Mutter für die beiden reserviert hatte. Niemals würde ich mich von einem Mann so erniedrigen lassen!

»Alex, das hört sich jetzt vielleicht merkwürdig an, aber ich kann einfach keine Beziehung führen. Nicht, weil ich nicht möchte oder unfähig bin, sondern weil ich es einfach nicht darf! Die Gründe dafür kann ich dir nicht nennen. Zumindest noch nicht.«

Ich spürte lange seinen forschenden Blick auf mir ruhen. Doch dann nickte er und erwiderte zufrieden: »Okay. Danke, dass du mir bis hierhin so vertraut hast. Ich verspreche dir, dass ich dein Vertrauen nie enttäuschen werde.« Damit griff er wieder zu seiner Hantel und ich schloss daraus, dass unsere Unterhaltung wohl beendet war. Wie gerne wollte ich ihm glauben. Aber selbst Rico, der einzige Mensch, dem ich bisher bedingungslos vertraut hatte, hatte es geschafft mich zu enttäuschen.

Kapitel 11

Die Geräuschkulisse war einfach atemberaubend!

Völlig ergriffen stand ich am Geländer des Business-Bereichs der Commerzbank-Arena und blickte mich im ausverkauften Stadion um. Die Mannschaften hatten gerade den Platz betreten und wurden von den Fans frenetisch begrüßt. Wie mir Alex erklärt hatte, veranstalteten die Fans bei einigen Spielen sogar eine eigene Choreographie. Unfassbar, mit wie viel Herzblut und Leidenschaft sie ihren Verein unterstützten.

Zuerst war ich skeptisch, da ich Fußball noch nie hatte etwas abgewinnen können. Aber mittlerweile war ich Alex dafür dankbar, dass er mich dazu überredet hatte, mit ihm ins Stadion zu fahren. Er war völlig entsetzt, als ich ihm gestern auf der Heimfahrt gebeichtet hatte, dass ich mich weder mit Fußball auskannte noch jemals ein Spiel live im Stadion gesehen hatte. Schneller als ich mich dagegen wehren konnte, hatte er sich ans Telefon gehängt und uns zwei Karten für das heutige Spiel organisiert.

»Willst du noch etwas essen, bevor es gleich losgeht?«, rief er mir ins Ohr, um den Lautstärkepegel zu übertönen, während die Fans die Hymne des Vereins sangen. Er hatte einen Kapuzenpulli und eine Kappe angezogen, hinter der er gut sein Gesicht verstecken konnte, um unerkannt zu bleiben.

»Danke, nein. Sonst verpassen wir noch den Anstoß. Lieber in der Pause oder nach dem Spiel.« Ich musste meinen Kopf nach hinten lehnen, um ebenfalls in sein Ohr zu reden. Dabei stieg mir der Geruch seines Aftershaves in die Nase und vernebelte kurz meine Sinne. Meine Nase hing noch immer nah an seinem

Hals, als er wieder den Kopf zu meinem Ohr neigte: »Du kannst es ja gar nicht abwarten. Ich dachte, du magst keinen Fußball?«

»Ich lasse mich sehr gerne eines Besseren belehren. Und außerdem habe ich gehört, dass die Fußballspieler ziemlich heiß sein sollen … « Ich wand meinen Kopf weg von ihm und zwinkerte ihm neckisch zu, bevor ich mich umdrehte und mit übertrieben schwingenden Hüften auf den Weg zu unseren Plätzen machte. Trotz der Lautstärke konnte ich Alex hinter mir herzhaft lachen hören, als er mir folgte und kurz darauf neben mir Platz nahm.

»Ist das hier immer so laut?«, fragte ich, nachdem der Schiri das Spiel angepfiffen und die Menge sich ein wenig beruhigt hatte. Alex hatte gerade in seinen Hotdog gebissen und antwortete halb kauend: »Jep. Jedes Mal. Wir sind sehr stolz darauf, so eine riesige Fangemeinde hinter uns zu haben.«

»Ist das nicht auch manchmal anstrengend? Ich meine, du bist ständig im Fokus der Öffentlichkeit und musst dir immer genau überlegen, was du sagst und tust.«

»Manchmal schon. Aber wir werden ja geschult, mit solchen Situationen umzugehen. Mit der Zeit weiß man einfach, was man sagen und wie man sich zur Wehr setzen kann.« Nach meinen eigenen Erfahrungen mit der Pressemeute konnte ich mitfühlen, wie es sein musste, ein echter Star zu sein. Auf diese Erfahrung hätte ich liebend gerne verzichtet. Bei der Erinnerung daran verzog ich das Gesicht und schnaufte.

Von der Seite spürte ich Alex' Blick auf mir ruhen. Er ließ den Hotdog sinken und sah mich ernst an: »Du hast auch schon Erfahrungen mit der Presse gemacht, oder? Damals im Fan-Shop hast du so etwas angedeutet. Magst du mir erzählen, was passiert ist?« Nach Rico war Alex der erste Mensch, der wirklich Interesse an mir zeigte. Nicht an meinem Körper oder an meinen Verbindungen in die Frankfurter Oberschicht, sondern an mir – Silja Bredenstein. Bei ihm kam ich mir vor wie ein ganz normaler Mensch. Aber gleichzeitig gab er mir auch das Gefühl etwas Besonderes zu sein. Einfach nur, indem er hier mit mir saß – bei einem Spiel seiner Mannschaft – und sich dabei lieber mit mir unterhalten wollte, als dem Spiel zu folgen. Trotz allem war ich noch nicht wirklich bereit, ihm alles zu erzählen und dadurch in offenen Wunden zu rühren. Außerdem war die Aussicht, vor knapp 50.000 Menschen einen Heulkrampf zu bekommen, nicht wirklich schön.

»Wenn du Lust hast, erzähle ich dir alles. Allerdings nach dem Spiel.« Dann wandte ich mein Gesicht wieder dem Rasen zu und löcherte ihn zur Ablenkung mit Fragen zu den Regeln. Die meisten waren wahrscheinlich völlig dämlich, aber er beantwortete sie alle sehr geduldig, und ohne einmal die Augen zu verdrehen, was ich ihm hoch anrechnete.

Kurz vor Ende der ersten Halbzeit musste Alex mich verlassen, um vom Spielfeldrand ein Interview zu geben. Die erste Hälfte war ohne Tor geblieben, und soweit ich es beurteilen konnte, machte die Eintracht auch leider kein gutes Spiel. Alex hatte sich einige Male fürchterlich aufgeregt (so sehr, dass die Frau eine Reihe vor uns ihrem Kind die Ohren zuhalten musste und uns dafür fast mit Blicken getötet hätte) und wollte nach seinem Interview noch einmal in der Kabine vorbeischauen. Vor allem weil Basti während des Spiels umgeknickt war und er sich vergewissern wollte, dass es ihm gut ging. Ich beschloss, mir ein wenig die Beine zu vertreten, und schlenderte durch den großzügigen VIP-Bereich.

»Silja! Juhu!«, eine schrille Stimme ließ mich zusammenzucken. Inständig betete ich, dass es hier noch eine Silja geben möge und ich nicht gemeint war, aber ich hatte die Stimme schon als die von Louisa erkannt. Sie bahnte sich einen Weg durch die Menge hindurch und winkte mir dabei aufgeregt

zu. Vor lauter Winkerei wäre sie beinahe auf ihren Louboutins ausgerutscht, sodass sie halb in meine Arme fiel, anstatt mich wie sonst mit Küsschen auf die Wange zu begrüßen.

Seit einem halben Jahr gingen wir nun an den Wochenenden zusammen in die Clubs. Aber jetzt sah ich sie zum ersten Mal in hellem Tageslicht. Wahrlich kein schöner Anblick! Natürlich hatte sie auch weiterhin eine bombastische Figur mit Rundungen an genau den richtigen Stellen. Aber ein Blick in ihr Gesicht verriet, ohne den beschönigenden Schimmer der dunklen Clubbeleuchtung, gnadenlos ihr wahres Alter. Ich musste mich sehr zusammennehmen, um nicht erschrocken vor ihr zurückzuweichen.

»Ja hey, Mensch, Louisa. Was machst du denn hier beim Fußball?«, brachte ich gerade so heraus, noch immer völlig geschockt von den plötzlich aufgetauchten tiefen Falten um ihren Mund herum, die ihm etwas Rosettenartiges verliehen. Louisa schien mein Entsetzen entweder nicht zu bemerken oder sie überspielte sie gekonnt. »Ich habe da gestern einen kennengelernt … Börsenmakler! Sehr guter Fang! Wir haben Logenplätze!« Während sie dies sagte, zog sie ihre Nase kraus und kicherte wie wild. »Er ist zwar schon ein wenig älter, aber dafür sind wir mit einem Bentley hierhergefahren. Ich glaube, ich ändere ab sofort mein Beuteschema. Scheiß auf die Jungen und Knackigen. Ich halte mich lieber an die mit dem Geld!« Dann schien ihr endlich ein Licht aufzugehen, denn sie hörte auf zu kichern und zog die Stirn in Falten: »Aber was machst du denn überhaupt hier? Im VIP-Bereich? Hast du dir etwa auch einen Sugardaddy geangelt? Spann mir meinen ja nicht aus, hörst du!«

»Keine Sorge, Louisa. Ich bin rein beruflich hier.« Mit dieser Aussage hatte ich sie nun endgültig verwirrt. Ihr Gesicht sprach Bände und machte ihr rhetorisch bemerkenswertes »Hä?«

eigentlich völlig überflüssig. Gerade wollte ich zu einer Erwiderung ansetzen, als dies eine bekannte männliche Stimme direkt hinter mir für mich übernahm: »Sie arbeitet mit mir zusammen an einem Projekt.«

Wie aus dem Nichts stand auf einmal Alex wieder neben mir. Dieses Mal ohne tarnende Kappe. Was, wie sich herausstellen sollte, ein fataler Fehler war. Louisa riss die Augen auf, blickte erst von ihm zu mir und schrie dann viel zu schrill auf: »Alexander König!! Erinnerst du dich noch an mich? Du hast mit mir geflirtet! Warte, ich muss dich meinem Harry vorstellen.« Dann brüllte sie einmal quer durch den Essbereich des VIP-Raumes: »HAAARRRYYYY…. STELL DIR VOR - DER ALEX KÖNIG IST HIER! UND ER IST MIT MEINER FREUNDIN ZUSAMMEN!« Oh Gott, oh Gott, oh Gott … Wo war bitte das nächste Loch, in das ich mich verkriechen konnte? Und ich dachte bis eben, dass Louisa tatsächlich so etwas wie Stil besitzen würde.

Dank ihres Auftrittes hatten sich uns nun sämtliche Köpfe zugewandt. Gott sei Dank waren nicht allzu viele Menschen in diesem Bereich. Aber die gut 80 Leute, die hier waren, kamen nun auf uns zugestürmt und wollten Autogramme von Alex haben. Ich sah Handy-Kameras aufleuchten, Leute schubsten mich zur Seite, drohten mich zu erdrücken und mir begann schwarz vor Augen zu werden. Zusätzlich blitzten immer wieder Erinnerungsfetzen auf, wie ich die Straße vor meinem Haus entlangrannte, verfolgt von Kameras und Blitzlichtgewitter.

Bevor ich umzukippen drohte, hielten mich zwei starke Arme fest. Wie in Trance hörte ich Alex' Stimme, der beruhigend abwechselnd auf mich und die Leute einredete, mich zu einem Stuhl bugsierte und dann anfing Autogramme zu schreiben. So lange, bis die Security ankam und die Menge bat, auf ihre Plätze zu gehen. Das alles bekam ich nur am Rande mit, während ich, gegen die aufkommende Panikattacke ankämpfend, die Arme um mich schlang und langsam tief ein- und ausatmete. Mir war jedoch nicht entgangen, dass Louisa mich völlig ignoriert hatte und lieber kichernd mit ihrem Sugardaddy abgezogen war. In Gedanken verfluchte ich sie auf das Übelste und beschloss, ihre Nummer zu löschen, sobald ich wieder atmen konnte.

Die zweite Halbzeit verbrachten wir nach diesem Vorfall gut abgeschottet in einer privaten Loge. Auf meine Frage, warum wir nicht von Anfang an hierhingegangen waren, erwiderte Alex, dass er die Plätze bescheuert fand, da sie viel zu weit vom Spielfeld weg waren. Das war natürlich absolut ein Grund, sich von Fans fast zu Tode quetschen zu lassen … Verstehe einer die Kerle!

Nachdem ich mich von dem Schrecken erholt hatte, schaffte ich es sogar, wieder Gefallen an dem Spiel zu finden. Alex' Besuch in der Kabine schien tatsächlich etwas bewirkt zu haben, denn die Mannschaft war wie ausgewechselt und machte ihrem Ruf als »Launische Diva« mal wieder alle Ehre. Selbst ich als absoluter Laie konnte den Unterschied erkennen und wurde von der neuen Energie, die auch durchs Publikum ging, richtiggehend mitgerissen.

Der Ball wurde von beiden Mannschaften heiß umkämpft. Mittlerweile hatte ich gelernt, dass unsere Mannschaft mit zwei Sturmspitzen spielte. Einer davon hatte nun den Ball erobert und rannte aufs Tor zu. Kurz davor flankte er ihn zum herbeigeeilten zweiten Stürmer, … der sprang in die Luft … und köpfte den Ball zum Ausgleich ins Tor!

Jetzt hieß es, noch einmal alle Kräfte zu mobilisieren und in den verbleibenden 15 Minuten alles zu geben. Wie mir Alex erklärte, waren die drei Punkte, die man für einen Sieg bekam, entscheidend für die Teilnahme an der Europaliga.

Ein gut kombinierter Spielzug folgte auf den nächsten und hielt die Hoffnung auf einen Sieg aufrecht. Die Fans machten mit Trommeln, Gesang und Sprechchören richtig Stimmung und peitschen so die Mannschaft noch einmal nach vorne. Nach einem harten Zweikampf vor dem gegnerischen Tor pfiff der Schiedsrichter ein Foulspiel zugunsten der Eintracht.

»Oh, die Position wäre perfekt für Basti. Der ist ein Linksfuß«, kommentierte Alex die Situation. Mir war zwar schleierhaft, was das bedeuten sollte, ich tat ihm aber den Gefallen und nickte vorsorglich einfach mal. Mit hochgezogener Augenbraue sah Alex grinsend zu mir und erklärte dann weiter: »Basti spielt eigentlich in der Abwehr. In seiner ganzen Zeit in der Bundesliga hat er noch kein Tor geschossen, da er ja eigentlich dafür da ist, genau das zu verhindern. Aber wir haben zurzeit nicht so viele gute Linksfüßer in der Mannschaft. Und so, wie der Ball liegt, braucht man dafür einen. Wenn er das schafft, ist er der absolute Held!«

Und tatsächlich machte sich Basti bereit für den Schuss. Die gegnerische Mauer hatte sich aufgebaut, der Schiri sein Spray auf den Rasen gesprüht und gab dann den Freistoß zur Ausführung frei. Basti nahm Anlauf, schoss den Ball über die Mauer hinweg in das linke Torwarteck und damit die Mannschaft in Führung!

Zusammen mit Alex und 50.000 Fans schrie ich die Erleichterung hinaus. Nur noch fünf Minuten waren zu überstehen und das Stadion war ein einziger Hexenkessel. Es war deutlich zu sehen, dass sich niemand der elf Leute auf dem Platz mehr die Führung nehmen lassen wollte. Jeder kämpfte, zeigte vollen Einsatz und war mit Leidenschaft dabei.

Gerade hatte die gegnerische Mannschaft den Ball an sich gebracht und stürmte auf unser Tor zu. Weit kamen sie allerdings nicht, da die Abwehr sie ruck, zuck zustellte und den Ball

zurückeroberte. Dann ging alles ganz schnell. Ein Pass durch die Mitte auf unseren Stürmer – der nahm den Ball an, rannte mutterseelenallein auf das gegnerische Tor zu, legte sich den Ball vor und netzte ihn durch die Beine des Torwarts ein.

Nun gab es kein Halten mehr!

Völlig dem Siegestaumel und Jubelrausch verfallen, lagen Alex und ich uns in die Armen. Ich warf meinen Kopf nach hinten und lachte wie ein kleines Kind, als er mich in der Loge herumwirbelte. Dann griff er mir unter die Achseln und hob mich hoch, sodass ich mich auf seinen Schultern abstützen musste. Noch immer im Freudentaumel gefangen, löste ich meine Hände von seinen Schultern und fiel ihm um den Hals. Dabei stieg mir wieder der Duft seines Aftershaves in die Nase und sein Dreitagebart kratzte leicht über meine Wange. Dieser Mann roch einfach verboten gut!

Ich hob meinen Kopf und konnte ihm direkt in die Augen blicken, da er nun die Hände um meine Taille gelegt hatte und dadurch meine Füße noch immer locker 15 Zentimeter über dem Boden schwebten. Es schien ihn kein bisschen anzustrengen.

Diese Augen ... Ein intensiv leuchtendes helles Grün hinter dichten schwarzen Wimpern, das mich vollkommen in den Bann zog. Ich konnte nicht verhindern, dass sich mein Kopf immer mehr in Richtung seiner Lippen bewegte. Diese waren fürs Küssen gemacht und bereits einladend ein Stück geöffnet. Ich war ihm schon so nahe, dass ich durch sein T-Shirt spüren konnte, wie sich sein Herzschlag und auch sein Atem beschleunigten. Nur noch wenige Millimeter waren zwischen uns ...

Aber selbst so eine kurze Distanz konnte dennoch unüberwindbar sein.

Als ob er sich verbrannt hätte, ließ er mich plötzlich los, sodass ich eher unsanft wieder mit meinen Füßen Bodenkon-

takt hatte. Erschrocken wichen wir beide ein Stück voreinander zurück.

»Ähm ... Also ... Cool, dass wir doch noch gewonnen haben«, versuchte er die Situation zu überspielen und hielt mir die Hand für ein High-Five hin.

»Ja ... War super ...«, erwiderte ich noch immer sehr irritiert und schlug ganz kumpelhaft ein. Da war ganz eindeutig mehr als rein berufliches Interesse zwischen uns. Die Luft um uns herum knisterte noch immer vor Spannung. Wie konnte er das nicht erkennen?

Verlegen fasste er sich mit der Hand in den Nacken: »Ich ... Ich muss noch kurz zur Mannschaft. Aber ... Wollen wir danach vielleicht noch was essen gehen? Dann könnten wir unsere Unterhaltung fortsetzen.«

Unfähig, etwas dazu zu sagen, nickte ich nur mit dem Kopf. Daraufhin strahlte er mich erleichtert an: »Super! Dann treffen wir uns in einer halben Stunde am Auto!« Und damit drehte er sich um und flüchtete regelrecht aus der Loge.

Wieder einmal fragte ich mich, wieso ich mich darauf eingelassen hatte. Offensichtlich hatten meine Gefühle vollkommen die Kontrolle über mein Gehirn übernommen. Diese Situation war für mich völlig neu und aufregend. Bisher war ich in Sachen Männer immer der rational denkende Mensch und Herr über die Lage gewesen. Bei Alex drohte ich langsam aber sicher durchzudrehen. Dieses Hin und Her zerrte an meinen Nerven. Und doch machte es ihn für mich nur noch interessanter. Bei den Kerlen, die ich bisher kennengelernt hatte, war mir klar, dass ich mich nicht groß anstrengen musste. Ich wollte nie eine Beziehung und ich wusste, dass sie ebenfalls nur auf Sex aus waren. Einfache Regeln. Einfach zu befolgen.

Alex hatte es geschafft, dass ich alle Regeln und Grundsätze über Bord warf. Und kaputt wie ich war, fand ich das auch noch

toll! Ich schüttelte über mich selbst den Kopf und begab mich zusammen mit den Menschenmassen hinaus aus der Arena und hinein in die Tiefgarage. Dort angekommen stand ich wieder vor dem alten Problem: Wo zum Teufel hatte Alex geparkt? *Oh Nein, nicht schon wieder …*, schoss es mir durch den Kopf. Das kann doch eigentlich nicht so schwer sein. Wir hatten in einem gesonderten Bereich geparkt, der extra für die Spieler reserviert war. Und der war ganz nahe am Eingang zum VIP-Bereich. Aber hier sah alles so verdammt gleich aus!

Ich lief die Reihen der geparkten Autos entlang, die sich bereits merklich gelichtet hatten. Trotz der vielen Menschen um mich herum kam ich mir alleine und hilflos vor. Ich drehte mich im Kreis und suchte angestrengt nach einem Hinweis, wo genau ich mich befand. Dabei blieb mein Blick an einer hübschen Blondine hängen, die in meine Richtung schaute. Wahrscheinlich war das arme Ding genauso verloren wie ich.

An der Wand neben ihr entdeckte ich ein kleines Schild, das in Richtung »VIP-Parking« wies. Endlich ein Anhaltspunkt! Erleichtert folgte ich dem Wegweiser, froh darum, nicht wieder einmal peinlich berührt zugeben zu müssen, dass ich mich verlaufen hatte. Doch irgendwie hatte ich das Gefühl beobachtet zu werden. Ich blickte mich noch einmal um. Hier waren zwar viele Menschen, aber keiner davon schien sich sonderlich für mich zu interessieren. Keiner – bis auf die hübsche Blondine.

Jetzt fiel mir auf, dass sie mich nicht nur einfach ansah, sondern anstarrte. Ihr Blick war regelrecht hasserfüllt. Was konnte ich nur getan haben, dass mich eine mir völlig unbekannte Person so ansah? Wie unheimlich …

Ich ging einen Schritt schneller, um möglichst viel Abstand zwischen uns zu bringen. Ein letzter Blick über die Schulter sagte mir, dass sie mich zwar noch immer mit Blicken zu töten versuchte, mir aber immerhin nicht folgte. Vor lauter Panik ver-

fiel ich in einen leichten Joggingschritt und prallte kurz darauf unsanft auf ein Hindernis. Ich wäre mit Sicherheit hingefallen, hätten sich nicht zwei Arme um mich geschlungen und mich festgehalten. Hatte die Blondine etwa einen Komplizen? War ich in die Falle getappt, sodass sie mich nun in aller Ruhe gefangen nehmen und quälen konnte? Ich schrie auf und versuchte mich wie wild zu befreien, aber die Arme waren zu stark. Nackte Panik schnürte mir den Atem ab.

»Hey, hey, langsam, Silja. Ganz ruhig. Ich bin's doch nur!« Alex' Stimme drang sanft durch den Angstschleier, der mein Hirn vernebelte, und ich fing langsam an mich zu beruhigen.

Mein Herz schlug mir immer noch bis zum Hals, als er endlich seinen Griff ein wenig lockerte. »Was ist denn los, Silja? Du bist ja weiß wie die Wand.«

»Ich … kannst du mich bitte einfach von hier wegbringen, Alex?« Er musterte mich erst noch eine Weile, hatte dann aber ein Einsehen: »Na gut. Die Fahrt wird dir guttun, damit du dich beruhigen kannst. Aber dann reden wir!« Das klang fast wie ein Befehl. Ich hasste Befehle, hatte aber momentan keinen Nerv, mich dagegen zu sträuben. Er hatte ja recht. Die Fahrt würde mir Gelegenheit geben, mich wieder zu fassen. Und er wollte freiwillig reden. Jetzt musste ich mir nur noch überlegen, wie viel genau ich von mir preisgeben wollte …

Wir fuhren zu einem kleinen, aber überaus stylishen Café am Main. Die Einrichtung bestand aus runden Tischen und Stühlen im 70iger-Jahre-Stil, die in hellen Cremetönen gehalten waren und sich gut vom dunklen Boden abhoben. Die Wände waren in dezenten Grau gestrichen und mit dunkelgrünen Zeichnungen bekannter Frankfurter Bürger geschmückt. Von der Decke hingen Kronleuchter, die ein sanftes Licht verbreiteten. Aus den Lautsprechern war leise Chill-Out-Musik zu hören. Alles wirkte

sehr elegant und stilvoll, gleichzeitig strahlte der Raum aber eine solche Gemütlichkeit aus, dass ich mich direkt wohlfühlte.

Alex schien hier Stammgast zu sein, denn er wurde herzlich begrüßt und bekam direkt den besten Tisch, in einer ungestörten Ecke, mit Blick auf den Main angeboten. Wir nahmen Platz, gaben schon einmal unsere Getränkebestellung auf und studierten dann die Menükarte. Den ganzen Weg hierher hatten wir geschwiegen. Aber es war kein unangenehmes Schweigen, denn wir waren beide in unseren Gedanken versunken gewesen.

Obwohl ich mich schon längst für ein Gericht entschieden hatte, hielt ich meinen Blick weiterhin fest auf die Karte gerichtet. In meinem Augenwinkel sah ich, wie sich ein Finger über den Rand der Karte schob und sie nach unten drückte. Ich blickte auf und sah Alex' amüsiertes Gesicht vor mir: »Versuchst du etwa wieder Zeit zu schinden?«

Ertappt senkte ich den Blick und versuchte die Situation zu überspielen, indem ich sagte: »Die haben hier ja eine riesige Auswahl. Kannst du mir etwas empfehlen?« Seine Haltung verriet mir, dass er mich genau durchschaut hatte. Er sagte jedoch nichts, sondern rief die Kellnerin an unseren Tisch und fragte: »Was kannst du uns denn heute empfehlen?«

»Wir haben heute frische Grüne Soße als Tagesmenü«, war ihre Antwort. Dabei würdigte sie mich keines Blickes, sondern schien geradezu dahinzuschmelzen, während Alex mit ihr redete. Ich konnte nur hoffen, dass ich nicht denselben verklärten Gesichtsausdruck hatte, wenn ich mit ihm sprach. Ihn anschmachten wie ein verliebter Teenager ... Das wäre ja mehr als peinlich!

»Silja?« Erschrocken zuckte ich zusammen, als Alex mich anstupste. Ich war so in Gedanken versunken, dass ich offenbar nicht mitbekommen hatte, dass er mit mir geredet hatte.

»Was ist?«, fragte ich mit möglichst unschuldiger Miene.

Alex zog eine Braue hoch: »Ob du Grüne Soße magst, wollte ich wissen.«

»Ja, sehr gerne sogar.«

Er grinste und wandte sich wieder an die Kellnerin: »Also dann zweimal Grüne Soße, bitte.« Mein Blick streifte den der Kellnerin, die mich giftig ansah. Der Blick erinnerte mich wieder an die Begegnung mit der Blondine in der Tiefgarage. Würden mich künftig alle Frauen hassen, nur weil ich mit Alex Zeit verbrachte? Ein kalter Schauer lief mir den Rücken runter, während ich der Kellnerin nachschaute.

»Du bist schon wieder so blass.« Alex hatte meine Hand ergriffen und zwang mich, ihn anzusehen. »Was ist dir passiert, dass du vorhin so panisch reagiert hast? Hat dich jemand von der Presse verfolgt?«

»Nein, nein. Ich habe mir da wohl nur was eingebildet. Der Ansturm von deinen Fans hat offenbar seine Spuren hinterlassen.« Nachdenklich kaute ich auf meiner Unterlippe herum. Er hielt noch immer meine Hand fest: »War es wirklich nur das? Du arbeitest doch auch in der Branche und müsstest eigentlich wissen, wie das ist. Ich muss gestehen, dass ich ein wenig nachgeforscht habe. Du hast schon früher mit bekannten Persönlichkeiten zusammengearbeitet. Das war auch mit ein Grund, weshalb ich mit dir arbeiten wollte. Warum also bist du vorhin fast zusammengeklappt?«

Er hatte Nachforschungen über mich angestellt? Es war zwar irgendwie verständlich, dass er nicht mit jedem zusammenarbeiten wollte, aber dass er mich überprüft hatte, verletzte mich ein wenig. Wobei ich natürlich gar keinen Grund hatte, mich zu beschweren oder ihm Vorwürfe zu machen. Immerhin hatte auch ich Stunden im Internet verbracht, auf der Suche nach seinem großen Geheimnis.

So wie ich ihn einschätzte, würde er auch nicht locker lassen, bis ich ihm alles erzählt hatte. Und wenn ich ihm Vertrauen entgegen brachte, würde er sich eines Tages vielleicht auch mir öffnen. So begann ich schweren Herzens zu erzählen: »Die Trennung meiner Eltern schlug hohe Wellen in Frankfurt. Meine Mutter konnte an keinem gesellschaftlichen Ereignis mehr teilnehmen, ohne dass ihr von allen Seiten Mitleid entgegenschlug. Und jeder wollte natürlich wissen, wieso sie sich getrennt hatten. Am liebsten jedes noch so schmutzige Detail. Diese Demütigung ertrug meine Mutter nicht sehr lange. Sie... Sie brachte sich um. Ich fand sie im Schlafzimmer, neben sich eine leere Tablettenpackung und eine fast leere Flasche Wein. Diesen Anblick werde ich nie vergessen! Niemals!« Ich spürte, wie meine Augen feucht wurden, und musste schniefen.

Alex drückte aufmunternd meine Hand und wischte mir mit der anderen eine Träne von der Wange. Seine Hand ruhte länger als nötig auf meiner Wange. Ich schmiegte mich gegen sie und lächelte ihn dankbar an, bevor ich fortfuhr: »Nur einen Tag später hatte ich die erste Nachricht eines Pressevertreters auf meinem Anrufbeantworter. Mein Vater hätte bereits einen Kommentar abgegeben, und ob ich denn nicht auch etwas zu diesem tragischen Unglück sagen möchte. Ich löschte die Nachricht sofort, doch sie ließen mich nicht in Ruhe. Am Abend standen bereits drei Kamerateams vor meiner Wohnung. Ich versuchte mich zu verstecken, aber sie schossen überall Bilder von mir und druckten sie ab. Wie ich weinend am Küchentisch saß, wie ich in Jogginghosen den Müll rausbrachte, ja selbst beim Lebensmitteleinkaufen verfolgten sie mich. Ein Bild zeigte mich, wie ich leere Flaschen in den Container schmiss. Die Schlagzeile dazu lautete: Ist Silja Bredenstein ebenfalls dem Alkohol verfallen? Keinen Schritt konnte ich mehr tun, ohne dass eine Kamera oder ein Mikrofon in mein Gesicht gehalten wurde. Da began-

nen meine Panikattacken. Ich verschanzte mich zwar, so gut es ging, in meiner Wohnung, aber ich brauchte einfach ab und zu einmal frische Luft. Rico half mir, wo er nur konnte. Er besorgte meine Lebensmittel und lenkte mich ab. Aber auch er konnte nicht alles verhindern. Eines Tages bestellten wir Pizza. Als es klingelte, ging Rico zur Tür, um die Pizza entgegenzunehmen. Es stellte sich aber heraus, dass ein Reporter sich als Pizzabote verkleidet hatte, um Bilder von mir in meiner Wohnung zu schießen. Rico beförderte ihn zwar in hohem Bogen aus der Tür hinaus, aber ich war dennoch völlig fertig mit den Nerven. Ich fand den Namen des Reporters raus und erstattete Anzeige. Das war zumindest eine kleine Genugtuung. Nach ein paar Wochen hatte die Meute Gott sei Dank ein neues Opfer gefunden und die Kamerateams verschwanden. Zurück ließen sie eine traumatisierte Frau, die nicht einen Schritt mehr vor die Tür setzen wollte. Nach einer Ewigkeit gelang es Rico, mir die Augen zu öffnen. Er schaffte es, dass ich wieder die Wohnung verließ und einen Psychologen aufsuchte. Bis heute Vormittag dachte ich auch, dass ich die Panik überwunden hätte. Dank der Atemtechnik, die er mir beigebracht hatte, konnte ich mich schnell wieder selbst beruhigen. Es war auch nicht mehr so schlimm wie zuvor, aber die Angst lauert offenbar noch immer in mir. Ebenso wie der Verfolgungswahn. Es ist total irrsinnig, aber in der Tiefgarage dachte ich echt, dass mich so eine Blondine verfolgt hätte. Ihre Augen waren richtig gruselig …«

»Wie sah sie aus?« Die Panik, mit der mich Alex unterbrach, verwunderte mich.

»Alex, es war doch nur Einbildung und es ist ja auch nichts passiert«, versuchte ich, ihn zu beruhigen.

»Silja, bitte, das ist sehr wichtig! Wie sah sie aus?« Seine Stimme wurde immer eindringlicher und er drohte meine Hand zu zerquetschen.

»Autsch, Alex, das tut weh«, versuchte ich, meine Hand aus seiner zu entwinden. Er lockerte seinen Griff ein wenig, aber ich konnte immer noch die Anspannung in seinem ganzen Körper sehen: »Hatte sie blonde lockige Haare? Ungefähr schulterlang, stechende blaue Augen und ein Nasenpiercing?« Ich versuchte mich an sie zu erinnern und beschwor ihr Bild vor meinem inneren Auge. Die Beschreibung traf es eigentlich ganz gut. Am meisten waren mir wirklich diese beängstigend stechend blauen Augen im Gedächtnis geblieben. Aber der Rest? Ich war mir nicht einmal sicher, sie wiederzuerkennen, wenn sie mir mit Sonnenbrille über den Weg laufen würde und ich so nicht ihre Augen sehen konnte.

»Es könnte sein, aber ich bin mir nicht sicher. Ich kann mich nur noch an ihre Augen erinnern.«

Alex ließ meine Hand los und sagte mehr zu sich selbst als zu mir: »Dann war sie es vielleicht nicht.«

»Wer? Wer war es vielleicht nicht?«, fragte ich verwirrt. Die Sache wurde immer mysteriöser. Alex schien mich nicht gehört zu haben, denn er starrte gedankenverloren auf sein Glas und kaute dabei auf seiner Lippe herum.

Wie aus dem Nichts stand auf einmal die Kellnerin mit unserem Essen neben uns. Sie stellte die Teller vor uns ab, wünschte uns guten Appetit und verschwand wieder, allerdings nicht ohne vorher Alex noch einen schmachtenden Blick zuzuwerfen. Der schien das gar nicht zu bemerken, denn er malträtierte noch immer seine Lippe.

Dann schien ihm eine Idee gekommen zu sein. Abrupt hob er den Kopf und sagte: »Sobald du die Frau noch einmal siehst, ruf mich bitte sofort an. Versprichst du mir das?«

»Nicht, bevor du mir nicht sagst, wer sie ist und wieso du solche Angst vor ihr hast«, erwiderte ich störrisch. Ich brauchte Antworten. Schon alleine aus dem Grund, um meine wieder

aufkeimende Panik in den Griff zu bekommen. »Falls irgendjemand hinter mir her sein sollte, möchte ich wenigstens wissen, warum.«

Alex war niemand, der schnelle Entscheidungen traf. Und auch jetzt konnte ich sehen, wie er wieder Pro und Contra abwog, während ich geduldig seine Antwort abwartete.

Und meine Geduld wurde tatsächlich belohnt: »Du hast recht. Ich sollte dich nicht länger im Unklaren lassen. Und ich danke dir dafür, dass du mich an deinen Erinnerungen teilhaben lässt. Auch wenn sie sehr schmerzvoll sind. Schon alleine deshalb möchte ich dir nun auch zeigen, dass ich dir vertraue. Auch wenn es gegen unseren Vertrag verstößt. Möchtest du, dass ich die Klausel streichen lasse?«

Ungläubig lachend schüttelte ich den Kopf: »Herrje, Alex, du denkst manchmal echt viel zu viel nach! Nein, du brauchst diese blöde Klausel nicht streichen zu lassen. Ich weiß ja nicht einmal, was genau da steht! Ich habe bereits gesagt und gezeigt, dass ich dir vertraue. Wieso sollte sich in den letzten Minuten etwas daran geändert haben?«

Da musste auch er schmunzeln: »Das stimmt wohl.« Dann griff er zur Gabel und bedeutete auch mir, endlich mit dem Essen anzufangen, bevor es kalt wurde. Die berühmte Frankfurter Grüne Soße war mein absolutes Leibgericht. Und diese hier schmeckte besonders gut.

»Versuchst du jetzt Zeit zu schinden?«, zog ich ihn zwischen zwei Bissen auf, als er immer noch nicht weitererzählt hatte.

»Erwischt«, grinste er spitzbübisch. »Ich überlege noch, wie ich anfangen soll, aber ich glaube, das führt zu nichts. Also fange ich einfach von vorne an. Fußball war schon immer mein Leben. Als kleiner Knirps habe ich bereits jede freie Minute auf dem Bolzplatz verbracht. Ehrgeizig trainierte ich und fällte wohlüberlegt Entscheidungen. Mit 20 Jahren hatte ich dann

mein Bundesliga-Debüt. Mit dem Debüt in der zweiten Liga kam auch der erste Ruhm. Das war toll. Wirklich toll.« Ein versonnener Ausdruck erschien auf seinem Gesicht, als er sich an seinen ersten Moment im Rampenlicht zurückerinnerte. Doch als er fortfuhr, erlosch dieser ganz schnell: »Zu dem Zeitpunkt hatte ich bereits lange Jahre eine Freundin. Sie stand immer an meiner Seite und unterstützte mich, wo sie nur konnte. In der nächsten Saison stand ich bereits als Nummer Eins im Tor und wurde in den Kader der Juniorennationalmannschaft aufgenommen. Immer mehr Leute wollten an meinem Erfolg teilhaben. Aber ich hatte mindestens genau so viele Neider. Besonders ein Teamkollege gehörte dazu. Jan war vor mir die Nummer Eins und nahm es mir sehr übel, dass ich ihn auf den zweiten Platz im Tor verdrängt hatte. Darüber hinaus hatte sich seine Schwester Natascha in mich verliebt. Das war nicht nur eine einfache Schwärmerei für mich, sondern steigerte sich im Laufe der Zeit zu einer richtigen Obsession. Jan wusste diesen Umstand sehr geschickt für sich zu nutzen. Er ließ ständig Informationen über mein Privatleben an die Presse durchsickern und verbreitete dazu noch Gerüchte. Natascha lauerte mir auf und drohte meiner Freundin. Zunächst schrieb sie Briefe, dann lauerte sie auch ihr auf und bedrohte sie mit einem Messer.«

Ich sah, wie seine Kiefermuskeln aufeinander rieben und sich seine Faust vor Zorn ballte. Nur schwer konnte ich mir vorstellen, wie es sein musste, in dieser ständigen Gefahr zu schweben. Mir wurde zwar auch schon aufgelauert, aber ich schwebte nie wirklich in körperlicher Gefahr. Dieses Mal war es an mir, ihm tröstend die Hand zu halten.

»Ich erstattete mehrfach Anzeige, man konnte ihr aber nie etwas nachweisen. Das zermürbte nicht nur meine Beziehung, sondern wirkte sich auch auf meine Leistung aus. Bald hatte Jan sein Ziel erreicht und war wieder die Nummer Eins im Tor.

Trotzdem war letztendlich ich es, der das Angebot von Eintracht Frankfurt auf den Tisch bekommen hatte und somit in der ersten Bundesliga spielen sollte. Als Jan davon erfuhr, rastete er vollkommen aus. Er fing meine Freundin ab und zeigte ihr ein Video, das mich angeblich beim Sex mit seiner Schwester zeigte. Daraufhin verließ mich meine Freundin. Ich weiß bis heute nicht, wie er es geschafft hat, dieses Video zu fälschen. Wutentbrannt fing ich ihn vor dem nächsten Training ab. Er stritt natürlich alles ab. Unser Streit hatte selbst unseren Trainer aus seinem Büro gelockt. Er kam angelaufen und wollte nur schlichten. Für mich war in dem Moment einfach alles zu viel. Ich tat das erste Mal in meinem Leben etwas, ohne darüber nachzudenken und verpasste Jan eine. Leider war Jan schneller, duckte sich weg und ich erwischte das Kinn unseres Trainers. Ich konnte richtig hören, wie der Knochen brach.«

Er war bei dem letzten Satz ganz klein auf seinem Stuhl zusammengesunken. Am liebsten hätte ich ihn in den Arm genommen, aber das traute ich mich noch nicht. Mit brüchiger Stimme fuhr er fort: »Das war das Schlimmste, was ich je getan habe. Ich habe noch nie einen Konflikt gescheut, aber ich habe noch nie Gewalt gegen irgendjemanden angewandt. Dass Jan mich dazu gebracht hat, werde ich mir nie verzeihen. Um Ruhe in die Mannschaft zu bekommen und um meinen bevorstehenden Weggang nicht zu gefährden, waren wir uns einig, die Geschichte unter den Teppich zu kehren. Den Rest erledigten unsere Anwälte mit Knebelverträgen und Pressesperren. Ich hatte zwar mein Ziel erreicht, in der ersten Liga zu spielen, aber der Preis, den ich dafür zahlen musste, war viel zu hoch. Nach dem, was ich gehört habe, hat Jan es sogar geschafft, dass meine damalige Freundin nun mit ihm zusammenlebt. Ich dachte, damit hat er seine Rache gekrönt und würde endlich Ruhe geben. Aber wenn seine Schwester jetzt in Frankfurt aufgetaucht ist und alles wieder von vorne losgeht … «

Resignierend ließ er den Kopf hängen und schlug die Hände vors Gesicht. Ich griff über den Tisch und zog seine Hand zu mir: »Sieh mich an! Und hör mir zu! Sie war es bestimmt nicht. Es war töricht von mir und ich bin mir sicher, dass ich mir alles nur eingebildet habe. Niemand hat mich verfolgt. Warum auch? Ich bin ein Niemand und wir beide arbeiten nur zusammen. Es gibt überhaupt gar keinen Grund dafür.«

»Du weißt nicht, wie sie ist, Silja. Ich dachte schon einmal, dass ich sicher wäre. Und dann habe ich einen Menschen verloren, der mir wahnsinnig viel bedeutet hat. Das stehe ich nicht noch einmal durch. Deswegen wollte ich auch kein Date mit dir haben. Ich verabrede mich mit niemandem mehr. Mein Beruf und meine Karriere stehen an erster Stelle. Und ich lasse nicht zu, dass sie wieder in mein Leben tritt und es dieses Mal vielleicht endgültig zerstört. Versprich mir deshalb bitte, dass du mir direkt Bescheid gibst, wenn du diese blonde Frau wieder sehen solltest. Bitte!«, flehte er mich fast an. Was hatten diese bösartigen Menschen ihm bloß angetan? Wie sehr hatte er gelitten und war doch nicht daran zerbrochen. Er war ein Kämpfer und würde bis zum Schluss weiterkämpfen für das, was ihm am Herzen lag. Aber wie viel mehr konnte er noch ertragen?

»Ja. Natürlich sage ich dir Bescheid.«

Erleichtert seufzte er und lehnte sich in seinem Stuhl zurück. Die ganze Anspannung schien jetzt von ihm abzufallen. Selbst der spitzbübische Glanz war jetzt wieder in seinen Augen zu erkennen.

Ich konnte nur hoffen, das ich recht behielt und diese Frau wirklich nicht dieselbe war, die seine Beziehung und beinahe seine Karriere zerstört hatte.

Kapitel 12

Du hattest wieder eine Attacke? Ich dachte, das Thema könnten wir endgültig abhaken. Der Typ hat echt einen schlechten Einfluss auf dich!« Ich saß mit Rico in unserem Lieblings-Café und hatte ihm gerade von den gestrigen Ereignissen erzählt.

Seinen Ausbruch nahm ich ihm noch immer übel, aber ich brauchte auch jemanden, mit dem ich reden konnte. Er hatte sich zwar wieder einmal für sein Verhalten entschuldigt, aber ich war mir nicht sicher, wie ernst er das gemeint hatte. Er würde Alex wohl immer als Konkurrenz sehen.

»Rico, bitte«, schnaufte ich genervt. »Das Thema hatten wir doch jetzt schon zur Genüge. Es ist ja sehr nett, dass du dir Sorgen um mich machst, aber ich bin schon groß genug und kann auf mich selbst aufpassen. Außerdem war es ja nicht seine Schuld, sondern die der blöden Louisa. Hätte sie nicht so rumgeschrien, wäre das alles nicht passiert.« Allerdings wüsste ich dann jetzt auch nicht sein Geheimnis …, fügte ich im Stillen hinzu. Also sollte ich Louisa auch wieder ein Stück für ihre Indiskretion danken. Rico würde ich trotz allem nie davon erzählen. Ich hatte es Alex versprochen und würde mein Wort mit Sicherheit nicht brechen. Auch wenn ich Rico noch so sehr vertraute.

»Ja, ja, schon gut. Ich zieh dich doch nur auf«, erwiderte Rico und drückte mir einen Kuss auf die Backe. »Ich bin wohl nur ein wenig eifersüchtig. Immerhin hast du die ganze letzte Woche keine Zeit für mich gehabt. Wollen wir vielleicht heute Abend ins Kino gehen?«

Ich konnte die Hoffnung in seiner Stimme hören. Dennoch musste ich ihn enttäuschen: »Tut mir leid, aber du wirst wohl in nächster Zeit noch ein wenig häufiger auf mich verzichten müssen. Mein Boss hat mir einen straffen Zeitplan aufgedrückt. Wenn ich nicht gerade einen Termin mit Alex habe, muss ich ins Büro und die Bildbearbeitung durchführen. Ich bin echt froh, wenn wir diesen Bildband endlich finalisiert haben und er in den Druck geht.«

»Aber Zeit, mit deinem Aaaaallleexxx ins Fußballstadion zu gehen, hast du …. « Schmollend verzog Rico das Gesicht und schob die Unterlippe vor. Auf diese Diskussion hatte ich weiß Gott keine Lust. Da kam es mir ganz gelegen, dass ich mich bald wieder auf den Weg machen musste.

Ein Blick auf die Uhr bestärkte mich noch darin: »Sorry, aber die Arbeit ruft. Und ob du es glaubst oder nicht: Der Besuch im Stadion war ebenfalls ein Arbeitstreffen. Vielleicht können wir ja auch mal irgendwann zusammen hingehen, damit du nicht mehr schmollen musst.« Ich stand auf, legte Geld auf den Tisch und zog meine Jacke an. »Ich muss los. Wir telefonieren, okay?« Damit drückte ich ihm einen Kuss auf die Backe und verschwand in Richtung Tür.

Heute waren zwei Fotoshootings angesetzt. Darauf freute ich mich besonders, da neben Alex auch noch Basti vor der Kamera stehen sollte. Ich hatte zwar keinerlei romantische Gefühle für Basti, aber ich mochte ihn einfach sehr. Entsprechend herzlich fiel unsere Begrüßung aus. Er schloss mich in seine Arme und drückte mich so fest, dass mir fast die Luft wegblieb.

Alex stand noch in Straßenkleidung vor der Kamera, redete mit dem Assistenten und beobachtete uns dabei kritisch. Fast schon kühl nickte er mir einfach nur zu. Na, das war doch eine Begrüßung, wie sie sich jede Frau wünscht … Als ob die gestrige Unterhaltung nie stattgefunden hätte. Schnell ließ ich meinen schon zum Winken erhobenen Arm wieder sinken

und verlegte mich ebenfalls nur auf ein förmliches Nicken. Ganz cool bleiben und bloß nicht anmerken lassen, wenn man sich ärgerte ...

»Er ist heute schon den ganzen Tag so angespannt. Man könnte meinen, er leide unter Verfolgungswahn«, raunte mir Basti ins Ohr. Schlagartig ging mir ein Licht auf. Er wollte offenbar nicht, dass man auf mich aufmerksam wurde, weil er noch immer glaubte, dass diese Stalkerin ihn beobachtete. Im Grunde beschützte er mich also, indem er mich so kühl behandelte. Was für eine Scheiße!

Ich wünschte mir, ich könnte mit irgendjemandem darüber reden. Ob Basti wohl von der Geschichte wusste? Danach fragen konnte ich ihn ja schlecht. Ich musste also behutsam vorgehen und erkundigte mich möglichst unschuldig: »Wieso sollte ihn denn jemand verfolgen?«

Basti kniff die Augen zusammen und musterte mich, als ob ich die dämlichste Frage aller Zeiten gestellt hätte: »Äh ... Vielleicht, weil er ein Star ist ... Stell dir vor, sogar von mir wollen Leute ein Autogramm und dabei bin ich nur ein kleines Licht in der Mannschaft ...«

Oh ja, ich kam mir wirklich dämlich vor. Eine Karriere als Agent beim FBI konnte ich wohl vergessen, da meine Fragetechnik unter aller Kanone war. Vor Basti verdrehte ich jedoch die Augen und verfiel dann automatisch in den Flirtmodus: »Bekomme ich auch ein Autogramm von meinem Helden, der mich aus den Untiefen der Garage befreit hat?« Ich schmiegte mich an seinen Arm und blinzelte übertrieben mit den Wimpern – ganz der verliebte Groupie.

Basti stieg natürlich voll ein: »Aber nur, wenn ich mir die Stelle für das Autogramm aussuchen darf ... « Na also, wenigstens konnte ich noch auf eine Karriere als Schauspielerin zurückgreifen.

»Basti! Du bist dran!« Ich hatte gar nicht gemerkt, wie Alex nähergekommen war. Gott, war das wieder peinlich. Die Flirterei hätte er eigentlich nicht mitbekommen sollen. Aber ich brauchte Bestätigung und Basti machte es mir wirklich leicht. Basti musste allerdings gesehen haben, wie sich Alex näherte. Mich beschlich der leise Verdacht, dass er auf meine Flirterei mit voller Absicht eingegangen war, damit Alex es mitbekam. Aber was wollte er damit bezwecken?

Meine Theorie wurde nur bestätigt, als Basti antwortete: »Gerade rechtzeitig, mein Lieber. Fast hätte ich sie dir vor der Nase weggeschnappt.« Darauf hörte ich Alex knurren… Ja! Tatsächlich knurren!! Männer waren manchmal echt solche Neandertaler. Basti hatte es auch gehört und fing lauthals an zu lachen. Dann klopfte er Alex auf die Schulter und machte sich auf den Weg zu seinem Platz vor der Kamera. Der sah ihm hinterher und meinte mit noch immer gefährlich knurrendem Unterton in der Stimme: »Wenn ich ihn nicht so gerne hätte, würde ich meinen Vorsatz, keine Gewalt anzuwenden, noch einmal überdenken.« Zu meiner Erleichterung sah ich just in dem Moment Yolanda auf uns zukommen: »Als deine PR-Beraterin muss ich dir dringend davon abraten! Ich liebe Basti zwar, aber zur Not kann ich ihn auch noch selbst verprügeln, wenn er wieder irgendeinen Unsinn angestellt hat.«

Sie drückte Alex und begrüßte mich dann ebenfalls mit Küsschen auf die Backen. »Hallo meine Liebe. Ich hoffe, er hat sich bisher benommen. Heute Morgen habe ich schon mit Diego zusammengesessen und muss sagen, deine Bilder sind grandios! Wenn du so weitermachst, verspreche ich dir eine ganz große Karriere. Und ich muss es wissen.« Yolanda zwinkerte mir zu, während ich durch ihr Lob errötete.

Wir zogen uns in die Garderobe zurück, um genau zu besprechen, welche Bilder wir noch für den Bildband benötigten.

Den ersten Teil, der von seinem täglichen Training und der Eingliederung in die Mannschaft handelte, hatten wir bereits fertig im Kasten. Nun kam der Teil, der von seinen nebenberuflichen Aktivitäten handelte. Auf dem Programm standen heute zwei Shootings. Einmal für eine Werbekampagne einer großen Krankenkasse und dann im Anschluss eins für ein bekanntes Modelabel.

Während Alex in der Maske saß, gab er uns trotzdem immer wieder über seine Schulter hinweg Anweisungen, was er sich vorgestellt hatte. Ganz der Karrieremensch, der jeden Schritt genau überlegt und im Voraus plant. Hatte er überhaupt eine spontane Seite an sich? Konnte er nicht einmal locker und entspannt an eine Sache gehen?

Nach Alex kam Basti in die Maske. Das erste Shooting fand noch in Sportklamotten statt. Es sollte für mehr Bewegung in der Schule geworben werden. Ich besprach mich kurz mit dem Fotografen, um ihm nicht im Weg rumzustehen, und machte mich dann an meinen Job.

Zunächst stand Alex alleine vor der Kamera. Man konnte sehen, dass es ihm zwar Spaß machte, er jedoch so gut wie nie lächelte. Die Kamera liebte ihn, das wusste ich aus eigener Erfahrung, aber er konnte einfach nicht lockerlassen. Das änderte sich jedoch schlagartig, als er mit Basti vor der Linse stand. Ich hatte sie nur einmal bei der unschönen Szene im Fan-Shop zusammen gesehen. Da hatte ich nur einen kleinen Eindruck davon bekommen, wie gut sich beide verstanden. Basti schaffte es durch seine offene Art, selbst Alex locker werden zu lassen. Ich beobachtete das nicht ohne einen Anflug von Neid.

Yolanda hatte sich zwischenzeitlich zu mir gesellt und folgte meinem Blick: »Basti ist für ihn ein Segen. Die beiden kennen sich bereits seit der Grundschule. Er war es auch, der Alex für die Eintracht empfohlen hat.«

Ich konnte meinen Blick nicht von ihnen abwenden. Basti kannte ich ja nur fröhlich und unbeschwert. Aber Alex so herzhaft lachen zu sehen, frei von allen Sorgen und belastenden Gedanken, war das Schönste, was ich je gesehen hatte. Ohne dass ich es bewusst wollte, stieg auch meine Laune und ich musste einfach ebenfalls lachen. Fast vergaß ich darüber, meine Kamera in die Hand zu nehmen. Diese unverfälschte Fröhlichkeit war für mich noch immer das geeignetste Motiv und gab die besten Bilder ab. Der Auslöser glühte förmlich in meiner Hand, während ich ein Bild nach dem anderen schoss.

Ich spürte, wie Yolandas Blick auf mir ruhte, hatte aber viel zu viel Angst, etwas zu verpassen, und reagierte nicht auf sie. Nach einer Weile hörte ich sie hinter mir sagen: »Du hast dich in ihn verliebt, oder?«

Vor Schreck wäre mir fast die Kamera aus der Hand gefallen. Ich musste sie noch nicht einmal ansehen, um zu wissen, dass sie bis über beide Ohren grinste, weil ich mich durch diese Geste verraten hatte. Trotzdem weigerte ich mich, es zuzugeben: »Quatsch. Ich freue mich einfach nur, wenn es ihm gut geht.«

»Seitdem ich ihn kenne, hat er nie mehr als zwei Sätze mit einer Frau geredet. Er meidet sie normalerweise wie die Pest. Er hat mir erzählt, dass du nun seine Vorgeschichte kennst. Daher weißt du auch, was er für ein Risiko eingeht, wenn er dich in seine Nähe lässt. Und dabei macht er sich vor allem mehr Sorgen um dich als um sich selbst. Als seine PR-Beraterin kann ich eine eventuelle Liebesbeziehung zwischen euch natürlich nicht gutheißen. Aber als seine Freundin würde ich mir sehr wünschen, dass ihr zwei zueinanderfindet. Er mag dich sehr und vertraut dir. Und ich kann mich da nur anschließen. Du bist eine tolle Frau!« Natürlich! Wie konnte ich nur vergessen, dass Yolanda ja ebenfalls seine ganze Geschichte kannte. Schließlich war sie damals maßgeblich daran beteiligt, alle Spuren zu beseitigen.

Ich mochte sie auch sehr gerne, aber das brachte mich noch lange nicht dazu, mit ihr über meine Gefühle für Alex zu reden. »Ich verliebe mich in niemanden. Einen Mann an meiner Seite zu haben, ist das Letzte, was ich möchte. Also brauchst du dir keine Gedanken um die PR zu machen. Ebenso wenig wie die Stalkerin. Ich bin sicher nicht diejenige, die ihn vom Single-Markt nimmt.«

»Und wenn er sich in dich verliebt hat? Hast du daran schon einmal gedacht?« Yolanda meinte es sicher nur gut, aber diesen Gedanken konnte ich nicht zulassen. Ich konnte mir zwar viele Situationen schönreden, aber dafür gab es keinerlei Beweise. Und niemals würde er sich auf eine Beziehung einlassen, wenn diese Stalkerin noch frei da draußen herumlief.

Ein tiefes Lachen aus voller Kehle ließ uns innehalten und die beiden herumalbernden Männer beobachten. Mein Herz blühte auf, wenn ich ihn sah, und tat gleichzeitig weh bei dem Gedanken daran, dass dieser wunderbare Mann niemals mir gehören würde. »Wir können es nicht zulassen, uns ineinander zu verlieben. Er hat seine Gründe und ich habe meine.«

Yolanda ergriff meine Hand und drückte sie: »Ach, meine Liebe. Das ist doch schon längst passiert. Nur was ihr jetzt daraus macht, liegt alleine an euch.«

Genau in diesem Moment schaute Alex in meine Richtung. In seinem Blick lagen so viel Wärme und Liebe, dass es mir das Herz zuschnürte. Basti stupste ihn an und sagte etwas, das ich nicht verstand. Ich sah nur, wie Alex rot wurde und Basti in den Schwitzkasten nahm. Schnell zückte ich wieder meine Kamera, um nicht mehr mit Yolanda reden zu müssen.

Während die Szene für das nächste Shooting umgebaut wurde, hatte ich Zeit, meinen Kopf wieder klar zu bekommen. Yolandas Worte hatten mich aufgewühlt und fahrig werden lassen. Bei

der Schnelldurchsicht war mir aufgefallen, dass einige der letzten Bilder verwackelt und unscharf waren. Das war mir vorher noch nie passiert. Und durfte mir vor allem nie wieder passieren. Wenn ich mich nicht konzentrierte, würde mir mein Traumjob noch durch die Lappen gehen. Wegen eines Mannes!

Wütend über mich selbst versuchte ich, so viel Abstand wie möglich zwischen Alex und mir zu halten. Wenn er an der einen Seite des Raumes stand, befand ich mich auf der anderen. Das Spiel ging so lange, bis Alex für die nächste Anprobe in die Garderobe gerufen wurde. Wenn es ihm aufgefallen war, so ließ er sich zumindest nichts anmerken. Als ich das nächste Objektiv aus dem Koffer holen wollte, bemerkte ich, wie meine Hände zitterten. Ich musste raus an die frische Luft! Schnell, bevor es noch schlimmer wurde.

Ich bemühte mich darum, möglichst unauffällig das Studio zu durchqueren, und verschwand durch eine Seitentür in den Hinterhof. Tief zog ich die frische Luft ein und passte meine Atmung an. Ruhig und flach atmen. Ich spürte direkt, wie sich mein Puls wieder beruhigte, und sendete ein Dankgebet an meinen Therapeuten. Nach vorne gebeugt stand ich so eine Zeitlang im Hof, bis ich wieder normal atmen konnte.

Hinter mir ging die Tür auf und jemand trat neben mich: »Ist alles okay?« Ich sah zwar nur ein Paar äußerst elegante hellbraune Schuhe und Beine, die in einer dunkelblauen Anzugshose steckten, aber diese Stimme hätte ich unter Tausenden erkannt.

»Klar. Alles gut. Die Luft war nur ein bisschen stickig da drin.« Ein letztes Mal atmete ich noch tief ein und wieder aus und richtete mich dann vollends auf. Kein Therapeut der Welt hätte mich allerdings auf diesen Anblick vorbereiten können! Ein Sonnenstrahl fiel auf Alex und hüllte ihn in sanftes Abendlicht. Dadurch leuchteten seine Augen noch mehr und sein Haar wirkte vollends golden. Die Stylistin hatte für ihn

ein weißes Hemd, einen schwarzen dünnen Schlips und einen dunkelblauen Anzug ausgesucht. Das Sakko saß wie angegossen und betonte seine breite Brust. Heilige Maria, Mutter Gottes! Wenn ich nicht gerade Schnappatmung gehabt hätte, hätte ich sie spätestens jetzt bekommen ...

Meine Kinnlade fiel herunter und ich befürchtete wirklich, gleich zu sabbern anzufangen. Natürlich war das Alex nicht entgangen. Er drehte sich einmal mit ausgestreckten Armen im Kreis und fragte unschuldig: »Kann ich mich so fotografieren lassen?«

Ich schluckte schwer und musste mich regelrecht anstrengen, meine sonst so aktiven Hirnzellen zu reanimieren, die offenbar bei seinem Anblick ins Koma gefallen waren. Etwas anderes als ein dümmliches Grinsen wollte mir einfach nicht gelingen. Alex ergriff meine Hand und führte mich wieder hinein. Kurz hinter der Tür blieb er jedoch stehen und drehte sich zu mir um: »Ich wollte dich noch etwas fragen. Hast du morgen Abend schon etwas vor?« Noch immer benebelt schüttelte ich den Kopf. Ich glaubte zumindest, dass ich noch nichts vorhatte. Aber selbst wenn, war mir das in dieser Sekunde vollkommen egal.

»Sehr gut. Ich würde dir gerne eine private Führung durch das Stadion geben. Ich habe nämlich gehört, dass du wohl noch leichte Orientierungsschwierigkeiten hast. Und wenn du als Sportfotografin künftig öfter im Stadion sein solltest, musst du dich ja auskennen. Was hältst du davon?«

Ich würde Basti umbringen! Diese alte Tratschtante hatte mich verraten. Aber wer bekam schon eine private Führung durch die Arena? Und er hatte ja recht – ich neigte wirklich dazu, mich dort zu verlaufen. »Cool, gerne«, antwortete ich mit noch immer viel zu piepsiger Stimme und musste mich räuspern.

»Super, freut mich. Ich hole dich dann um 18 Uhr ab. Zieh dir bequeme Sachen an. Auf dem Weg dahin muss ich noch

ein wenig trainieren ...« Was zur Hölle sollte das nun wieder heißen? Ich kam aber gar nicht mehr dazu, die Frage zu stellen, denn er war wieder am Set angelangt und posierte weiter für die Kamera.

Schnaubend ging ich zurück zu meinem Platz, wo schon Basti auf mich wartete. »Naaa, hat er endlich den Mut aufgebracht, dich zu fragen?«

»Mich was zu fragen?« Um ihn nicht anblicken zu müssen, wühlte ich schwer beschäftigt in meinem Koffer herum.

»Ob du mit ihm ausgehst.«

»Wir gehen nicht aus. Er zeigt mir nur das Stadion einmal genau, damit ich mich nicht ständig verlaufe. Ach ja – danke übrigens, dass du mich verraten hast.« Ich warf ihm einen wütenden Blick zu, der aber an ihm abprallte.

»Gern geschehen! Und nur fürs Protokoll – das IST ein Date.«

»Wie oft denn noch: Alles nur rein geschäftlich!« Langsam machte er mich echt sauer.

»Holt er dich ab?« Die Frage konnte ich nur mit einem Nicken beantworten.

»Seid ihr zwei alleine?« Wieder ein Nicken.

»Findet es außerhalb der Arbeitszeit statt?« Ich überlegte kurz, aber streng genommen – ja. Also nickte ich erneut.

Mit einem triumphierenden Lächeln auf dem Gesicht sagte er: »Beweisführung abgeschlossen: Ihr habt ein Date!«

Dann begab auch er sich auf seinen Platz am Set und machte sich zusammen mit Alex für das nächste Shooting bereit.

Ich ließ mir seine Worte durch den Kopf gehen und kam nicht drum herum, ihm zuzustimmen. Bei der Erkenntnis musste ich mich erst einmal setzen und ließ mich wenig galant auf einen nahestehenden Hocker plumpsen.

Ich hatte ein Date mit Alexander König!

Kapitel 13

Silja, bitte, jetzt hör endlich auf hier so herumzuzappeln. Das macht mich echt noch wahnsinnig!« Sandra hatte mir bereits Kaffeeverbot erteilt, weil ich schon den ganzen Vormittag wie ein aufgescheuchtes Huhn ständig in Bewegung war.

Ich hatte es gar nicht abwarten können, ihr von den neuesten Ereignissen zu berichten. Ich hatte sogar kurz überlegt, sie gestern Abend nach dem Shooting direkt noch anzurufen, weil ich nicht wusste wohin mit meiner Vorfreude. Aber das schien mir dann doch ein wenig zu übertrieben.

Mit Rico konnte ich darüber nicht reden. Das allererste Mal, seitdem wir uns kannten, konnte ich nicht mit meinen Sorgen und Freuden zu ihm gehen und um Rat fragen. Zumindest nicht, wenn es um das Thema Alexander König ging.

Als mir dies bewusst wurde, wünschte ich mir nichts sehnlicher, als eine weibliche Freundin zu haben. Und da kam mir direkt Sandra in den Sinn. Sie war bodenständig und erfahren genug, um mir eine realistische Einschätzung der Lage zu geben. Direkt nachdem ich meine Jacke ausgezogen und den PC hochgefahren hatte, überfiel ich sie regelrecht und erzählte ihr dann, was beim Fußballspiel und beim Shooting passiert war. Den Teil mit der Stalkerin verschwieg ich ihr natürlich. Wort bleibt Wort.

Aber ansonsten erzählte ich ihr alles und sie hörte aufmerksam zu, um mir am Ende zu bestätigen, dass ich tatsächlich ein Date hatte. Seitdem hatte ich gefühlte 30 Liter Kaffee getrunken und alle zwei Minuten auf die Uhr geschaut. So mädchenhaft aufgeregt hatte ich mich das letzte Mal verhalten, als mein Vater mir ein Barbie-Traumhaus zum zehnten Geburtstag versprochen

hatte und ich daraufhin die ganze Nacht nicht schlafen konnte. Ich benahm mich absolut albern, konnte es aber einfach nicht abstellen und schon gar nicht aufhören dämlich vor mich hinzugrinsen.

Am frühen Nachmittag hatte Sandra dann endgültig die Faxen dicke, sagte Diego, dass sie dringend Überstunden abbauen müsste, und ging mit mir zusammen shoppen. So viel Spaß hatte ich schon lange nicht mehr! Ihre Ablenkungsstrategie funktionierte prächtig. Bald schon hatte ich drei neue Oberteile, eine neue Jeans, und sogar die Sneakers, hinter denen ich schon ewig her war, waren heruntergesetzt und in meiner Größe vorrätig.

Bestens gelaunt und mit einem kompletten Outfit für das Date ausgestattet, verabschiedeten wir uns kurz vor 17 Uhr voneinander. Blieb noch genug Zeit, um die zwei Stationen mit der Bahn nach Hause zu fahren, zu duschen und mich umzuziehen. Kaum dachte ich wieder an Alex, feierten die Schmetterlinge im Bauch eine wilde Party.

Ein letzter prüfender Blick in den Spiegel und ich war gewappnet. Im Stillen dankte ich Sandra für ihre gute Beratung und ihren guten Geschmack: Dunkelbrauner Pulli im Häkellook, darunter ein weißes Tank Top, hellblaue Jeans und farblich zum Pulli passende Sneakers. Meine dunkelbraunen Haare trug ich offen und in sanften Wellen. Selbst ein bisschen Sport sollte in diesem Outfit machbar sein. Hoffentlich musste ich nicht allzu viel machen, da ich keine Lust darauf hatte, wieder krebsrot anzulaufen. Einmal war schon peinlich genug.

Während ich noch vor mich hinüberlegte, was wir wohl diesbezüglich machen würden, schrillte die Klingel. Fünf Minuten früher als verabredet – das konnte nur einer sein. Gegen die aufsteigende Übelkeit ankämpfend ging ich zur Sprechanlage: »Hallo?«

»Ich bin's«, war seine Antwort. Wie ich solche Leute liebte … Wenn ich durch Wände sehen könnte, müsste ich nicht fragen … Immerhin hatte ich seine Stimme erkannt und drückte auf den Türöffner.

Eine Sekunde später hörte ich ihn auch schon im Treppenhaus die Stufen hoch zu mir in den 4. Stock spurten. Gut gelaunt und zu meinem Missfallen kaum außer Atem, stand er in Jeans und T-Shirt vor mir. Also war meine Klamottenwahl zumindest nicht völlig verkehrt, stellte ich zu meiner Beruhigung fest. »Bereit für einen Abend voller Überraschungen?«, strahlte Alex mich an. Wie eigentlich immer bei seinem Anblick bekam ich auch dieses Mal weiche Knie und mein Magen schlug Purzelbäume.

Am liebsten hätte ich mich wieder zurück in Sicherheit auf meine Couch begeben. Aber dafür war es jetzt schon zu spät. Möglichst lässig lehnte ich mich an den Türrahmen und antwortete: »Ich bin schon sehr gespannt, was du mit mir vorhast, und bin für alles bereit.« Die Worte hatten kaum meinen Mund verlassen, da wurde mir bewusst, wie zweideutig dieser Satz klang. Ich hatte das eigentlich nicht sagen wollen. Ehrlich! Und schon gar nicht mit diesem anzüglichen Grinsen im Gesicht. Mein Gott, wie peinlich! Entsprechend irritiert sah Alex nun auch auf mich herab. Vor lauter Scham konnte ich ihm nicht in die Augen schauen. Am liebsten hätte ich mir selbst eine Ohrfeige verpasst.

Stattdessen war mein Fußboden plötzlich hochinteressant, als ich ihn fragte: »Willst du erst noch reinkommen und was trinken?«

»Ähm … Ich glaube, wir sollten direkt los, sonst schaffen wir das Programm nicht.« Täuschte ich mich oder war seine Stimme tatsächlich etwas abgekühlt? Na super, die ersten zwei Minuten im ersten Date meines Lebens, und schon hatte ich es versaut.

»Ja, klar, kein Problem«, war meine kleinlaute Antwort.

Frustriert nahm ich meinen Haustürschlüssel vom Schlüsselbrett und folgte Alex durchs Treppenhaus hinaus auf die Straße. Vielleicht würde mir ein wenig frische Luft ja guttun und mich wieder zu einem normal denkenden Menschen machen.

Der Tag war bereits sehr sonnig gewesen und auch die Abendstunden versprachen milde Temperaturen. Eigentlich das perfekte Wetter für ein Date. Aber irgendwie war die Stimmung gerade ziemlich angespannt. Vielleicht würde ja ein wenig belanglose Konversation nicht schaden. Und viel Schlimmeres konnte ich eh nicht mehr anrichten. »Hattest du denn bisher einen schönen Tag? Das Wetter ist ja echt herrlich. Und es soll noch ein paar Tage so bleiben. Nicht mehr lange und wir haben die Sommertemperaturen erreicht.« Wenn überhaupt noch möglich, entgleiste ihm sein Gesicht noch mehr: »Ehrlich, jetzt? Du willst über das Wetter reden?«

»Ja … na ja … Das schien mir das unverfänglichste Thema zu sein.« Frustriert kickte ich ein Steinchen, das vor mir auf dem Gehweg lag, mit dem Schuh weg. Konnte ich denn heute überhaupt nichts richtig machen?

Alex stellte sich neben mich und stupste mich mit der Schulter an: »Soll ich dir jetzt verraten, was wir vorhaben?«

Neugierig hob ich meinen Kopf, um ihn anzusehen. Mit absolut ernster Miene zog er einen Fahrradhelm hinter seinem Rücken hervor und hielt ihn mir vors Gesicht. Und nicht nur einfach irgendeinen Fahrradhelm, sondern ein schreiend rosafarbenes Exemplar mit jeder Menge Glitzer und einer überdimensional großen Fee darauf. Ich hatte noch nie in meinem Leben etwas so Grauenhaftes gesehen!

Um Fassung bemüht nahm ich den Helm entgegen: »Ähm … Danke … Glaube ich … Ich habe aber kein Fahrrad.« Ich konnte meinen Bick einfach nicht von diesem Ungetüm neh-

men. Erwartete er ernsthaft, dass ich dieses Monstrum aufziehen würde?

»Genau deswegen hatte ich gehofft, dass du mit mir zusammen auf meinem Fahrrad fährst. Heute steht bei mir Ausdauertraining auf dem Programm und das möchte ich gerne nutzen, um mit dir eine Tour durch Frankfurt zu machen. Und damit ich nicht alleine so bescheuert aussehe, habe ich dir den Helm meines Patenkindes mitgebracht. Sie ist ein absoluter Prinzessin-Lillifee-Fan. Und ich habe von ihr dieses Prachtexemplar geschenkt bekommen.« Mit diesen Worten zog er nun auch die andere Hand hinter seinem Rücken hervor und präsentierte mir seinen Helm. Er war immerhin schwarz, aber überzogen mit einem riesigen Spinnennetz und auf ihm hockte ausgestreckt Spiderman. Das wäre an sich nicht dramatisch. Allerdings war dieser Spiderman dreidimensional abgebildet. Und das so unglücklich, dass man von hinten nur seinen riesigen blauen Spinnenhintern sehen konnte, der sich in die Höhe reckte.

Das sah so dermaßen bescheuert aus, dass ich mich nicht länger zusammenreißen konnte. Ich musste so laut loslachen, dass einige vorbeigehende Passanten vor Schreck zusammenzuckten. Angesteckt von mir fing auch Alex an und kurz darauf hatten wir beide Tränen in den Augen vor Lachen. Schwer nach Luft japsend fragte ich: »Und wieso müssen wir überhaupt Helme aufziehen?«

Er wischte sich eine Tränen weg, bevor er antwortete: »Weil mich erst mein Trainer und dann die Versicherung umbringt, wenn ich es nicht tue. Normalerweise fahre ich nur zusammen mit meinem Patenkind, wenn sie mal zu Besuch ist. Und dann auch nur im Feld, wo uns niemand sieht. Deshalb hatte ich mir auch nie einen anderen Helm gekauft. Das hatte ich dummerweise bei der Planung nicht bedacht. Tja, und jetzt musst du leider mit mir da durch.«

Nicht nur, dass ich mir die Frisur ruinieren würde, ich würde mich auch noch zum absoluten Gespött machen. Ich weiß nicht, woran es lag, aber mit ihm an meiner Seite machte mir das nicht das Geringste aus. Noch immer lachend schnallte ich mir den Helm um. Gott sei Dank hatte ich einen relativ kleinen Kopf, sodass er tatsächlich passte: »Dafür bist du mir aber was schuldig!«

Ich bildete mir ein, neben der Belustigung auch so etwas wie Anerkennung in seinem Blick zu sehen. Gemeinsam gingen wir zu seinem Fahrrad, das er an einem Laternenpfahl in der Nähe angekettet hatte. Es war ein schwarzgrünes Mountainbike ohne Gepäckträger, aber dafür mit einer relativ breiten Gabel, auf der ich sogar halbwegs bequem Platz nehmen konnte. Alex zog ebenfalls seinen Spiderman-Helm auf, befreite das Fahrrad von der Kette, stieg auf und half mir dann, mich auf dem Lenker zu positionieren.

Zuerst hatte ich ein wenig Probleme, mich festzuhalten, da es eine ziemlich wacklige Angelegenheit war, wie er zwischen den geparkten Autos hindurchkurvte. Aber mit der Zeit fühlte ich mich sicherer. Auch dass ich ihn in meinem Rücken spüren konnte, verschaffte mir eine gewisse Beruhigung und ich fing an mich zu entspannen.

So fuhren wir von meiner Wohnung aus den Schaumainkai am Mainufer entlang. Ich konnte nur mutmaßen, wie befremdlich wir aussehen mussten. Neben den Blicken, die wir auf uns zogen, konnten wir uns auch ein paar Sprüche anhören. Aber in Frankfurt war man so einiges gewohnt. Neben den ganzen Anzugträgern trifft man immer wieder auch auf total abgedrehte Menschen. Und gerade für diese Vielfalt liebte ich diese Stadt. Einmal stand ich im Hochsommer in der S-Bahn einer Frau im Pikachu-Kostüm gegenüber. Kein Witz! Und mit ihr hatte ich eines der interessantesten Gespräche, die ich je geführt hatte!

Nach der relativen Ruhe am Main bogen wir über die Friedensbrücke nach rechts ab und wechselten so die Uferseite. Durch den Feierabendverkehr bahnten wir uns einen Weg hindurch zur Taunusanlage. Alex hatte gut zu kämpfen, um uns unbeschadet zu einem der grünen Flecken inmitten der Stadt zu bringen. Einige Male fluchte er lauthals, wenn uns mal wieder ein Autofahrer geschnitten hatte. In der Taunusanlage angekommen, umfing uns direkt wieder die Ruhe.

Alex beugte sich zu mir hin: »Dafür liebe ich diese Stadt! Selbst inmitten der Hektik und des Gehupes findet man immer noch ein Stückchen Entspannung. Gerade der Kontrast zwischen der Natur und den glänzenden Hochhausfassaden muss dich als Fotograf doch inspirieren, oder?« Da hatte er absolut recht. Die Bankenmetropole war für ihre Skyline bekannt. Und gerade wenn man im Dunkeln mit dem Flugzeug über Frankfurt hinwegflog, waren die beleuchteten Hochhäuser und Bankentower schon ein toller Anblick. Was aber den Reiz ausmachte, war tatsächlich die Menge an Grünanlagen zwischen all den sterilen und auf Hochglanz polierten Glasfassaden.

»Du ahnst nicht, wie oft ich schon meine Tage hier verbracht habe. Vor allem die Familien, die hier im Park mit ihren Kindern spielten, hatten es mir angetan. Als ich damals vom Land in die Stadt gezogen bin, habe ich mich erst ein wenig verloren gefühlt. Wir lebten in einem großen Haus im Grünen außerhalb der Stadt in Kronberg. Ich hatte alles im Überfluss. Zumindest alles, was man mit Geld kaufen konnte. Erst nach dem Tod meiner Mutter wurde mir klar, dass mir das Wichtigste im Leben fehlte: Familie und Liebe. Immer wenn ich durch die Parkanlagen oder am Main entlang gehe, freue ich mich über lachende Kinder und die von bedingungsloser Liebe erfüllten Gesichter ihrer Eltern. Ich weiß, ich darf nicht zu sehr jammern. Es gibt mehr als genug Kinder auf dieser Welt, die weitaus Schlimmeres

durchgemacht haben als ich. Aber ich hätte all mein Spielzeug für eine liebevolle Umarmung meiner Mutter hergegeben. Jetzt ist es dafür leider zu spät.« Ich schaute in die Sonne und versuchte tapfer, die aufsteigenden Tränen wegzublinzeln. Mittlerweile hatten wir den Park fast verlassen und waren auf dem Weg zur Alten Oper.

»Das tut mir echt leid. Ich wollte keine alten Wunden aufreißen.«

»Schon okay«, hörte ich meine zittrige Stimme antworten. »Lass uns aber lieber das Thema wechseln. Ich will wenigstens einen Rest meiner Würde behalten und nicht auch noch mit verlaufener Wimperntusche herumlaufen.«

Hinter mir konnte ich Alex' Brust an meinem Rücken spüren, die leicht vor Lachen vibrierte: »Ich weiß, was gegen trübe Gedanken hilft. Wir machen einen ganz kurzen Zwischenstopp bei einem Kumpel.«

»Ich hoffe, der ist Schokoladenfabrikant, denn das ist das Einzige, was gegen Trübsal hilft«, scherzte ich. Dabei musste ich mich sehr nach hinten in Richtung Alex lehnen, um den zwischenzeitlich wieder stärker gewordenen Verkehrslärm zu übertönen, und lief Gefahr, das Gleichgewicht zu verlieren. Mit einer schnellen Bewegung umfasste er meine Mitte, zog mich ganz zu sich heran und raunte mir ins Ohr: »Hab dich!«

Die Kombination von seinem um mich geschlungenen Arm, seiner Brust an meinem Rücken und seinem Atem an meinem Ohr sendete Stromstöße durch meinen ganzen Körper. Ich musste echt aufpassen, dass ich nicht doch noch vom Lenker herunterflutschte …

Wir passierten die Oper, hielten uns in Richtung Bockenheim und bogen kurze Zeit später in eine kleine Seitenstraße ab. Diese Gegend von Frankfurt war ein beliebter Wohnraum und dementsprechend dicht besiedelt. Vor einem braunen Holztor, das den Eingang zu einem Hinterhof zwischen zwei großen Wohnhäusern verbarg, hielten wir an und stiegen ab.

Für die Pause war ich ganz dankbar. Erstens, weil mein Hintern mir doch langsam wehtat und ich zweitens dadurch Zeit hatte, meine Hormone wieder zurück in den Käfig zu treiben. Das gelang mir allerdings nicht sonderlich gut, denn mein Blick ruhte schon wieder auf Alex' knackigem Hintern, als er zur Eingangstür ging und auf die Klingel drückte.

»Ja?«, hörte ich eine Frauenstimme durch die Gegensprechanlage sagen.

»Hi Lisa, ich bin's, Alex.«

»Hi Alex! Marco ist im Hof. Warte, ich mach die Tür auf, damit du reinkannst.« Nach kurzer Zeit wurde der Summer betätigt und wir traten in einen großen Hinterhof. Entgegen meiner Vermutung war er nicht wie üblich trist und komplett grau gepflastert, sondern hatte im hinteren rechten Teil sogar eine große und sehr gepflegte Rasenecke. Auf dem dunkelgrünen Gras stand ein Apfelbaum in voller Blüte. In seinem Schatten lag ein Mann auf dem Rücken und spielte mit einer Horde Hundewelpen, die wild auf ihm herumtobten. Die Hundemama lag friedlich schlummernd in der Ecke. Offenbar war sie froh, dass sie einmal Ruhe hatte vor der Rasselbande.

Ein Welpe hatte uns entdeckt und kam mit Schlappohren und riesigen Pfoten auf uns zugelaufen. Mein Gott, wie unglaublich süß! Ich ging in die Hocke und fing an, ihn zu streicheln. Er überschlug sich fast vor Freude, krabbelte auf meinen Schoß und leckte meine Hand ab. Ich schmolz regelrecht dahin, wie er mich mit seinen dunklen Knopfaugen ansah. Als immer mehr Welpen auf mich zugestürzt kamen, ließ ich mich komplett auf den Boden sinken und vergaß alles um mich herum. Sogar Alex.

»Hey, du faule Socke. Heute kein Training?« Das musste Marco sein. Ich hatte gar nicht bemerkt, wie er nähergekom-

men war. »Und wen hast du da mitgebracht? Und vor allem: Habt ihr eine Wette verloren, oder warum seht ihr so bescheuert aus?«

Verwirrt blickte ich auf und fragte mich, was er meinte, bis mir einfiel, dass ich noch immer den blöden Fahrradhelm auf hatte. Schnell nahm ich ihn ab, befreite mich, so gut es ging, von den Hunden und stand auf.

Auch Alex schien jetzt erst aufgegangen zu sein, dass er noch immer den Helm auf dem Kopf hatte, und lief ein wenig rot an, als er ihn abnahm:

»Lange Geschichte. Marco, das ist Silja. Sie braucht ein bisschen Aufmunterung.«

»Ah, verstehe. Und da hast du sie in dein Geheimrezept gegen miese Laune eingeweiht«, Marco schenkte Alex ein viel zu breites Grinsen, woraufhin dieser das Gesicht verzog. An mich gewandt fuhr Marco fort: »Freut mich, dich kennenzulernen. Alex' Freunde sind auch meine. Wollt ihr was trinken?« Erst jetzt spürte ich, wie trocken meine Kehle eigentlich war: »Sehr gerne.«

»Ich hole euch was. Nehmt doch einfach auf der Wiese Platz und behaltet die Rasselbande im Auge. Besonders Carlos hier schmiedet gerne Fluchtpläne!« Er pickte einen Welpen heraus, hob ihn hoch und drückte ihm einen Kuss auf den Kopf, bevor er ihn wieder auf den Boden setzte. Dass er so liebevoll mit den Hunden umging, machte ihn mir gleich sympathisch.

Eigentlich war ich ja eher der Katzentyp. Hunde sabberten mir zu viel und rochen manchmal sehr streng. Besonders, wenn sie nass waren oder sich mal wieder in irgendetwas wälzen mussten.

Aber wie hätte ich nicht vor Verzückung dahinschmelzen können, wenn mich diese süßen Fellnasen treudoof aus ihren Knopfaugen anschauten? Ich nahm Carlos auf den Arm und

folgte Alex in Richtung Rasenfläche. Zumindest glaubte ich, dass es Carlos war. Irgendwie sahen gerade alle Welpen gleich aus, mit ihrem durchgehend schokofarbenem Fell …

»Was ist das für eine Rasse?«, fragte ich Alex.

»Labrador.« Er war leicht abgelenkt, da ein einziges braunes Knäuel aus Welpen ihm um die Füße herumtobte und er krampfhaft versuchte, beim Gehen auf keinen draufzutreten. »Ich bin mit Hunden groß geworden. Meine Großeltern mütterlicherseits hatten immer Schäferhunde und die anderen Großeltern adoptierten einfach alles, was vier Beine hatte. Ich selbst hatte meine Eltern so lange genervt, bis sie mir auch einen Hund kauften. Er war mein liebster Spielkamerad. Tiere sind so viel verständnisvoller als Menschen. Und auch loyaler … «

Sein Blick ging ins Leere, während er dies sagte. Er schien in Gedanken wieder bei den Umständen seines Wechsels zur Eintracht zu sein. Ich hatte noch nie einen Menschen getroffen, der so viel grübelte und analysierte wie er. Meine Affären waren immer Lebemänner, die das Hier und Jetzt genossen und sich nicht viele Gedanken um Konsequenzen machten. Bisher hatte ich genau das immer gesucht. Ich wollte nicht denken, sondern einfach leben.

Warum gerade dieser verschlossene und nachdenkliche Mann mich so anzog, blieb mir ein Rätsel. Vielleicht war aber auch genau das die Antwort. Wir versuchten wahrscheinlich beide, etwas vom anderen abzubekommen. Er wollte weniger grübeln und ich wollte nicht länger einfach belanglos von Tag zu Tag leben.

»Wie hieß dein Hund denn?«, versuchte ich ihn auf andere Gedanken zu bringen. Zwischenzeitlich hatten wir uns auf dem Rasen niedergelassen. Alex hatte seine langen schlanken Beine ausgestreckt und kraulte einen Welpen, der es sich auf seinem

Schoß gemütlich gemacht hatte, hinter den Ohren. Wie gerne wäre ich jetzt dieser Hund ...

»Arko. Er war ein Golden Retriever. Jedes Mal, wenn ich von der Schule nach Hause kam, wartete er freudig auf mich. Da konnte der Tag noch so mies gewesen sein – sobald ich ihn sah, feuerte ich meinen Ranzen in die Ecke und rannte mit ihm im Garten um die Wette. Er hatte sogar einige Tricks drauf. Zum Beispiel konnte er Leckerli auf der Nase balancieren. Erst auf mein Kommando schmiss er sie mit dem Kopf hoch und fing sie mit dem Maul wieder auf. Er hatte einfach eine Engelsgeduld. Und meine Mutter hatte für ihn extra einen kleinen Einkaufskorb besorgt, den er im Maul tragen konnte. Total stolz begleitete er sie jeden Morgen damit zum Bäcker. Wahrscheinlich hauptsächlich, weil er jedes Mal Streicheleinheiten oder Leckerli von den Kunden bekam.« Versonnen fing er an zu grinsen, als er sich zurückerinnerte. Ich versuchte mir Alex als kleinen Jungen vorzustellen. Wie er fröhlich lachend und sorgenfrei durch den Garten tobte. Bei der Vorstellung musste auch ich grinsen.

Dann seufzte er auf: »Ich vermisse ihn sehr. Leider habe ich zu wenig Zeit, um mir wieder einen Hund anzuschaffen. Marco habe ich zufällig im Park kennengelernt. Er hatte mir ein Frisbee an den Kopf geworfen.« In dem Moment stand die Hundemama auf und gesellte sich zu uns. Sie stupste Alex mit der Schnauze an und forderte so auch ihre Streicheleinheiten ein. Mit einem liebevollen Ausdruck legte er den Arm um sie und fing an, sie zu kraulen. »Eigentlich wollte ich sauer sein, weil dieser Idiot mir echt wehgetan hatte«, fuhr er fort. »Aber dann kam Leica angelaufen und hat mich mit ihrem Charme verzaubert. Wenn ich Zeit habe, schnappe ich sie mir und gehe mit ihr Gassi. So habe ich wenigstens ein kleines bisschen das Gefühl, einen Hund zu haben. Und die Welpen sind einfach zu goldig! Das beste Mittel, um trübe Gedanken zu vertreiben.«

Da konnte ich ihm nur zustimmen. Meine Laune war mit jeder Minute gestiegen, die ich mit diesen süßen Wesen verbrachte. Selbst als einer mir sein extrem quietschendes Spielzeug brachte, wurde ich nicht müde, es zu werfen. Und es machte echt einen Höllenlärm, der mir sonst den letzten Nerv geraubt hätte. Die Ausgeglichenheit der Tiere übertrug sich auf Alex und mich und schaffte so eine absolute Wohlfühlatmosphäre.

Als Marco mit den Getränken zurückkam, hatte sich jegliche Nervosität und Verkrampfung zwischen Alex und mir aufgelöst. Marco setzte sich zu uns. Erst war ich wenig begeistert, da ich ja eigentlich Zeit mit Alex alleine verbringen wollte. Aber Marco bezog mich geschickt mit in die Gespräche ein, sodass ich mir nie fehl am Platz vorkam. Und ich lernte nebenbei ein wenig mehr den privaten Alex kennen. So wie er war, wenn er keine Angst haben musste, dass jedes gesagte Wort in der Presse landete. Schon bald lachten und scherzten wir alle drei, als ob wir uns schon ewig kennen würden.

Wenn erste Dates immer so aussahen, würde ich das ab jetzt jeden Tag machen wollen.

Eine knappe Stunde später verabschiedeten wir uns schweren Herzens, da es langsam dunkel wurde und wir laut Alex noch einiges vorhatten. Was auch immer das heißen mochte …

Wir zogen unsere Fahrradhelme auf und stiegen wieder auf das Rad. Mein Hintern tat mir zwar noch immer weh, aber ich spürte Alex viel zu gerne in meinem Rücken, als dass ich mich darüber beschwert hätte.

Alex schlug wieder die Richtung Stadtmitte ein und fuhr am Eschenheimer Turm vorbei auf die Zeil. Obwohl die Geschäfte längst geschlossen hatten, saßen noch immer viele Menschen in den Cafés und genossen die letzten Sonnenstrahlen.

Wir fuhren wieder am Augustin vorbei. Dem Café, in dem wir uns zum ersten Mal verabredet und ich mich bis auf die Knochen blamiert hatte. An dem Tag hatte mir Alex gesagt, dass er kein Date mehr haben würde. Und hier war ich, der lebende Beweis, dass er es doch tat. Eine Welle puren Glücks erfasste mich und ließ mich laut loslachen. Alex beugte sich wieder zu mir vor: »Was ist so witzig?«

»Ich musste nur gerade an unser erstes Treffen denken. Niemals hätte ich gedacht, dass ich dich irgendwann einmal wiedersehen würde. Ganz zu schweigen davon, dass ich mich von dir auf einem Fahrrad durch Frankfurt kutschieren lasse.«

»Und, dass wir uns dabei so gut verstehen würden«, raunte er in mein Ohr und entfachte dadurch wieder ein Feuerwerk in meiner Lendengegend.

»Wie kam es überhaupt, dass du dich doch entschlossen hast, mit mir auszugehen?« Die Frage beschäftigte mich schon seit gestern Abend.

»Na ja, du kennst ja jetzt den Grund, warum ich mich nie wieder mit irgendjemandem treffen wollte. Das Risiko, dass Natascha wieder in meinem Leben auftauchen könnte, war mir einfach zu groß. Ehrlich gesagt wollte ich dich auch nie dieser Gefahr aussetzen. Vielleicht ist es auch kompletter Irrsinn, dass ich mich wieder auf so etwas wie ein Date einlasse. Du kannst mir glauben, dass ich lange darüber nachgedacht habe. Aber vergessen konnte ich dich einfach nicht. Sosehr ich es auch wollte. Die Entscheidung hat mir dann Basti abgenommen.«

Jetzt verstand ich gar nichts mehr. »Was hat denn Basti damit zu tun?«

Alex druckste mit der Antwort ein wenig herum. Zugute kam ihm, dass wir eine stark frequentierte Straße in Richtung Römer überqueren mussten und der Verkehr seine volle Aufmerksamkeit forderte. Nach erfolgreicher Überquerung musste ich

mich allerdings voll darauf konzentrieren, nicht vom Lenker zu fallen. Ich hatte völlig vergessen, dass der Römerberg aus Kopfsteinpflaster bestand und ich nun ordentlich durchgeschüttelt wurde. Mein Hintern schrie mir lauthals seinen Protest entgegen. Ich würde morgen mit Sicherheit nicht mehr sitzen können.

Nach einer gefühlten Ewigkeit waren wir endlich wieder am Mainufer angelangt. Meine Beine und Arme zitterten vor Anstrengung und ich bat Alex, absteigen zu dürfen. Um den nun vor uns liegenden Eisernen Steg zu betreten, hätten wir sowieso vom Rad steigen müssen. Mit wackeligen Knien erklomm ich die Stufen hinauf zu der berühmten Brücke über den Main. Alex folgte mir und hatte dabei locker das Rad geschultert, als ob es nichts wiegen würde.

Oben angekommen hielt ich mich am Geländer fest und genoss die Aussicht über den Main in Richtung Bankenviertel. Es war mittlerweile richtig dunkel geworden und man konnte die beleuchteten Hochhäuser nun in voller Pracht strahlen sehen.

Trotzdem hatte ich nicht vergessen, dass mir Alex noch eine Antwort schuldig war: »Also? Was hat Basti getan, um dich umzustimmen?«

Alex nahm das Rad von der Schulter und lehnte sich neben mich an das Geländer. Er blickte stur geradeaus an mir vorbei. Ich konnte genau sehen, dass ihm die Frage unangenehm war. Natürlich machte mich das nur noch neugieriger.

»Dieser Mistkerl hat damit gedroht, dich selbst nach einem Date zu fragen, wenn ich nicht bald mit dir ausgehe.« Bitte was? Wollte er etwa nur nicht den Schwanzvergleich mit seinem Kumpel verlieren und hat mich nur deshalb gefragt? Beleidigt verschränkte ich die Arme vor der Brust: »Also hast du mich nur gefragt, weil du nicht gegen Basti verlieren willst?« Das konnte

doch echt nicht wahr sein! Blöde Macho-Arschlöcher! Fassungslos versuchte ich Alex mit Blicken zu töten.

»Ja, also ... Nein. Das Problem ist nicht Basti. Das Problem ist, dass ich den Gedanken, dich mit einem anderen Mann zu sehen, nicht ertragen kann.« Nun endlich schaute er mich an. In seinen Augen erkannte ich Verlegenheit, aber auch Verlangen. Vor Staunen blieb mir der Mund offen stehen. Seit einer sehr, sehr langen Zeit war ich wieder einmal sprachlos. Hatte er das wirklich gerade gesagt?

Alex ergriff meine Hand und zog mich zu sich. Ich musste meinen Kopf in den Nacken legen, um ihn ansehen zu können. Sein Mundwinkel zuckte verführerisch, als er sich vom Geländer abstieß und seine freie Hand an mein Gesicht legte. Mein Herz schlug Purzelbäume in der Brust. Ich war mir sehr sicher, dass er ebenfalls mein Verlangen spüren konnte. Unendlich langsam senkte er den Kopf in meine Richtung. Die milde Frühlingsluft umgab uns wie eine warme Wolke. Die atemberaubende Aussicht rückte in den Hintergrund. Wie im Tunnelblick konnte ich nur noch sein Gesicht wahrnehmen. Alles andere um uns herum verschwamm und wurde unwichtig. Unsere Lippen trennten nur noch Millimeter voneinander. Gleich würde es so weit sein. Der erste Kuss an meinem ersten Date. Langsam. Sinnlich. So ganz anders als mit allen Männern vorher. Erwartungsvoll öffnete ich meine Lippen ...

»Hey Silja! Mensch, das ist ja ein Zufall, dass ich dich hier treffe. Dachte, du hättest so viel zu tun und keine Zeit, um wegzugehen ...« War das ... Konnte das wirklich sein? Hatte er mich verfolgt??

Alex und ich gefroren in der Bewegung. So kurz vor dem Ziel ... Ich musste mich sehr beherrschen, um nicht frustriert aufzustöhnen. Alex' Gesichtsausdruck nach zu urteilen, ging es ihm nicht anders. Synchron drehten wir unsere Köpfe in Rich-

tung der Stimme. Meine Befürchtungen wurden bestätigt: »Rico! Was zur Hölle tust du hier?«

»Begrüßt man so seinen besten Freund?«, lachte er fröhlich, zog mich aus Alex' Armen und schloss mich dafür in seine. Erst war ich viel zu perplex, um darauf zu reagieren, doch dann schupste ich ihn von mir. Ich war auf hundertachtzig und hätte ihm am liebsten eine verpasst. Als angeblich bester Freund sollte man eigentlich alles dafür tun, dass die beste Freundin endlich ihr Glück fand. Rico war jedoch so gefangen in seiner Eifersucht, dass ihm das anscheinend vollkommen egal war.

»Hast du mich verfolgt, oder was?«, schrie ich ihn fast an. Aus dem Augenwinkel sah ich, wie Alex sich neben mir anspannte. Rico ignorierte mich vollkommen. Stattdessen streckte er Alex die Hand entgegen: »Du musst bestimmt der berühmte Alex sein. Silja hat mir ja schon so viel von euren Begegnungen erzählt. Trotzdem hat sie mich dazu gezwungen, noch mehr über dich zu recherchieren. Sie wusste ja noch nicht mal, dass du so eine Berühmtheit bist. Erst als ich ihr von dir erzählt habe, fand sie dich interessant und hat sich fast ein Bein ausgerissen, um in deiner Nähe zu sein. Bist bestimmt froh, eine wie sie abbekommen zu haben. Jemand, der so heiß, aber nur auf One-Night-Stands aus ist, ist doch wie ein Sechser im Lotto! Berühmt zu sein hat so manchen Vorteil, stimmt's?« Rico zwinkerte Alex zu. Dabei sah ich, wie dessen Kieferknochen mahlten und sich seine Nasenflügel vor Zorn weiteten. Vollkommen fassungslos stand ich nur daneben. Wer war dieser Mensch, den ich seit meiner Schulzeit kannte? Wann hatte er sich so sehr verändert? Er war immer für mich da gewesen. Hatte meinen Rücken gestärkt und war mein Halt in schwierigen Zeiten. Durch das Verhalten, das er jetzt an den Tag legte, hatte er unsere Freundschaft mit Füßen getreten.

War mein Herz noch vor ein paar Minuten mit Glück erfüllt gewesen, drohte es jetzt zu zerbrechen vor Enttäuschung.

»Wie kannst du nur, Rico?«, war alles, was ich herausbrachte. Sein Kopf schnellte zu mir herum. Jetzt sah ich, wie seine fröhliche Fassade bröckelte und den dahinter sorgsam verborgenen Hass ans Tageslicht brachte: »Das fragst du noch? Ich racker mir jahrelang einen ab, um bei dir einen Stich zu landen. Aber du vögelst ja immer nur die reichen Kerle! Die ganze Welt habe ich dir zu Füßen gelegt! Und was hab ich als Dank bekommen? Deine Freundschaft!« Mir war nicht bewusst, dass man dieses Wort mit so viel Verachtung aussprechen konnte, wie es Rico gerade getan hatte! Ich war mit der Situation total überfordert. Dann erfuhr ich Hilfe von unerwarteter Seite. »Mein Freund, ich glaube, es ist besser, wenn du jetzt gehst!« Alex' Stimme hatte sich in ein gefährlich tiefes Knurren verwandelt.

»DU hast mir gar nichts zu sagen. Und vor allem bin ich nicht dein Freund! Wenn du nicht aufgetaucht wärst, hätte sie endlich voll und ganz mir gehört. Du weißt ja gar nicht, wie es ist, wenn man sie ständig mit einem anderen Kerl nach Hause gehen sieht. Ich wünsch dir viel Spaß mit ihr! Sie soll ganz gut sein. Genug von anderen getestet worden ist sie ja.«

Vor Zorn ballte ich meine Hände zu Fäusten und wollte auf Rico losgehen. Es war mir vollkommen egal, dass er 1,90 Meter groß und dreimal so stark war wie ich! Ich sah einfach nur Rot und wollte ihm genauso wehtun, wie er es mir gerade getan hatte. Alex trat einen schnellen Schritt vor mich hin und hielt mich an den Schultern zurück: »Nicht. Wenn er dir etwas tun sollte, kann ich mich nicht mehr zurückhalten.«

»Ach wie süß! Ihr zwei habt euch wirklich verdient.« Hämisch grinsend trat Rico endlich den Rückzug an, nicht ohne vorher noch eine letzte Spitze abzufeuern: »Ich meine es nur gut mit dir, Alex. Sie wird dir das Herz brechen. Sieh dir an, was sie aus mir gemacht hat.« Dann verschwand er im Dunkel der anbrechenden Nacht.

Kapitel 14

Das hätte er nicht sagen dürfen.« Sandra schüttelte ärgerlich den Kopf und reichte mir das nächste Taschentuch aus der Packung, welches ich dankbar ergriff. Bei den um mich herum verteilten Bergen aus zusammengeknüllten und durchnässten Tüchern hegte ich ernste Zweifel daran, dass der menschliche Körper nur zu 65% aus Wasser bestand. Ich war noch immer so wütend, enttäuscht und traurig, dass ich gar nicht wusste, wohin mit meinen Gefühlen.

Alex hatte mich direkt nach Ricos Abgang zwar anstandshalber noch nach Hause begleitet, aber ich konnte spüren, dass er nichts mehr wollte, als möglichst schnell zu verschwinden. Auch als ich ihm vorschlug, die Führung durch die Arena auf einen anderen Tag zu verlegen, schien er mehr als nur erleichtert zu sein. All die mühsam aufgebaute Nähe und Vertrautheit waren innerhalb Sekunden wieder zerstört worden. Zwar hatte ich ihm erzählt, dass ich schon viele Männer in meinem Leben hatte, aber die Worte aus Ricos Mund waren für ihn offenbar zu viel gewesen.

Den ganzen Weg zurück liefen wir, anstelle wieder aufs Rad zu steigen, und sagten dabei kein Wort. Ebenfalls achtete Alex peinlich genau darauf, stets genügend Abstand zu halten, was wahrscheinlich auch der Grund war, dass wir nicht gemeinsam auf dem Rad fuhren.

Als wir an meiner Wohnung ankamen, blieb Alex am Rand des Bürgersteigs stehen, während ich ganz langsam in Richtung Eingangstür ging. Ich hoffte inständig, er würde irgendetwas sagen oder tun. Mich tröstend in den Arm nehmen, versichern, dass alles zwischen uns in Ordnung sei und Rico zur Hölle fahren solle. Irgendetwas! Diese Stille war die schlimmste Strafe, die er mir auferlegen konnte.

Ich versuchte, Zeit zu schinden, brauchte länger als nötig, um meinen Schlüssel aus der Tasche zu fummeln, ihn ins Schloss zu stecken und aufzusperren. Als die Tür mit einem Klack aufsprang, hörte ich, wie Alex auf sein Rad stieg und damit jegliches Fünkchen an Hoffnung endgültig zertrat. Ich schloss meine Augen, atmete kurz bemüht ein und wieder aus, öffnete sie wieder und drehte mich zu ihm um … Nur um festzustellen, dass er bereits davongefahren war.

Ohne ein Wort des Abschieds.

Meine Tränenflut konnte ich immerhin noch so lange zurückhalten, bis ich meine Wohnungstür hinter mir zugeknallt hatte. Dann ließ ich mich im Flur auf den Boden sinken, rollte mich zusammen und ergab mich ganz meinem Elend. Eine knappe Stunde hatte es gedauert, bis ich mich so weit gefangen hatte, dass ich telefonieren konnte, ohne dass meine Stimme den Dienst versagte.

Sandra war zwar noch wach gewesen, aber da morgen wieder ein Arbeitstag war, war sie bereits fertig fürs Bett. Eigentlich wollte ich ihr nur kurz erzählen, was vorgefallen war, und mir vielleicht ein oder zwei tröstende Worte für meine geschundene Seele abholen. Doch sie ließ nicht mit sich diskutieren und stand zwanzig Minuten später in ihrem besten Jogginganzug, mit einer Flasche Wein, zwei Tafeln Schoki und einer Familienpackung Taschentücher vor meiner Tür.

Nun saßen wir in meinem Wohnzimmer und ich schüttete ihr mein Herz aus: »Natürlich hätte er das nicht sagen sollen. Er war mein bester Freund, Herrgott noch mal! Aber er hat es getan und damit ausgesprochen, was sowieso jeder denkt. Klar liebe ich es zu flirten und begehrt zu werden. Wer tut das nicht?

Wenn Männer sich nehmen, was sie wollen, ist das okay, aber wir Frauen sind gleich Schlampen? Das ist nicht fair!« Wütend knüllte ich das Taschentuch zusammen und warf es zu seinen Kumpanen. Es sollte genau so leiden wie ich. Der »Aufprall« war jedoch nicht halb so befriedigend wie erhofft und ließ mich enttäuscht seufzen.

Von Sandra erntete ich daraufhin einen angewiderten Blick: »Das ist echt unhygienisch und eklig!«

Ich lachte kurz freudlos auf und entgegnete: »Du meinst wohl eher schlampig ... Ich wollte nur das von mir entstandene Bild abrunden ... «

»Ach komm, ich bitte dich! Jetzt reiß dich mal zusammen«, fuhr Sandra mich an. »In Selbstmitleid zu versinken, hat noch keinem weitergeholfen. Lass uns lieber einmal überlegen, wie wir dich wieder ins Spiel bringen.« Sie lachte über ihren Wortwitz und verschwand dann in Richtung Küche, um kurze Zeit später mit einem Müllbeutel wieder zurück ins Wohnzimmer zu kommen. Dann begann sie, mit spitzen Fingern das Chaos um mich herum zu beseitigen und dabei immer schneller auf mich einzureden: »Ich bin garantiert auch kein Kind von Traurigkeit gewesen und habe mir immer das genommen, was ich wollte und gebraucht habe. Aber ich habe mich niemals verunsichern lassen, nur weil mir ein Ex ans Bein pinkeln wollte. Und glaub mir, da gab es eine Menge, die das wollten ... Vor zwanzig Jahren, meine Liebe, hätte ich locker mit dir mithalten können. Du erinnerst mich, ehrlich gesagt, sogar sehr an mich.« Versonnen lächelte sie mich an. »Daher warst du mir wahrscheinlich von Anfang an sympathisch. Und ich möchte, dass du glücklich bist. Schon allein deshalb, weil ich im Büro nicht noch mehr Dramen ertragen kann. Die Künstler, die bei uns ein- und ausgehen, reichen mir schon völlig! Manch einer davon kann auf der Divenskala absolut mit Paris Hilton mithalten. Versprich

mir bitte, meine Nerven zu schonen und dich wieder einzukriegen.« Sandra hielt in ihrem Tun inne und flehte mich mit ihren großen braunen Kulleraugen stumm an.

Sie hatte ja recht. Es tat zwar gut, sich den Ballast von der Seele zu waschen, aber das brachte mich nicht weiter. Und ganz bestimmt war ich niemand, der einfach aufgab! Als Antwort verzog ich meinen Mund zu einem Grinsen, das Sandra erleichtert erwiderte. »Na also, geht doch!« Sie hob das letzte Taschentuch vom Boden auf, verknotete den Müllbeutel und setzte sich dann zu mir auf die Couch. »Und jetzt lass uns Pläne schmieden und endlich diesen Wein vernichten!«

Hochmotiviert erschien ich am nächsten Morgen bei der Arbeit. Ich würde meinen Job zu Ende bringen. Und ich würde ihn verdammt gut machen! Mit zwei dampfenden Tassen Kaffee trat ich an Sandras Empfangstresen heran und begrüßte sie gut gelaunt: »Guten Morgen. Gut geschlafen?«

Ein Blick in ihr Gesicht verriet mir, dass ihr der Wein wohl nicht ganz so bekommen war. »Frag mich das morgen noch einmal. Gerade ist lediglich meine Hülle anwesend. Der Inhalt kuriert sich noch immer im Bett aus. Früher konnte ich nächtelang durchfeiern und heute vertrage ich nicht einmal mehr drei Gläser Wein.« Sandra ergriff die Tasse, die ich ihr grinsend entgegenstreckte, und sog tief den Duft ein. »Danke für den Kaffee, aber sei doch so nett und sprich bitte einen Tick leiser, ja?«

Bemüht senkte ich die Stimme: »Ich will dich auch gar nicht lange belästigen. Könntest du mir nur sagen, wann ich den nächsten Termin habe?«

Sandra nahm einen Schluck aus der Tasse und schloss genießerisch die Augen. Dann seufzte sie, stellte die Tasse zur Seite und tippte auf der Tastatur herum. »Heute hast du nur nachmittags dein wöchentliches Meeting mit Diego. Alex ist erst morgen

wieder dran. Ihr trefft euch um neun Uhr bei … « Sie hielt inne und runzelte verwirrt die Stirn: »Das ist merkwürdig.«

»Was ist los? Hat er den Termin abgesagt? Oder gar das Projekt gestrichen?« Es sollte eigentlich wie ein Scherz klingen, aber meine Stimme überschlug sich fast vor Angst, dass an diesem Gedanken etwas Wahres dran sein könnte.

»Also, ich hätte schwören können, dass da gestern nur ein kurzer Termin von einer Stunde drin vermerkt war, bei dem ihr nur den aktuellen Stand besprecht.« Sandra tippte weiter auf die Tastatur ein und machte mich immer nervöser.

»Nun sag schon, was los ist, oder ich schrei dich an!«, zischte ich mit zusammengebissenen Zähnen. Dann ließ sie endlich die Finger ruhen, lehnte sich im Stuhl zurück und schaute mich an. Zuerst sah ich nur Irritation in ihrem Gesicht, die sich aber langsam löste, bis sie anfing zu lachen. Allerdings nur kurz, denn der Kopfschmerz ließ sie zischend innehalten.

Geplagt fasste sie sich an den Kopf und begann die Schläfen zu massieren, während sie mich endlich aufklärte, was genau so witzig war: »Er kommt dich morgen früh um neun Uhr bei dir zu Hause abholen und hat den ganzen Tag blocken lassen. Hier steht noch nicht einmal drin, was er vorhat. Ich habe keine Ahnung, wie du das angestellt hast, aber dieser Mann ist dir offensichtlich verfallen und ich habe mich vollkommen umsonst diesen quälenden Kopfschmerzen ausgesetzt.«

Zunächst konnte ich nichts tun, außer Sandra mit offenem Mund anzustarren. Hatte ich mich gerade verhört? Das konnte nur ein Fehler sein. Irgendjemand wollte mich doch veralbern und hatte in dem Planer herumgefuscht. Sehr witzig! »Könntest du mir einen Gefallen tun und den Termin noch einmal bestätigen lassen? Das kann nicht stimmen!«, brachte ich endlich heraus.

»Meine Liebe, es steht hier! Niemals würde es jemand wagen, etwas Falsches in meinen Kalender einzutragen! Derjenige

würde mit seinem Job und seinem Leben spielen!« Sandra sagte das zwar sehr überzeugend, aber ich wollte trotz allem Gewissheit haben, bevor ich so etwas wie Hoffnung zuließ, dass ich doch nicht alles vermasselt hatte.

»Bitte, bitte, bitte!«, flehte ich sie mit meinem besten Dackelblick an. Sandra verdrehte genervt die Augen, griff dann aber zum Telefon, wählte die Nummer und stellte auf Lautsprecher. Nach kurzem Klingeln meldete sich Yolandas Sekretärin: »Agentur Moreno, was kann ich für Sie tun?«

»SkyLinePics hier, hallo. Ich wurde gebeten, einen Termin noch einmal gegenbestätigen zu lassen.« Sandra klang so professionell wie immer, obwohl sie sich weiter mit gepeinigtem Gesichtsausdruck die Schläfen rieb.

»Natürlich, ich schaue sofort nach. Um welchen Termin handelt es sich?«

»Um einen Termin zwischen unserer Frau Bredenstein und Herrn Alexander König. Morgen früh um neun Uhr und soll dann den ganzen Tag andauern.«

»Einen Augenblick bitte.« Wir hörten, wie die Finger der Sekretärin über die Tastatur flogen, bevor sie sich wieder meldete: »Ja, das ist korrekt. Ganztägig morgen zwischen Frau Bredenstein und Herrn König. Allerdings sehe ich hier leider keinen Ort vermerkt, kann aber gerne einmal für Sie bei Herrn König nachfragen.«

Ich riss die Augen auf und machte mit den Armen hektische Abwehrbewegungen. Boshaft, wie sie war, ließ mich Sandra noch ein bisschen schmoren, bevor sie antwortete: »Nein, kein Problem. Vielen Dank für die Hilfe.«

»Gerne. Einen schönen Tag noch.«

»Ihnen auch. Bis bald.« Schnaufend beugte sich Sandra vor und legte den Hörer auf, bevor sie sich wieder mir zuwandte: »Zufrieden? Deinem dümmlich erleichterten Gesichtsausdruck

nach schon, oder?« Leicht gekränkt verschränkte ich die Arme vor der Brust. Das debile Grinsen konnte ich jedoch einfach nicht unterdrücken: »Weißt du, wenn du nicht so garstig wärst, könnte ich dich echt gernhaben.«

»Meine Liebe, gerade weil ich so garstig bin, magst du mich doch!«, zwinkerte Sandra mir zu. Da musste ich ihr leider zustimmen. Bei ihr hatte ich einfach das Gefühl, dass sie mir jederzeit geradeheraus ins Gesicht sagen würde, was sie von mir hielt. Schonungslos, aber immer ehrlich. Genau so jemand hatte mir mein Leben lang gefehlt. Jemand, der einem durch Pech und Schwefel folgt, aber auch einen Tritt in den Hintern verpasst, wenn es einmal nötig sein sollte. Die meisten Menschen wollten nur wegen des Geldes und der Beziehungen meines Vaters mit mir befreundet sein. Sandra wusste davon nichts. Und selbst wenn, hätte sie mich wahrscheinlich eher damit aufgezogen, als dies auszunutzen. Innerhalb kürzester Zeit war sie mir ans Herz gewachsen und ich konnte nur hoffen, dass sie nicht so schnell wieder aus meinem Leben verschwinden würde. Und das sollte sie auch wissen: »Danke!«

Irritiert blickte sie mich an: »Wofür?«

»Einfach dafür, dass es dich in meinem Leben gibt«, war meine aufrichtige Antwort. Nun stahl sich ein Lächeln auf Sandras Gesicht, dass ich schweigend erwiderte. Auch wenn wir uns erst seit Kurzem kannten, brauchten wir nicht viele Worte, um den anderen zu verstehen. Ein leichtes Glitzern in Sandras Augenwinkel verriet mir, wie gerührt sie war. Sie räusperte sich, wurde wieder ernst und wechselte schnell das Thema: »Willst du dich nicht auf den Termin mit Diego nachher vorbereiten? Den kannst du nicht einfach so um den kleinen Finger wickeln!«

Ich prostete ihr mit meinem Kaffeebecher zu: »Jawohl, Ma'am. Ich halte ihn dir heute auch so gut wie möglich von der Backe, damit du dich weiter regenerieren kannst.« Dann drehte

ich mich um und ging in Richtung meines Büros davon. Auf halben Weg meinte ich ein leidvolles Stöhnen zu hören, gefolgt von einem *Plock*, das ganz so klang, als ob ein Kopf auf den Schreibtisch geknallt wäre.

Mitten in meine Vorbereitungen für den Nachmittagstermin mit Diego mischten sich immer wieder die lästigen Gedanken an Alexander König. Eigentlich waren es eher die vielen offenen Fragen, die in meinem Kopf herumschwirrten und mich vom Arbeiten abhielten. Warum war er gegangen ohne ein Auf Wiedersehen? Und warum nur habe ich ihn gehen lassen? Ich hätte ihn zwingen sollen, mir zuzuhören. Vielleicht hatte er ja nur darauf gewartet, dass ich ihm die Situation erklärte. Ehrlich gesagt, wusste ich aber nicht, was ich sagen sollte. Und ich war es so leid, mich vor allen zu rechtfertigen.

Gedankenverloren kaute ich auf meinem Kuli herum und starrte dabei mein Handy an. Sollte ich ihn anrufen? Nein, nein, wenn ich seine Stimme hören würde, würde ich keinen Ton mehr hervorbringen. Ganz schlechte Idee! Lieber eine Nachricht schreiben ... Schon besser! Und was willst du schreiben? Das alles ein Missverständnis war? Ich meine, du hast dich ja wirklich durch halb Frankfurt gevögelt ...

»Ach, halt doch die Klappe!«, fuhr ich mein Gewissen an und warf wütend den malträtierten Kuli in Richtung Mülleimer. Blöderweise traf ich dabei Diegos weißes Hemd. Wo kam der denn jetzt her? Ich hatte ihn gar nicht kommen hören. Nun stand er aber mit in die Hüften gestemmten Händen und hochgezogener Braue vor mir. Schuldbewusst registrierte ich, wie sich ein blauer Farbfleck mitten auf seiner Brust langsam ausbreitete. »Ups, 'Tschuldigung. Du solltest wirklich einmal mit dem Einkauf reden. Die Kulis sind echt unterirdisch schlecht verarbeitet ...«

Diego beugte sich langsam nach vorne, stützte die Handflächen auf meinen Schreibtisch und positionierte sich so, dass ich ihm direkt in die Augen sehen konnte. »Sie sind normalerweise auch nicht dafür gedacht, dass man sie zerkaut und dann andere Leute damit bewirft!« Er konnte einem echt Angst einjagen. Trotz mangelnder Körpergröße wurde er von allen geachtet und respektiert. Jetzt wusste ich endgültig, warum. »Wir haben seit fünf Minuten einen Termin! In ... mein ... Büro. Jetzt!«, presste er mühsam beherrscht hervor, löste dann aber seinen Blick und die Hände von meinem Tisch und stapfte davon. Oh, oh ...

Verdammter Mist! Vor lauter Grübeln hatte ich die Zeit total aus den Augen verloren und meinen Job vernachlässigt! Genau das wollte ich niemals zulassen! Verdammter Alex und verdammte Gefühle!!!

Hektisch sammelte ich alle Unterlagen zusammen und folgte Diego mit hochrotem Kopf. In seinem Büro angekommen, bat er mich, die Tür zu schließen und Platz zu nehmen. »Silja, ich hasse es, mich zu wiederholen. Und wenn ich das noch einmal fragen muss, war es das mit deinem Traum von einer Festanstellung hier! Also, ein letztes Mal: Muss ich mir Gedanken machen wegen dir und Alexander König?«

Ja ... muss er?, forderte mein Gewissen ebenfalls eine Antwort. Am liebsten hätte ich ihm eine reingehauen. Jahrelang hatte es geschwiegen und auf einmal schäumte es über vor Tatendrang, oder was?

Auf jeden Fall machte ich mir Gedanken über Alex und mich. Noch mehr Leute, die das tun, konnte ich echt nicht gebrauchen. »Wir arbeiten wunderbar zusammen. Du hast die Fortschritte selbst gesehen. Ich möchte nicht, dass irgendetwas zwischen meinem Traumjob und mir steht. Es ist ganz egal, was in meiner Freizeit passiert, denn das wird sich nie wieder auf meine Arbeit niederschlagen. Auch wenn mein Privatleben

noch so verkorkst ist. – Ich werde dieses Projekt zu Ende bringen. Und zwar so, dass du stolz auf mich sein kannst.«

Forschend ruhten Diegos Augen auf mir: »Ich glaube dir zumindest, dass du alles versuchen wirst. Was daraus wird, werden wir sehen. Ich will dich nie wieder an einen Termin erinnern müssen, ist das klar?«

Erleichtert nickte ich und stieß langsam und möglichst unauffällig die angehaltene Luft wieder aus. Dann fuhr er fort: »Also gut, nachdem das geklärt ist: Was hast du Neues für mich?« Ich holte die Fotos vom gestrigen Shooting aus meiner Mappe und breitete sie vor ihm aus. »Alex plant in Zukunft eine eigene Kollektion herauszubringen. Um den Weg dorthin schon einmal vorzubereiten, wollen wir auch viel von seiner Arbeit als Fotomodel in den Bildband einfließen lassen«, erklärte ich Diego, während er die Bilder genauer unter die Lupe nahm.

»Hmm ... sehr schön! Einige davon könnte man tatsächlich direkt für eine Kampagne verwenden. Und das, obwohl du noch nicht einmal im perfekten Winkel zum Model gestanden hast. Mein Gott, du hast echt Talent. Das könnte dir wahrlich den Hintern retten, falls du es mit den Gefühlen doch vermasseln solltest ...«, murmelte Diego über seinen Schreibtisch gebeugt. Ich wusste nicht genau, ob ich mich über dieses Kompliment freuen sollte, und beschloss, es einfach zu ignorieren. Zumindest hatte ich es geschafft, dass mein Job für diesen Tag noch sicher war. Ich konnte nur hoffen, dass morgen keine erneuten Katastrophen über mich hereinbrechen würden.

Das Meeting war noch sehr gut gelaufen und zum Schluss konnten wir beide sogar wieder zusammen lachen. Das ließ mich hoffen, dass tatsächlich mein Talent zum Fotografieren meine anderen Fehler aufwiegen würde. Sandra hatte mich gebeten, für sie die Zentrale zu übernehmen, da sie unbedingt

ihren Schönheitsschlaf nachholen musste. Ich war ihr sowieso noch einen Gefallen schuldig und so verabschiedete sie sich eine Stunde früher als sonst in den Feierabend und ich übernahm ihren Platz am Empfang. Das Telefon klingelte jedoch selten und ich begann mich schnell zu langweilen. Nach der Standpauke von Diego hatte ich es tatsächlich geschafft, nicht mehr an den gestrigen Abend zu denken. Doch jetzt ... Ich griff zum Handy und fing an, eine Nachricht zu tippen:

Habe gesehen, dass wir morgen den ganzen Tag zusammen verbringen. Werden wir da auch reden oder wirst du mich weiter mit Schweigen bestrafen?

Mein Daumen schwebte über dem Senden-Knopf. War das zu forsch? Welche Taktik wäre besser? Lieb und nett? Oder doch lieber zeigen, dass ich verletzt war? Hmmm..., überlegt mein Gewissen laut mit. Da wir beide gerade keine passende Antwort hatten, beschloss ich, die Nachricht zu speichern und später erst zu senden.

Just in dem Moment klingelte das blöde Telefon, ich erschrak und drückte den falschen Knopf ... »Neeiiinnn!« Mit einem Schrei war ich von meinem Stuhl aufgesprungen und starrte auf das kleine Gesendet-Häkchen am Ende der Nachricht, das sich kurz darauf in zwei Häkchen für zugestellt verwandelte ... und dann blau einfärbte für gelesen.... Fuck! Fuck! Fuck!

Das Firmentelefon klingelte immer noch sturm. Ich konnte meinen Blick nicht vom Display abwenden, ergriff aber trotzdem den Hörer und meldete mich pflichtbewusst: »SLP, Silja Bredenstein, Guten Tag.«

»Silja? Was machst du denn am Empfang?« Meine Augen drohten mir aus den Höhlen zu quellen, als ich Alex' Stimme am anderen Ende der Leitung vernahm. »Ich ... Ich ... also ...

ähm …«, stammelte ich vor mich hin und hörte, wie sich mein Gewissen mit einem Lachkrampf in den Feierabend verabschiedete. Gefolgt von meinem Gehirn. Und so, wie mein Herz gegen meine Brust pochte, würde das mit Sicherheit auch bald den Dienst verweigern.

»Alles in Ordnung? Du hörst dich irgendwie merkwürdig an …« Alex' samtige Stimme hatte mich sonst immer beruhigt. Jetzt versetzte sie meinen Körper in hektische Alarmbereitschaft. Ich musste alles aufbieten, um ein heiseres »Natürlich, alles bestens.« hervorzubringen. Das war wohl nicht ganz glaubwürdig, denn seine Antwort war ein gedehntes »Oookay …« Mein folgendes Schweigen machte die Situation noch peinlicher. Am anderen Ende der Leitung hörte ich ein Räuspern, gefolgt von: »Also, … weshalb ich anrufe … Mir ist da etwas dazwischengekommen und ich muss unseren Termin leider absagen.«

Tiefe Enttäuschung wallte in mir auf, die man meiner Stimme auch anhörte: »Absagen oder verschieben?«

»Silja, bitte. Ich lese gerade parallel deine Nachricht. Die Absage ist unabhängig davon. Mir ist wirklich spontan was dazwischengekommen. Ich weiß nicht, wie lange es dauert, daher kann ich noch keinen neuen Termin ausmachen.« Er klang leicht genervt. Ich konnte es nicht glauben! Was bildete er sich ein!

Schneller als ich denken konnte, verwandelte sich Enttäuschung in Wut und mein Mund fand endlich die Sprache wieder: »Ja, klar! Mister Ich-grübel-über-alles-30-Jahre-nach-und-entscheide-mich-erst-dann kommt spontan etwas dazwischen? Gestern hätten wir uns fast geküsst, mein bester Freund verpasst mir einen Tritt in den Arsch, und was machst du? Du verschwindest einfach! Wieso bist du nicht in der Lage, mit mir darüber zu reden? Bin ich jetzt unter deinem Niveau? Ich reiß mir den Hintern auf, damit du dein Image aufpolieren kannst. Mein Ruf passt da wohl nicht so ganz rein, was? Hast

du es Yolanda erzählt? Hat sie dir dazu geraten? Fein, aber ich schwöre dir, dass ich sämtliches Bildmaterial als Zündstoff für den Scheiterhaufen verwende, auf dem ich deine Voodoo-Puppe verbrennen werde, um dir die Pest an den Hals zu wünschen!«

Ich hatte mich so hineingesteigert, dass ich immer lauter geworden war und zum Schluss mit der Faust auf den Schreibtisch gehauen hatte. Durch den Nebel meiner Wut meldete sich schmollend mein Gewissen: *Super gemacht. Sag Auf Wiedersehen zu deinem Job …*

Gerade wollte ich auch die Krallen in diese Richtung ausfahren, da meldete sich Alex wieder: »Meine Mutter hat sich einen Arm gebrochen und ich muss nach Hause, um meinem Vater im Haushalt zu helfen.« Er versuchte es völlig ausdruckslos zu sagen, aber ich hörte, wie er das Lachen unterdrückte.

Schwer ließ ich mich zurück auf meinen Stuhl plumpsen. Ich hatte mich mal wieder zum absoluten Vollidioten gemacht. Dieses Mal wusste ich auch, ohne von meiner inneren Stimme daran erinnert zu werden, dass ich mich entschuldigen musste: »Shit! Das … Entschuldige bitte. Ich bin wohl ein wenig durch den Wind.«

»Gestern habe ich mich nicht gut verhalten. Deswegen habe ich schon eine beschissene Nacht hinter mir. Mein Gewissen macht mich wahnsinnig!«

»Das kommt mir bekannt vor … «, verdrehte ich die Augen.

»Wie meinst du das?«

»Ach, schon gut … Warum hast du dich nicht gemeldet, wenn es dich so beschäftigt hat?«

»Ich wollte dich direkt heute Morgen anrufen. Wirklich! Aber dann hat mich das Krankenhaus angerufen. Mein Vater muss erst noch klären, wann er Urlaub nehmen kann und da ich sowieso frühestens in einer Wochen wieder voll ins Training einsteigen darf, werde ich meine Mutter so lange pflegen.«

Das konnte doch echt nicht wahr sein … Mit einem Seufzer legte ich deprimiert den Kopf in den Nacken und schloss die Augen. Am liebsten würde ich die Zeit zurückdrehen und die letzten Sekunden ungeschehen machen. Während ich ihm total egoistisch Vorwürfe machte, sorgte er sich selbstlos um seine Mutter. Er war einfach zu perfekt und ich dagegen eine einzige aufbrausende Totalkatastrophe.

»Das ist mir so unglaublich peinlich. Selbstverständlich lösche ich den Termin aus dem Kalender. Melde dich dann einfach, wenn du wieder zurück bist. Ich arbeite so lange alleine weiter an dem Bildband. Deine Familie hat Vorrang.«

»Das ist lieb von dir. Und ich würde wirklich gerne mit dir über gestern Abend reden. Aber nicht am Telefon.« Alex' Stimme war richtig eindringlich geworden. Es war ihm wohl tatsächlich sehr wichtig, die Sache zu klären.

»Na gut. Gerne. Dann treffen wir uns direkt, wenn du wieder da bist, und reden.«

»Ja, ja, das ist wahrscheinlich das Beste …«, überlegte er. Ich glaubte herauszuhören, dass ihm noch mehr im Kopf herumschwirrte.

»Das hört sich nach einem Aber an …«, bemühte ich mich, ihn zu ermuntern, mir mitzuteilen, was ihm auf dem Herzen lag. Am anderen Ende blieb es jedoch still. »Komm schon, Alex. Bitte vergrab dich nicht wieder in Grübeleien und sag mir einfach, was du denkst.« Es war eigentlich mehr laut gedacht, aber so eindringlich bittend von mir gesagt, dass er mich erhörte. Er holte tief Luft und sagte: »Möchtest du mich begleiten?«

Mit einem Ruck setze ich mich auf. Hatte er das gerade tatsächlich gesagt? Vor Freude wäre ich am liebsten durch den ganzen Raum getanzt. Ich begnügte mich jedoch, den Hörer zwischen Schulter und Ohr zu klemmen und mir kurz selbst ein High-Five zu geben. Gott sei Dank war ich alleine im Büro!

»Hallo? Silja? Noch da?« Hörte ich da leichte Panik aus seiner Stimme heraus? Diese Tatsache ließ mich wie irre grinsen. Bestimmt sah ich aus wie der Joker aus Batman. Ich versuchte, den Kiefer zu lockern und mein Gesicht wieder unter Kontrolle zu bekommen, was mir jedoch nur mäßig gelang.

»Ich komme wahnsinnig gerne mit.« Ich biss mir auf die Lippe, weil ich das viel zu euphorisch gesagt hatte. Wie gerne wäre ich wie all die coolen Frauen in den Filmen, die diese Total-egal-Einstellung hatten und jederzeit die Kontrolle behielten. Lara Croft hätte sich zum Beispiel niemals von einem Mann so verrückt machen lassen. Gut, die Männer hatten wahrscheinlich auch viel zu viel Angst, von ihr verprügelt zu werden. Obwohl manche Männer ja darauf standen …

»Super. Allerdings gibt es einen kleinen Haken. Ich wollte heute Abend bereits los«, riss mich Alex' Stimme aus meinen Überlegungen.

»Ich habe heute Abend sowieso nichts vor.« Meine Güte, wieso sagte ich denn sowas? Konnte ich mich ihm noch mehr aufdrängen? Wie hatte ich diese Frauen immer belächelt, die für Männer alles stehen und liegen lassen. Genau wie deine Mutter …, meldete sich die leise Stimme in meinem Kopf wieder.

»Dann hole ich dich um 19 Uhr ab.« Ich murmelte zustimmend ins Telefon und wollte eigentlich schon auflegen, als Alex noch einmal das Wort ergriff: »Ich freue mich schon darauf.«

Auch wenn ich mich gerade noch darüber beschwert hatte, konnte ich mich nicht dagegen wehren zu sagen: »Ich mich auch.«

Selbstverständlich war ich die restliche Zeit bis zum Feierabend ein einziges Nervenbündel! Um das in den Griff zu bekommen und meine Gedanken zu sortieren, schrieb ich mir auf, was ich alles einpacken musste, und vor allem, wie ich ihn davon über-

zeugen wollte, dass ich nicht für jeden Kerl meine Beine breit machte. Bewaffnet mit gefühlt tausend Zetteln stand ich nun in meiner Wohnung und wusste trotzdem nicht, wo ich zuerst anfangen sollte.

Ich huschte von Raum zu Raum und warf einfach planlos alles in die Tasche, was ich eventuell gebrauchen konnte. Am schlimmsten waren die Klamotten. Normalerweise legte ich mir Tage vorher schon alle möglichen Kleiderkombinationen aufs Bett. Dann wurde beratschlagt und abgestimmt. Rico war mir diesbezüglich immer eine große Hilfe gewesen. Das konnte ich nun vergessen. Zeit, um trüben Gedanken nachzuhängen, blieb mir jedoch keine. Ein Blick auf die Uhr verriet mir, dass ich in zehn Minuten abgeholt werden würde.

Ich riss die oberste Schublade meiner Kommode auf und angelte nach meiner Unterwäsche. Da ich noch nicht einmal wusste, wie lange wir genau bleiben würden, griff ich mir einfach eine Handvoll Höschen und die erstbesten drei BHs, die ich zu fassen bekam. Alles flog in hohem Bogen in Richtung Trolley, gefolgt von Socken und Haarbändern. Wie ich mich kannte, würde ich mich mit Sicherheit schwarz ärgern, dass ich keine Zeit hatte, die besten Teile meiner Dessous-Kollektion herauszusuchen. Aber schließlich arbeitete ich gerade daran, mein Schlampenimage aufzupolieren. Ergo würde ich auf gar keinen Fall mit ihm schlafen. Um die Gefahr noch mehr zu verringern, war es also nur förderlich, wenn ich meine alltagstaugliche Unterwäsche einpackte und um den Rest einen großen Bogen machte. Gott, ich hoffte sehr, dass mein Fleisch genauso stark sein würde wie mein Geist ...

Die Türklingel riss mich aus meinem Stoßgebet. Ohne die Gegensprechanlage zu betätigen, drückte ich den Türöffner und schloss die Wohnungstür auf. Alex kannte ja den Weg. Schnell verschwand ich noch einmal im Bad, um meine Kosmetik-

artikel einzupacken. Das waren nicht sonderlich viele, da ich oft nur ganz dezent Make-up trug und im Allgemeinen eher semi-talentiert darin war, mich aufzutakeln. Ein gerader Lidstrich war mir erst zweimal in meinem Leben gelungen.

Ich hielt in meinem Tun inne und lauschte in den Flur. Merkwürdig. Eigentlich hätte Alex schon längst in der Wohnung sein müssen. Stirnrunzelnd verließ ich das Bad und begab mich zur noch immer offenstehenden Eingangstür. Ich streckte den Kopf in den Hausflur und rief »Hallo? Alex?«, bekam aber keine Antwort. Schulterzuckend drehte ich mich um und wollte wieder in meine Wohnung gehen, als ich aus dem Augenwinkel heraus eine Bewegung wahrnahm. Irrte ich mich oder hatte ich da einen Schopf mit blonden langen Haaren hinter der nächsten Treppe hervorgucken sehen?

Gerade wollte ich die Treppe hochgehen, um mich zu vergewissern, als meine Türklingel erneut erscholl. Erschrocken zuckte ich kurz zusammen. Ich litt definitiv unter Verfolgungswahn! Diese Stalking-Geschichte beschäftigte mich doch mehr als gedacht. Wie auch immer, ich begab mich die zwei Schritte zurück in meine Wohnung und betätigte erneut den Türöffner. Dieses Mal blieb ich jedoch im Eingang stehen. Ich hörte, wie die Haustür aufsprang, gefolgt von schnellen, sportlichen Schritten. Das konnte nur Alex sein!

Meine Vermutung wurde bestätigt, als ich erst seinen blonden Schopf und dann seinen durchtrainierten Körper gut gelaunt die Treppe hochspurten sah. Wieso zauberte mir sein Anblick nur immer dieses dämliche Grinsen ins Gesicht? Er strahlte einfach diesen jungenhaften Charme aus, gegen den kein Kraut gewachsen war. Und das Beste und gleichzeitig das Schlimmste war, dass er sich seiner Wirkung in den seltensten Fällen bewusst war und sie dadurch auch nicht für seine Zwecke missbrauchte. Dieser sympathische Mistkerl!

»Hey.« Seiner Atmung merkte man kein bisschen an, dass er gerade vier Stockwerke hochgejoggt war. Er war wieder in Jeans und Kapuzenpulli gekleidet. Zwar hatte ihm der Anzug, den er beim Fotoshooting getragen hatte, auch hervorragend gestanden und mir den Atem geraubt, aber man sah, dass er sich in seiner Alltagskleidung wesentlich wohler fühlte. Und wem wollte ich was vormachen – ich wäre sogar dann hin und weg gewesen, wenn er einen Kartoffelsack getragen hätte.

»Na du? Komm doch rein. Ich muss nur noch ganz kurz fertig packen. Dauert nicht mehr lange.« Ich verschwand wieder im Bad und hörte, wie Alex die Tür hinter sich schloss und mir folgte.

»Du brauchst nicht viel zu packen. Ich habe gerade meinen Vater erreicht. Wir müssen allerhöchstens zwei Tage überbrücken. Dann hat er sich Urlaub genommen und kann zur Not von zu Hause arbeiten, bis der Gips meiner Mutter abgenommen wird.«

»Oh, das ist gut.« Was sagte ich denn da? »Also ich meine, nicht, dass wir nur so kurz weg sind, sondern dass dein Vater schon so bald Urlaub bekommen hat«, beeilte ich mich zu versichern.

»Ganz ruhig, Silja. Ich weiß doch, wie du das gemeint hast. Ich weiß, es ist komisch, wenn gerade ich das sage, aber mach dir nicht zu viele Gedanken.«

Das war tatsächlich ein ulkiger Gedanke. Der Meistergrübler gab mir den Rat, nicht zu viel nachzudenken. Eine Sache beschäftigte mich jedoch schon die ganze Zeit: »Wissen deine Eltern eigentlich, dass ich mitkomme?«

»Direkt nach unserem Telefonat habe ich meine Eltern angerufen. Mama freut sich schon darauf, dich kennenzulernen. Und Paps hat ganz hektisch gerade noch den Rasenmäher angeschmissen. Ich nehme an, er will sich also auch von der besten Seite zeigen.«

Die Art, wie er von seinen Eltern sprach, zeigte mir, wie sehr er sie schätzte und liebte. Das Gefühl hatte ich früher auch einmal gehabt. Besonders meine Mama und ich hatten ein inniges Verhältnis. Bevor sie … na ja … eben den Verstand verlor. Verkniffen packte ich als Letztes die Wimperntusche ein, verschloss die Kosmetiktasche und ging aus dem Bad. Alex hatte im Türrahmen gelehnt und mich beobachtet. Nun machte er mir Platz, um mir ins Schlafzimmer zu folgen.

»Ich bin mir wirklich sehr sicher, dass meine Eltern dich mögen werden. Sie sind die nettesten Menschen auf diesem Planeten. Und immerhin haben sie so einen Prachtkerl wie mich großgezogen.« Stolz hob er sein Kinn und blickte grinsend auf mich herab, was mich zum Lachen brachte.

»Das ist es nicht. Na ja, vielleicht ein bisschen schon. Aber ich musste eigentlich eher an meine Eltern denken. Besonders an meine Mutter.« Wie immer fiel mir auch jetzt das Reden schwer, wenn es um sie ging. »Ich wünschte, ich hätte mir mehr von den guten Erinnerungen an sie bewahrt. Wie sie mir jeden Abend eine Gutenachtgeschichte aus meinem Märchenbuch vorgelesen hatte. Manchmal sogar zwei, wenn ich nur lange genug bettelte. Diese Erinnerungen sind so kostbar. Leider verblassen sie mehr und mehr. Ich habe Angst, dass irgendwann nur noch die schrecklichen Erinnerungen übrig bleiben.«

»Wenn du mich lässt, sorge ich dafür, dass die schlechten verblassen und nur noch die guten Erinnerungen lebendig bleiben.« Warmherzig blickte er mir in die Augen und ließ mein Herz dadurch einen Schlag aussetzen. Unfähig zu begreifen, was dieser wundervolle Mann nur an mir fand, fehlten mir die Worte. Leise murmelte ich nur ein »Danke«. Der innere Drang, ihn hier und jetzt zu küssen und nie wieder loszulassen, wurde fast schon übermächtig. Dem musste ich unbedingt widerste-

hen. Ihn einfach aufs Bett zu zerren und die Kleider vom Leib zu reißen, wäre wohl eher kontraproduktiv.

Stattdessen konzentrierte ich mich vollends darauf, meinen Trolley fertig zu packen und irgendwie zu verschließen. Hmmm ... Ich hatte wohl doch mehr eingepackt als gedacht. Ich stützte mich mit meinen ganzen 63 Kilo Körpergewicht darauf ab, aber der Reißverschluss war immer noch Meilen davon entfernt zuzugehen.

»Vielleicht würde es eher funktionieren, wenn du ordentlich gepackt hättest ...«

Solche Kommentare konnte ich jetzt gar nicht gebrauchen. »Das geht auch so«, war meine geknurrte Antwort.

»Oookkkaaayyyy ... Dann lass ich dich mal alleine und hol mir nur kurz was zu trinken, wenn du nichts dagegen hast.«

»Kein ... Pro ... blem ...« Mittlerweile hatte ich mich auf den Koffer gesetzt und war bei jeder Silbe hochgehüpft. Erfreut stellte ich fest, dass dies Wirkung zeigte und ich nun endlich den Reißverschluss zuziehen konnte. Ha! Silja 1, Koffer 0!

Selbstverständlich hatte ich viel zu viel Zeug eingepackt und mit Sicherheit wäre es cleverer gewesen, alles noch einmal ordentlich zu packen. Bevor ich das jedoch zugab, würde ich lieber nackt auf dem Time Square Lambada tanzen! Im Hintergrund hörte ich meine Kaffeemaschine brummen. »Machst du mir auch einen, bitte?«

Zustimmendes Murmeln aus der Küche sagte mir, das Alex mich verstanden hatte. Die Zwischenzeit nutzte ich, um mich noch einmal umzusehen, ob ich nichts vergessen hatte. Sollte ich meine Kamera auch noch einpacken? Wahrscheinlich wollte er es nicht, da dieser Teil von ihm doch sehr privat war. Aber für den Notfall könnte ich ja meine kleine Kamera einstecken. Die war sowieso meine liebste. Mit ihr hatte alles angefangen und ich hegte sie wie meinen Augapfel. Die Maschine brummte ein zweites Mal und der Duft von frisch gebrühtem Kaffee stieg mir in die Nase. Hmmm … Lecker …

Ich hob meinen Trolley vom Bett und rollte ihn hinter mir her in den Flur. Dort parkte ich ihn und verschwand im Wohnzimmer, um zu kontrollieren, ob ich alle Stecker gezogen und die Heizung ausgestellt hatte. Vor meinem Bücherregal machte ich halt. Ohne ein Buch im Gepäck war ich noch nie irgendwohin gefahren. Es tat mir in der Seele weh, meine Lieblinge einfach hier zurückzulassen.

Grübelnd fuhr ich mit dem Finger über die Buchrücken. Auf meine Sammlung war ich stolz! Hier fanden sich jede Menge Liebesschmöker, Fantasywelten, aber auch Fachliteratur zur Fotografie. Manche Bücher hatte ich so oft gelesen, dass sie bereits total abgegriffen waren. Mein Blick blieb an dem Exemplar von 1.001 Gutenachtgeschichten hängen. Liebevoll dachte ich wieder an meine Mutter zurück.

»Hat sie dir immer daraus vorgelesen?« Alex stand mit zwei dampfenden Bechern in der Tür.

»Ja. Es ist bereits seit mehreren Generationen in Familienbesitz. Entsprechend sieht es auch aus. Aber ich liebe es einfach!«

Alex kam zu mir herüber und reichte mir einen Becher. »Es ist wunderbar. Steht das Angebot noch, dass ich mir ein Buch ausleihen darf?«

Damit hatte ich nun wirklich nicht gerechnet. »Äh, ja, natürlich. Was interessiert dich denn?«

Ein Glanz schlich sich in seine Augen: »Fantasy.«

»Also, das ist jetzt eine absolute Überraschung!«

Er verzog übertrieben das Gesicht: »Natürlich lese ich lieber das tiefgründige Zeug, aber jemand hat mich darauf aufmerksam gemacht, dass ich wohl einen ziemlichen Stock im Arsch hätte.«

Ich verschluckte mich an meinem Kaffee und hätte ihn fast ausgespuckt, so entgeistert war ich über diese Wortwahl.

Gespielt überrascht riss er die Augen auf und hielt sich die Hand vor den Mund. »Oh, ups.« Er beugte sich zu mir herunter, bis sich unsere Nasen fast berührten: »Habe ich dich aus der Fassung gebracht? Na, wer von uns beiden hat jetzt den Stock im ARSCH?« Fassungslos starrte ich ihn an. Abgelenkt wurde ich dabei von seinen unglaublich grünen, leuchtenden Augen, die bis auf den Grund meiner Seele zu blicken schienen. Mein Puls raste und ich schluckte schwer, bevor ich reagierte: »Vielleicht … Aber nur vielleicht … könnte ich mich überreden lassen, meine Meinung noch einmal zu revidieren.«

Ein raubtierhafter Ausdruck trat auf sein Gesicht: »Ich werde dich schon noch davon überzeugen.«

Seine raue Stimme ließ die Härchen auf meinen Armen vibrieren und jagte mir wohlige Schauer den Rücken hinunter. Wie sollte ich nur standhaft bleiben, wenn mein Körper so heftig auf ihn reagierte. Unauffällig versuchte ich, seinen männlich herben Duft einzuatmen und für immer in meinem Gehirn abzuspeichern. Er roch wie ein morgendlicher Spaziergang im Wald. Dies sollte meine erste schöne, neue Erinnerung werden.

Das Bild sollte all die anderen unbedeutenden Männerdüfte überdecken und irgendwann ganz verschwinden lassen. Dafür durfte ich aber nicht in mein altes Verhaltensmuster zurückfallen.

Dann sieh zu, dass du ganz, ganz schnell Abstand zwischen seinen Waschbrettbauch und deinen Knackarsch bringst … Ah, mein Gewissen hatte sich endlich wieder erholt und musste seinen Senf dazugeben. Halleluja!

»Tja, gut, dann fang doch damit an.« Ich ging drei Schritte zurück und holte mein allererstes Fantasy-Buch aus dem Regal. Es war ›Märchenmond‹ von Wolfgang und Heike Hohlbein. Alex nahm es mir ab, las erst den Titel, drehte es dann, um den Klappentext zu überfliegen, und fing fast schon ehrfürchtig an, darin herumzublättern. »Das ist die Erstausgabe von 1983! Da war ich noch nicht einmal geboren!« Seine langen, schlanken Finger strichen über die bereits leicht vergilbten Seiten. »Bist du dir sicher, dass du sie aus den Händen geben willst?«

»Jedes Mal, wenn meine Eltern sich stritten oder wenn meine Mutter mich fertigmachte oder im besten Fall nur ignorierte, verzog ich mich mit diesem Buch an einen sicheren Ort. Sobald ich die Seiten aufschlug, war ich nicht mehr ich. Dann war ich Kim, der versucht, seine Schwester und das Land Märchenmond zu retten. Er war so … stark! Jeder Rückschlag und jede Anfeindung machten ihn nur noch stärker. Genauso wollte ich auch sein. Dieses Buch hat mich gerettet.«

Bei der Erinnerung daran, wie ich im Dunkeln mit einer Taschenlampe unter meiner Bettdecke saß und heimlich im Buch blätterte, schlich sich ein Lächeln auf mein Gesicht. »Danach war ich süchtig nach Fantasy und nach Hohlbein. Ich dachte, für einen Einstieg ins Genre wäre es also nicht die schlechteste Wahl. Auch wenn es eigentlich ein Jugendroman ist.«

Alex erkundete gerade die auf zwei Seiten gezeichnete Karte von Märchenmond. Er schien sich jeden einzelnen Ort einprägen zu wollen, so intensiv starrte er darauf. Als er damit fertig war, schlug er die nächste Seite auf. Dort stand nur ein einzelner Satz, der mein Leben für immer geprägt hatte. Alex hielt inne, riss die Augen auf und sah mich an: »Ich liebe es jetzt schon!«

Ob dieser kindlichen Begeisterung in seinem Gesicht musste ich lachen. »Und ich bin mir sehr sicher, dass du es ebenso sorgsam behandeln wirst wie ich.«

Bekräftigend nickte er so heftig, dass ich seine Kiefer aufeinanderschlagen hörte. »Ich werde es hüten wie meinen Schatz!« Alex presste das Buch an seine Brust, als ob er es mit seinem Leben beschützen würde.

»Ja, Gollum, ich glaube dir ja …«

»Wer?«

»Herr der Ringe?« Ich erntete nur einen irritierten Blick von ihm, woraufhin ich ihm den Arm tätschelte. »Schon gut, wir kriegen dich noch auf den aktuellen Stand, mein kleiner Padawan.«

»Mit Science-Fiction kenne ich mich schon eher aus, Yoda.«

»Na, darauf lässt sich doch aufbauen!« Menschen, die Star Wars nicht mochten, waren mir schon immer suspekt. Und dass er zumindest schon einmal was davon gehört hatte, machte ihn noch sympathischer. Gibt es auf deiner Skala überhaupt noch eine Steigerungsmöglichkeit für ihn? Von meinem Gewissen genervt, verdrehte ich die Augen. Gott sei Dank sah es Alex nicht. Er hatte wieder das Buch aufgeschlagen und las noch einmal diesen einen Satz.

FÜR ALLE, DIE DAS TRÄUMEN NOCH NICHT VERLERNT HABEN

»Ich hoffe sehr, dass ich es nie verlernen werde«, murmelte Alex. Dasselbe hoffte ich auch. Ohne meine Träume wäre ich jetzt nicht auf dem besten Weg, meinen Traumjob zu bekommen. Nun, sofern meine Libido mir nicht einen Strich durch die Rechnung machte. Das liegt ja alleine an dir! Also heul hier nicht rum! »Ist ja gut jetzt!«

Alex blickte auf und sah mich irritiert an. »Ähm, sorry, ich war wohl schon zu vertieft, oder? Aber du hast ja recht. Wir sollten langsam los.«

Am liebsten hätte ich mir selbst eine Kopfnuss verpasst. Stattdessen nahm ich die beiden Kaffeetassen und ging in die Küche, um sie kurz auszuwaschen und dann in die Spülmaschine zu räumen. Seufzend hielt ich mich am Rand der Arbeitsplatte fest und blickte aus dem Fenster. Im Auto würde ich mich gleich bes-

ser zusammenreißen müssen. Schließlich hatten wir noch eine ernste Unterhaltung vor uns.

Mein Blick glitt von den Wolken hinunter zu den Bäumen und den geparkten Autos. Direkt vor dem Fenster entdeckte ich Alex' Karosse. Der Wagen war mindestens so schnittig wie sein Fahrer. Pechschwarz, Chrome-Felgen und blonde Haare … Moment … Blonde Haare???

Ich löste mich von der Arbeitsplatte und wandte mich nun ganz dem Fenster zu, bis ich mit der Nasenspitze fast die Scheibe berührte. Da! Da war der blonde Schopf wieder! Das konnte ich mir absolut nicht eingebildet haben. Und es war eindeutig eine Frau, die da hinter seinem Auto kauerte. Eine Ahnung beschlich mich, dass ich mir den Blondschopf vorhin im Treppenhaus auch nicht eingebildet hatte. So sehr konnte ich gar nicht unter Verfolgungswahn leiden!

Angestrengt stellte ich mich auf die Zehenspitzen und versuchte noch mehr zu erkennen. Der Winkel war zwar nicht allzu gut, aber ich sah zumindest einen dunklen Kapuzenpulli und … etwas blitzte in ihrer Hand …

»Kommst du?«

Mit einem Aufschrei fuhr ich herum und fasste mir an die Brust. »Mein Gott, erschreck mich doch nicht so!«

Alex trat näher und blickte nun ebenfalls aus dem Fenster. »Was gibt es denn so Interessantes zu sehen?«

Ich warf noch einen verstohlenen Blick runter zu seinem Auto, konnte aber die Frau nicht mehr ausmachen. Sollte ich ihm davon erzählen? Ich konnte ja noch nicht einmal ihr Alter genau erkennen. Es hätte von der Statur her auch genauso gut ein Teenager sein können, die hier Verstecken spielte.

Wahrscheinlich war alles total harmlos und ich würde uns beiden nur die gemeinsame Zeit versauen. »Hab nur die Vögel beobachtet. Bin nämlich Hobby-Ornithologe.«

»Aha.«
Er musste mich echt für total bekloppt halten.

Während Alex den Kofferraum öffnete und meinen Trolley einlud, ging ich möglichst unauffällig um sein Auto herum. Ich erwartete irgendeinen Kratzer oder gar zerstochene Reifen vorzufinden, aber nichts dergleichen war zu sehen. Hoffentlich hatte sie nicht die Bremsleitung durchgeschnitten … ‚Ungeschickt' ließ ich meinen Haustürschlüssel so aus der Hand fallen, dass er halb unter dem Auto landete. Auf allen Vieren krabbelte ich hinterher und suchte den Unterboden nach Flüssigkeit ab. Ich hatte zwar absolut keine Ahnung, wo sich genau die Bremsleitung befand, aber in den ganzen Kriminalromanen und Fernsehfilmen trat immer irgendwo Bremsflüssigkeit aus. Wie viel und wo genau, war mir allerdings entfallen. Ich hätte definitiv besser aufpassen sollen.

Vielleicht sollte ich nach dem Ausschlussprinzip vorgehen. Der Motor war vorne, also müsste ich da auch irgendwo fündig werden. Oh, wow! Du hättest Karriere als KFZ-Mechanikerin machen können, Sherlock … Vor meinem inneren Auge sah ich, wie mir mein Gewissen spöttisch Applaus klatschte.

Nicht ablenken lassen! Mit bloßem Auge konnte ich nichts entdecken. Ich legte mich auf den Bauch, ignorierte dabei nach Möglichkeit den total versifften Gehweg, streckte eine Hand aus und fuhr die Schläuche mit meinem Zeigefinger entlang. Das einzige Ergebnis war, dass mein Finger schmutzig wurde.

»Fliegen Vögel seit Neuestem so tief oder warum kriechst du unter meinem Auto herum??«

Erschrocken zuckte ich zusammen und stieß mir so heftig den Kopf, dass ich Sternchen sah. Wenn das so weiterginge, würde ich bald entweder einen Herzinfarkt oder eine Gehirnerschütterung erleiden.

Benommen rieb ich meinen Hinterkopf und rollte mich unter dem Auto hervor. »Ich habe meinen Schlüssel fallen gelassen und finde ihn nicht mehr.«

Alex stand ein paar Meter entfernt. An seinem Finger baumelte der Ring mit meinem Schlüssel dran. Er war wohl doch nicht so weit gefallen, wie ich gedacht hatte. »Meinst du den hier?«

»Ja, genau! Dich könnte man echt als Spürhund einsetzen.« Mit einem Ächzen kam ich wieder auf die Beine, versuchte meine Klamotten bestmöglich vom Schmutz zu befreien und nahm den Schlüssel an mich. Misstrauisch beäugte mich Alex: »Ist wirklich alles okay? Du verhältst dich irgendwie komisch. Also, selbst für deine Verhältnisse …«

Mein strafender Blick prallte an ihm völlig ab. Vielleicht half es, einen auf Unschuld vom Lande zu machen: »Ich bin wohl nur ein wenig nervös.« Das war nicht mal gelogen und zeigte auch noch die erhoffte Wirkung.

Mit einem sanften Lächeln kam Alex näher, griff an mir vorbei und öffnete die Beifahrertür für mich. Dabei ließ er mich nicht aus den Augen. »Geht mir nicht anders. Ich kann es wohl einfach nur besser verbergen. Darf ich bitten?«

Galant hielt er mir die Hand hin. Ich ergriff sie und schaffte es sogar halbwegs damenhaft einzusteigen, ohne mich in den Sitz fallen zu lassen.

Alex schloss noch den Kofferraum und stieg dann ebenfalls ein. Um die Klippe weiter zu umschiffen, versuchte ich es mit ein wenig Small Talk. »Lernt ihr Profi-Sportler eigentlich, wie man sich selbst beruhigen kann? Ich meine, vor einem Spiel ist doch bestimmt jeder aus der Mannschaft tierisch nervös, oder?«

»Sicher. Die mentale Stärke ist ein ganz entscheidender Punkt. Das kann man genauso trainieren, wie man seinen Körper trainieren kann. Vor dem Spiel hat jeder sein ganz eigenes Ritual.«

»Zum Beispiel?«

»Welche Socke man sich zuerst anzieht. Den Platz mit dem rechten Fuß zuerst betreten. Am Spieltag wird sich nicht rasiert. Nach dem Aufwärmen als Letzter in die Kabine gehen. Zähneputzen in der Kabine.«

Neugierig wandte ich mich ihm zu: »Und was ist dein Ritual?«

»Am Spieltag bin ich meistens wie unter einer Glocke. Ich schalte das Handy aus, höre kein Radio und schaue erst recht kein Fernsehen. Wenn ich an dem Tag einen Vorbericht oder den aktuellen Tabellenstand hören würde, würde dieser wie ein Geier in meinem Kopf kreisen und ich könnte mich nicht mehr auf mich selbst konzentrieren und meine Leistung abrufen. Vor der Abfahrt packe ich meine Tasche immer auf die gleiche Weise ein – und in der Kabine auch wieder aus. Auch beim Anziehen gibt es eine feste Reihenfolge. Wenn ich das Stadion am Spieltag betrete, ist mein erster Gang hinaus an den Spielfeldrand. Mit Kopfhörern und meiner aktuellen Lieblingsmusik. Das brauche ich einfach zur Einstimmung.« Alex hielt inne und tippte sich mit dem Finger ans Kinn. »Wenn ich es recht überlege, habe ich echt viele Rituale.«

»Solange es dir hilft, solltest du keines davon ablegen. Ich wünschte, ich könnte mich auch so auf Knopfdruck beruhigen.«

»Glaube mir, das lässt sich alles lernen. Und ich bin bei weitem nicht so gelassen, wie es nach außen den Anschein hat. Über die Jahre wurde es zwar besser, aber ganz verschwindet es nie.«

»Also besteht für mich noch Hoffnung?«

»Was wären wir denn ohne Hoffnung?«, zwinkerte Alex mir zu und ließ den Motor an. »Als Erstes hoffen wir mal, dass wir in keinen Stau kommen.« Er setzte den Blinker und fädelte sich dann in den Verkehr ein.

Da fiel mir ein, dass ich eine entscheidende Frage noch gar nicht gestellt hatte: »Wo genau wohnen eigentlich deine Eltern?«

»Im Saarland.«

»Ähm ... Das Saarland, das an Frankreich und Luxemburg angrenzt?«

Gespielt erschrocken riss er die Augen auf: »Da gibt es auch noch eins?«

»Ha, ha ... Sehr witzig«, grummelte ich vor mich hin. »Wie lange brauchen wir, bis wir da sind?«

»Wieso? Musst du schon aufs Klo?«

»Sag mal, hast du heute einen Clown gefrühstückt?«

»Natürlich. Das ist doch die wichtigste Mahlzeit des Tages«, betonte er mit wichtigem Gesicht. Ich konnte nicht länger beleidigt spielen und fing an zu lachen. Woher auch immer diese Schlagfertigkeit kam – ich stand total drauf! Mindestens so sehr wie auf seine nachdenkliche Seite. Oder auf diese langen, schlanken Finger, die gerade locker auf dem Lenkrad lagen.

Mein Blick glitt an seinen muskulösen Unterarmen entlang und hinauf zu seinem Bizeps, den breiten Schultern, das von einem perfekt gestutzten Dreitagebart eingerahmte Gesicht mit diesen liebevollen tiefgrünen Augen. Ich gestattete mir, mich ein wenig meiner Phantasie hinzugeben. Zugegeben – sie war nicht jungendfrei und entlockte mir einen kleinen Seufzer.

»Einen Penny für deine Gedanken.« Alex schaute noch immer auf die Straße, musste dabei aber grinsen.

»So viel Geld könntest du mir nicht zahlen, dass ich sie dir offenbare!« Ich spürte, wie ich allmählich rot anlief. Mist, erwischt!

»Eigentlich hat dich dein Gesicht bereits verraten. Und soll ich dir was gestehen: Ich liebe diesen Ausdruck an dir. Und ich mag es, dass ich der Grund dafür bin.« Alex warf mir einen frechen Blick zu. Er dauerte nicht lange, aber ich sah genau, wie pures Verlangen in seinen Augen aufblitzte. Meine Libido quittierte diesen Blick mit einem freudigen Ziehen in der Lendengegend.

Sie schien sich mit meinem Gewissen verbrüdert zu haben, um mich in den Wahnsinn zu treiben.

Alex brachte jedoch beide zum Schweigen, als er von einem Fahrradfahrer geschnitten wurde und daraufhin wild hupte und lauthals fluchte. Im Frankfurter Stadtverkehr konnte auch der besonnenste Mensch schnell die Fassung und sämtliche Manieren verlieren. Gott sei Dank hatten wir die Stadt bald hinter uns gelassen und fuhren auf die A3 in Richtung Mönchhof-Dreieck. Um diese Uhrzeit war nicht mehr viel los auf der Autobahn. Alex entspannte sich sichtlich, beschleunigte noch ein bisschen und schaltete dann den Tempomaten ein.

»Um auf deine Frage zurückzukommen: Wir fahren ungefähr zwei Stunden. Viel Zeit also, um ganz ausführlich zu reden.«

Und da war sie – die gefürchtete Klippe. Eigentlich sollte ich froh sein, dass er endlich reden wollte. Wir wollten ja bewusst diese Fahrt dafür nutzen. Genau genommen war es sogar meine Idee. Doch wie anfangen?

Alex sah mich grübeln und griff mir ein wenig unter die Arme: »Wie lange kennst du denn schon diesen … Wie war sein Name? Ricardo?«

»Rico«, korrigierte ich ihn. »Ich kenne ihn bereits seit dem Kindergarten. Als Kind war ich sehr, sehr schüchtern und nie wirklich beliebt. Rico war das aber egal. Selbst, als ich ihm die Schippe über den Kopf zog und dafür einen heftigen Rüffel von der Kindergärtnerin erhielt, setzte er sich für mich ein und behauptete, dass er mich geärgert hätte. Dafür bewunderte ich ihn. Wir waren gerade einmal vier Jahre alt und er hatte mehr Courage als so mancher Erwachsene. Zur Strafe mussten wir den restlichen Vormittag drinnen verbringen, während alle anderen draußen herumtobten. Seit dem Tag waren wir unzertrennlich. Er kennt mich in- und auswendig. Und weiß daher auch genau, wie er mich verletzen kann.«

»Und die ganzen Jahre über war er in dich verliebt?«

»Offenbar. Ich liebe ihn ja auch. Aber eben nur wie einen Bruder. Es tut mir in der Seele weh und wahrscheinlich wäre mein Leben um Vieles leichter, wenn ich seine Liebe einfach erwidern würde. Aber ich kann mir schließlich keine Gefühle herbeiwünschen.«

In meinem Kopf erschien die Situation, in der mir zum ersten Mal bewusst wurde, dass ich für Rico mehr war als nur eine Freundin. Wir feierten gemeinsam in einem Club. Ich war süße 16 und experimentierfreudig. Nicht nur was mein Outfit anging … Mein erstes Mal lag gerade zwei Monate zurück. Mit einem süßen und echt netten englischen Austauschschüler. Es war genauso, wie ich es in der BRAVO gelesen hatte, und machte Lust auf mehr.

Bereits als Rico mich abholte, waren mir seine bewundernden Blicke aufgefallen. Ich trug ein luftiges Sommerkleid, über das ich als Tarnung für meine Eltern noch ein Strickjäckchen gezogen hatte. Nicht, dass es einen der beiden sonderlich interessiert hätte … Aber ich kam mir rebellisch und verwegen vor.

Im Club angekommen, konnte ich mich kaum vor Verehrern retten. So manches Mal musste ich mich in Ricos Arme flüchten und ihn als meinen Alibi-Freund missbrauchen. Das klappte auch ganz gut – bis ich Timo kennenlernte. Ich war direkt hin und weg und wollte ihn unbedingt haben. Entsprechend ging ich auch ran und nach kurzer Zeit standen wir schon knutschend in der Ecke herum. Wie es eben mein Plan war, fragte mich Timo, ob wir nicht zu ihm gehen wollten. Hand in Hand verließen wir den Club. Rico schrieb ich schnell eine Nachricht, dass er nicht auf mich warten musste.

An Timos Auto angekommen, stieg ich ein und wir brausten am Eingang vorbei. Vor dem Club stand Rico und sah sich suchend um. Ich winkte ihm aus dem Auto heraus zu. Seinen Gesichtsaus-

druck werde ich nie vergessen. Genau in diesem Moment hatte ich ihm das Herz gebrochen.

Kapitel 15

Rückblickend betrachtet, hätte ich vielleicht ein wenig sensibler mit Rico umgehen sollen. Aber ich hatte eigentlich das Gefühl gehabt, dass er damit umgehen konnte. Auch wenn wir nie groß darüber geredet hatten. Immerhin half er mir sogar dabei, die Männer zu bekommen, die ich haben wollte. Erst als Alex in mein Leben trat und all diese Emotionen in mir entfachte, verstand ich, dass Rico ein größeres Problem hatte.

»Ich stelle mir das sehr schwer vor«, riss mich Alex aus meinen Gedanken. »Genau zu wissen, dass ich jemanden nicht haben kann, den ich von ganzem Herzen liebe. Das muss die Hölle für ihn gewesen sein.« Mein schlechtes Gewissen rührte sich wieder einmal und nickte bekräftigend.

»Na ja, also so ganz genau wusste er es ja nicht …«, murmelte ich kleinlaut.

»Willst du mir sagen, dass du ihn hast zappeln lassen?« Die Schärfe in Alex' Stimme überraschte mich ein wenig.

»Ich habe ihn nicht zappeln lassen! Er hat mir nie gesagt, dass er Gefühle hat!«, wehrte ich mich.

»Aber du hast es geahnt, oder? So was spürt man doch! Gerade wenn es schon jahrelang geht und den besten Freund betrifft.« So langsam gingen mir die Argumente aus. Natürlich hatte Alex recht. Ich war einfach nur feige und egoistisch, weil ich Rico nicht als Freund verlieren wollte. Besonders in der Zeit nach dem Tod meiner Mutter brauchte ich ihn. Bei dem Gedanken daran, was er alles für mich getan hatte, fühlte ich mich sehr schuldig.

»Ich wollte Rico einfach nicht verlieren. Wahrscheinlich ging es ihm genauso, denn wir haben beide das Thema einfach totgeschwiegen.«

»Schweigen war noch nie eine Lösung.« Alex umklammerte bei den Worten fest das Lenkrad. Innerlich wappnete ich mich dafür, dass er mir gleich eine Standpauke halten würde, die sich gewaschen hatte. Doch dann seufzte er und wurde versöhnlicher: »Ich bin eigentlich der Letzte, der dir Vorwürfe machen sollte. Wahrscheinlich hätte ich nicht viel anders reagiert. Ich bin ja jetzt auch nicht so der gesprächige Typ ...« Das war die Untertreibung des Jahrhunderts. Aber wir machten ja Fortschritte.

»Ich mag das, was du sagst. Und vor allem, wie du es sagst.« Als Belohnung für meine aufrichtigen Worte schenkte mir Alex ein herzerwärmendes Lächeln. Nach und nach würde ich die Schichten aus Misstrauen und Zurückhaltung durchdringen. Und irgendwann würde ich auf den wahren Alexander König treffen. Hoffentlich würde der mir dann auch noch so gut gefallen ...

Bevor ich mich meinen Tagträumen hingeben konnte, schlichen sich wieder dunkle Gedanken in meinen Kopf.

Fakt war: Ich hatte mich verliebt.

Ebenso war es Fakt, dass die Liebe aus eigentlich intelligenten Menschen willenlose Hüllen machen konnte. Aus falsch verstandener Liebe wurde verletzt, intrigiert oder sogar getötet. Viele dieser schrecklichen Facetten hatte ich schon erlebt. Ich musste wieder an meine Mutter denken. Wie sehr hatte sie wohl gelitten, dass sie keinen anderen Ausweg mehr gesehen hatte, als die Tabletten zu schlucken.

Auch an Alex' Stalkerin musste ich wieder denken. Hoffentlich hatten mir meine Sinne nur einen Streich gespielt und sie lebte mittlerweile in einer glücklichen Beziehung. Weit, weit weg von Alex.

Selbst Rico wünschte ich noch immer alles Glück der Welt. Auch wenn er unsere Freundschaft zerstört hatte, konnte ich ihn sogar teilweise verstehen. Vielleicht wäre alles anders gekommen, wenn ich direkt mit offenen Karten gespielt hätte. Diesen Vorwurf musste ich mir gefallen lassen. Vor meinem Auge blitzte wieder Ricos Gesicht auf. Allerdings nicht dasjenige, welches ich seit dem Sandkasten kannte, sondern dieses wutverzerrte von der Brücke. Ein kalter Schauer lief mir den Rücken runter. Wie weit würde Rico noch gehen? Ich hoffte inständig, dass ich das nie erfahren müsste.

Ebenso inständig hoffte ich, dass ich mit Zurückweisung besser umgehen konnte. Nur weil ich mit Alex zu seinen Eltern fuhr, hieß das noch lange nicht, dass wir ein Paar werden würden.

Zweieinhalb Stunden später (Ja, ja, ich brauche halt meine Pinkelpausen.) hielten wir vor einem kleinen Häuschen mit rotem Dach und weißer Fassade. Der gepflegte Vorgarten deutete schon darauf hin, dass hier jemand einen extrem grünen Daumen hatte. Neidisch stieg ich aus und roch an den knallig pinken Rhododendronblüten. Bei mir überlebte noch nicht einmal ein Kaktus. Daher bewunderte ich Menschen, deren Gärten in solcher Farbenpracht und Vielfalt wuchsen und gediehen.

Ein bisschen peinlich war es mir schon, als Alex meinen vollgepackten Trolley aus dem Auto hievte und dann locker mit zwei Fingern seine kleine Reisetasche schulterte. Irgendwie schien er äußerst amüsiert über meinen zerknirschten Blick.

Zeit, um mich zu ärgern blieb, mir allerdings keine. Noch bevor Alex Gelegenheit hatte, den Schlüssel ins Schloss zu stecken, öffnete sich bereits die Haustür. Herausgestürmt kam ein kleines blondes Knäuel Haare im Schlafanzug, das die Arme um Alex' Hüfte schlang. Ich schätzte den Jungen auf vielleicht zehn

Jahre. Als er den Kopf hob und Alex anstrahlte, erkannte ich die Familienähnlichkeit. Wieso wusste ich nicht, dass er einen Bruder hatte? Oder war er sein Sohn?

Generell hatte ich ja im Vorhinein nicht viel über sein Privatleben herausfinden können. Unglaublich, was ein gutes Management und der vorsichtige Umgang mit den öffentlichen Netzwerken alles verbergen konnte.

»Hey, langsam, mein Großer.« Alex hatte die Tasche fallen gelassen und ging nun in die Hocke, um den Kleinen zu drücken. »Wieso liegst du denn noch nicht im Bett?«

»Mama hat gesagt, dass du kommst, und ich wollte dich doch begrüßen! Spielen wir Fußball??« Hoffnungsvoll hüpfte der Kleine auf und ab. Seine blonden Locken wippten im Takt mit. Gott, war der süüüß! Bitte, lass es nicht seinen Sohn sein …

»Heute nicht mehr. Aber morgen hole ich dich von der Schule ab. Danach gehen wir auf den Platz und du zeigst mir, was du gelernt hast, okay?«

»Au jaaa!« Der Kleine drehte sich um und rannte brüllend ins Haus: »Mama, Papa, der Alex ist daaa!« Also tatsächlich der Bruder. Meine innere Stimme und ich atmeten unisono erleichtert auf.

»Ben! Du sollst doch ins Bett gehen!«, erklang eine tiefe Stimme im Hausflur. »Dich kann man keine fünf Minuten aus den Augen lassen.«

»Och Mann, Papa«, moserte Ben. »Der Jan darf immer viel länger aufbleiben als ich. Das ist so unfair!«

»Erstens ist Jan schon 16, zweitens nicht mein Sohn und drittens wirst du mir noch einmal dankbar sein. Frag mal deinen Bruder.« Dieser hob abwehrend die Hände: »Lasst mich bloß da raus. Obwohl … Papa, lass Ben ruhig noch ein bisschen wach bleiben. Umso müder ist er morgen und hat selbst mit meiner Verletzung gar keine Chance mehr gegen mich …«

Erschrocken riss Ben die Augen auf und verschwand mit einem schnellen »Gute Nacht« im Haus. Zurück blieben wir drei Erwachsenen, die sich halb kaputtlachten. Nachdem wir uns wieder beruhigt hatten, umarmte Alex herzlich seinen Vater und stellte mich dann vor.

»Hallo Herr König. Freut mich sehr, Sie kennenzulernen.« Zur Begrüßung reichte ich ihm die Hand, die er fest ergriff und schüttelte.

»Oh, bitte nicht so förmlich. Ich bin Guido. Kommt doch rein. Habt ihr Hunger? Ich hab gekocht.«

Alex hielt mitten in der Bewegung inne: »DU hast gekocht?«

»Selbstverständlich! Natürlich nach Anweisung von deiner Mutter, aber ICH stand am Herd.«

Alex blieb weiterhin misstrauisch: »Und was gibt es?«

Schweigen, gefolgt von einem kleinlauten: »Tiefkühlpizza.«

Der Mann war mir sympathisch! Mein Magen meldete sich just in dem Moment und erinnerte mich daran, dass ich den ganzen Tag vor lauter Aufregung noch nichts gegessen hatte. Sein Sohn schüttelte nur den Kopf: »Ich mache uns lieber mal einen Salat.«

»Salat???« Das klang ein wenig entsetzter, als ich es eigentlich sagen wollte. Guido nahm mich dafür strahlend in den Arm: »Junge, die Frau hat Geschmack! Ich halte mich lieber an sie und du kannst dein Rohkostzeug futtern.« Mit einem Seufzer stellte Alex die Taschen neben der Garderobe ab. »Paps, du wirst mir bei deiner nächsten Cholesterinmessung noch danken.«

»Seitdem er in der ersten Liga spielt, ist er ganz schön unentspannt«, raunte mir sein Vater zu. »Dabei liebt er den Sonntagsbraten seiner Mutter und keine Schokolade überlebt länger als zwei Tage!«

»Guido, lass den Jungen in Ruhe!« Eine blonde, zierliche Frau um die Fünfzig gesellte sich nun zu uns. Alex hatte die Größe definitiv von seinem Vater geerbt, da mir seine Mutter nur ungefähr bis zum Kinn reichte. »Und du musst bestimmt Silja sein. Ich würde dich ja gerne drücken, aber …« Entschuldigend nickte sie in Richtung ihres Gipses am rechten Arm.

»Schon in Ordnung. Ich freue mich, hier sein zu dürfen. Ich hoffe wirklich, das ist okay. Ich möchte Ihnen nicht auch noch zur Last fallen. Wenn ich irgendwie behilflich sein kann, lassen Sie es mich wissen.«

»Danke, das ist sehr lieb von dir. Und bitte nenn mich Silvia. Dann komme ich mir nicht so alt vor.« Um ihre Augen bildeten sich kleine Lachfältchen. Unwillkürlich wünschte ich mir, später auch noch genauso attraktiv zu sein wie sie. »Kommt doch erst mal rein. Wollt ihr in einem Zimmer schlafen?«

Die Frage überrumpelte mich zutiefst. Von Alex kam nur ein entsetztes: »MAMA!?!«

»Ach, stell dich doch nicht so an. Wir sind doch alle erwachsen!«, war ihr Kommentar.

»Ähm … also … getrennte Zimmer wären mir lieber.« Alle Köpfe wandten sich synchron zu mir um und starrten mich an. Was hatte ich denn jetzt wieder Falsches gesagt? Und vor allem, was hatte Alex seinen Eltern erzählt, wer ich war. Ein wenig in Erklärungsnot geraten, stammelte ich: »Na, wir arbeiten doch nur zusammen. Da wäre es vielleicht nicht ganz angebracht, in einem Zimmer zu schlafen.«

Nun war für Alex' Eltern die Verwirrung offensichtlich komplett. Seine Mutter blickte zwischen uns hin und her. »Ach so … Dann habe ich da wohl was falsch verstanden …«

»Nicht nur du …« Alex' Stimme war nahezu frostig geworden und seine Augen hatten sich zu Schlitzen verengt. Ich verstand absolut gar nichts mehr! Sein Vater rettete die Situation, indem er in die Hände klatschte: »So, dann bring ich mal das Gepäck rauf.« Er ergriff Alex' Tasche und danach meinen Trolley. »Meine Güte, wie lange wollt ihr denn bleiben?«, schnaufte er, während er ihn die Treppe hochhievte und ich knallrot anlief.

Ich musste dringend mit Alex reden! Zwar hatte er sich nach dem Abendessen wieder abreagiert, trotzdem war die Anspannung zwischen uns noch immer greifbar. Seine Eltern waren so zuckersüß zueinander und kamen mir vor wie frisch verliebt. Guido umsorgte seine Frau rührend und las ihr jeden Wunsch von den Augen ab. Ich hätte sie den ganzen Abend nur beobachten können. Genauso hatte ich mir eine Familie immer vorgestellt.

Abgesehen von Alex' Schweigsamkeit war der Abend noch sehr schön geworden. Gegen halb zwölf verabschiedeten sich seine Eltern ins Bett. Die Gelegenheit, das Gespräch zu suchen. Theoretisch. Wenn ich nur nicht so ein Feigling wäre …

Während ich noch grübelte, wie ich anfangen sollte, kam mir Alex zuvor: »Arbeiten wir wirklich nur zusammen?«

»Alex … ich …«

»Wenn es so ist, kann ich damit umgehen. Aber bitte halte mich nicht so hin, wie du es mit Rico getan hast!«

Das also war sein Problem! Mir fiel ein Stein vom Herzen. Gleichzeitig war ich aber auch sauer, dass er mir unterstellte, ich hätte Rico absichtlich ausgenutzt. »Das habe ich doch nicht mit Absicht gemacht! Klar hätte ich früher was sagen sollen, aber ich wusste doch nicht, dass er so sehr daran zu knabbern hatte!«

»Ach komm schon. Du willst mir weismachen, dass du es nicht genossen hast, von ihm umgarnt zu werden?«

»Nein … Ja … Aber …«

»Silja, werde dir erst mal darüber klar, was genau du willst. Bis dahin sehe ich unsere Beziehung rein geschäftlich. Gute Nacht.«

Alex stand auf und ließ mich sprachlos zurück. Wie bitte hatte das Gespräch so aus dem Ruder laufen können?

Die halbe Nacht hatte ich wach gelegen und gegrübelt. Alex' Eltern hatten mir das Gästezimmer zurechtgemacht und sogar ein kleines Ferrero Küsschen aufs Kopfkissen gelegt. Natürlich hatte ich mich, nach meinem Streit mit Alex, prompt darüber hergemacht. Gegen halb drei war ich endlich eingeschlafen. Wirklich erholsam war der Schlaf jedoch nicht gewesen, da mich abwechselnd Alex und Rico in den Träumen heimsuchten und mir Vorwürfe machten. Aus der Küche drang der frische Duft von Kaffee zu mir ins Zimmer hinein. Ein Bick auf die Uhr und Getrappel im Bad verrieten mir, dass Ben sich wohl gerade für die Schule fertig machte. An Schlaf war sowieso nicht mehr zu denken, also schlug ich die Decke zurück und schwang die Beine aus dem Bett. Vielleicht konnte ich mich, nach einer Katzenwäsche in meinem Gästebad, ja irgendwie nützlich machen.

Gerade trat ich auf den Flur, als sich die gegenüberliegende Tür öffnete und Ben vor mir stand. Seine Haare waren nicht mehr ganz so zerzaust wie gestern Abend, aber wirklich wach schien er noch nicht zu sein.

»Guten Morgen«, begrüßte ich ihn.

Misstrauisch beäugte er mich. »Bist du Alex' Freundin?«

Herrje, es war viel zu früh für so eine Frage! Zumal ich die Antwort darauf ja selbst nicht kannte. »Ich bin mit ihm hier, um deiner Mama zu helfen.«

»Bist du eine Ärztin?«

»Ähm ... nein ...«

»Krankenschwester?«

Ich schüttelte den Kopf.

Grübelnd verzog er den Mund. Dann schien er plötzlich eine Eingebung zu haben: »Ach, du bist Köchin!«

Bevor ich etwas antworten konnte, ertönte Silvias Stimme von unten: »Ben, beeil dich bitte. Dein Vater muss gleich losfahren.«

Der Kleine strahlte mich an: »Ich muss jetzt los. Machst du mir Spaghetti zum Mittagessen?«

»Ähm ... klar ...«

»Super!« Schwungvoll hüpfte er die Treppe hinunter und brüllte seiner Mutter zu: »Mama, die Frau im Nachthemd macht mir heute Mittag Spaghetti.« Nachthemd?? Das war mein Lieblings-T-Shirt mit den Ramones drauf!

»Die Frau heißt Silja! Hast du dich auch bedankt, dass sie das für dich macht?«

»Danke, Silja!«, schrie er mir von unten entgegen.

»Kein Problem«, gab ich lachend zurück und verschwand dann im Bad. Wie könnte ich so einem Wirbelwind lange sauer sein?

»Guten Morgen, Silja. Gut geschlafen? Ich hoffe, wir haben dich nicht geweckt?«, wurde ich von Silvia fröhlich begrüßt. Sie hatte es sich mit einer Tasse Kaffee am Küchentisch gemütlich gemacht und versuchte einhändig in der Tageszeitung zu lesen. Das erwies sich schwieriger als gedacht. Die Zeitung klappte auf einer Seite immer wieder nach unten, und dem beachtlichen Fleck in einer Ecke nach zu urteilen, war sie bereits mehrmals im Kaffee gelandet.

Normalerweise war ich ja kein großer Fan von Tablets, aber in diesem Fall wäre einer gar nicht schlecht gewesen. Silvia musste meine Gedanken gelesen haben: »Ich weiß, ich weiß. Alex wollte mir schon sein ... Wie hieß das noch gleich? ... Tablett dalassen, aber mit dem neumodischen Zeug komme ich nicht klar.«

»Du meinst bestimmt einen Tablet. Ich mag die Dinger auch nicht. Ich stehe ja schon mit meinem Laptop auf Kriegsfuß und ohne eine richtige Tastatur bin ich total aufgeschmissen. Darf ich mir eine Tasse Kaffee nehmen?«

»Aber natürlich! Du musst nicht fragen. Nimm dir einfach, was du magst.«

»Danke schön.« Ich pflückte eine Tasse aus dem Schrank und goss mir das schwarze Gold ein. So viel wie ich davon trank, müsste sich mein Blut mittlerweile auch schwarz verfärbt haben. Genüsslich sog ich das Aroma ein und musste wieder an Hannibal Lecter denken, wie er durch die Gitterstäbe den Duft seines nächsten Opfers einatmete. Apropos: Wo war eigentlich Alex?

»Schläft Alex noch?«

»Nein, nein, der ist doch schon immer ganz früh auf den Beinen. Er ist um sechs aufgestanden, hat für uns alle Frühstück gemacht, Ben geweckt und angetrieben, damit er rechtzeitig fertig wird, und ist dann laufen gegangen. Es tut so gut, ihn wieder im Haus zu haben. Leider sehe ich ihn viel zu selten.«

Wie zum Henker hatte er sich rausschleichen können? Ging der Mann auf Samtpfoten? Natürlich meldete mein Gewissen mal wieder Alarm, weil ich im Bett gelegen hatte, während er den Haushalt schmiss. Offenbar kam er ja ganz gut alleine zurecht. Hmpf!

»Hat er schon immer viel im Haushalt geholfen?« Mich faszinierte der junge Alex und ich wollte die Gelegenheit nutzen, solange ich mit seiner Mutter alleine war.

»Oh ja! Ihm blieb auch leider keine andere Wahl. Ich war nur ein halbes Jahr zu Hause und musste danach direkt wieder voll arbeiten gehen. Damals ging es uns finanziell nicht wirklich gut. Alex war schon immer extrem selbständig, verantwortungsbewusst und unkompliziert. Und wir hatten eine wundervolle Betreuerin, die ihn vom Kindergarten abholte und sich mit ihm beschäftigte, bis ich von der Arbeit kam. Es war für uns alle keine einfache Zeit, aber wir wuchsen an der Aufgabe. Und ich muss sagen – ich bin unglaublich stolz auf meinen Sohn! Als ich dann wieder Nachwuchs erwartete, waren Guido und ich erst

verzweifelt. Wir waren so froh, dass Alex aus dem Gröbsten heraus war und wir ihm den Traum vom Fußballinternat erfüllen konnten. Dafür brauchten wir aber mein volles Gehalt. Als Alex unser Dilemma mitbekam, sagte er nur: ‚Mama, mach dir keine Gedanken. Ich lerne so lange und viel, bis ich ein Stipendium bekomme und du dich um meinen kleinen Bruder kümmern kannst.' Und er hat es tatsächlich geschafft! Mein Mann meint manchmal, dass ich ihn mit meiner Liebe erdrücken würde. Aber für das, was er für die Familie getan hat, kann ich ihm gar nicht genug Liebe zurückgeben!«

Ich wischte mir eine kleine Träne aus dem Augenwinkel. Was hätte ich darum gegeben, in dieser Familie aufzuwachsen! Egal, welche Hürden sie nehmen mussten, sie würden immer zusammenhalten und füreinander da sein. »Kann es solch einen Menschen tatsächlich geben?« Zu spät merkte ich, dass ich laut gesprochen hatte. Silvia nahm meine Hand und schaute mir in die Augen. »Ich weiß nicht, wie viel er dir erzählt hat, aber es hat etwas zu bedeuten, dass du heute hier bist. Bitte brich ihm nicht das Herz.«

Wieso nur sagte mir das jeder? Die Gefahr bestand doch wohl eher darin, dass er meines brechen würde! Ich entzog ihr meine Hand, nippte an meinem Kaffee und spürte die Lebensgeister langsam wieder erwachen.

»Ich habe Angst.« Wieso sagte ich das bloß? Und dann auch noch zu seiner Mutter? Misstrauisch beäugte ich den Kaffee. Hatte sie so was wie ein Wahrheitsserum da reingekippt??

»Was macht dir Angst?«, forschend blickte mir Silvia ins Gesicht.

»Die Liebe.«

»Warum?« Sie legte den Kopf schief, genau wie Alex es tat, wenn er überlegte.

»Weil ich weiß, was sie aus Menschen machen kann.«

»Warst du schon einmal verliebt?«

»Nein.«

»Woher willst du dann wissen, wie es ist?«, bohrte sie nach. Meine Güte, sie konnte echt penetrant sein.

»Meine Mutter hat sich aus Liebe umgebracht.«

Ah, den Gesichtsausdruck kannte ich nur zu gut. Er folgte immer auf diesen Satz. Er war voller Bedauern, Reue, gefragt zu haben, und Mitleid mit der armen Halbwaisen und deren durchgeknallter Mutter. Gefolgt von der Neugier, wie es so weit kommen konnte. Keiner sprach die Frage laut aus, aber sie stand ihnen allen überdeutlich auf der Stirn geschrieben.

»Wieso hast du mir das nie gesagt?« In der Tür stand Alex. Er war völlig verschwitzt und atmete schwer. Sein ärmelloses Shirt klebte ihm am Körper, die weißen Kopfhörer baumelten locker um den Hals. Jeder einzelne Muskel und jede Sehne war noch angespannt vom Lauftraining. Er sah aus wie das gefährlichste Raubtier auf diesem Planeten. Der Anblick war das Erotischste, was ich je gesehen hatte. Er war nicht einfach nur schön. Der Mann war Sex pur!

Wie gerne würde ich jetzt mit ihm unter die Dusche springen und …

»Silja! Ich habe dich was gefragt!« Verdammt, dieser Befehlston machte mich noch mehr an. »Ich dachte, es wäre passiert, weil sie mit dem Druck der Presse nicht mehr klarkam?«

»Es ist richtig, dass der Druck der Presse einen großen Anteil daran hatte. Die hat aber nur die Arbeit vollendet, die mein Vater angefangen hatte.«

»Was soll das bedeuten?«

»Alex, bitte, ich weiß nicht, ob uns das was angeht …«, versuchte seine Mutter einzuschreiten.

»Schon gut, Silvia«, unterbrach ich sie und wandte mich dann Alex zu. »Was hältst du davon, wenn du unter die Dusche springst, um dich abzukühlen, und wir uns danach unterhalten?«

Unschlüssig starrte er mich an. »Und du versprichst mir, endlich alles zu sagen?«

Ich atmete tief ein. Lieber noch zehn Bewerbungsgespräche mit Diego führen als diese eine Unterhaltung mit Alex. Aber ich musste es hinter mich bringen. Endlich mich jemandem öffnen. Was ich bisher über Alex wusste, verlieh mir zwar ein gutes Gefühl, aber eben keine Gewissheit, dass er mir nicht auch irgendwann das Messer in den Rücken rammen würde. Für Rico hätte ich ja auch noch bis vor Kurzem die Hand ins Feuer gelegt. Was soll's … dann gehen wir eben mit wehenden Fahnen unter … Falls es so kommt, herrscht dann aber wenigstens Klarheit.

»Ja. Ich sage dir alles, was du wissen willst.«

»Nun gut. Mama, halte sie so lange fest, bis ich wieder da bin. Nicht dass sie noch einen Rückzieher macht.« Langsam drehte er sich um und ließ mich dabei nicht aus den Augen. Wenn ich nicht so nervös gewesen wäre, hätte ich gelacht. Mutlos ließ ich mich auf einen Stuhl sinken und widmete mich wieder meinem Kaffee.

»Er brüllt nur, beißt aber nicht«, versuchte mich Silvia aufzubauen. Na hoffentlich hatte sie recht.

Eine gute halbe Stunde später saßen wir wieder einmal im Auto. Silvia hatte uns mehr oder weniger hinauskomplementieren müssen. Immer wieder bot Alex seine Hilfe an, da er ja eigentlich genau deswegen gekomm en war. Er wollte sie nicht alleinlassen und gab sich erst zufrieden, als sie ihm einen Einkaufszettel in die Hand drückte. Dafür musste er ihr versprechen, sich wenigstens ein bisschen Freizeit zu gönnen, bevor er am Nachmittag Ben von der Schule abholen würde. Meine Frage, wo es denn hinginge, beantwortete er mit: »Ich würde dir gerne Cloef zeigen.«

Ich hatte so was von keine Ahnung, wer oder was das sein sollte, traute mich aber auch nicht nachzufragen. Bei dem Namen stellte

ich mir eine blonde Schönheit mit französischem Akzent und langen Wimpern vor. Wahrscheinlich eine ‚alte Bekannte', mit der ihn jetzt nur noch ‚Freundschaft' verband. Und die würde dann zwischen uns vermitteln, oder was? Ganz toll!

Meine Stimmung war nicht nur im Keller, sondern mittlerweile in China angekommen. Nicht einmal die schöne Landschaft um uns herum konnte sie heben. Die Straße schlängelte sich durch dichte, grüne Wälder einen Hügel hinauf. Unter uns konnte ich zwischen den Bäumen hindurch die Saar ausmachen. Ein Radweg führte direkt am Wasser entlang. Vielleicht sollte ich ihm vorschlagen, lieber dort unten entlangzuspazieren als sich mit einer heißen Französin zu treffen.

Noch bevor ich den Gedanken aussprechen konnte, fuhren wir auf einen gähnend leeren Parkplatz. Aha. Vielleicht wurde die Dame ja stundenweise bezahlt …

Alex parkte, stellte den Motor ab und stieg aus. Neugierig tat ich es ihm gleich. Am Ende des Parkplatzes folgten wir dem Wegweiser in Richtung ‚Atrium', das wir auch kurz darauf erreichten. Das ‚Atrium' war ein halbmondförmiges Gebäude, mitten im Grünen. Auf einem mit Kies bestreuten Platz vor dem ‚Atrium' waren jede Menge Stühle und Sonnenschirme aufgebaut. Hier würden wir uns bestimmt mit ihr treffen. Instinktiv hielt ich nach einer einsamen Blondine Ausschau.

»Suchst du irgendjemanden?« Alex entging auch echt gar nichts.

»Ich bin nur gespannt auf Cloef.«

Irritiert musterte er mich: »Ähm … Ich nehme mal an, du hast noch nie von ihr gehört, oder?« War die blöde Kuh jetzt auch noch weltbekannt, oder was? Na super, wie sollte ich denn bitte mit einem Star mithalten?

»Nö, sollte ich?«

»Macht nichts. Wenn du sie einmal gesehen hast, wirst du sie nie wieder vergessen.« Wollte der mich verarschen?

Wir ließen das ‚Atrium' hinter uns und folgten einem gepflasterten Weg, der uns an einem kleinen Teich vorbeiführte. Am Ende öffnete sich der dichte Baumbestand und gab den Blick hinunter ins Tal frei. Mir blieb schlicht und ergreifend die Spucke weg!

Alex ergriff grinsend meine Hand und führte mich ein Stück weiter hinunter zu einer Aussichtsplattform. Noch immer völlig überwältigt trat ich, so dicht es ging, an die hüfthohe Backsteinmauer heran, die die Plattform vom Abgrund trennte. Unter mir breitete sich die Saar aus und führte in einer Schleife wieder von mir fort. Mein Blick glitt über weite grüne Hügel und Täler hinweg in Richtung des Horizonts. Es war ein relativ bewölkter Tag und über dem Fluss schwebte leichter Nebel. Gerade brach ein vereinzelter Sonnenstrahl durch die Wolkendecke und tauchte die Szenerie in goldenes Licht.

»Darf ich vorstellen: Das ist Cloef. Und was du da unten siehst, ist die Saarschleife, das Wahrzeichen des Saarlandes.«

Ungläubig schüttelte ich den Kopf: »Ich war auf einen Aussichtspunkt eifersüchtig?«

»Jep! Aber du musst zugeben, sie ist wunderschön, oder?«

»Atemberaubend!«

Alex war mittlerweile so nah gekommen, dass ich seinen Brustkorb an meinem Rücken spüren konnte. Er ergriff meine Hände und verschränkte sie mit seinen. Mein Blick ruhte noch immer auf dieser Wahnsinnslandschaft. Wenn ich mich jetzt zu ihm umdrehen würde, könnte ich für nichts garantieren.

Er nahm mir jedoch die Entscheidung ab, indem er ganz leise in mein Ohr flüsterte: »Ist es okay, wenn ich dich küsse?« Mein Puls begann zu rasen. Das hatte mich noch nie ein Mann gefragt. Bisher hatten sich immer alle nur genommen, was sie wollten. Genau wie ich. Aber das war nun Vergangenheit.

»Wenn es okay ist, dass ich den Kuss erwidere?«

Sein Mund verzog sich zu einem verführerischen Lächeln: »Ich bitte darum.« Dann verschloss er meinen Mund mit seinen Lippen. Sie waren genauso sanft und weich, wie ich sie mir vorgestellt hatte.

Erst blieb es nur dabei, doch dann forderte er Einlass, dem ich ihn nur zu gerne gewährte. Mit seiner Zunge erforschte er zaghaft die meine. Dies hatte so gar nichts zu tun mit den Ringkämpfen, die ich sonst immer ausgetragen hatte. Man könnte sagen, dies war mein erster richtiger Kuss. Mit Schmetterlingen, Glückshormonen und allem, was dazugehört.

Ein nie gekanntes Verlustgefühl durchströmte mich, als Alex schließlich seine Lippen von meinen löste. Gott sei Dank hielt er mich noch immer im Arm, denn meine Knie waren so butterweich, dass sie mir mit Sicherheit den Dienst versagen würden. »Nun, die Frage, ob wir nur eine rein geschäftliche Beziehung haben, hat sich hiermit wohl erübrigt.«

»Ja, ich glaube schon.« Ich war noch immer ganz benommen von dem Hormonrausch, den er mir verpasst hatte.

»Tut mir leid, dass ich dich gestern Abend und heute Morgen so angefahren habe.« Liebevoll strich er mir eine Haarsträhne aus der Stirn und schlang dann wieder seine Arme um mich. »Du musst mir nichts erzählen, was du nicht möchtest.«

Mit seinen knapp 1,90 Metern überragte er mich um fast zwei Köpfe. Noch nie hatte ich mich so geborgen und sicher gefühlt wie in diesem Moment in seinen Armen. Hinter mir war der Abgrund und vor mir mein Fels in der Brandung. Sollte die See auch noch so toben, er würde sich schützend vor mich stellen. »Ich vertraue dir!«

Alex umfasste mein Gesicht und zog mich näher heran. Um ihm entgegenzukommen, musste ich mich auf die Zehenspitzen stellen. Ich konnte es gar nicht abwarten, endlich wieder mit seinen Lippen zu verschmelzen.

Oh! Mein! Gott!

Dieser zweite Kuss raubte mir den Atem. Alles um mich herum verschwamm. Nur noch Alex und ich existierten auf diesem Planeten. Er hob mich hoch, als ob ich nichts wiegen würde. Ich schlang meine Beine um seine Mitte. Der Ausbuchtung seiner Hose nach zu urteilen, ging der Kuss auch an ihm nicht spurlos vorbei. Seine Hände wanderten von meiner Taille hinunter zu meinem Po und begannen ihn zu kneten. Durch sein Shirt fühlte ich, wie sich die kräftigen Muskeln im Rhythmus anspannten und lösten. Ich wollte, dass der lästige Stoff verschwand! Jetzt!

Meine Hände glitten nach unten und hoben den Saum, um kurz darauf seine nackten Haut zu erkunden. Hmmm ... So weich und gleichzeitig fest ... Bei der Berührung stöhnte Alex in meinen Mund.

»Entschuldigung!«, unterbrach uns eine herrische Stimme. Wie aus dem Nichts stand neben uns eine Dame, deren Blicke uns förmlich aufzuspießen drohten. »Dürfen wir auch ein wenig die Aussicht genießen oder ist das eine Privatvorstellung?«

Vorwurfsvoll zeigte sie auf eine Gruppe Asiaten, die bereits ihre Kameras gezückt hatten und uns freudig anstrahlten.

Peinlich!

»Ähm ... Schon gut ... Wir verschwinden, glaube ich, besser ...« Alex ließ mich zwar los, positionierte mich aber so vor sich, dass ich seinen Schritt verdeckte. Im Gänsemarsch schlichen wir uns außer Reichweite der Touristen und rannten dann fast schon zurück zum ‚Atrium'.

Dort angekommen brachen wir in schallendes Gelächter aus. »Mein Gott, was die wohl gedacht haben?« Alex drückte mir einen Kuss auf die Stirn und zog mich dann zu dem nächsten freien Tisch auf dem Kiesplatz.

»Die Touristen-Führerin war auf jeden Fall not amused.« Vom Rennen noch schwer atmend, nahm ich auf einem Stuhl Platz.

»Wir sollten uns vielleicht erst mal nicht mehr in der Öffentlichkeit küssen.« Er hatte das zwar scherzhaft gesagt, aber ich meinte einen ernsten Unterton herauszuhören. Daran hatte ich noch gar nicht gedacht. Er war ja – zumindest in Frankfurt – nicht ganz unbekannt. Und so eine Nummer wie gerade eben würde schnell in irgendeinem Klatschblatt landen. Das konnten wir beide wirklich nicht gebrauchen.

»Vielleicht hast du recht. Ich habe keine große Lust darauf, mich schon wieder mit der Presse auseinandersetzen zu müssen.«

»Wegen …«, er stockte und fuhr dann leise fragend fort, » … deiner Mutter?«

»Gerade habe ich mein Leben wiedergefunden und sie würden die ganze Geschichte wieder ausgraben.«

»Ja, das kann gut sein. Und ich möchte eigentlich auch nicht wieder Natascha auf mich aufmerksam machen.«

Wenn sie das mal nicht schon längst ist …, schoss es mir durch den Kopf. Aber das würde ich definitiv für mich behalten. »Also abgemacht – kein Körperkontakt in der Öffentlichkeit!«

Alex ergriff meine Hand und schlug ein. Dabei hielt er sie länger fest als nötig und streifte mit seinem Daumen über die Innenseite meines Handgelenks. Bei jeder Berührung seufzte ich wohlig. Ein Blick in sein Gesicht verriet mir, dass er die Reaktion meines Körpers bemerkt hatte und sich diebisch darüber freute. Dieser Mistkerl!

Räuspernd entzog ich ihm meine Hand und schenkte ihm einen strafenden Augenaufschlag.

»Was kann ich Ihnen bringen?« Alex und ich zuckten zusammen, als der Kellner wie aus dem Nichts neben uns auftauchte. Waren diese Leute alle Ninjas oder wie schafften sie es, sich lautlos anzuschleichen?? Auf KIES!!

Nachdem wir unsere Bestellung aufgegeben hatten, wandten wir uns dem eigentlichen Grund für unseren Ausflug zu. Das

Thema war mir zwar unangenehm, ich wollte es aber nicht länger hinauszögern. Und so sprang ich über meinen Schatten und erzählte Alex alles: »Mein Vater war sehr oft geschäftlich unterwegs. Wenn er einmal zu Hause war, verbrachte er viel Zeit mit mir. Und zwar ausschließlich mit mir. Meine Mutter hasste mich dafür. Sie musste immer um seine Aufmerksamkeit betteln und ich bekam sie ungefragt. Über die Jahre wurde sie immer verbitterter. Ich hörte sie sehr oft weinen, und wenn mein Vater einmal anwesend war, stritten die beiden sich nur noch. An einem Abend vor drei Jahren eskalierte dann ein Streit und mein Vater beschloss auszuziehen. Daran zerbrach meine Mutter endgültig. Sie redete kein Wort mehr mit mir und machte mich für die Trennung verantwortlich. Ich hätte meinen Vater aus dem Haus getrieben. Wenn ich nicht wäre, wäre sie noch attraktiv und hätte ihn halten können. Ich hätte ihr die ganze Energie geraubt. Und so weiter. Jeden Abend ertrug ich stoisch ihre Hasstiraden. Besonders schlimm waren diese, wenn ich gerade von einem Treffen mit meinem Vater nach Hause kam. In ihrem Wahn beschimpfte sie mich einmal damit, dass ich schlimmer wäre als die Huren meines Vaters. Dennoch hielt ich ihr weiter die Treue und nahm sie vor meinem Vater in Schutz. Mein Vater war für mich ein Heiliger. Immer da, wenn ich ihn brauchte.

Bis ich am Abend ihrer Beerdigung herausfand, dass mein Vater sie tatsächlich betrogen hatte. Mehrfach. Vor und während der Ehe. Selbst meine Geburt feierte er mit einem Geschäftspartner in irgendeinem Edelpuff. Und er bemühte sich noch nicht einmal darum, es vor meiner Mutter geheim zu halten. Genüsslich rieb er es ihr jedes Mal unter die Nase, wenn er von seinen ‚Geschäftsreisen' zurückkam.«

»Woher weißt du das?«

»Meine Mutter hatte Tagebuch geführt und sogar einige Tonbandaufnahmen.« Freudlos lachte ich auf: »Das ist das Gute an

paranoiden Menschen. Sie halten einfach alles akribisch genau fest.«

»Und du hast dir alles angesehen und angehört?«

»Ja. Jeden einzelnen Schnipsel Papier und jedes der 50 Tonbänder. Ich konnte einfach nicht aufhören. Wahrscheinlich hoffte ich darauf, dass ich irgendetwas finden würde, was das Vertrauen in meinen Vater zurückbringen würde. Aber mit jeder Silbe wurde lediglich mein Hass größer. Drei Wochen lang hatte ich kaum geschlafen und fast nichts gegessen oder getrunken. Das, was sich so in meine Seele eingebrannt hatte, war die Abscheu in der Stimme meines Vaters, wenn er meiner Mutter jedes noch so kleine Detail seiner Vergnügungen erzählte. Und sie unterbrach ihn nie. Nicht ein einziges Mal! Zuzuhören, wie sie sich ohne Gegenwehr so verletzten ließ, war schwer zu ertragen. Vielleicht hatte ich diese masochistische Ader von ihr geerbt, weil ich die Sachen nicht beiseitelegen konnte.« Bei der Erinnerung daran fröstelte es mich. »Die ganze Zeit war meine Mutter mit ihren ewigen Vorwürfen für mich die Schuldige an der Trennung gewesen. Danach wollte ich nichts lieber als mich zu entschuldigen und Abbitte zu leisten. Aber es war zu spät.« Eine einzelne Träne kullerte über meine Wange, die Alex sanft wegwischte. Dankbar lächelte ich ihn an.

»Hast du deswegen Angst? Weil du glaubst, dass es dir einmal genauso ergehen könnte wie deiner Mutter?«

Um den Kloß in meinem Hals zu bekämpfen, nippte ich an meiner Cola und hielt den Kopf gesenkt. »Ja. Davor habe ich unglaubliche Angst!«

Alex schien ein Licht aufzugehen: »Deswegen hattest du bisher auch nur Affären gehabt!«

»Ich wollte niemand näher an mich heranlassen. Bislang dachte ich auch, dass ich mich einfach nicht verlieben könnte.«

»Bislang?« Sanft hob er mein Kinn an und zwang mich, ihn anzusehen.

Ich fasste all meinen Mut zusammen: »Bisher hat es ganz gut geklappt mit dem Singlesein. Bis ich dich schweigsamen Sturkopf kennengelernt habe.«

Kopfschüttelnd lachte er: »Nur du schaffst es, ein Kompliment in eine Beleidigung zu verpacken.«

Da hatte er wohl recht. »Ich übe eben noch. Und als ob du es besser könntest!«

»Herausforderung akzeptiert!«

»Elender Kindskopf.«

»Sagt die, auf deren Kopf der Helm meines kleinen Patenkindes passt!«

»Touché!« Lachend stießen wir mit unseren Gläsern an. Wider Erwarten hatte der Tag eine wunderbare Wendung genommen. In gelöster Stimmung genossen wir noch ein wenig die Landschaft, bevor wir uns auf den Weg machten, um Ben von der Schule abzuholen.

Kapitel 16

Du musst den Ball mehr mit der linken Vorderseite treffen! Dann geht der auch rein! Wenn du über den Außenrist spielst, bekommt er zu viel Drall, wenn du nicht genau zielst.« Ich verstand nur Bahnhof! Auf was hatte ich mich bloß eingelassen? Vom Fußball wusste ich bisher nur, dass das Runde in das Eckige musste. Selbst das konnte ich im Moment vergessen, da wir Fußballgolf spielten und es hier eben nur Löcher gab, die bekanntlich ebenfalls rund waren … Jaaa, richtig: FUSSBALLGOLF! Noch nie davon gehört? Ich vorher auch nicht!

Zum Mittagessen hatte ich für uns, wie versprochen, Spaghetti gekocht. Das war eine der wenigen Dinge, die ich am Herd zustande brachte. Ich war zwar nicht gänzlich unbegabt, aber viel zu faul und unkreativ für etwas anderes.

Ben wollte danach unbedingt mit Alex Fußball spielen. Das wäre ja so weit nicht schlimm, wenn er sich nicht in den Kopf gesetzt hätte, dass ich auch unbedingt dabei sein sollte.

Nun war ich für jegliche Ballsportarten gänzlich ungeeignet. Oder Sport im Allgemeinen. Bis auf Badminton und Minigolf. Und genau das zu sagen, war mein Fehler. Ben und Alex schleiften mich mit dem Versprechen ins Auto, mir eine ganz tolle Anlage zeigen zu wollen. Ich hätte misstrauisch werden sollen, weil beide so bereitwillig auf das gemeine Fußballspiel im Garten verzichtet hatten. Nun stand ich hier und versuchte, einen Fußball durch einen Traktorreifen in den Kofferraum eines ausgedienten Chevy zu schießen. Mit dem Fuß! Der ‚Abschlag' war mir ja noch ganz gut gelungen. Danach ging alles schief. Ständig landete der Ball in einem der unzähligen ‚Bunker' und musste dann von mir herausgechippt werden. Diesen Begriff kannte ich zumindest vom Golfen. Offenbar gab es beim Fußball so was auch. Wie das ohne Schläger funktionieren sollte, war mir allerdings schleierhaft.

Meine beiden männlichen Begleiter amüsierten sich köstlich über meine Versuche, den Ball auch nur zwei Meter aus dem Bunker herauszubekommen. Ständig hatte ich Sand in den Augen, in den Haaren oder im Mund. Vor Zorn begann bereits mein rechtes Auge leicht zu zucken.

Eines Tages würde ich irgendetwas finden, in dem ich besser war als Alex, und dann würde ich es ihm heimzahlen!

»Das ist ein ruhender Ball. Den würde selbst meine Mutter mit ihrem Gipsarm wenigstens ein Stück in Richtung Tor befördern können«, zog mich Alex auf.

»Das ist mir vollkommen egal, ob der Ball ruht oder hyperaktiv ist. Er geht mir auf die Nerven!«

»Was heißt hyperaktiv?« Ben schaute seinen großen Bruder fragend an.

»Weißt du noch, als Opa uns damals zeigen wollte, wie man Fische fängt, und Papa ihn gerade noch davon abhalten konnte, den Knallkörper in den See zu werfen? Da war Opa ein bisschen hyperaktiv.«

Ben nickte wichtig. Dann grübelte er noch einmal kurz nach und fragte: »Heißt das, dass Silja den Ball in die Luft sprengen will? Aber der gehört ihr doch gar nicht.«

»Nein, mein Kleiner. Sie würde es bestimmt gerne, aber wir lassen das nicht zu. Okay?«

»Okay!« Sie stießen verschwörerisch die Fäuste aneinander.

Ich verdrehte die Augen und startete den nächsten Versuch. Wenn die beiden nicht so süß wären ....

Aus Angst, ich könnte wirklich noch gewalttätig werden, brachen wir das Spiel eine halbe Stunde später ab. Zur Beruhigung

meiner armen Nerven hielten wir auf dem Heimweg noch in einem Eiscafé und verputzten jeder ein Spaghetti-Eis. Das hob meine Laune immens. Und zu sehen, wie Alex mit seinem kleinen Bruder umging, war eine Wonne. Er würde sich bestimmt auch gut als Vater machen … Meine innere Stimme gab mir einen Klaps gegen die Stirn. Krieg dich mal wieder ein! Noch nicht mal ein Tag ist vergangen und du bist bereits bei der Kinderplanung?

»Und, Ben? Weißt du schon was, du später einmal werden willst? Auch Fußballprofi?«

»Ja. Aber nicht wie Alex.«

»Wieso?«

»Na, der ist doch Torwart.« Aaah … jaa … dieser bestechenden Logik hatte ich nichts entgegenzusetzen.

»Na komm, du Held. Lass uns mal nach Hause fahren. Ich hab Mama versprochen, dass du dein Zimmer noch aufräumst.«

»Och Menno. Zimmeraufräumen ist total langweilig. Man findet sowieso nur seine eigenen Sachen.«

»Vielleicht verirrt sich ja ein neues Spiel in dein Zimmer …«

Bens Augen weiteten sich voller Freude: »Du hast mir FIFA mitgebracht?«

»Aber nur, wenn dein Zimmer bis zum Abendessen picobello geputzt ist.«

»Jetzt versteh ich Mama«, schmollend hatte Ben die Arme vor der Brust verschränkt.

»Wieso? Was hat Mama damit zu tun?«

»Na, die schimpft immer, dass der Haushalt eine Syphilisarbeit ist.«

Ich verschluckte mich an meinem Wasser und hatte große Mühe, es nicht quer über den Tisch zu spucken. Alex war ebenfalls sichtlich um Fassung bemüht: »Du meinst bestimmt Sisyphusarbeit.«

»Nein, nein. Die Mama von Jan sagt auch immer, dass die Haushaltsarbeit sie ganz krank macht.« Ein kluger Mensch, der kleine Kinder in der Familie hatte, hätte das Gespräch hier wahrscheinlich abgebrochen. Da ich so etwas aber nicht kannte, fühlte ich mich einem Bildungsauftrag verpflichtet: »Syphilis bekommt man aber nicht von Hausarbeit.«

»Sondern?«, fragte Ben natürlich neugierig.

Alex lehnte sich entspannt zurück und grinste mich fast schon hämisch an. Wie kam ich jetzt bloß aus dieser Nummer wieder raus?

»Also … Wenn ein Mann und eine Frau sich lieb haben, dann verbringen sie ja viel Zeit miteinander.«

Ben stemmte entrüstet die Fäuste in die Hüfte: »Ich bin doch kein Baby mehr. Alex hat mir gesagt, wie das funktioniert.« Mein Gesicht war mittlerweile tiefrot angelaufen. »Ah … Ach so … Tja, dann weißt du wahrscheinlich auch, dass man da verhüten muss …« Zwei blonde Lockenköpfe starrten mich über den Tisch hinweg an. Der eine belustigt und der andere interessiert. Wieso war mir das Thema so viel peinlicher als den beiden Brüdern?

»Tja, und wenn man das halt nicht macht, bekommt man unschöne Krankheiten, wie zum Beispiel Syphilis. Können wir dann jetzt zahlen?« Hektisch winkte ich dem Kellner zu und gab ihm zu verstehen, dass wir gerne die Rechnung hätten. Zur Ablenkung trank ich noch einen Schluck von meinem Wasser. Ben musste über meine Aussage noch ein wenig grübeln, bis ihm dann die Erleuchtung kam: »Ach deswegen schlaft ihr zwei getrennt.«

Während Alex in schallendes Gelächter ausbrach, verteilte ich nun endgültig das Wasser in einem feinen Sprühnebel quer über den Tisch und auf den Kellner, der mit unserer Rechnung in der Hand herbei geeilt war. Das Trinkgeld sollte wohl etwas üppiger ausfallen, wenn ich mich je wieder in dieser Eisdiele blicken lassen wollte.

Wieder bei Alex' Eltern angekommen war ich heilfroh, dass Ben sich tatsächlich zum Aufräumen in sein Zimmer verkrümelte. Ich mochte ihn wirklich sehr, brauchte aber eine kleine Auszeit von der ganzen Fragerei. Stattdessen half ich Alex bei der anstehenden Hausarbeit. Silvia betonte immer wieder, dass sie durchaus in der Lage sei, mit einer Hand zu arbeiten, wurde aber von Alex rigoros auf die Couch verwiesen.

Mit Alex machte mir selbst so etwas wie Hausarbeit Spaß. Die Zeit verging wie im Flug, während wir spülten, putzten und mit den Vorbereitungen zum Abendessen anfingen.

Natürlich war dieses super gesund. Nur beim Dessert konnte ich mich mit Mousse-au-Chocolat durchsetzen. Allerdings auch nur, weil ich beim Einkaufen endlich Alex' Schwachpunkt herausgefunden hatte: Schokolade! Das machte ihn direkt ein bisschen menschlicher und wurde durch den Glanz in seinen Augen noch verstärkt, als er tatsächlich sein Schälchen mit dem Nachtisch hochhob und ausleckte.

Die halbe Mousse blieb ihm dabei an Nase und Kinn hängen. Ben musste es ihm natürlich, sehr zum Missfallen seiner Mutter, nachmachen. Die zwei waren einfach zu süß mit ihren schokobeschmierten Gesichtern und dem überglücklichen Grinsen.

Ich wollte ihnen so viel Zeit wie möglich miteinander verschaffen, schickte die beiden erst ins Bad und dann zum FIFA-spielen. Die Zwischenzeit nutzte ich, um das Chaos in der Küche zu beseitigen und mich dabei mit Silvia zu unterhalten. Sie erzählte mir, wie Alex und Basti Freunde wurden, was für Streiche sie ausgeheckt hatten und wie hart Alex für seinen Traum von der Profikarriere gearbeitet hatte.

»Und dann hat Basti den Kontakt zur Eintracht hergestellt. Mir fiel ein Stein vom Herzen, als Alex dort einen Vertrag angeboten bekommen hatte. Natürlich vermisse ich ihn, aber je mehr Abstand zwischen ihm und Eva ist, umso besser.«

»Eva?« Natürlich konnte ich mir schon denken, wer gemeint war.

»Seine Ex-Freundin.« Erst jetzt schien Silvia einzufallen, dass ich es vielleicht nicht unbedingt toll finden würde, über Alex' Ex-Freundin zu reden. »Tut mir leid, Silja. Das war ziemlich blöd, von ihr anzufangen. Aber um zu verstehen, wieso Alex so ist, wie er ist, muss man die Beziehung zu Eva verstehen.«

»Er hat mir schon von seiner Ex erzählt. Sie ist mit Jan durchgebrannt.« Allein bei dem Gedanken daran, wie jemand Alex so wehtun konnte, wurde mir übel.

»Nicht nur das. Sie hat auch noch gegen ihn ausgesagt. Jan hat sie vollkommen unter seiner Kontrolle. Ich glaube nicht …« Sie hielt inne und sah mich forschend an.

»Was glaubst du nicht?«

»Ich sage das nicht, weil ich dich nicht mag. Ganz im Gegenteil. Ich würde mir sehr wünschen, dass Alex jemanden wie dich in sein Leben lässt. Aber … ich glaube nicht, dass er endgültig über Eva hinweg ist. Versteh mich nicht falsch – Liebe empfindet er für sie bestimmt keine mehr. Aber ich frage mich, ob er jemals über diesen immensen Vertrauensbruch hinwegkommen wird. Immer und immer wieder hat er sich gefragt, was er falsch gemacht hat. Nach jedem Spiel setzt er sich hin und analysiert stundenlang seine kassierten Tore, um eventuelle Fehler aufzudecken. Wenn er könnte, würde er das mit der Beziehung zu Eva ebenso machen. Er hat aber in seinem Leben nur für eine Baustelle genug Kraft. Und er hat sich für seine Karriere entschieden. Darüber musst du dir im Klaren sein.« Fast beschwörend redete Silvia auf mich ein.

Ich erinnerte mich an die Unterhaltung mit Alex heute Vormittag zurück. Und zwar an den Teil, in dem er mir zu verstehen gab, dass wir unsere Beziehung (oder was immer es war) noch geheim halten sollten. Wollte er sich einfach nur nicht festlegen? Ein öffentliches Bekenntnis zu mir wäre die zweite Baustelle in seinem Leben. Vertraute er mir noch immer nicht genug?

»Ich weiß ja noch nicht einmal, was genau das ist, was wir haben«, versuchte ich Silvia zu beschwichtigen.

»Dann redet darüber.«

»Nun ja, reden ist nicht gerade ein Hobby von ihm.«

»Er redet mehr, als du denkst. Du musst nur lernen, sein Schweigen zu verstehen.« Aufmunternd lächelte sie mir zu und drückte mit ihrem gesunden Arm meine Hand.

Um halb neun kam auch endlich Alex' Vater nach Hause. Er würde auch morgen noch den ganzen Tag benötigen, konnte dann aber endlich Urlaub machen und im Notfall von zu Hause aus arbeiten. Das hieß für Alex und mich, noch zwei Nächte bei seinen Eltern zu verbringen.

Unter dem Vorwand, ziemlich müde zu sein, entschuldigte ich mich bei Guido und Silvia und verzog mich in mein Zimmer. Ich brauchte einfach Zeit für mich zum Nachdenken. Natürlich wollte ich mit Alex zusammen sein. Aber wollte ich auch das ganze Drumherum? Es wäre meine allererste Beziehung. Und ich hatte unglaubliche Angst, alles zu versauen. Ich kannte mich damit aus, Männer zu verführen und sie dann schnellstmöglich wieder loszuwerden. Dieses ganze Beziehungsthema war mir völlig neu und extrem kompliziert.

Ich hatte es mir mit meiner Lieblingsmusik im Sessel gemütlich gemacht und starrte zum Fenster hinaus. Nebenan hörte ich die Jungs noch immer abwechselnd jubeln und fluchen.

Einer Sache war ich mir ganz sicher – ich mochte Alex nicht mehr in meinem Leben missen. Und an seine Familie konnte ich mich auch gewöhnen. Selbst diese süße, kleine, neunmalkluge Nervbacke von Bruder hatte bereits einen Platz in meinem Herzen erobert.

Am Anfang hatte ich ja nur Bedenken, dass er mich enttäuschen und mir das Herz herausreißen könnte. Doch so langsam verstand ich, warum mich jeder anflehte, ihm nicht wehzutun. Genau das war gerade mein größtes Problem. Ich konnte einfach nicht garantieren, dass ich keinen Mist bauen würde.

Leises Klopfen an meiner Tür riss mich aus meinen Gedanken. »Ja?«

»Darf ich reinkommen?« Allein Alex' Stimme zauberte ein zartes Lächeln auf mein Gesicht.

»Na klar, komm rein.« Ich griff zur Fernbedienung und stellte die traurige Musik aus.

Alex streckte erst den Kopf zur Tür hinein und schob dann zögernd seinen Körper hinterher. »Alles okay bei dir?«

»Ja, klar. Der Tag hat mich nur ein wenig geschlaucht.«

Mit schiefgelegtem Kopf musterte mich Alex: »Und die traurige Musik hat nichts zu sagen?«

»Ich hab nur nachgedacht.« Leise schloss er die Tür, durchquerte den Raum und ging vor mir in die Hocke. »Worüber?«

»Ob ich tatsächlich so gut für dich bin.«

Mit Belustigung in der Stimme gab er zurück: »Ich dachte eigentlich eher, dass ich nicht so wirklich gut für dich bin.«

»Erschreckenderweise bist du sogar das Beste, was mir bisher passiert ist.« Alex stützte die Hände auf die Armlehnen des Sessels und brachte sein Gesicht vor meines. Ich konnte mich nicht entscheiden, was ich verführerischer fand – seine sinnlichen Lippen, seinen betörenden Duft oder seine leuchtenden Augen.

»Wie könnte ich zu dir Nein sagen? Sosehr ich es auch versuche – ich bekomme dich einfach nicht aus meinen Gedanken … und aus meinem Herzen.« Die Art, wie er diese Worte aussprach, ließ meinen Magen vor Verzücken hüpfen. Ich war mir absolut sicher, dass sie direkt aus seinem tiefsten Inneren kamen und der reinen Wahrheit entsprachen. Mit dem folgenden Kuss verscheuchte er den letzten Rest an Zweifel, dass er es nicht ehrlich mit mir meinte. Niemand vorher hatte mir dieses Gefühl vermittelt. Die Sanftheit seiner Lippen auf meinen trieb mich schier in den Wahnsinn. Wie im Rausch schlang ich meine Arme um seinen Hals und zog ihn näher zu mir heran. Ich intensivierte das Ganze, indem ich mit meiner Zunge Einlass forderte. Bereitwillig überließ er mir diesmal die Führung. Langsam löste ich meine Arme und ließ die Hände hinab zu seiner Hüfte gleiten. Dieses Mal konnte uns wenigstens keine Horde Touristen stören. Ich hob den Stoff seines Shirts an und zog es nach oben über seinen Kopf. Die kurze Zeit, in der wir uns dafür voneinander lösen mussten, kam mir unerträglich lange vor.

Bewundernd fuhr ich die Konturen seiner nun freigelegten Oberarme und dann seiner Brust- und Bauchmuskeln entlang. Von diesem Anblick würde ich wohl nie genug bekommen können. Nun war es an ihm, meinen Körper zu erkunden. Unter hauchzarten Küssen auf den Hals und mein Schlüsselbein arbeitete er sich langsam zu meinen Brüsten vor. Ich konnte es gar nicht abwarten, endlich seine Lippen auf meinen empfindlichsten Stellen zu spüren, und wollte nur noch mein Top loswerden. Dagegen hatte Alex jedoch etwas. Er hielt inne, ergriff meine Hände, schob meine Arme über den Kopf und hielt sie dort fest.

»Ts, ts, ts … Warum so hektisch?« Sein Blick duldete keinen Widerspruch und war Verführung pur. Alleine dieser Gesichts-

ausdruck hatte immense Wirkung auf meinen Unterleib, der sich verlangend und flehend zusammenzog. »Wenn du die Arme herunternimmst, höre ich sofort auf. Verstanden?« Diesen herrischen Ton hätte ich niemandem sonst durchgehen lassen. Sein Glück, dass mein Gehirn gerade auf Autopilot lief und ich das auch noch toll fand.

Langsam löste er seinen Griff und glitt an meinen Seiten hinunter, um den Saum meines Tops zu ergreifen. Beim Hochschieben streifte er mit den Handflächen meine Brüste. Zwar war noch immer mein BH zwischen uns, aber bereits jetzt ließ mich die Berührung aufstöhnen. Sein animalisches Grinsen war die Antwort darauf und mein Top wanderte immer höher.

Erst dachte ich, er würde es mir ganz ausziehen. Doch er nutzte es, um meine Hände damit zu fesseln, sodass ich ihn nicht mehr berühren konnte. Alex packte meine Beine und zog mich ein Stück tiefer in den Sessel. Wären wir bereits nackt, hätte er so perfekt in mich eindringen können. Statt jedoch meiner Qual ein Ende zu bereiten, betrachtete er mich nur und fuhr dabei hauchzart mit den Fingerspitzen über meinen Körper. Verlangend leckte ich mir über die Lippen und drohte zu zerspringen.

Woher nahm der Mann nur diese Selbstbeherrschung?

Alex beugte sich wieder zu mir runter, küsste mich noch einmal und raunte dann in mein Ohr: »Du bist wunderschön. Was soll ich nur alles mit dir anstellen?«

Meine Stimme zitterte: »Ich bin dein.«

»Und ich werde dich verwöhnen. So sehr, dass du nie wieder einen Anderen willst.« Das war halb Versprechen, halb Drohung und Alex machte sich direkt daran, seine Worte in die Tat umzusetzen.

Seine Hände und Lippen auf meinem Körper entlockten mir die süßesten Glücksgefühle, während er mich Schritt für Schritt vollends von dem lästigen Stoff befreite. Normalerweise hasste

ich es, die Kontrolle abzugeben. An den Händen gefesselt, vollkommen nackt vor jemandem zu liegen, wäre noch vor Kurzem ein Ding der Unmöglichkeit gewesen. Dass ich es in diesem Augenblick mehr als nur genoss, zeigte mir, wie sehr ich ihm vertraute.

Als sich unsere Körper endlich vereinigten, war es, als ob ich vor Glückseligkeit schweben würde. Alle Sorgen und Ängste waren vergessen.

Es existierten nur noch Alex und ich.

Kapitel 17

Nervtötendes Vogelgezwitscher weckte mich am nächsten Morgen.

Eigentlich mochte ich das ja, aber ich hatte eine lange und extrem anstrengende Nacht hinter mir. Erinnerungen daran wurden wach, wie meine Mutter spontan sonntagmorgens vor meiner Zimmertür den Staubsauger anwirft und gegen die Tür poltert. Wenn man ausschlafen wollte, waren singende Vögel auf der Skala der unliebsamen Geräusche ungefähr auf einer Stufe mit Staubsaugerlärm.

Ich stöhnte genervt auf und zog mir die Decke wieder über den Kopf. Dabei umfing mich nicht nur Dunkelheit und Stille, sondern auch der Duft der gestrigen Nacht. Dann folgten die Erinnerungen. Noch nie zuvor hatte ich eine so intensive Erfahrung durchlebt wie in dieser einen Nacht mit Alex. Er war gleichzeitig zärtlich, hingebungsvoll und besitzergreifend. Genau die richtige Mischung eben, die mich noch immer auf Wolke sieben schweben ließ. Und außerdem dafür sorgte, dass mir jeder einzelne Muskel wehtat.

Ich hieß den Schmerz willkommen, denn er erinnerte mich an das, was Alex mit mir angestellt hatte. Ein dümmliches Grinsen breitete sich auf meinem Gesicht aus, als ich daran zurückdachte. Eigentlich könnte ich ihm doch jetzt so einige Gefallen erwidern. Wer würde sich nicht freuen, auf diese Art geweckt zu werden?

Möglichst vorsichtig drehte ich mich um. Ich wollte ihn ja nicht schon vorzeitig aufwecken. Unter meiner Decke lugte ich auf den freien Platz neben mir. Moment ... Den freien

Platz neben mir? Schlagartig war ich hellwach und schlug die Decke zurück. Sosehr ich auch auf die zerwühlten Bettlaken starrte – der Platz war und blieb leer. Normalerweise war ich diejenige, die sich im Morgengrauen aus fremden Betten stahl. Aber immerhin hatte ich so viel Anstand, eine kurze Nachricht dazulassen. Nun ja, weit konnte er nicht sein, da dies immerhin sein Elternhaus war. Bei dem Gedanken daran, sitzengelassen worden zu sein, fühlte ich Panik aufsteigen. Okay … Ganz ruhig … atmen!

Alex' Mutter hatte mir erzählt, dass er ein Frühaufsteher sei. Bestimmt war er schon seit Stunden wach und hatte seine Laufeinheit absolviert. Woher zum Teufel er auch immer die Kondition dafür hernahm. Irgendeinen Vorteil musste ja das Dasein als Profi-Fußballer haben. Wie viel Uhr war es überhaupt? Auf der Suche nach meinem Handy sah ich mich im Zimmer um. Unter einem Stapel Klamotten entdeckte ich es schließlich. Oh verdammt! Es war bereits zehn Uhr durch! Alex hatte wieder alleine das Frühstück vorbereiten und seine Mutter versorgen müssen. Wieso nur hatte er mich nicht geweckt? Dabei wollte ich mich doch bei meiner Quasi-Schwiegermutter in Spe von meiner besten Seite zeigen!

Vor lauter Übereifer hätte ich beinahe die Tatsache ignoriert, dass ich noch immer nackt war, und wäre so hinaus in den Flur gestürmt. Gott sei Dank half mir ein flüchtiger Blick in den Spiegel neben der Tür, mich daran zu erinnern. Nach einer kurzen Katzenwäsche zog ich mich an und ging hinunter. Auf halber Strecke hörte ich aufgeregte Stimmen aus der Küche.

» … vielleicht ein Fehler«, hörte ich Alex sagen.

»Du solltest es ihr sagen. Ich finde, sie hat ein Recht … « Silvias Stimme wurde leiser und schließlich verstand ich sie gar nicht mehr. Offenbar wanderte sie in der Küche umher. Um sie besser verstehen zu können, schlich ich mich weiter die Treppe

hinunter. Hinter dem Türrahmen versteckt blieb ich stehen und konnte nun Alex deutlich hören:

»… wird es nur noch schlimmer. Ich sollte dem Ganzen jetzt ein Ende machen, bevor es zu spät ist.«

»Mein Junge, überleg dir das bitte noch mal! Silja ist so ein toller Mensch. Seit Eva …«

»Mama, ich kann das einfach nicht!«, unterbrach Alex aufgebracht seine Mutter. »Sie wird mein Leben endgültig zerstören, wenn ich nicht die Notbremse ziehe.« Bitte was? Ich würde sein Leben zerstören? Zunächst fühlte ich eine riesige Enttäuschung und Leere in mir. Doch je mehr ich darüber nachdachte, umso mehr begann mein Blut zu kochen. Wollte er mich verarschen? Erst weckte er all diese mir völlig unbekannten Gefühle in mir, und wenn er mich im Bett hatte, machte er mit mir Schluss? Wie hatte ich ihm auch nur eine Sekunde trauen können? Darüber war ich gleichzeitig traurig und wütend. Seitdem ich Alex kannte, fuhren meine Gefühle ständig Achterbahn. Irgendwie wusste ich, dass die Talfahrt diesmal nicht so schnell beendet sein würde.

Entschlossen betrat ich die Küche, um ihn zur Rede zu stellen. Mir war es vollkommen egal, dass seine Mutter alles mitbekam, als ich lospolterte: »Also war ich für dich nur ein netter Zeitvertreib, ja?« Beide Köpfe fuhren überrascht zu mir herum. Alex' Mund formte sich zu einem überraschten O.

»So hat er das nicht gemeint, Silja!« Natürlich musste sich Silvia für ihren Sohn einsetzen. Doch mein eiskalter Blick ließ sie schnell verstummen und dann das Weite suchen. Dafür, dass ich sie aus ihrer eigenen Küche vertrieben hatte, musste ich mich später noch entschuldigen, aber jetzt war ich gerade so herrlich in Rage: »Verstehe schon. Warum solltest du dich auf eine Beziehung mit mir einlassen? Vor allem bei dem Ruf, der mir vorauseilt. Das würde ja total deinem Saubermann-Image schaden.«

»Damit hat das nichts zu tun.« Gereizt trat Alex einen Schritt auf mich zu. War er jetzt etwa sauer auf mich?

»Natürlich nicht …«, war meine sarkastische Antwort.

»Silja, du wolltest ebenso wie ich, dass wir erst mal alles geheim halten. Jetzt schieb mir bitte nicht den schwarzen Peter zu, nur weil ich der Vernünftigere von uns beiden bin.«

»Von geheim halten kann ja jetzt keine Rede mehr sein. Du hast uns ja noch nicht einmal eine Chance gegeben. Zum Vögeln war ich gut genug. Und ich war auch noch so bescheuert und bin auf dich und dein Gesäusel reingefallen. Der ach so mysteriöse und nachdenkliche Typ, der nie aus dem Bauch heraus handelt. Glaub ja nicht, dass ich mir keine Gedanken machen würde über mein Verhalten und die daraus resultierenden Konsequenzen. Vielleicht bin ich ein wenig impulsiver. Und vielleicht trage ich mein Herz eher auf der Zunge. Aber ich habe mindestens genauso viel zu verlieren wie du!« Die letzten Worte hatte ich ihm entgegengeschrien.

»Du verstehst das vollkommen falsch!« Beruhigend wollte Alex eine Hand auf meine Schulter legen, die ich jedoch wegschlug.

»Was gibt es da bitte falsch zu verstehen? Wir haben miteinander geschlafen und das war es. Ich wollte mehr, du eben nicht. Schluss aus. Ich komm schon damit klar. Auch wenn ich dir jetzt gerade am liebsten mit Genuss in die Eier treten würde!«

»Aber ich will doch auch mehr! Und ich wollte nie einfach nur mit dir ins Bett! Versteh das doch!« Er schraubte seine Hände förmlich in meine Oberarme, bis ich einen kleinen Zischlaut ausstieß und das Gesicht schmerzerfüllt verzog. Hatte ich eben richtig gehört? Das ergab alles überhaupt keinen Sinn!

»Was redest du denn da? Ich habe doch gerade gehört, wie du sagtest, dass du mit mir Schluss machen musst, weil ich

sonst dein Leben zerstöre!« Für diese Aussage erntete ich einen irritierten Blick. Dann schien er endlich zu verstehen, worauf ich hinauswollte: »Oh, Silja, ich wünschte wirklich, du hättest nicht gelauscht.« Mit einem tiefen Seufzer stützte er sich auf die Arbeitsplatte ab. »Aber wahrscheinlich ist es besser so.«

»Was ist besser so?« Ich hatte komplett den Anschluss verloren und verstand gar nichts mehr.

»Ich wollte es dir ersparen. Wollte es dir leichter machen. Aber ich weiß ehrlich gesagt nicht, wie ich das anstellen soll.«

»Alex, bitte, du machst mich wahnsinnig mit diesen kryptischen Aussagen. Sei einmal spontan und hör auf das, was dein Herz dir sagt.«

»Ich darf nicht auf mein Herz hören!« Verzweifelt raufte er sich die Haare. »Da gibt es zu viel zu bedenken. Zu viele Entscheidungen zu treffen. Ich muss rational bleiben und abwägen. Ich kann es mir nicht leisten, auf mein Herz zu hören. Dann würde ich dich in Gefahr bringen!« Erschrocken biss er sich auf die Lippe, als ihm klar wurde, was er da gerade gesagt hatte. Meine Augen verengten sich zu Schlitzen: »Wieso würdest du mich in Gefahr bringen?«

Ertappt blickte er unter sich. Ich trat zwei Schritte auf ihn zu und umfasste sein Gesicht, um es anzuheben.

»Alex! Sieh mich an! Was ist passiert?«

»Sie hat mich angerufen.« Noch immer konnte er mich nicht ansehen, fuhr jedoch fort zu erzählen. »Sie weiß, dass ich bei meinen Eltern bin. Und sie weiß, dass du mit mir hier bist.« Er konnte nur von einer Person sprechen: Natascha! Vor Zorn ballte ich die Hände zu Fäusten. »Was hat sie gesagt?«

»Dass ich mir das mit dir genau überlegen sollte. Sonst könnte sie für nichts garantieren.«

»Aber es gibt doch eine einstweilige Verfügung! Sie muss sich von dir fernhalten!«

»Richtig, von mir muss sie sich fernhalten. Aber nicht von dir oder meiner Familie. Für den Anruf kann ich ihr als Verstoß gegen die Verfügung so was wie ein Ordnungsgeld aufdrücken lassen, aber das war es auch schon. Ich werde auf gar keinen Fall das Leben meiner Familie gefährden! Ebenso wenig wie deines!« Die pure Verzweiflung stand ihm ins Gesicht geschrieben. Die sonst so sanften Augen wirkten gehetzt und hoffnungslos. Ihn so zu sehen, machte mich wütend: »Ich lasse mir doch nicht von so einer verrückten Kuh mein Leben versauen. Es ist mir völlig egal, was sie mir androht. Ich nehme Karateunterricht und dann mache ich sie fertig!«

»Du würdest dich doch nur selbst dabei verletzen.« Zwar hatte er recht, aber das half uns jetzt gerade nicht weiter.

»Zumindest stecke ich meinen Kopf nicht in den Sand! Wenn ich untergehe, dann nicht, ohne mich zu wehren.« Kampflustig fuchtelte ich mit den Fäusten vor seinem Gesicht herum und tänzelte um ihn wie Rocky zu seinen besten Zeiten.

»Woah, langsam, Süße.« Ich war froh, dass Alex wieder lachen konnte. Da konnte ich ihm auch verzeihen, dass er sich über mich lustig machte. Er ergriff meine Hände und hielt sie fest. Wie gerne hätte ich jetzt meine Arme um ihn geschlungen und ihn geküsst. Kurz dachte ich, dass ich denselben Gedanken in seinen Augen gelesen hätte, doch dann ließ er mich so abrupt los, als ob er sich die Hände verbrannt hätte, und wurde wieder ernst. »Du kannst dich vielleicht wehren. Aber mein kleiner Bruder nicht. Um ihn habe ich wahnsinnige Angst.«

Dazu fiel mir nichts mehr ein. Meine Gesundheit war mir egal. Aber Bens kleine Kinderseele war viel zu zerbrechlich und kostbar, als dass ich sie meinem Glück geopfert hätte. Wie weit Natascha bei Ben gehen würde, wollte ich nicht herausfinden. Resignierend lehnte ich mich neben Alex an die Arbeitsplatte:

»Und was jetzt? Geben wir uns einfach geschlagen und machen weiter, als ob nichts zwischen uns wäre?«

»Uns bleibt nichts anderes übrig.« Alex' Stimme war voller Bedauern. »Wir fahren nach dem Abendessen nach Hause, sobald mein Vater wieder von der Arbeit zurück ist.«

»Was? Keine weitere Nacht mehr zusammen?« Meine Stimme klang entsetzter, als ich eigentlich wollte. Ein selbstzufriedenes Schmunzeln umspielte seinen Mund. Er stupste mich mit seiner Schulter an: »Hat dir wohl Spaß gemacht, hm?« Bei der Erinnerung an all die nicht jugendfreien Sachen, die wir gemacht hatten, musste ich wieder dümmlich grinsen. »Sagen wir mal so: Du hast nicht zu viel versprochen. Zu schade, dass es eine einmalige Sache war.«

»Ja. Zu schade.« Bei seinen Worten hatte sich wieder eine Spannung zwischen uns aufgebaut, die vor Erotik nur so knisterte. Am liebsten hätte ich ihr nachgegeben und ihn hier und jetzt vernascht. Aber für meinen Seelenfrieden war es wohl besser, möglichst viel Abstand zwischen uns zu bringen. Ich stieß mich von der Arbeitsplatte ab und ging zur Küchentür hinaus. Dabei konnte ich es mir nicht verkneifen, möglichst provokant mit dem Hintern zu wackeln. Es war total unvernünftig, aber ich musste irgendwie mein Ego aufpolieren. Prompt wurde die Aktion auch belohnt, als Alex mir fragend hinterherrief: »Freundschaft Plus ist nicht drin, oder?« Keck warf ich mein Haar zurück und blickte ihn über die Schulter an: »Ganz oder gar nicht, mein Lieber.« Sein frustriertes Schnaufen war Balsam für mein Ego.

Aber was nutzte mir das Wissen, ihn haben zu können, wenn ich es nicht durfte. Das Schlimme war, dass es den Reiz noch erhöhte. Wenn dir jemand sagt, »Drück ja nicht auf den roten Knopf!«, dann willst du es auf jeden Fall trotzdem tun. Es war ein Spiel mit dem Feuer und mir war bewusst, dass ich sehr leicht Gefahr lief, mich zu verbrennen. Ich konnte und wollte nicht

akzeptieren, dass jemand anderes über mein Leben bestimmte. Es musste doch einen Weg aus dieser Misere geben. Wenn ich mich doch nur mit Rico beratschlagen könnte …

Er würde mir mit Sicherheit die Hölle heiß machen, weil ein kleiner zehnjähriger Junge wahrscheinlich meine Selbstsucht würde ausbaden müssen. Würde Natascha so grausam sein? Vielleicht sollte ich einfach einmal persönlich mit ihr reden. Ihr erklären, dass ihr Verhalten total irrational ist. Einen Versuch war es zumindest wert.

Der Gedanke reifte immer weiter in mir und wurde schließlich zu einem festen Entschluss, die Sache selbst in die Hand zu nehmen. Der Tatendrang gab mir neuen Mut und neue Hoffnung. Endlich fühlte ich mich nicht mehr hilflos den Launen einer Fremden ausgesetzt.

In meinem Gästezimmer versuchte ich erneut meine Klamottenflut in den Trolley zu quetschen. Alex stand in der Tür und schaute mir kopfschüttelnd dabei zu: »Kein Wunder, dass Natascha ausgetickt ist. Sie dachte wahrscheinlich, dass du bei mir einziehen würdest.« Er hatte mir zwar Hilfe angeboten, die ich selbstverständlich aus Prinzip ablehnte. Wenn ich etwas verbockte, dann badete ich es auch alleine aus. So viel Stolz hatte ich dann doch noch.

»Oh, sind wir schon an dem Punkt, an dem wir darüber Witze machen können?«, grummelte ich vor mich hin.

»Was bleibt uns anderes übrig?«

»Ich habe mir überlegt, einfach mal mit ihr zu reden. Ihr zu erklären, dass das Wahnsinn ist und sie uns einfach in Ruhe lassen soll.« Mit zwei schnellen Schritten war Alex bei mir: »Nein!«

Wütend befreite ich mich aus seinem Griff: »Wie, nein? Da wird doch wohl noch irgendein Funken Vernunft in ihr drin sein. An den muss ich nur appellieren und dann wird alles gut.«

»Da ist nichts mehr in ihr außer Hass! Glaube mir, ich hab es gesehen.« Erschöpft ließ sich Alex auf das Bett sinken. Genau auf diesem Bett, vor nicht einmal 24 Stunden, hatte ich geglaubt, im siebten Himmel zu sein. Und jetzt musste ich bereits um mein Glück kämpfen.

»Aber seit deinem Wechsel zur Eintracht ist doch inzwischen fast ein Jahr vergangen. Wer weiß, vielleicht ist sie in der Zwischenzeit zugänglicher geworden.«

»Es geht ihr nicht besser. Sie hatte nach meinem Weggang einen Zusammenbruch und war mehrere Monate in einer Nervenheilanstalt. Ich … habe sie besucht.«

Ungläubig fuhr ich ihn an: »Du hast was?!?«

»Ich fühlte mich einfach schuldig an allem. Natürlich war ihre Gedankenwelt schon immer ein wenig verdreht, aber erst Jan hat sie mit seinen Einflüsterungen so weit gebracht, dass sie gewalttätig wurde. Als ich dann nach Frankfurt ging, brach für sie eine Welt zusammen. Sie tat mir einfach nur leid. Und ich wollte auch ein bisschen was wiedergutmachen. Sie sollte nicht leiden, nur weil ich Ärger mit ihrem Bruder hatte. Also besuchte ich sie – gegen den Rat meiner Anwälte. Ich wollte einfach nur mit ihr reden. Ihr erklären, warum es zwischen uns nichts werden konnte. Die Ärzte meinten, dass es einen Versuch wert wäre und ihr vielleicht tatsächlich helfen könnte. Zuerst war sie auch überglücklich, mich zu sehen. Doch als ich ihr erklären wollte, dass ich einfach keine Gefühle für sie hatte, ist sie komplett ausgerastet. Zwei Pfleger mussten sie festhalten, um sie ruhigstellen zu können. Der Anblick hat mich zutiefst schockiert. Ich hätte so gerne irgendetwas für sie getan, damit es ihr besser ginge. Die Ärzte baten mich jedoch darum, keinen Kontakt mehr zu ihr zu suchen. Daran hielt ich mich auch. Kurz nachdem ich dich kennengelernt hatte, hörte ich, dass sie entlassen wurde. Ich dachte eigentlich, dass sie ihr Leben wieder in den Griff bekommen

hätte, und freute mich wirklich für sie. Offenbar habe ich mich da zu früh gefreut.«

»Dann lass uns ihren Arzt kontaktieren. Er muss sich wieder um sie kümmern. So lange, bis sie geheilt ist.«

»Dafür gibt es keine ‚Heilung'. Solange sie niemandem etwas antut, wird sie keiner einsperren. Weder die Polizei noch der behandelnde Arzt. Und ich habe keine Beweise für ihre Drohungen. Ich kann nur nachweisen, dass sie mich angerufen hat.«

»Das ist doch total unfair! Ich will das nicht einfach so hinnehmen!« Entschlossen ging ich im Zimmer auf und ab. »Wir werden einen Weg finden! Wir setzen uns gleich morgen mit Yolanda zusammen. Die kennt doch bestimmt jemanden, der jemanden kennt, usw.«

»Daran habe ich auch schon gedacht. Aber eigentlich möchte ich das lieber selbst regeln und sie nicht schon wieder da mit hineinziehen. Was sie damals für mich getan hat, grenzt schon an ein Wunder. Sie hatte sämtliche Gefallen eingefordert, damit mein Name und alle Presseartikel zu meinem Wechsel ad acta gelegt wurden. Und da ich damals auch noch nicht so bekannt war, war es ja eher die lokale Presse, die wir von der Story abbringen mussten. Zwar hielten sich hartnäckig Gerüchte, aber niemand wusste eben etwas Genaues. Heute würde ihr das mit Sicherheit nicht mehr so einfach gelingen.«

»Und was hast du dir vorgestellt, wie es mit uns weitergehen soll? Auch wie es mit unserer Zusammenarbeit weitergehen soll?«

»Ich weiß es nicht.« Ein tiefer, langer Seufzer, in den er all seine Verzweiflung legte, entfuhr ihm. »Vielleicht fällt mir etwas ein, bis wir unser Projekt beendet haben. Es sind ja nur noch ein paar Termine bis zur Fertigstellung. So schwer es mir auch fällt, müssen wir versuchen, diese rein professionell zu Ende zu bringen. Kein Flirten! Keine tiefen Blicke! Nichts, was irgendwie ihren Verdacht erregen könnte.«

»Na, wie schwer kann das denn schon sein? Wir wollten die Beziehung ja eh geheim halten. Trifft sich ja super.«

»Oh, wir sind bei Sarkasmus angelangt. Nur noch ein kleiner Schritt und du kannst auch wieder Witze darüber reißen.« Schelmisch zwinkerte mir Alex zu, während ich die Augen verdrehte.

Den restlichen Tag verbrachten wir in gedrückter Stimmung. Selbstverständlich hatte ich mich bei Silvia für mein Verhalten entschuldigt und ihr eine extragroße Schachtel Pralinen besorgt. Schoki konnte noch immer alle Differenzen beseitigen. Besser als so mancher Blumenstrauß.

Nur vor meinem sonst so disziplinierten Fast-Freund mussten wir sie schnell verstecken. Schokolade war definitiv seine Achillesferse. Da kannte er weder Freund noch Feind.

Auch beim Abendessen wurde die Stimmung nicht besser, obwohl Guido extra früh Feierabend gemacht hatte, um sich persönlich von seinem Sohn verabschieden zu können. Selbst der sonst so quirlige und ständig plappernde Ben schien zu spüren, dass etwas nicht stimmte. Wenn er etwas sagte, war es eher ein Maulen darüber, dass Alex schon wieder fahren musste. Alex nahm ihn zur Seite und versuchte, es ihm zu erklären, doch Bens Enttäuschung war einfach zu groß. Erst als Alex versprach, in der anstehenden Spielpause eine ganze Woche nur mit ihm zu verbringen, wurde seine Laune ein wenig besser.

Dafür sank meine, da ich ihn dann logischerweise in dieser Zeit nicht sehen würde. Na ja, so konnte ich mich schon einmal daran gewöhnen, dass er früher oder später ganz aus meinem Leben verschwinden würde. Ein Abschied auf Raten sozusagen. Das machte es allerdings nicht weniger schmerzhaft.

Mit einer herzlichen Umarmung verabschiedete ich mich von allen Familienmitgliedern. Aus jedem einzelnen Gesicht las ich

das Bedauern heraus. Selbst Ben wollte mich gar nicht mehr loslassen. Alex musste ihn sanft, aber bestimmt von mir lösen und trug ihn dann direkt ins Bett. Ben hatte noch nicht einmal mehr die Kraft zu protestieren. Wie gerne wäre ich noch geblieben und hätte mehr Zeit mit dieser wunderbaren Familie verbracht.

»Ich hoffe, wir sehen uns trotz allem irgendwann einmal wieder. Es tut mir wahnsinnig leid, Silja.« Guido drückte mich ein letztes Mal, bevor auch er wieder ins Haus verschwand. Wahrscheinlich musste er noch Arbeit nachholen, die er wegen uns nicht mehr geschafft hatte.

Versonnen blickte ich ihm hinterher: »Wenn ich nicht wäre, hättet ihr euren Sohn noch ein wenig länger bei euch gehabt.«

»Oh, mach dir darüber keine Gedanken. Wir können ihn ja jederzeit sehen oder ihn anrufen, wenn wir wollen. Um dich mache ich mir eher Sorgen.« Beunruhigt blickte Silvia mich an.

»Ach was, ich habe schon ganz andere Sachen durchgestanden.« In diesen Satz legte ich alles, was mir an Überzeugungskraft zur Verfügung stand. Das war weiß Gott nicht viel, aber Silvia schien es zu genügen.

»Wenn ich dir irgendwie helfen kann oder du etwas brauchst, melde dich bitte. Ich will dich glücklich sehen. Und das am liebsten zusammen mit meinem Sohn.« Ihre Worte berührten mein Herz und gaben mir das Gefühl, dass sie mich wirklich mochte und in der Familie willkommen heißen würde. Nichts würde ich lieber sein als ein Mitglied dieser wunderbaren Familie, die so voller Liebe war. Diese Art von Zusammenhalt war für mich völlig neu. Ich war schon immer ein Einzelkämpfer gewesen. Selbst Rico hatte ich nur unter Protest in mein Leben gelassen. Und so, wie es aussah, würde ich auch weiterhin ein Einzelkämpfer bleiben. Mit Alex durfte ich nicht zusammen sein und jemand anderen wollte ich nicht. Dafür hatte Alex gesorgt.

Kurz darauf erschien dieser wieder in der Tür. »Er schläft jetzt. Tut mir leid, Mama, aber ich musste ihm vorher versprechen, dass es morgen Fischstäbchen zum Mittagessen gibt.«

»Tja, ich schätze, wir müssen alle unsere Opfer bringen. Hoffentlich kann ich ihn wenigstens zu einem kleinen Salat als Beilage überreden.« Ein letztes Mal drückte Silvia erst mich, dann Alex und ging dann ebenfalls zurück ins Haus. Trotz gebrochenem Arm bewegte sie sich überhaupt nicht vorsichtig. Unwillkürlich fragte ich mich, ob sie das absichtlich tat, damit Alex sich nicht schlecht fühlte.

»Na dann, auf geht's zurück nach Frankfurt.« Euphorisch klatschte Alex in die Hände und begab sich zum Auto. Mit einem kleinen freudlosen »Yeah« folgte ich ihm. Somit war er also endgültig vorbei, mein kleiner Traum vom Glück.

Kapitel 18

Vorsicht! Deckung!«

Erschrocken zuckte ich zusammen und tat, wie mir geheißen. Keinen Meter mehr würde ich mich hinter diesem Heuballen hervorbewegen. Die nahmen das hier echt verdammt ernst! Jemand kam zu mir herübergerobbt und schrie mich an. Durch die Maske, die er aufhatte, konnte ich nur mutmaßen, dass es Basti sein musste.

»Was?«, schrie ich durch meine Maske zurück.

»Du sollst deinen Arsch nicht hinter dem Hindernis hervorbewegen! Die knallen dich sonst ab.«

»Ach?! Was du nicht sagst?«, keifte ich ihn an. Die gingen mir echt gewaltig auf den Keks mit ihren gutgemeinten Ratschlägen! Und ich erstickte langsam, aber sicher unter dieser Maske und in meinem Overall. »Ich verstehe immer noch nicht, warum ich unbedingt mitkommen musste!«

»Hör auf zu jammern und setz dich mal fürs Team ein. Es sind nur noch wir zwei auf dem Feld. Wir holen uns die Flagge! Da kommt Alex! Knall ihn ab, knall ihn ab!« Basti riss seine Waffe hoch und ging in Stellung, doch da war Alex bereits wieder verschwunden.

»Ich werde GANZ SICHER nicht meinen Fr… Alex, meine ich, abknallen!« Eigentlich sollte ich doch einfach nur zusehen und Bilder machen. Nun hockte ich hier in voller Montur mit einem sogenannten ‚Markierer' in der Hand, um mit den Jungs Paintball zu spielen. Und zwar mit der kompletten Fußballmannschaft!! Wir reden hier von einer Horde vollkommen durchtrainierter Sportler … und mir. Nach fünf Minuten auf

dem Feld kam ich mir vor wie ein gehetzter Hase, hatte einen Puls von 180, Schnappatmung und war schweißgebadet.

Dabei hatte der Tag so schön angefangen. Den Vormittag hatte ich damit verbracht Sandra auf den aktuellen Stand zu bringen und mit ihr Pläne zu schmieden, wie wir Natascha überlisten könnten. Einen wirklich genialen Plan hatten wir zwar nicht entwickelt, aber es tat gut, sich mit ihr aufzuregen und auszutauschen.

Mittags rief mich Alex an und sagte, dass der Trainer ein Teambuilding vorgeschlagen hatte. Ich fand die Idee toll und packte begeistert meine Fototasche. Alex mit dem Team zusammen abzulichten, stand sowieso noch auf unserer To-Do-Liste für den Bildband. Und Natascha konnte uns nichts anhaben, da wir ja nicht alleine unterwegs waren. Zumindest hofften wir das …

Von Paintball hatte ich schon viel gehört, aber es noch nie selbst gespielt. Alex und Basti holten mich ab. Den Rest der Mannschaft, der nicht verletzungsbedingt zu Hause bleiben musste, wollten wir vor Ort treffen. Ich freute mich sehr darauf, auch endlich einmal all die Anderen kennenzulernen, die ich bisher nur aus dem Fernsehen kannte.

Die Freude legte sich jedoch rasch, als beim Durchzählen jemandem auffiel, dass man ja neunzehn Leute schlecht auf zwei Teams aufteilen kann. Unisono drehten sich alle Mann zu mir um und blickten mich erwartungsvoll an. Was blieb mir also anderes übrig, als fünf Minuten später bewaffnet mit dem ‚Markierer' und in Ausrüstung auf dem Feld zu stehen. Es war mir immer noch ein Rätsel, wie ich es geschafft hatte, vom Startpunkt zum ersten Hindernis zu kommen, ohne abgeschossen zu werden. Sie dachten wohl, dass ich keine allzu große Gefahr darstellte, und würden mich ganz zum Schluss ausschalten.

»Silja! Zwei Uhr!«

Immerhin hatte ich genug amerikanische Filme gesehen, um zu verstehen, was Basti von mir wollte. Ich riss meinen Markierer hoch, zielte kurz über den Ballen nach rechts … und traf tatsächlich jemanden an der Hüfte, der gerade zwischen zwei Hindernissen entlangsprinten wollte. »Yes!« Ich ballte meine Hand zur Faust und klatschte mich dann mit Basti ab. Das Spiel fing langsam an Spaß zu machen.

»Wow, du scheinst ja ein Naturtalent zu sein. Gib mir Deckung, ich geh vor.« Ehe ich ihn zurückhalten konnte, war Basti schon auf dem Weg zum nächsten Hindernis. Nervös spähte ich nach links und rechts, um ihm die gewünschte Deckung zu geben. Da! Hinter einem Hindernis in X-Form lugte ein Arm hervor. Jetzt sah ich, wie langsam ein Haarschopf und dann die Waffe in der Mitte des X auftauchten. Ich legte wieder an, … zielte … und traf mitten auf die Maske! Ich musste mich schwer beherrschen, um nicht vor Freude aufzuspringen und herumzutanzen.

Hinter seiner Maske konnte ich selbst über die Entfernung Bastis blaue Augen vor Freude strahlen sehen. Er zeigte mir den Daumen nach oben und gab mir dann zu verstehen, dass ich zu ihm aufschließen sollte. Unter seinem Feuerschutz sprintete ich die kurze Distanz zu ihm hinüber.

Unser Ziel war es, als Erste die Flagge in der Mitte des Feldes zu erobern und zurück zu unserem Startpunkt zu bringen. Das Ganze natürlich, ohne von den Farbkugeln des Gegners abgeschossen zu werden.

Ein weiteres Problem war, dass sich Alex irgendwo auf dem Paintballfeld verschanzt hatte, um mich zu erwischen und auszuschalten. Ich hatte vom Fußballgolf noch eine Rechnung mit ihm offen. Und anscheinend lag mir diese Art von ‚Ballsport‘ hier wesentlich mehr. Alex wurde aufgrund seines Berufs bereits seit Jahren taktisch geschult. Ich dagegen hatte jede Folge von

»Game of Thrones« verschlungen und jede einzelne Schlacht genau analysiert. Das musste doch auch etwas wert sein.

Wahrscheinlich hätte ich mich vielleicht vor dem Spiel ein wenig mit der Anordnung der Hindernisse vertraut machen sollen. Nun musste ich auf mein Improvisationstalent bauen. Vorsichtig lugte ich um die Ecke. Die Flagge war keine fünf Meter entfernt. Das Problem war nur, dass sich auf dem Weg zu ihr keinerlei Deckungsmöglichkeiten ergaben. Also brauchte ich entweder massig Feuerschutz oder musste aus dem Hinterhalt agieren, um Munition zu sparen. Ein Blick auf unsere Gürtel mit den Farbpatronen sagte mir, dass wir definitiv nicht genug Munition für einen Ausfall hatten. Mist!

»Wie viel hast du ausgeschaltet?«, fragte ich Basti.

»Wird das hier ein Schwanzvergleich?«

»Nein, du Hirni. Ich will nur wissen, wie viel Gegner noch im Spiel sind!«

»Ach so! Ich habe vorhin drei erledigt, Marco, glaube ich, zwei.«

»Glaubst du? Oder weißt du es?« Mein herrischer Ton machte selbst mir Angst. Basti überlegte kurz. »Ich weiß es. Es waren zwei.«

»Und Stefan hat auch noch einen erledigt, bevor er selbst getroffen wurde«, überlegte ich laut. »Also bleiben noch zwei übrig. Einen habe ich links von uns entdeckt.«

»Wenn sie klug sind, werden sie sich aufteilen, um uns in die Zange zu nehmen.«

»Das bedeutet aber auch, dass sie sich gegenseitig keine Deckung geben können.« Basti schien verstanden zu haben und richtete seinen Blick wieder auf das Spielfeld, um die rechte Seite abzusichern, während ich die linke im Visier behielt. Wenige Meter vor mir sah ich einen menschlichen Schatten hinter einem aufgebauten Reifenstapel auftauchen. Na komm

schon, zeig dich endlich! Selbst mein Gewissen schien Spaß daran gefunden zu haben. Und dann tat er mir auch schon den Gefallen. Zaghaft schob er erst einen Fuß und dann den Oberkörper vor. Noch nicht! Sonst ist er gewarnt! Ja, ja, nerv mich nicht!

Da keine Reaktion folgte, fühlte er sich sicher und trat ganz hinter dem Hindernis hervor, um zum Spurt anzusetzen. Genau in dem Moment feuerte ich eine kurze Salve auf ihn ab. Irritiert blickte er an sich herunter, sah die Farbpunkte überall auf seiner Brust und schrie dann laut das böse F-Wort. Ein verschlagenes Grinsen breitete sich auf meinem Gesicht aus.

»Nur noch einer übrig.«

»Mädel, du machst mir Angst.« In Bastis Stimme schwang Stolz mit und am Spielfeldrand hörte ich den Jubel meiner bereits ‚gefallenen' Teamkollegen. Das spornte mich noch einmal richtig an. Ich musste nur ausblenden, dass ich gleich den heißesten Kerl in diesem Universum abknallen musste.

»Sicher, dass du vorhin Alex erkannt hast?«, fragte ich Basti.

»Ich kenne den Mann seit einer Ewigkeit. Der kann mir nichts vormachen. Es war definitiv Alex. Zeig ihm, was du draufhast!«

»Okay, dann greifen wir einfach ihren Plan auf. Er muss hinter einem der beiden Hindernisse dort sein.« Mit dem Kopf nickte ich zur rechten Seite hinüber. Dort war ein weiterer Heuballen und daneben eine etwa 1,70 hohe Bretterwand. Zwischen den einzelnen Brettern war ein wenig Luft. Und wenn mich nicht alles täuschte, kauerte jemand dahinter! Mit zwei Fingern machte ich Basti darauf aufmerksam. Er nickte und bedeutete mir, dass er die rechte Flanke übernehmen würde und ich ihm nach kurzer Zeit folgen sollte.

Bevor ich ihn davon abhalten konnte, schlich er sich in Richtung Heuballen. Damit würde er sich zwar Alex auf dem Prä-

sentierteller anbieten, mir aber auch gleichzeitig die Möglichkeit eröffnen, mich unbemerkt anzuschleichen. Vorausgesetzt, Alex hatte sich wirklich hinter dem vermuteten Hindernis verschanzt. Als Basti schon die halbe Distanz zurückgelegt hatte, sah ich, wie hinter der Bretterwand der Lauf des Markierers auftauchte, um ihn ins Visier zu nehmen.

Geduckt fing ich an loszuschleichen, um im richtigen Moment Gas geben zu können. Und da nahm Alex auch schon Basti unter Dauerfeuer. Das war der Moment, auf den ich gewartet hatte! Ich setzte zum Spurt an, ließ mich kurz vor dem Hindernis auf die Knie fallen und schlitterte ums Eck. Da stand er! Völlig ohne Deckung und viel zu überrascht, um noch zu reagieren. Ich weiß, ich hätte direkt abdrücken sollen, aber ich konnte es mir nicht verkneifen zu sagen: »Hasta la Vista, Baby!«

Dann feuerte ich mein Magazin leer.

Mein komplettes Team hielt es nicht mehr hinter der Absperrung. Als ob ich gerade den Pokal geholt hätte, stürmten sie den Platz, hoben mich hoch und trugen mich zur Flagge. Noch nie in meinem Leben war ich so stolz gewesen wie in diesem Moment! Überglücklich ergriff ich die Flagge und schwenkte sie über meinem Kopf hin und her, während mich die Jungs unter Siegesgebrüll zurück zum Startpunkt trugen.

»Das nächste Mal will ich dich in meinem Team haben!«

»Sicher, dass du keine Ausbildung als Scharfschütze hast?«

»You're my Ninja, Girl.«

Selbst als die Jungs mich heruntergelassen hatten, hörten die Jubelrufe und Glückwünsche nicht auf. Basti kam zu mir und drückte mich so fest, dass mir die Luft aus den Lungen gequetscht wurde. »Das war sensationell!«

»Scheint, als ob ich tatsächlich einen Sport gefunden habe, der mir liegt«, flachste ich.

»Du bist übrigens die Erste, die Alex besiegen konnte. Sonst hat er sein Team jedes Mal zum Sieg geführt.« Basti warf einen Blick über meine Schulter. »Ah, da kommt ja der Gebeutelte.«

Eine Gestalt in einem über und über mit Farbflecken bedeckten Overall kam auf uns zugelaufen und nahm dann die schützende Maske ab. Ein kleines bisschen leid tat er mir schon, da er neben der Schmach, von mir besiegt worden zu sein, auch noch jede Menge blaue Flecken durch die Paintball-Kugeln davontragen würde.

Alex war zwar enttäuscht, aber seine Augen verrieten mir, dass er ebenfalls stolz auf mich war. Sein schiefes Grinsen unterstrich den Eindruck noch. »Meinen Glückwunsch! Hast du gut gemacht.« Ich war so aufgedreht, dass ich mit ausgebreiteten Armen auf ihn losstürmte, um ihm um den Hals zu fallen. Damit hatte Alex wohl nicht gerechnet. Er trat mit aufgerissenen Augen einen Schritt zurück und schüttelte leicht den Kopf. Abrupt blieb ich stehen und ließ die Arme sinken. Autsch!

Auch wenn ich verstand, warum er so reagierte, tat es verdammt weh. Natascha hing wie ein drohender Schatten zwischen uns. Das musste dringend aufhören! Auch wenn ich noch immer keine Ahnung hatte, wie ich es anstellen sollte.

»Tja, dann lasst uns mal was trinken gehen und Siljas Sieg feiern«, versuchte Basti die Situation zu überspielen und schob mich vor sich her in Richtung Ausgang. Von Alex wusste ich, dass er Basti noch am Abend unserer Rückkehr nach Frankfurt alles erzählt hatte. Am nächsten Morgen hatte Basti mich angerufen und versichert, dass ich jederzeit mit ihm reden konnte und er alles tun würde, um Alex und mir zu helfen. Das wusste ich sehr zu schätzen, auch wenn es mir derzeit nicht wirklich weiterhalf.

Das Ende unserer Zusammenarbeit rückte unaufhaltsam näher. Nur noch eine Autogrammstunde stand auf dem gemein-

samen Terminplan, bevor die Sommerpause der Bundesliga beginnen würde. Alex würde in der spielfreien Zeit nur noch kurz in Frankfurt bleiben, danach erst eine Woche bei einem Freund in den USA verbringen und dann für zwei Wochen zu seiner Familie fahren. Hinzu kam dann noch das Trainingslager Anfang Juli.

Er erklärte mir lang und breit, dass es für uns beide das Beste war, uns so wenig wie möglich zu sehen, um Natascha nicht zu provozieren. Ich wusste, ich sollte deswegen nicht beleidigt sein, aber es nagte doch sehr an mir, dass er sie einfach gewähren ließ.

Was blieb mir anderes übrig als einzuwilligen, uns nur noch zum Arbeiten zu sehen. Mir wurde jetzt schon schlecht, wenn ich daran dachte, dass uns nur noch eine Woche zusammen blieb. Und was passiert dann? Danach einfach nur mit Alex befreundet sein, würde ich nicht aushalten. Und ohne seine Unterstützung konnte ich den Kampf gegen Natascha nicht gewinnen. Ich saß ganz schön in der Tinte!

Extrem schlecht gelaunt fuhr ich alleine in meinem Auto Alex und Basti hinterher zur Autogrammstunde. Selbst zusammen in einem Wagen zu fahren, war für Alex zu riskant. In der Zeit nach unserer Rückkehr aus dem Saarland hatten wir ständig geschrieben und jeden Abend telefoniert. Die Tatsache, dass wir dabei nur zirka fünfzehn Autominuten auseinander auf unseren Balkonen standen und in die Richtung des anderen blickten, ohne ihn dabei sehen oder berühren zu können, trieb mich in den Wahnsinn. Ich bemerkte selbst, dass ich mit der Zeit immer launischer wurde, ständig an allem herumnörgelte und jeden anpflaumte, der in meiner Nähe gute Laune hatte. Das konnte so einfach nicht mehr weitergehen.

Die Autogrammstunde fand in einem Sportgeschäft mitten in Frankfurt statt. Parkplätze waren dort natürlich rar, weshalb wir in der ein bisschen entfernten Tiefgarage parken mussten. Soll heißen, ich musste da mit meinem Auto parken. Für die beiden Stars hatte man natürlich einen Parkplatz direkt vor dem Geschäft freigehalten.

Endlich am Sportgeschäft angekommen, wollte ich mich an der Schlange vorbeidrücken und mich zu meinem Posten an der Seite der beiden Jungs begeben. Es war unglaublich, wie viele Leute bereits auf ihre Idole warteten. Ich schob, zerrte und murmelte so lange Entschuldigungen, bis ich es endlich zur Eingangstür geschafft hatte. Dann klopfte ich gegen diese, um die Aufmerksamkeit des Personals auf mich zu lenken. Ein Angestellter sah mich fragend an, woraufhin ich auf meine Kamera zeigte. Seine einzige Reaktion darauf war ein müdes Schulterzucken. Langsam wurde ich echt stinksauer!

Vehementer klopfte ich an die Scheibe, um Einlass zu fordern. Wahrscheinlich nur, weil er Angst um die Glasscheibe der Eingangstür hatte, kam der Angestellte herbeigeeilt, öffnete die Tür einen Spalt und fuhr mich an: »Was?«

»Ich bin beruflich hier.« Damit hielt ich ihm noch einmal meine Kamera unter die Nase, um mein Anliegen zu verdeutlichen.

»Presse?«

»Nein, keine Presse! Ich arbeite für Herrn König persönlich.« Ich musste mich schwer beherrschen, nicht ausfallend zu werden.

»Püppi, du glaubst gar nicht, wie oft ich den Satz heute schon gehört hab. Stelle dich einfach wieder hinten an. Vielleicht bekommst du dann ja ein Autogramm und ein Foto, wie alle anderen auch.« Ich holte gerade Luft, um ihm eine passende Antwort zu geben, da hatte er bereits die Tür zugeknallt. Ich zerrte mein Handy aus der Tasche, um Alex anzurufen. Als er auch nach dem zehnten Klingeln nicht ranging, wählte ich Bastis Nummer. Bei ihm klingelte es nur zweimal: »Silja, wo steckst du denn? Wir warten auf dich!«

»Sag das mal dem Gorilla an der Tür. Der will mich nicht reinlassen.«

»Welche Tür?«

»Na, die Eingangstür! Den VIP-Eingang durfte ich ja nicht benutzen!«, fuhr ich ihn an. Herrje, manchmal war er echt so was von begriffsstutzig!

»Jetzt mach mich nicht dafür an! Du weißt, dass ich auf deiner Seite bin! Warte da, ich komme dich abholen.«

»Wo soll ich denn auch sonst hin, Scherzkeks!«

»Silja!« Oh. Diesen Tonfall hatte ich bei Basti noch nie gehört. Sofort regte sich mein schlechtes Gewissen. Natürlich konnte er nichts dafür, aber ich musste einfach meinen Zorn rauslassen, bevor ich daran erstickte.

»Sorry, Basti. Natürlich warte ich hier auf dich«, murmelte ich kleinlaut und legte dann auf. Neben mir in der Schlange stand eine Gruppe Teenie-Mädchen, die sich aufgeregt leise unterhielten und mich dabei immer wieder ansahen, während ich auf Basti wartete. Die Größte von ihnen fasste sich dann irgendwann ein Herz und trat einen Schritt auf mich zu: »Kennst du wirklich den Alex?«

Na super, Teenie-Schwärmereien konnte ich jetzt gar nicht gebrauchen. Daher antwortete ich nur knapp: »Jep.«

Aufgeregtes Quietschen und Rumgehopste folgten auf meine Aussage. Dann die Frage: »Kannst du uns dem mal vorstellen? Dürfen wir mit dir rein?«

Das war nun wirklich zu viel des Guten: »Himmel, Mädels, werdet erwachsen. Er ist auch nur ein Mensch, der saudumme Entscheidungen trifft und damit anderen das Leben vermiest. Sucht euch jemand anderen, den ihr ansabbern könnt!«

Völlig verdutzt blickten sie mich nun alle an. Die Größere hatte sich als Erste wieder im Griff: »Das war nicht nett.« Vorwurfsvoll starrte sie mich an. Kurz nahm ich wahr, wie sich die

Eingangstür in meinem Rücken öffnete, aber ich wollte das nicht einfach so stehen lassen. Mit erhobenem Zeigefinger und zusammengekniffenen Augen trat ich auf sie zu: »Nett? Nicht nett? Ich sag dir mal, was nicht nett ist! Nämlich wenn so ein paar kleine ...« Weiter kam ich nicht, da sich zwei Arme um meine Hüfte schlangen und mich davontrugen.

»Sorry, Mädels, für euch gibt's nachher noch ein Extrafoto mit Alex und mir. Und denkt dran: Keine Macht den Drogen. Ihr seht ja, wohin das führen kann.« Während ich in Bastis Armen zeterte und zappelte, warf er mich über die Schulter und trug mich in das Gebäude. Hinter mir hörte ich das Kichern und Tuscheln der wartenden Menge. Schwungvoll setzte Basti mich drinnen auf einen Stuhl. Vor lauter Meckern hatte ich gar nicht mitbekommen, dass Alex bereits, mit einem Stapel Autogrammkarten bewaffnet, an einem Tisch saß und Basti und mir fragende Blicke zuwarf. Dennoch machte er keine Anstalten, zu uns zu kommen.

Basti zwang mich, ihn anzusehen: »Das ist der letzte Termin! Reiß dich zusammen! Danach ist die Saison gelaufen und wir denken uns in Ruhe was aus, wie ihr zwei ein gemeinsames Leben verbringen könnt.«

»Ja, ja, schon gut. Ich reiß mich ja zusammen.« Frustriert und genervt verschränkte ich die Arme vor der Brust. »Dann lass mal die Meute rein, damit ich es schnell hinter mich bringen kann.«

Kopfschüttelnd ging Basti hinüber zu Alex an den Tisch und gab den Sicherheitsleuten ein Zeichen, mit dem Einlass zu beginnen. Mit jeder Sekunde, die Alex Hände schüttelte, Autogramme gab, in Kameras lächelte oder gar den Arm für ein gemeinsames Foto um jemanden legte, wuchs mein Hass auf seinen Job und das, was er mit sich brachte. Ich würde ihm nie so nah sein können! Ganz egal, wie sehr er mich liebte, es schien nicht genug zu sein.

Meine Laune spiegelte sich auch in meinen Fotos wider. Sie waren halbherzig und ohne jede Aussage. Ein oder zwei würden sich verwenden lassen, der Rest war absoluter Mist. Wahrscheinlich würde ich zu allem Überfluss auch noch gefeuert werden!

In einer kurzen Pause kam Basti zu mir herüber und kniete sich vor mich hin. »Silja, darf ich dich mal was fragen?« Mit einem Schulterzucken gab ich ihm zu verstehen, dass er fortfahren sollte. »Wo ist nur die Silja hin, die ich kennengelernt habe? Du scheinst zurzeit nur noch aus Trauer und Schmerz zu bestehen. Alex ist doch da. Sieh ihn dir an! Dort sitzt er und leidet mindestens so sehr wie du. Es ist vielleicht nicht die Beziehung, wie du sie dir vorgestellt hast, aber er liebt dich!« Ich hielt den Blick starr nach unten gesenkt. Auf gar keinen Fall wollte ich in Alex' Richtung schauen und mir eventuell noch ein schlechtes Gewissen machen lassen, weil ich so unzufrieden mit der Situation war. Mit seinen Worten hatte Basti voll ins Schwarze getroffen. Ich war einfach nicht mehr ich selbst. Mit jedem Tag, der verging, verwandelte ich mich immer mehr in meine Mutter. Diese Erkenntnis traf mich wie ein Schlag!

Als ich weiter beharrlich schwieg, klopfte er mir aufmunternd aufs Bein und stand seufzend auf. Kurz drehte er sich noch einmal zu mir um und sagte: »Ich vermisse dein Lachen!« Ich sah ihm hinterher und dachte über seine Worte nach.

Es wurde Zeit, eine Entscheidung zu treffen!

»Das ist sensationell! Ich bin rundum begeistert!« Yolanda klatschte vor Freude in die Hände. Diego und Sandra strahlten mich an. Alex wirkte abwechselnd glücklich und betrübt. Genau so ging es mir auch.

Wir saßen im Konferenzraum der **S**ky**L**ine**P**ics und begutachteten den ersten Probedruck des Bildbandes. Wenn er von allen Parteien abgesegnet wurde, war dies unser letztes Treffen. Um

mich von meinem Kummer abzulenken, hatte ich mich in der vergangenen Woche so richtig in die Arbeit gestürzt. Das Ergebnis konnte sich absolut sehen lassen.

»Meinen Segen für den Druck habt ihr«, fuhr Yolanda fort. »Silja, ich empfehle dich gerne meinen Klienten weiter. Und natürlich auch die ganze Agentur SLP.«

»Das freut uns ungemein. Ich werde direkt die erste Auflage in Druck geben lassen.« Diego strahlte wie ein Honigkuchenpferd. So fröhlich hatte ich ihn noch nie vorher gesehen. Langsam fragte ich mich, ob es allein an dem so positiv abgeschlossenen Projekt lag oder ob er vielleicht ein Auge auf Alex' Managerin geworfen hatte. So wie seine Augen leuchteten, konnte das durchaus möglich sein. Yolanda war auch eine super Frau und strahlte Diego nicht weniger fröhlich an. Wenigstens einer von uns konnte ja aus dieser Geschichte mit einem Happy End herausgehen.

Mit einem Händedruck verabschiedete sie sich von uns allen und ging zur Tür. Alex wollte es ihr gleichtun, doch ich hielt ihn zurück: »Hast du noch einmal Zeit für mich?« Überrascht sah er mich an, schien kurz zu überlegen, nickte dann aber. »Natürlich.«

»Könntet ihr uns bitte kurz alleinlassen?«, bat ich Diego und Sandra.

»Nur, wenn du danach zu mir ins Büro kommst. Ich habe da noch ein Versprechen einzulösen«, zwinkerte mir Diego zu. Eigentlich sollte ich mich freuen, dass mein Traum von einer Festanstellung nun endlich wahr werden würde. Ich konnte mich jedoch nur zu einem knappen Nicken durchringen. Sandra drückte mir kurz den Arm und folgte dann Diego hinaus aus dem Konferenzraum. Sie wusste als Einzige, was für ein unangenehmes Gespräch mir nun bevorstand. Meine Entscheidung konnte sie verstehen, hieß sie aber ganz und gar nicht

gut. Als die Tür hinter ihr ins Schloss fiel, erfüllte eine unangenehme Stille den Raum. Mein Magen verkrampfte sich und meine Hände waren eiskalt vor Nervosität.

»Du fliegst heute Abend noch, oder?« Ich hoffte, durch ein wenig Small Talk meine Ruhe wiederzufinden.

»Jap. Ich hätte dich vorher aber noch einmal angerufen, um mich von dir zu verabschieden.« Auch Alex hörte ich die Nervosität an.

»Schon gut. Wir sollten es lieber schnell hinter uns bringen.«

Er runzelte die Stirn: »Wieso? Telefonieren und schreiben werden wir doch weiterhin.« Ich druckste herum. Meine Entscheidung war getroffen und jetzt musste ich auch den Mut haben, sie laut auszusprechen: »Nein, werden wir nicht. Ich kann das nicht.«

Sämtliche Farbe war aus Alex' Gesicht gewichen. »Du … machst Schluss?«, stammelte er ungläubig.

»Wir waren nie zusammen, also kann ich auch nicht Schluss machen.« Er sackte auf seinem Stuhl zusammen. Ihn so vollkommen kraftlos zu sehen, tat mir unglaublich weh, aber er ließ mir keine andere Wahl, als es durchzuziehen. »Wie hast du dir das denn mit uns vorgestellt? Sollen wir immer ein Schattendasein führen? Keinerlei persönlicher Kontakt? Und falls wir uns doch einmal sehen, ständig darauf hoffen, dass uns keine Kamera folgt und Natascha ja nichts herausbekommt? Das hat doch keinen Sinn.«

»Ich … verstehe schon. Ist dir alles zu viel, oder?«

»Das ist es nicht. Also, nicht nur. Ich könnte das alles durchstehen, wenn ich mir sicher sein könnte, dass du mit mir zusammen kämpfst. Für uns.«

»Ich … kann einfach nicht … Ich kann das meiner Familie nicht antun. Nicht noch einmal!« Eine andere Antwort hatte ich zwar nicht erwartet, aber es tat trotzdem weh.

»Hmm … So fühlt sich das also an, zurückgewiesen zu werden …«, war das Einzige, was ich leise herausbrachte.

»Es tut mir leid. So, so leid!« Die Traurigkeit war ihm an den sanften Augen abzulesen. Genau das machte mich wütend. Ich hasste diesen Blick! Seit dem Tod meiner Mutter war er mein ständiger Begleiter. Dass der Mann, den ich liebte, ihn mir auch zuwarf, konnte ich nicht ertragen. Zornerfüllt schrie ich ihn an: »Hör auf! Hör auf, dich zu entschuldigen und mich so mitleidig anzusehen! Ich will das nicht. Ich brauche jemanden, der sich immer und immer wieder für mich entscheidet. Und nichts auf der Welt sollte ihn davon abhalten, mit mir zusammen zu sein. Wenn du das nicht kannst, wäre es wohl besser, du gehst!« Tränen brannten in meinen Augen und ein Kloß schnürte meinen Hals zu. Bleib stark! Du schaffst das!

Alex stand auf und kam mit zusammengekniffenem Mund und verräterisch feuchten Augen auf mich zu. »Ich habe mich in dich verliebt! Vom allersten Augenblick an, als du in meine Arme und mein Leben gestolpert bist. Die Art, wie du mich zum Lachen bringst, wie du gleichzeitig stark und verletzlich bist und wie ich mich in deiner Nähe fühle. Bei dir kann ich einfach ich sein. Aber … Ich darf meine Gefühle nicht über die Sicherheit meiner Familie stellen!«

Ein letztes Mal sah ich in die wundervollen Augen, die für mich die Welt bedeuteten. »Und genau dafür liebe ich dich. Ich wünschte, es wäre nicht so. Oder dass wir uns schon früher oder unter anderen Umständen kennengelernt hätten. Aber wir beide müssen wohl die Realität akzeptieren und einen Schlussstrich ziehen.«

Alex nahm noch einmal zärtlich mein Gesicht in seine Hände und gab mir zum Abschied einen langen, innigen Kuss auf die Stirn. Eine Träne hatte sich aus seinem Augenwinkel gelöst, die nun auf meine Wange fiel und sich dort mit meinen ver-

mischte. Das Letzte, was ich von ihm sah, war sein großer, breiter Rücken, bevor er durch die Tür hinaus aus meinem Leben verschwand.

Kapitel 19

Der wummernde Beat dröhnte in meinen Ohren. Wie hatte ich das nur früher ausgehalten? Ach, stimmt ja – mit jeder Menge Alkohol. Ein halbes Jahr war vergangen, seitdem ich Alex zum letzten Mal gesehen hatte. Gut, das war so nicht ganz korrekt. Im Fernsehen hatte ich ihn mehr als einmal bewundert und jeden Artikel über ihn und die Eintracht verschlungen. Sogar ein Exemplar unseres Bildbandes hatte ich in mein Regal gestellt. Tja, was soll ich sagen … Der Drang sich selbst zu quälen lag eben in der Familie.

Wenigstens lief es im Job super! Yolanda hatte Wort gehalten und mir jede Menge neue Aufträge zugeschustert. Diego war vollkommen aus dem Häuschen und übertrug mir sogar die Leitung von einem eigenen kleinen Team. Und genau mit diesem Team feierte ich gerade den erfolgreichen Abschluss eines Großprojektes. Besser gesagt – sie feierten und ich versuchte die aufkommenden Kopfschmerzen sowie den an mir klebenden Mann zu ignorieren.

Er sah eigentlich gar nicht mal so schlecht aus. Doch ich hatte absolut kein Interesse. Alex hatte Wort gehalten und mich tatsächlich für alle anderen Männer verdorben. Bestimmt würde ich als alte Jungfer enden, die mit ihren 30 Katzen in einer Ein-Zimmer-Wohnung haust und sich ständig mit den Nachbarn anlegt.

Der Mann neben mir unterbrach meine Gedankengänge, indem er eine Hand auf mein Bein legte. »Hier Süße, hab dir einen Tequila bestellt«, lallte er in mein Ohr.

»Woah, immer langsam, mein Freund.« Mit spitzen Fingern ergriff ich sein Handgelenk und hob es hoch. »Hör zu, du willst

mich gar nicht. Ich bin total verkorkst und wir werden definitiv weder vögeln noch zusammen ausgehen oder sonst wie Zeit zusammen verbringen. Spar dir also dein Geld für jemanden, bei dem du bessere Chancen hast.«

Ich schob ihm den Tequila hin, stand auf und wollte gehen. Er hielt mich jedoch am Handgelenk fest: »Ach komm schon, Süße. Jetzt stell dich doch nicht so an. So ne heiße Braut wie dich kann ich doch nicht einfach so ziehen lassen.«

»Sie hat gesagt, dass sie nicht möchte. Hörst du schlecht?«

Mein Hirn musste mir einen Streich spielen. Die Stimme hatte ich schon ewig nicht mehr gehört und so unendlich vermisst. Auch wenn er mir das Herz rausgerissen und genüsslich darauf herumgetrampelt hatte. Ich drehte mich um und da stand er: »Rico? Was machst du denn hier?« Vor Freude wäre ich ihm fast um den Hals gefallen. Aber nur fast. Unseren Streit hatte ich nicht vergessen. Ebenso wenig die Worte, die er mir an den Kopf geknallt hatte, um mich vor Alex bloßzustellen.

»Hatte das Gefühl, du könntest Hilfe brauchen«, brüllte Rico über die Musik hinweg.

»Hey, stell dich hinten an.« Mein Verehrer war offenbar ganz schön hartnäckig.

»Sorry, aber er hat ältere Rechte.« Mit einem Schulterzucken schnappte ich Ricos Hand und zog ihn in einen ruhigeren Bereich des Clubs. Selbstverständlich war ich noch immer unglaublich enttäuscht. In meinem Kopf war ich eine eventuelle Aussprache mit ihm immer und immer wieder durchgegangen. Was ich ihm alles sagen wollte und was er darauf antworten würde. Inzwischen war genug Zeit vergangen. Zumindest hatte ich nicht mehr das dringende Bedürfnis, ihm eine reinhauen zu wollen.

Die Wahrheit war: Ich vermisste ihn und unsere Gespräche sehr! Mehr als einmal war ich drauf und dran gewesen, ihn anzurufen. In letzter Sekunde verließ mich jedoch immer der Mut. Nun, da er vor mir stand, wusste ich nicht, was ich sagen sollte.

Rico tat mir den Gefallen und ergriff die Initiative: »Ich habe lange überlegt, wie ich mich bei dir entschuldigen könnte. Wahrscheinlich kann nichts, was ich sage, mein Verhalten wiedergutmachen. Ich war ein absolut egoistisches Arschloch! Es tut mir unendlich leid, was ich dir angetan habe. Ich wünschte, ich könnte die Zeit zurückdrehen und meine Worte ungeschehen machen. Du bedeutest mir noch immer sehr viel. Allerdings weiß ich jetzt, dass meine Gefühle eine Einbahnstraße sind. Sosehr ich es mir auch wünsche, dass es anders wäre, kann ich diese Tatsache mittlerweile akzeptieren. Ich verstehe, dass du nichts mehr mit mir zu tun haben willst. Dennoch wollte ich, dass du weißt, dass ich meinen Fehler eingesehen habe. Und dass ich dich vermisse … meine beste Freundin vermisse.«

Die widersprüchlichsten Gefühle durchfluteten mich. Ich wollte nichts lieber als ihm verzeihen. Doch konnte ich ihm auch glauben? Er klang zumindest sehr aufrichtig. Aber Worte waren zu oft nur leere Versprechungen. Auf der anderen Seite wäre ich heute nicht hier ohne seine Unterstützung. Wahrscheinlich würde ich noch immer zusammengerollt unter Decken vergraben auf der Couch liegen und mich selbst bemitleiden, anstatt meinen Traum zu leben. Hatte nicht jeder eine zweite Chance verdient? Schließlich hatte ich mich während unserer Freundschaft auch nicht gerade mit Ruhm bekleckert. Hinzu kam noch, dass ich von Haus aus nicht sehr nachtragend war.

»Ich vermisse meinen besten Freund auch! Was hältst du davon, wenn wir einfach noch einmal von vorne anfangen? Solange du mir versprichst, so eine Nummer nie wieder abzuziehen!«

Überglücklich strahlte Rico mich an: »Indianerehrenwort!«

Dann fielen wir uns lachend und gleichzeitig weinend in die Arme. Endlich ein kleines Licht am Ende des mit Dramen gefüllten Tunnels, der mein Leben war.

Rico und ich machten es uns auf einer Couch in einer Ecke des Clubs gemütlich und quatschten den restlichen Abend hindurch. Immerhin hatten wir ein halbes Jahr Klatsch und Tratsch aufzuholen. Offenbar war er tatsächlich über mich hinweg und hatte eine Freundin gefunden. So, wie er von ihr redete, musste er über beide Ohren verliebt sein. Sein Glück gönnte ich ihm von ganzem Herzen!

Ich zögerte zunächst noch, ihm die Geschichte mit Alex zu erzählen, da ich keine alten Wunden aufreißen wollte. Doch je weiter der Abend fortgeschritten war – und mit höherem Alkoholpegel – tat ich es dann doch. Rico reagierte, wie ein bester Freund es eben tut. Er freute sich mit mir, regte sich mit mir auf und war dann gemeinsam mit mir traurig.

»Sorry, Süße. Er ist ein absoluter Idiot, dass er dich hat gehen lassen! Männer, hm?« Rico brachte mich noch immer zum Lachen, selbst wenn es mir dreckig ging. Wie gerade jetzt, bei den Erinnerungen an Alex' Abschied von mir.

»Schon gut, lass uns lieber auf uns und unsere Wiedervereinigung anstoßen!« Ich erhob mein Cocktailglas und prostete ihm zu.

»Da scheinen wir ja gerade richtig zu kommen. Wir haben nämlich auch was zu feiern!« Diego erschien Arm in Arm mit Yolanda an unserem Tisch. Noch ein Happy End in meinem Umfeld! Mit einem freudigen Quietschen sprang ich auf und fiel den beiden um den Hals: »Na endlich! Eure schmachtenden Blicke waren ja kaum noch zu ertragen gewesen!«

Ich hatte es nicht für möglich gehalten, aber Diego lief tatsächlich rot an: »War es so offensichtlich?«

»Ach, Chef, bitte! Du bist ein offenes Buch für mich«, zwinkerte ich ihm zu. »Ehrlich, ich freue mich für euch! Setzt euch doch zu uns. Ach ja, das ist übrigens mein bester Freund Rico. Wir haben uns ein wenig aus den Augen verloren und gerade wieder versöhnt.«

Rico begrüßte beide mit einem Händeschütteln und rückte ein wenig auf, damit sie ebenfalls auf der Couch Platz nehmen konnten.

»Einen heißen besten Freund hast du da …«, raunte mir Yolanda zu. »Läuft da was zwischen euch?«

Genervt verdrehte ich die Augen: »Nein, da ist absolut gar nichts.«

»Warum denn nicht? Oh nein, sag nicht, dass du noch immer auf ein Wunder hoffst … Du weißt doch, wie verbohrt Alex ist! Wenn er sich einmal entschlossen hat, kann ihn nichts umstimmen.«

»Yolanda, bitte, können wir das Thema wechseln?« Ich wollte mir an diesem herrlichen Abend nicht die Laune verderben lassen. Natürlich wusste ich, wie lächerlich es war, auf etwas zu hoffen, das nie eintreffen würde. Das hielt mich jedoch nicht davon ab, mich an diesen kleinen Strohhalm zu klammern. Die Hoffnung stirbt ja bekanntlich zuletzt.

»Vielleicht wird dich das ein wenig ablenken …« Yolanda griff in ihre Clutch, zog einen Umschlag heraus und drückte ihn mir in die Hand. Neugierig öffnete ich ihn und förderte zwei Tickets daraus hervor. Im schummrigen Licht des Clubs konnte ich erst nichts erkennen, sodass mir Yolanda mit ihrem Handy zur Hilfe kam. Ein hoch auf die Taschenlampen-App!

Als ich erkannte, wofür die Tickets waren, fiel ich ihr mit einem Aufschrei um den Hals: »VIP-Tickets für den Sportpresseball??? Du bist irre! Wie hast du das nur hinbekommen?«

»War das Geschenk eines Klienten. Diego und ich werden

auch da sein. Vielleicht hat Rico ja Lust, dich zu begleiten?« Ein selbstzufriedenes Grinsen umspielte Yolandas Mund. Daher wehte also der Wind ... Aber warum eigentlich nicht? Eine bessere Begleitung als ihn konnte ich mir sowieso nicht vorstellen.

»Rico, was sagst du? Lust, einen dekadenten Abend mit mir und viel Prominenz zu verbringen?« Dann fiel mir ein, dass da vielleicht ein kleines Problem bestand. »Also, natürlich nur, wenn deine Freundin nichts dagegen hat«, fügte ich daher hastig hinzu, mit der an Yolanda gerichteten Betonung auf dem Wort Freundin. Sie schien das jedoch vollkommen zu ignorieren und hatte nicht einmal den Anstand, sich wenigstens kurz für ihren Verkuppelungsversuch zu schämen.

Rico überlegte kurz, nickte dann aber zustimmend: »Das gibt bestimmt Diskussionen, aber die sind es mir wert. Und wann hat man schon einmal die Chance, sich wie ein Star vorzukommen?«

Glückselig lächelte ich abwechselnd die Tickets und die Runde an. Lange hatte ich mich nicht mehr so wohlgefühlt wie in diesem Moment. Dummerweise schaltete sich genau jetzt mein Gehirn wieder ein: *Meinst du nicht, dass ein gewisser Jemand vielleicht auch auf dem Sportpresseball sein wird?*

Shit!

Obwohl ... Vielleicht wäre dies ja mein kleines Wunder, auf das ich gewartet hatte. »Ähm, Yolanda, welcher Klient hat dir denn die Tickets überlassen?«

An der Art, wie sie herumdruckste, wusste ich die Antwort bereits. »Alex kann an dem Tag nicht.« Wie ein Kartenhaus fiel der Hoffnungsschimmer in sich zusammen.

»Ah, verstehe.« Die Enttäuschung konnte ich nicht verbergen. *Na ja, ist wahrscheinlich besser so*, tätschelte mir mein Gewissen tröstend die Hand. »Ja, wahrscheinlich ...«

»Was?« Rico sah mich fragend an. Ich hatte gar nicht bemerkt, laut gesprochen zu haben.

»Ach, nichts.« Ich ergriff mein Glas und hob es zu einem Toast in die Runde. »Trinken wir lieber auf uns, und das, was wir gemeinsam erreicht haben. Auf den besten Chef, die beste Agentin und den besten Freund!« Dann setzte ich das Glas an und leerte es in einem Zug.

Leicht hysterisch stand ich drei Tage später in der Umkleidekabine eines noblen Damenausstatters in der Goethestraße. Sandra hatte sich wieder bereit erklärt, mit mir shoppen zu gehen. Eigentlich hatte ich darauf gebaut, dass wir wieder superschnell fündig werden würden. Vier Stunden und fünf Läden später war ich mir dessen nicht mehr so sicher.

Und ich durfte meinen Frisörtermin nicht verpassen.

Wenn ich nicht in den nächsten fünf Minuten etwas Passendes finden würde, würde ich einen gepflegten Schreikrampf bekommen! Wieso nur hatte ich mich nicht früher nach einem Kleid umgesehen?

Einatmen – Ausatmen – Einatmen – Ausatmen!

Draußen hörte ich Sandra mit der Verkäuferin diskutieren. Rigoros lehnte sie alle Kleider ab, die zu viel Bein, Ausschnitt oder Hintern zeigten. Sie wollte nicht, dass Rico irgendwie in Versuchung kam. Es war ein verdammt hartes Stück Arbeit gewesen, ihr zu erklären, warum ich ihm verziehen hatte. So ganz konnte sie es noch immer nicht nachvollziehen, aber nach einer Gardinenpredigt, die sich gewaschen hatte, war sie zumindest nicht mehr auf 180.

Sie traute ihm kein Stück über den Weg, befand dann aber, dass ich ja alt genug wäre, meine eigenen fatalen Fehlentscheidungen zu treffen. Vorsichtshalber würde sie schon einmal ihren Vorrat an Schokolade und Taschentüchern aufstocken.

Vor meiner Kabine hörte ich jetzt schnelle Tippelschritte näherkommen. Kurz darauf erschien Sandras Arm, an dem ein saphirblaues Kleid baumelte. Die Farbe war schon einmal ein Traum! Ich nahm ihr das Kleid ab und hielt es an mich. Zumindest schien es nicht zu lang zu sein, so wie die letzten zwanzig Exemplare. Hoffnungsvoll schlüpfte ich hinein und fühlte mich direkt wohl. Mit einem Grinsen im Gesicht verließ ich die Kabine. Das wurde noch breiter, als ich die heruntergeklappten Kinnladen von Sandra und der Verkäuferin sah.

»Du siehst absolut atemberaubend aus!« Sandra drehte mich um in Richtung Spiegel und stellte sich dann hinter mich.

Ich traute meinen Augen kaum: Weich fließender Chiffon-Stoff umspielte meinen Körper, Neckholder und Wasserfallausschnitt sorgten für die passende Oberweite und der togaförmige Schnitt trug dazu bei, mich wie eine griechische Göttin zu fühlen. War das wirklich ich, die mir da entgegenblickte? Irgendwie gelang es diesem Kleid meine Rundungen perfekt in Szene zu setzen. Ich wollte es nie wieder ausziehen!

»Che bella Donna!«, rief nun auch die Verkäuferin verzückt. Normalerweise würde ich ihr kein Wort glauben, da sie auf Provisionsbasis arbeitete und wahrscheinlich alles sagen würde, damit ich endlich etwas kaufte. Dieses Mal nahm ich ihr die Begeisterung allerdings ab.

»Ich nehme es!«

Sandra stand die Erleichterung ins Gesicht geschrieben: »Na also! Aber ich packe dir zur Sicherheit Pfefferspray in deine Handtasche. Nur für den Fall, das Rico aufdringlich wird …« Man musste sie einfach lieb haben!

Ich staunte nicht schlecht, als eine schwarze Limousine vor meinem Haus hielt. Der Fahrer stieg aus, um mir die Tür zum Fond zu öffnen. Er trug sogar Anzug und eine Chauffeurmütze! Es

war zwar albern, aber ich fühlte mich in diesem Moment wirklich wie eine Hollywood-Schauspielerin auf dem Weg zu den Oscars.

Drinnen warteten bereits Yolanda, Diego und Rico. Alle drei starrten mich mit offenem Mund an. Diego fand als erster seine Sprache wieder: »Silja, du sieht sensationell aus!« Yolanda knuffte ihm in die Seite, worauf er ihr hastig versicherte: »Selbstverständlich nicht so sensationell wie du, mein Schatz.«

Ich musste schmunzeln. Männer hatten es manchmal echt nicht leicht mit uns Frauen. Egal was sie sagten, es konnte nur das Falsche sein. Fast hätte ich ein bisschen Mitleid mit ihm gehabt. Aber nur fast!

»Ich habe keine Ahnung, wie ich meiner Freundin erklären soll, dass ich den Abend mit einem Model verbracht habe«, setzte Rico noch einen drauf.

»Nun übertreibt aber nicht.« Die plötzliche Aufmerksamkeit war mir ein wenig zu viel. Mit Komplimenten konnte ich sowieso noch nie gut umgehen. »Apropos Freundin – wann lerne ich sie denn endlich kennen, Rico? Ich hätte sie wirklich gerne vorher einmal getroffen. Dann hätte ich ihr auch erklären können, dass da absolut nichts zwischen uns laufen wird und sie sich keine Sorgen machen muss.«

»Autsch.« Gespielt entsetzt griff sich Rico an die Brust. »Das hättest du auch ein wenig netter formulieren können.«

»Das ist die reine Wahrheit. Vielleicht könnten wir ja morgen alle zusammen brunchen gehen?«, schlug ich vor.

»Klar. Das sollte gehen.« Rico klang nicht wirklich erfreut, was mich sehr wunderte. Die beiden waren erst seit drei Monaten zusammen. Gab es etwa jetzt schon Ärger im Paradies? Ich hoffte inständig, nicht der Grund dafür zu sein. Viel Zeit darüber nachzudenken blieb mir nicht, da Yolanda unbedingt die Flasche Champagner leeren wollte, bevor wir unser Ziel erreich-

ten. Um das Problem zu verstehen, muss man wissen, dass es von meinem Haus bis zu unserem Ziel – der Alten Oper – gerade einmal dreieinhalb Kilometer sind. Anders gesagt blieben uns gerade einmal zehn Minuten! Schicksalsergeben setzte ich das Glas an und war heilfroh, dass Yolanda keine Magnum-Flasche geordert hatte.

Im Dunklen durch Frankfurt zu fahren würde für mich nie langweilig werden. Selbst in meinem angeheiterten Zustand konnte ich mich an den Lichtern der Skyline nicht sattsehen. Für meinen Geschmack erreichten wir viel zu schnell den Opernplatz. Belohnt wurde ich dafür aber mit dem Anblick der hell erstrahlenden Alten Oper. Das Originalgebäude aus dem Jahr 1880 wurde leider im Zweiten Weltkrieg zerstört. Eigentlich sollte die verbliebene Ruine gesprengt werden, aber dank einer beharrlichen Bürgerinitiative wurde das Gebäude neu aufgebaut und 1981 feierlich eröffnet und wird heute als Konzert- und Veranstaltungshaus genutzt. Ortsfremde sind oftmals irritiert, dass hier gar keine Opern mehr inszeniert wurden.

In der Mitte des Platzes befand sich ein blau beleuchteter Brunnen. Das Gebäude an sich war komplett in von Rot über Orange nach Lila verlaufende Farben gehüllt. Die Plastiken, die auf dem Dach und an den Gebäudeecken thronten, wurden in einem weichen Gelb angestrahlt und setzten so einen perfekten Akzent.

Sie war wunderschön!

Mein Fotografenherz schlug höher. Wie gerne hätte ich jetzt meine Kamera dabei, um diese Eindrücke festzuhalten.

Unser Fahrer bog von der Straße auf den Platz ab und reihte sich in die Schlange der Limousinen ein, die nach und nach Stars und Sternchen ausspuckten. Zumindest blieb uns so noch genügend Zeit, in Ruhe den Champagner zu leeren.

Fünfzehn Minuten später hatten auch wir endlich unseren großen Moment. Ganz klischeehaft hielt der Fahrer am roten Teppich an und stieg aus, um uns die Tür zu öffnen. Sofort folgte ein Blitzlichtgewitter, das mich kurz zurück in meine schlimmste Phase katapultierte. Rico ergriff direkt meine Hand und drückte sie. Dafür war ich ihm zwar dankbar, hatte dabei aber auch ein mulmiges Gefühl. Ein Foto von uns händchenhaltend war nicht unbedingt das, was seine Freundin sehen sollte.

Die Pressemeute verlor jedoch schnell das Interesse, als sie feststellte, dass wir nicht einmal ansatzweise prominent waren. Leicht schwankend schritten wir über den roten Teppich und hinein zu meinem allerersten Ball.

Durch die geöffneten Flügeltüren betraten wir den großen Ballsaal und begaben uns auf die Suche nach unserem Tisch. Erfreulicherweise waren wir so platziert, dass wir freie Sicht auf die Bühne hatten. Immer wieder kamen Klienten von Yolanda an unseren Tisch, um kurz mit ihr zu plaudern, bevor der offizielle Teil des Abends losging. Mich hielt es vor lauter Aufregung kaum auf dem Stuhl, denn einige von ihnen kannte ich tatsächlich aus Film, Fernsehen und dem bisschen Sportberichterstattung, das ich schaute. Alleine diese Menschen einmal live zu sehen, war schon ein Erlebnis.

Eine halbe Stunde später wurden die Lichter gedimmt und die Eröffnungsfeier begann. Sie erinnerte mit beeindruckenden Bildern an den Mauerfall und die Wiedervereinigung Deutschlands vor 25 Jahren.

Nach der Eröffnungsfeier wurde ein mehrgängiges Gourmetmenü serviert. Das Ganze immer wieder untermalt von Vorführungen und Preisverleihungen. Ich war völlig im Bann der festlichen Atmosphäre gefangen, als plötzlich mein Handy in meiner Handtasche vibrierte.

Seltsam ... Jeder, der etwas von mir wollen könnte, war sowieso in meiner Nähe. Da es nur einmal vibrierte, ging ich davon aus, eine Nachricht erhalten zu haben. Es konnte also nichts Wichtiges sein und so widmete ich mich wieder dem Geschehen auf der Bühne.

Nachdem alle Preise verliehen und alle Gänge serviert waren, eroberten die ersten Gäste die Tanzfläche und bewegten sich zu den Klängen der zwischenzeitlich eingetroffenen Live-Band. Zunächst zierte ich mich ein wenig, konnte aber dem Gruppenzwang von Diego, Yolanda und Rico nicht lange widerstehen, die bereits tanzend neben unserem Tisch standen.

Ich nahm meine Clutch in die Hand und ließ mich von Rico in Richtung Tanzfläche geleiten. Er war ein guter Tänzer und führte mich sicher durch die anderen Paare hindurch.

Wir hatten gerade den zweiten Tanz beendet, als ich spürte, wie mein Handy schon wieder in der Tasche vibrierte. Diesmal mehrmals. Irritiert löste ich mich von Rico. »Du, ich muss mal kurz raus. Mein Handy spielt grad verrückt. Offenbar versucht mich jemand zu erreichen und hier drin versteh ich eh kein Wort.«

»Soll ich dich begleiten?«

»Nein, nein, geht wahrscheinlich ganz schnell. Bin gleich zurück.«

So schnell es mein Kleid und die hohen Absätze zuließen, durchquerte ich den Raum in Richtung Vorhalle. Auch hier herrschte großer Betrieb, da die Veranstalter sich alle möglichen Attraktionen hatten einfallen lassen, um die flanierenden Gäste auch außerhalb des Ballsaals zu unterhalten. Zumindest hielt mich aber hier keine laute Musik vom Telefonieren ab. Ich verdrückte mich in eine Ecke und fischte dann mein Handy aus der Tasche heraus. Drei Anrufe in Abwesenheit von einer unbekannten Nummer. Und eine neue Nachricht von derselben unbekannten Nummer. Merkwürdig ...

Neugierig öffnete ich die Nachricht:
Ich wünsche dir und Rico alles Gute …
Ähm … Was?

Das konnte doch nur seine Freundin sein, die irgendwas absolut falsch verstanden hatte. Shit! Dumme, dumme, Silja! Ich hätte darauf bestehen sollen, sie vorher kennenzulernen. Oder mir einfach einen anderen Begleiter suchen. Tja, hinterher ist man immer schlauer.

Ich durfte nicht zulassen, dass die beiden sich trennten, und musste das dringend klarstellen. Kurzentschlossen rief ich die unbekannte Nummer zurück. Mir fiel ein, dass ich noch nicht einmal ihren Namen kannte. Ebenso fragte ich mich, woher sie überhaupt meine Nummer hatte. Wie auch immer, jetzt kam es erst mal nur darauf an, die Beziehung zu retten. Genau in dem Moment, als jemand abnahm, kreischte eine Dame neben mir vor Freude los, die wohl gerade am Black-Jack Tisch gewonnen hatte. Ich hielt mir ein Ohr zu und plapperte drauf los:

»Hey, ich habe gerade deine Nachricht gelesen. Du hast das total missverstanden. Ich will doch eure Beziehung nicht sabotieren! Eigentlich wollte ich dich vorher ja mal kennenlernen und dir persönlich sagen, dass du dir gar keine Gedanken machen musst. Rico und ich kennen uns schon ewig und ich war einfach nur heilfroh, dass wir uns wieder vertragen haben. Deswegen habe ich ihn zu dem Ball mitgenommen. Und ich bin ja auch in jemand anderen verknallt. Na ja, der will mich zwar nicht, aber das ist ja auch egal. Auf jeden Fall will ich absolut gar nichts von Rico!«

Ich schnappte nach Luft und die Stimme am anderen Ende nutzte die Gelegenheit, um meinen Redeschwall zu unterbrechen: »Silja! Du plapperst wieder!«

Ähm … Moment … Die Stimme kannte ich … Und hätte nicht gedacht, sie jemals wieder zu hören …

»Alex?!?«

»Klar, wen hast du denn erwartet? Dein Liebster kann's ja nicht gewesen sein!« Täuschte ich mich oder klang er extrem zickig und eifersüchtig?

»Dir kann es doch egal sein, mit wem ich meine Zeit verbringe!«, zickte ich nicht weniger provokant zurück. Ein Gedanke schlich sich in mein Hirn. »Moment! Woher weißt du überhaupt, dass ich mich mit Rico wieder vertragen habe?«

»So wie ihr zwei gerade eng umschlungen getanzt habt, hätte ich schon blind sein müssen, um das nicht zu sehen.«

»Du bist hier? Ich habe doch von Yolanda deine Karte bekommen, weil du anderweitig beschäftigt wärst!«

»Das war … ein Missverständnis«, druckste er rum.

»Was bitte heißt Missverständnis?« Ich war stinksauer und wusste nicht, ob ich Yolanda oder Alex zuerst umbringen sollte.

»Missverständnis bedeutet eine falsche Auslegung einer Aussage oder …«

»Alexander!«, blökte ich ins Telefon. Für seine Klugscheißerei hatte ich jetzt echt keinen Nerv.

»Oh, oh. So nennt mich noch nicht mal meine Mutter.« Ihn schien das Ganze jetzt auch noch zu amüsieren. Genervt rieb ich mir die Schläfen und versuchte mich wieder zu beruhigen. »Was willst du von mir? Ich dachte, es wäre alles zwischen uns gesagt. Du lebst dein Leben und ich lebe meins. Getrennt voneinander.«

»Das kann ich so nicht stehen lassen«, sagte er und … legte tatsächlich einfach auf! Entgeistert starrte ich auf mein Telefon. Dann verlor ich endgültig die Fassung, stampfte mit dem Fuß auf und schrie: »So ein Arschloch!«

Die um mich herumstehenden Leute zuckten erschrocken zusammen. Ich murmelte eine Entschuldigung und verzog mich dann in Richtung Ausgang. Ich brauchte dringend frische Luft!

Die Treppe hinunter musste ich mich am Geländer abstützen und mich zwingen, ruhig zu atmen. So wie ich es gelernt hatte. Jetzt bloß keinen Anfall bekommen!

Die draußen wartende Pressemeute schenkte mir Gott sei Dank keinerlei Beachtung. Einmal mehr war ich froh, dass das Geschäft mit Klatsch und Tratsch so schnelllebig war und die wenigsten Leute mich mit meinem Vater in Verbindung brachten, solange ich nicht meinen Nachnamen nannte.

Ich ging hinüber zu dem Springbrunnen und setzte mich auf den Rand, um meinen rasenden Puls wieder unter Kontrolle zu bekommen. Nach ein paar Minuten war mir dies auch gelungen. Erleichtert legte ich den Kopf in den Nacken.

Nichtsdestotrotz fühlte ich mich irgendwie beobachtet. Eine Bewegung links von mir erregte meine Aufmerksamkeit. Ich wandte den Kopf um, konnte aber niemanden erkennen.

Okay, jetzt sah ich auch schon Gespenster. Bevor ich ganz durchdrehte, konnte ich auch genauso gut wieder reingehen. Irgendwo dort drinnen war Alexander König und amüsierte sich. Was er konnte, konnte ich schon lange! Entschlossen zupfte ich mein Kleid sowie meine Frisur zurecht und stand auf. Ich war noch keine zwei Schritte weit gekommen, als ich wie angewurzelt stehen blieb.

Alex stand am oberen Rand der Treppe.

In demselben Anzug, mit dem er mich schon damals beim Shooting völlig aus dem Konzept gebracht hatte. Die Hände hatte er in den Hosentaschen vergraben und blickte mit leicht schräg gelegtem Kopf und einem umwerfenden Schmunzeln auf mich hinunter.

Mein Herz setzte aus.

Niemand, wirklich niemand sonst hatte diese Ausstrahlung, die von immenser Selbstsicherheit zeugte und so verdammt heiß war!

Ich dachte wirklich, ich könnte damit umgehen, ihn wieder leibhaftig vor mir stehen zu sehen. Welch fatale Fehleinschätzung!

Langsam stieg er die Stufen zu mir hinab und blieb dann kurz vor mir stehen. »Hi.« War seine Stimme schon immer so samtweich gewesen? Ich wusste es nicht. Ich wusste gar nichts mehr. Mein Hirn war ein einziges Vakuum. »Ich hatte gehofft, dich heute hier zu sehen«, fuhr er fort, als von mir keine Antwort kam. »Yolanda hat von deinem Date mit Rico erzählt. Ich wollte ihr einfach nicht glauben! Nicht nach allem, was er dir an den Kopf geworfen hat. Also habe ich meinen anderen Termin abgesagt, um mich selbst davon zu überzeugen. Und dann habe ich euch auf der Tanzfläche gesehen. So … glücklich. Ich weiß, ich sollte so etwas nicht sagen, aber … ICH sollte dort eigentlich an deiner Seite sein und mit dir tanzen und nicht ER!«

Bei seinen Worten wurden meine Knie ganz weich. Mein Hirn kämpfte verzweifelt gegen meine Gefühle an. Da war etwas. Etwas Wichtiges, was es mir sagen wollte. Ich schob es beiseite. Dafür war später noch Zeit genug.

»Ja, das solltest du. Der Platz an meiner Seite ist noch immer frei. Zwar haben wir uns ausgesprochen und versöhnt, aber Rico ist in meinem Leben nicht die Nummer eins. Er weiß das und ich hoffe, seine Freundin weiß das auch.«

»Oh. Seine Freundin hat ihn freiwillig mir dir weggehen lassen?« Alex war sichtlich überrascht.

»Na ja, so mehr oder weniger. Ich hätte sie vorher gerne kennengelernt, aber die Möglichkeit ergab sich leider nicht.«

Alex zog eine Augenbraue hoch: »Aber wir reden hier nicht von einer Gummipuppe, oder?«

»Blödmann! Rico ist doch ein prima Kerl und sieht gut aus. Wieso sollte er keine Freundin haben?«

»Och, ich weiß nicht ... Vielleicht weil er besessen von dir ist? Die arme Frau weiß wahrscheinlich gar nicht, auf was sie sich da eingelassen hat.«

Das war der Moment, an dem mein Gehirn endlich zu Wort kam. *Er hat dich einmal zurückgewiesen und wird es wieder tun! Was sollte sich in der Zwischenzeit geändert haben? Er will dich doch nur nicht mit jemand anderem glücklich sehen. Wie lange willst du noch leiden. Vergiss ihn endlich!*

Widerwillig musste ich zustimmen.

»Alex, was genau versprichst du dir hiervon eigentlich? Solange deine Stalkerin nicht hinter Schloss und Riegel sitzt, willst du uns keine Chance geben. Also was soll das Ganze?«

»Auch wenn du das vielleicht denkst, aber ich war in der Zwischenzeit nicht untätig. Wir haben einige Beweise gesammelt, die Natascha zumindest in Schwierigkeiten bringen könnten. Meine Nummer habe ich auch gewechselt und für meine Familie habe ich sogar Personenschützer angestellt. Meine Mutter findet zwar, dass ich maßlos übertreibe, aber seitdem herrscht Ruhe. Vielleicht habe ich es dieses Mal endlich geschafft.« Die Erleichterung war ihm anzusehen, was mich natürlich freute. Dennoch gab die kleine Stimme in meinem Ohr keine Ruhe.

»Das ist doch super. Ich verstehe nur nicht, warum du dich dann über ein halbes Jahr nicht bei mir gemeldet hast. Deine Gefühle waren wohl doch nicht so groß, wie gedacht, hm?«

Seine Augen blitzten mich an: »Du wolltest doch keinen Kontakt mehr zu mir!«

»Aber doch nur, weil du uns aufgegeben hattest!« Wie konnte ein Mann so schwer von Begriff sein?

Alex schüttelte den Kopf: »Ich habe uns nicht eine Sekunde aufgegeben! Ich brauchte nur Zeit, die du mir aber nicht geben konntest. Eigentlich wollte ich dich ziehen lassen. Ich hoffte, wenn ich dich nicht jeden Tag sehen müsste, würde ich schon

irgendwie weitermachen können. Auch wenn ich jeden Tag an dich dachte und nachts von dir träumte, hatte ich noch die Hoffnung, eines fernen Tages auch irgendwann über dich hinwegzukommen. Die Zeit ohne dich war die Hölle! Aber ich hielt durch. Beziehungsweise musste durchhalten. Bis Yolanda mir sagte, dass sie meine Karten an dich gegeben hätte und du mit Rico hierherkommen würdest.« Alex ergriff meine Hände. »Das zu wissen, war die reinste Folter! Ohne nachzudenken, sagte ich alles ab und kam hierher.«

Ich musste lachen: »DU hast nicht nachgedacht?«

»Was soll ich sagen, du hast mich einfach verdorben«, stimmte er in mein Lachen ein.

Ich konnte noch immer nicht fassen, wie wir beide so bescheuerte Sturköpfe sein konnten. »Wieso nur hast du auf mich gehört? Falls ich jemals wieder sagen sollte, dass ich keinen Kontakt zu dir haben will, hast du hiermit die offizielle Erlaubnis, das zu ignorieren.«

»Dann habe ich da drin doch noch einen Platz?« Er hob den Zeigefinger und legte ihn an meinen Brustkorb in Höhe des Herzens. Wie aus dem Nichts stand auf einmal ein Paparazzo mit gezückter Kamera neben uns. Er war mir vorhin schon kurz aufgefallen, als er eigentlich gelangweilt an seiner Kippe gezogen hatte.

Bei Alex' letzten Worten war er dann anscheinend doch hellhörig geworden: »Herr König, ist das Ihre Freundin?«

Grinsend antwortete ihm Alex: »Das müssen Sie die Dame schon selbst fragen.«

Vor meinem inneren Auge sah ich mich einmal mehr in meinem Leben auf dem Titelblatt einer Klatschzeitschrift. Diesmal jedoch sollte es ein schöner Anlass sein: »Ja, das bin ich!«

Und schon lief der Fotoapparat auf Hochtouren: »Meinen Glückwunsch! Los, geben Sie uns einen Kuss für die Titelseite!«

Das Blitzlichtzucken lockte nun auch die anderen Paparazzi an. Mit Sicherheit hatten sie keine Ahnung, um was es ging, was sie jedoch nicht davon abhielt, uns abzulichten.

Alex nahm mein Gesicht in seine Hände, zwinkert mir zu und fragte verschmitzt: »Bereit für die Show?« Nickend gab ich ihm die Erlaubnis. Unseren ersten offiziellen Kuss würden wir wohl so schnell nicht vergessen. Ich genoss das so lang vermisste Gefühl seiner Lippen auf meinen und gab mich ganz den Emotionen hin. Mir gelang es sogar, die Schreie der Fotografen auszublenden, dass wir uns doch lieber in die eine oder andere Richtung bewegen sollten.

Diese Wärme, dieses Kribbeln im Bauch und diese ... Schmerzen ... SCHMERZEN?!? Die gehörten doch nicht dazu ... Wieso tat das so höllisch weh? Irgendwas stimmte ganz und gar nicht.

Entsetzt wich ich vor Alex zurück und versuchte Luft zu holen. Das klappte nicht. Wieso bekam ich keine Luft? Japsend löste ich mich von ihm und blickte ihn entsetzt an.

»Silja?« Alex war vollkommen mit der Situation überfordert. Ich wollte sprechen und ihm sagen, wo es wehtat, aber es ging einfach nicht. Er umschlang meine Taille und hielt mich fest. Das verstärkte aber den Schmerz nur. Ich japste wie ein Fisch auf dem Trockenen. Alex löste eine Hand von meinem Rücken und starrte sie fassungslos an. Wieso war sie rot?

Jemand lachte wie irre hinter mir.

Alex blickte über meine Schulter ... und verlor alle Farbe: »Natascha?« Wider besseres Wissen versuchte ich den Kopf zu verdrehen, um sie ebenfalls sehen zu können. Höllische Schmerzen durchzuckten dabei meinen gesamten Körper. Ein blonder Schopf schob sich in mein Sichtfeld. Schemenhaft nahm ich eine Stupsnase, Sommersprossen und feine Gesichtszüge wahr. Das Verstörendste an ihr war nicht das blutverschmierte Messer in ihrer Hand. Nein, es war eher ihr Lachen, gepaart mit den weit aufgerissenen Augen und dem Blitzlichtgewitter, das sie umhüllte. »Hab dir doch gesagt, du wirst es bereuen.« Aus jeder einzelnen Silbe troff der Hass.

»Ruf doch jemand die Polizei!«, hörte ich eine Stimme.

Ich konnte nicht sagen, zu wem sie gehörte, aber sie verfehlte ihre Wirkung nicht und das Zucken um uns herum hörte sofort auf. Dass ihre Tat für die Nachwelt festgehalten wurde, schien Natascha jetzt erst zu begreifen. Ihr Gesichtsausdruck wurde panisch. *Hmm ... Eigentlich wäre sie echt hübsch ...,* war mein letzter Gedanke, bevor mich Schwärze umfing.

Kapitel 20

Piep … Piep … Piep …

Was zum Teufel verursachte nur diesen infernalischen Lärm in meinem Kopf? Stöhnend versuchte ich meinen Kopf zu bewegen und die Augen zu öffnen. Um mich herum war alles viel zu hell. Lieber wieder die Augen schließen. Wo war ich überhaupt? »Professor Merten, sie wird wach«, hörte ich eine mir unbekannte Frauenstimme sagen. Schritte kamen näher.

»Können Sie mich hören?« Jemand berührte leicht meine Schulter. Ich blinzelte in die Richtung und erkannte schemenhaft Umrisse. Ich wollte antworten, aber meine Kehle fühlte sich an wie ein Reibeisen. Schließlich brachte ich ein gekrächztes »Ja« heraus.

»Sehr gut.« Meine Schulter wurde kurz gedrückt. »Schwester, sie kann jetzt aufs Zimmer gebracht werden.« Welches Zimmer? Und wer waren überhaupt diese Leute? Ach, egal. Ich war viel zu müde. Und wo auch immer ich gerade lag, es war bequem. Wenn nur dieser ekelhafte Geschmack im Mund nicht wäre. Plötzlich bewegte sich der Raum. War das ein Erdbeben? Vielleicht half es noch ein bisschen zu schlafen … Viel zu müde … müde …

»… konnten Blutung stillen … Glück gehabt … braucht Ruhe …« Wie durch einen zähen Nebel hörte ich diese Wortfetzen. Sprach die Stimme mit mir? Boah, war ich fertig. Ich hatte wohl zu viel getrunken. Wo war ich gestern überhaupt gewesen? Ach ja, ich habe in einer Limousine Champagner geschlürft. Bei der Erinnerung musste ich lächeln. Hihihi. Autsch! Puh, meine Kehle tat weh.

»Oh, sie wacht wieder auf. Dann lasse ich Sie beide einmal alleine. Und überanstrengen Sie sie nicht!«

»Vielen Dank, Professor Merten. Grüße an Ihre Frau!« Die Stimme kannte ich! Und ich verband keine schönen Erinnerungen mit ihr.

Ich riss die Augen auf und wollte mich reflexartig aufsetzen. Großer Fehler! Ein stechender Schmerz schoss meinen Rücken entlang und ließ mich zischend Luft holen.

»Sachte, meine Kleine. Bleib bitte liegen. Hier bist du in Sicherheit.« Beruhigend redete mein Vater auf mich ein und streichelte dabei meinen Arm. Ich ließ mich wieder in die Kissen sinken, konnte meinen Blick aber nicht von ihm abwenden. Über zwei Jahre hatten wir keinen Kontakt mehr gehabt. Wieso jetzt auf einmal?

»Was machst du hier? Und … wo bin ich überhaupt?« Misstrauisch hielt ich weiter Augenkontakt.

»Als ich heute Morgen die Zeitung aufgeschlagen habe, dachte ich, mich trifft der Schlag! Ich habe Himmel und Hölle in Bewegung gesetzt, um herauszufinden, in welches Krankenhaus du gebracht wurdest. Ich dachte, ich hätte dich verloren!« Mein Vater klang aufrichtig verzweifelt und besorgt. So hatte ich ihn noch nie erlebt. Ich verstand gar nichts mehr: »K … Krankenhaus?« Stirnrunzelnd setzte er sich neben mich aufs Bett, hielt aber weiterhin meine Hand. »Weißt du nicht mehr, was passiert ist?«

Ich versuchte mir den gestrigen Abend noch einmal in Erinnerung zu rufen. Da waren Rico, Musik, … Alex! Ich hatte Alex geküsst. Und dann … Schmerz! Automatisch fasste ich mir an die Seite, von der noch immer Schmerzen meinen Rücken entlangstrahlten, jedes Mal, wenn ich mich ein wenig bewegte. Meine Finger ertasteten einen dicken Verband. Ich senkte meinen Blick und wurde dabei von der hereinfallenden Sonne kurz geblendet. Blitzlicht! Da war auch Blitzlicht, Fotografen und …

»Natascha! Wo ist sie?« Ängstlich umklammerte ich die Hand meines Vaters.

»Keine Angst, mein Schatz«, versuchte er, mich zu beruhigen. »Hier kann sie dir nichts tun. Alexander macht gerade eine Aussage bei der Polizei. Apropos: Ich habe versprochen, ihn anzurufen, sobald du ansprechbar bist.« Ein sehr seltenes Lächeln schlich sich auf sein Gesicht. »Er wollte nicht von deiner Seite weichen. Genauso jemanden habe ich mir immer für dich gewünscht.«

Freudlos lachte ich auf: »Du meinst jemanden, der eben das genaue Gegenteil von dir ist?« Nach all der Zeit, in der wir keinen Kontakt hatten, konnte ich ihm noch immer nicht verzeihen, was er meiner Mutter angetan hatte.

»Du hast ja recht«, seufzte er. »Ich hätte für deine Mutter da sein sollen. Vielleicht wäre dann alles anders gekommen. Mein Verhalten war grauenvoll. Das weiß ich jetzt. Irgendwann waren die Gefühle einfach nicht mehr da. Ich bin nur noch bei ihr geblieben, weil ich dich nicht verlieren wollte. Als sie damit drohte, dich mir wegzunehmen, wenn ich mich scheiden lasse, bin ich einfach ausgerastet. Ich wollte sie mindestens genauso leiden lassen, wie sie mich leiden ließ. Es war einfach nur kindisch und ich bereue es zutiefst.«

»Mama wollte mich dir wegnehmen?« Diese Information war für mich neu. Bisher hatte ich gedacht, dass mein Vater einfach nur ein Sadist war. Er nickte, bevor er antwortete: »Ich wollte nicht, das du irgendwas davon mitbekommst. Du solltest eine schöne Kindheit haben. Glaube nicht, dass ich deine Mutter nie geliebt habe. Denn das habe ich! Du warst ein absolutes Wunschkind und die Krönung unserer Liebe. Aber irgendwann ging es einfach nicht mehr.«

»Wieso hast du mir das nie gesagt?«

»Hättest du mir denn zugehört? Du hast ja nicht einmal mit mir gesprochen, als ich dich gefeuert habe! Ich hatte so darauf

gebaut, dass du in mein Büro marschieren und mir die Hölle heißmachen würdest und ich dir dann endlich einmal alles erklären könnte. Selbst wenn wir uns dafür drei Tage hätte einschließen müssen, bis du mir zugehört hättest. Mein Schatz, ich war zwar in den vergangenen Jahren nie direkt an deiner Seite, aber Rico und später Diego haben mich immer auf dem Laufenden gehalten. Ich bin so unglaublich stolz auf dich und alles, was du erreicht hast. Ganz ohne meine Hilfe!«

»Diese Verräter! Na warte, wenn ich die in die Finger bekomme!«, brummelte ich vor mich hin, was meinen Vater zum Lachen brachte.

»Sei nicht so streng zu ihnen. Ich kann ziemlich überzeugend sein, wenn ich etwas möchte. Wenigstens hatte ich so noch ein kleines bisschen das Gefühl, ein Teil deines Lebens zu sein.« Dann wurde er wieder ernst: »Aber dann diese Schreckensmeldung heute Morgen … Silja, ich hatte noch nie in meinem Leben so viel Angst wie in diesem Moment. Angst, ich hätte mein kleines Mädchen für immer verloren. Ich habe so schrecklich viele Fehler begangen und ich möchte wenigstens versuchen, sie wiedergutzumachen. Bitte!«

Ich musterte meinen Vater.

Meinte er es wirklich ernst? Zumindest hatte es den Anschein. Vor nicht einmal einer Woche hatte ich selbst Rico eine zweite Chance gegeben. Wieso sollte ich sie jetzt meinem Vater verweigern?

»Du hast Mama über Jahre hinweg sehr wehgetan. Und dadurch letztendlich auch mir. Das zu verarbeiten und zu vergessen, wird nicht leicht. Ich kann dir nichts versprechen, aber …. Gut. Versuchen wir es.«

»Oh, meine Kleine, ich freue mich so sehr!« Überschwänglich wollte er mich drücken. Die schnelle, kräftige Bewegung ließ mich jedoch vor Schmerz keuchen.

»Paps! Vorsicht! Oder willst du beenden, was Natascha angefangen hat?«

»Mist, tut mir leid. Alexander hat mir ja schon ein bisschen was erzählt. Ich hoffe wirklich, die Geschichte hat bald ein Ende.«

»Na ja, sie wird wohl endlich eingesperrt werden. Schließlich sollten wir, dank der Presse, jetzt mehr als genug Beweise haben, um gegen sie vorgehen zu können.«

Mein Vater druckste herum: »Hmm ... Ja ... wahrscheinlich ...«

So gut es ging, richtete ich mich im Bett auf: »Wie? Wahrscheinlich? Die Polizei hat sie doch gefasst? Oder etwa nicht?« Wir waren an dem Abend von massenhaft Menschen umgeben. Wie hätte sie da entkommen sollen? Neben der Armee von Klatschreportern musste doch auch jede Menge Security vor Ort gewesen sein. Die Tür zu meinem Zimmer ging auf und Alex betrat den Raum. Ohne es kontrollieren zu können, fing ich direkt an zu strahlen.

»Hey, du bist ja wach!« Mit zwei schnellen Schritten stand er an meinem Bett, beugte sich zu mir herunter und gab mir einen Kuss. »Ich wollte unbedingt bei dir bleiben, aber die haben eine Aussage von mir gebraucht.«

»Schon okay. Paps war ja da.« Dankbar lächelte ich meinen Vater an. Grinsend blickte Alex zwischen ihm und mir hin und her. »Dann habt ihr euch ausgesprochen?«

»Ja, und wir werden einen Neuanfang wagen.« Wie gerne hätte ich meinen Vater jetzt umarmt. Vielleicht konnte ja aus dem Schrecken der vergangenen Nacht doch noch etwas Gutes erwachsen. Voller Optimismus fügte ich hinzu: »Jetzt müssen wir nur noch den Prozess gegen Natascha überstehen und dann können wir endlich ein halbwegs normales Leben führen.«

Mir entging nicht, wie Alex' ganzer Körper sich spannte und er mit meinem Vater einen stummen Blick tauschte. Wieso sagte mir denn keiner, was Sache war? Das machte mich langsam echt stinkig. »Hört auf, mich wie ein kleines Kind zu behandeln und in Watte zu packen. Sagt endlich, was los ist!«

»Du darfst dich nicht aufregen. Der Arzt hat gesagt, dass du Ruhe brauchst«, insistierte mein Vater.

»Nicht zu wissen, was mit Natascha ist, regt mich mehr auf! Muss ich euch beiden denn alles aus der Nase ziehen?«

Alex verzog den Mund und wandte sich dann an meinen Vater: »Sie hat recht. Früher oder später müssen wir es ihr ja doch sagen.« Betreten senkte mein Vater den Kopf, nickte dann aber zustimmend. Dann bestätigte Alex meine schlimmste Vermutung: »Natascha konnte entkommen.«

Ich ließ meinen Kopf zurücksinken und schloss für einen kurzen Moment die Augen. Der Alptraum war also noch lange nicht vorbei. »Aber wie? Da waren so viele Menschen? Hat sie denn keiner aufgehalten?«

»Sie haben es versucht. Es ging aber alles so unglaublich schnell. Irgendwie hat sie es geschafft spurlos zu verschwinden. Die Polizei hat sie zur Fahndung ausgeschrieben. Solange sie noch da draußen herumläuft, lassen wir dich keine Sekunde alleine. Vor deiner Zimmertür stehen zwei Personenschützer. Und alle deine Freunde werden abwechselnd in deinem Zimmer Wache halten. Dank der Beziehungen deines Vaters habe ich sogar die Erlaubnis, hier bei dir im Raum zu übernachten.« Alex zwinkerte mir zu, fing sich dafür aber einen strengen Blick meines Vaters ein, woraufhin er sich beeilte zu versichern: »Natürlich in einem separaten Bett.«

Mein überbesorgter Vater und mein Freund zusammen in einem Raum. Wer hätte gedacht, dass diese Situation einmal eintreffen würde. Ich mit Sicherheit als Letzte. Glücklich musste

ich auflachen, was aber direkt wieder mit Schmerzen bestraft wurde. Geplagt verzog ich das Gesicht.

»Du solltest dich jetzt wirklich ausruhen. Du hattest Glück, dass das Messer auf eine Rippe getroffen ist und keine bleibenden Schäden hinterlassen hat. Abgesehen von einer Narbe, die dich aber nur noch schöner macht.« Alex verschränkte seine Finger mit meinen. In seinen Augen war eine Wärme, die die Kraft hatte, alle schrecklichen Gedanken zu vertreiben.

»Tja, Kinder, dann lass ich euch wohl mal alleine.« Fast hatte ich vergessen, dass mein Vater noch anwesend war. Vor ihm zu flirten, war mir definitiv unangenehm und ließ meine Wangen rot werden. Er stand auf und gab mir zum Abschied einen Kuss auf die Stirn. »Ich löse Alex morgen früh ab, wenn er zum Training muss.« Dann gab er Alex über mein Bett hinweg die Hand: »Alexander, ich mag dich und vertraue sie dir an. Aber wenn du ihr das Herz brichst, breche ich dir auch was.«

Alex schluckte schwer und sah echt eingeschüchtert aus. Die zwei fochten noch ein stummes Duell mit den Augen aus, dann erwiderte Alex: »Ich habe sie einmal verloren. Das wird mir nicht noch einmal passieren. Ich werde sie mit allen Mitteln beschützen.«

Zufrieden nickte mein Vater: »Das wollte ich hören.« Dann drehte er sich zur Tür und ging hinaus. Es tat gut zu wissen, dass er dieses Mal wiederkommen würde. Endlich hatte ich meinen Papa zurück.

Eine ganze Woche musste ich noch im Krankenhaus verbringen. Ich hatte den leisen Verdacht, dass der Professor nicht nur absolut auf Nummer sicher gehen wollte, sondern auch noch eine ordentliche Stange Geld von meinem Vater dafür kassierte. Alex hatte Wort gehalten. Wenn er einmal nicht bei mir sein konnte, wechselten sich Sandra, Diego, mein Vater oder

Yolanda ab. Sogar Basti sprang einige Male ein, wenn Alex einen PR-Termin absolvieren musste. Im Laufe der Zeit war er mir echt ans Herz gewachsen.

Einzig von Rico war keine Spur zu sehen. Auf meine Nachrichten reagierte er nicht und auch keiner der Anderen hatte etwas von ihm gehört. Darüber war ich unglaublich enttäuscht. Was hatte ich ihm nur getan, dass er sich von mir abwandte? Diese Frage stellte ich mir immer und immer wieder, wusste aber beim besten Willen keine Antwort.

Alex dagegen war einfach sensationell. Der liebste und beste Freund, den man sich vorstellen konnte. Er hatte das Märchenbuch meiner Mutter aus meiner Wohnung geholt und las mir jeden Abend eine Geschichte daraus vor. Genau wie sie es immer getan hatte. Das Tolle war, dass er sich für jeden einzelnen Charakter eine eigene Stimme überlegte und mit dieser dann vorlas. Man merkte ihm richtig an, wie viel Spaß er daran hatte.

Auch ich entwickelte auf einem bisher ungewohnten Gebiet ein richtiges Talent, nämlich beim FiFa-Zocken. Allerdings muss ich dazu sagen, dass ich heimlich übte, wenn Alex nicht da war. Was soll man auch groß anderes machen, wenn man ans Bett gefesselt ist und den Freund beeindrucken will?

»Noch eine Treppe und wir sind da.« Alex hatte mich untergehakt, um mir mit den vielen Stufen zu helfen. Meine sowieso schon kaum vorhandene Kondition hatte erheblich abgebaut und die Wunde zwickte und zwackte, wann immer sie konnte.

»Wieso bitte bist du in ein Haus gezogen, in dem es keinen Aufzug gibt? Und dann auch noch in die 12. Etage?!?«, japste ich an seiner Seite. Wir hatten die Treppen nur im Schneckentempo zurücklegen können und trotzdem war ich völlig außer Puste.

»Es gibt schon einen Aufzug, nur funktioniert er gerade nicht.« Natürlich zeigte Alex keinerlei Anstrengung. Ich sah schon ein mördermäßiges Sportprogramm auf mich zukommen, um irgendwann einmal halbwegs mit ihm mithalten zu können. Adieu Chips und Schoki, es war schön mit euch!

Hinter uns folgte Jack mit meiner bis obenhin vollgepackten Tasche. Er war mein Personenschützer. Oder besser FBI-Gorilla, wie ich ihn immer liebevoll nannte. Obwohl er niemals ein Wort sagte, immer Anzug und Sonnenbrille trug, war er mir sympathisch. Nichts schien ihn aus der Ruhe zu bringen, wodurch er mir tatsächlich ein sicheres Gefühl gab. Wie schon im Krankenhaus würde er auch vor Alex' Wohnung Stellung beziehen. Ich fragte mich, ob er jemals schlief …

»So, da wären wir.« Alex ließ mich los, um die Tür aufzuschließen. »Immer hinein in die gute Stube.«

Gleich würde ich zum ersten Mal seine Wohnung sehen. Ich hatte sie mir ja schon oft vorgestellt und war superneugierig, was mich tatsächlich erwarten würde. Und ich wurde nicht enttäuscht. Es war eine absolut traumhafte Maisonette-Wohnung. Der untere Bereich teilte sich auf in Wohnzimmer und Küche, oben befanden sich Bad und Schlafzimmer. Alles war einfach nur riesig, sehr männlich, aber total gemütlich eingerichtet. An das Wohnzimmer schloss sich eine Dachterrasse an, von der aus man einen sensationellen Blick über Frankfurt hatte. Ich dachte bisher, meine vier Wände wären schön, aber seine setzten dem Ganzen noch die Krone auf. »Wow. Einfach … Wow!«, war alles, was ich herausbrachte.

»Gefällt sie dir?« Alex nahm mich freudig in den Arm.

»Da fragst du noch? Die Wohnung ist der Hammer! Allein der Fernseher ist größer als mein Schlafzimmer! Und erst dieser Ausblick!« Ich öffnete die Schiebetür und trat hinaus auf die Terrasse. Nachdem ich noch einmal die Skyline bewundert hatte, fiel mein Blick auf ein abgedecktes Quadrat in der rechten Ecke. »Ist das ernsthaft ein Whirlpool?«

»Jep. Sobald deine Wunde verheilt ist, werde ich dir auch zeigen, was man damit alles anstellen kann. Oder besser gesagt, darin anstellen kann …« Ich konnte seine schmutzigen Gedanken aus jedem einzelnen Wort heraushören. Die Vorstellung, mit ihm im Mondschein bei einem Glas Sekt da drin herumzuplanschen, sagte mir sehr zu. »Na, da bin ich ja mal gespannt.« Voller Vorfreude wollte ich meine Arme um seinen Nacken schlingen. Bevor ich jedoch die Bewegung zu Ende führen konnte, protestierte wieder meine Wunde.

»Aaauuutsch!« Genervt verdrehte ich die Augen. »Das wird wohl noch ein bisschen dauern, bis ich kein Invalide mehr bin.«

Feixend beugte sich Alex zu mir hinunter: »Ich glaube, uns fällt schon etwas ein, wie wir die Zeit bis dahin überbrücken können.«

»So? Was schwebt dir da so vor?« Ich genoss es sehr, mit ihm zu flirten. Viel mehr als das und Küssen blieb uns ja zurzeit leider nicht.

Vorsichtig legte er die Hände um meine Taille: »Wie wäre es mit Strip-FiFa? Bei jedem Tor fällt ein Kleidungsstück.«

Herausfordernd grinste ich ihn an: »Mutig, mein Lieber. Beim letzten Spiel habe ich dich zehn zu null geschlagen.«

»Wohl wahr. Du bist echt gut geworden. Aber jetzt habe ich ja die richtige Motivation, um dich nicht mehr einfach gewinnen zu lassen.« Seine Augen verdunkelten sich und glitten schamlos an meinem Körper entlang. Verdammt, war dieser Mann heiß! Er musste mich noch nicht einmal anfassen, um meine Libido in Wallungen zu bringen. Ich sehnte den Tag herbei, an dem wir endlich wieder miteinander schlafen durften. Mit einer Hand fuhr ich unter sein Shirt und raunte ihm zu: »Unterschätze niemals meinen unbändigen Wunsch, dich nackt sehen zu wollen!«

Alex entfuhr ein kehliges Stöhnen. Dann küsste er mich. Oh, und wie er mich küsste! All seine Leidenschaft flutete in mich und traf tief drin auf meine. Die Schmetterlinge in meinem Bauch schlugen Purzelbäume und ließen meine Knie weich werden. Sämtliche Kraft und Willensstärke verschwand aus mir. Endlich verstand ich, was die Leute meinten, wenn man Wachs in den Händen eines Anderen ist. Das Erstaunlichste daran war, dass es mir keine Angst mehr machte.

»Und es ist wirklich in Ordnung für dich?« Alex fragte mich das jetzt schon zum gefühlt hundertsten Mal am heutigen Tag. Zwei Wochen wohnte ich nun schon bei ihm und bereute es kein bisschen. Einziger Wermutstropfen war, dass von Natascha weiterhin jede Spur fehlte. Das war auch der Grund dafür, dass ich trotz Bitten, Betteln und Schmollen meinen FBI-Gorilla vor der Tür nicht loswurde. Alex und mein Vater waren bei dem Thema sehr eisern und zu keinem Kompromiss bereit.

Hinzu kamen noch die Alpträume. Fast jede Nacht wachte ich schweißgebadet auf, weil mich irgendjemand im Traum mit einem Messer verfolgte. Egal wohin ich lief, der dunkle Schatten fand mich und drängte mich in eine Ecke. Bevor er zustechen konnte, wachte ich Gott sei Dank jedes Mal auf. Dann flüchtete ich mich in Alex' Arme, der mich so lange wiegte, bis ich wieder einschlief.

Ich hasste es, dass Natascha solch einen Einfluss auf mich hatte! Hoffentlich würde das alles enden, wenn man sie endlich fasste. Auch wenn mich wahrscheinlich eine 5cm lange Narbe immer wieder daran erinnern würde.

Aber immerhin bereitete mir meine Wunde kaum noch Schmerzen und ich hatte auch die offizielle Erlaubnis vom Herrn Professor erhalten, ab Montag wieder arbeiten gehen zu dürfen. Nur noch zwei Tage Einzelhaft in der Wohnung absit-

zen und dann war ich endlich wieder mit meinem Team und meiner Kamera vereint.

Alex war zusammen mit Basti heute Abend zu einem Wohltätigkeitsdiner eingeladen worden. Da ich an die letzte Veranstaltung dieser Art keine guten Erinnerungen hatte, war ich nicht sonderlich scharf darauf mitzugehen. Da kam es mir auch sehr gelegen, dass Jack ebenfalls Bedenken äußerte, dass die Location – ich zitiere – ein Alptraum für jeden Personenschützer – Zitat Ende – sei. Allein die Tatsache, dass er tatsächlich einmal gesprochen hatte, zeigte Alex, wie ernst es ihm war.

So schlich mein armer Freund, geplagt von Gewissensbissen, schon den ganzen Tag um mich herum und drohte mich damit in den Wahnsinn zu treiben.

»Himmel noch mal, jetzt verschwinde endlich. Ich komme schon klar. Jack steht vor der Tür wie mein ganz persönlicher Gandalf und wird niemanden vorbeilassen.« Gerade gestern erst hatte ich ihn endlich mit dem ersten Teil der Trilogie in die Welt von Herr der Ringe eingeführt. Nach ein paar abschätzigen Kommentaren wurde er auffallend still und beim Kampf des Balrog gegen Gandalf, den Grauen in den Minen von Moria fieberte er bereits richtig mit. Hach ja, mein Freund mutierte langsam, aber sicher zu einem Fantasy-Fan.

Mindestens im gleichen Maße wuchs aber auch meine Vorfreude, wenn wieder einmal ein langer Fußballabend anstand. Niemals hätte ich gedacht, dass ich eines Tages tatsächlich jemanden mit meinem Fußballwissen beeindrucken könnte und auch noch Spaß daran hätte. Um es mit den Worten von Alex' kleinem Bruder zu sagen: Krasse Scheiße!

»Na gut. Aber ich lasse mich da nur kurz blicken, esse was, mache Small Talk, werde keinen Spaß haben und bin so schnell wie möglich wieder zurück.«

Lachend drückte ich meinem Freund einen Kuss auf den Mund. »Schatz, hab bitte Spaß und bleib, so lange du möchtest. Ich habe nämlich eine Verabredung mit meinem neuesten Buch und möchte nicht so schnell von dir dabei gestört werden.«

In dem Moment betrat Basti, mit seiner aktuellen Flamme im Arm, das Wohnzimmer. Er war mit ihr auf der Terrasse gewesen, um ihr ... was auch immer zu zeigen. Ich traute mich nicht nachzufragen und wollte es auch gar nicht so genau wissen.

»Hör gut zu, Trish, so hält man sich einen Mann bei der Stange. Lass ihn ab und zu mal alleine feiern mit seinen Kumpels und die Beziehung hält ein Leben lang.« Trish kicherte pflichtbewusst und schmiegte sich an seinen Arm. Sie war eine brasilianische Schönheit, die er auf irgendeiner Beachparty am Main aufgegabelt hatte. Sie hatte ein Gesicht wie gemalt und war ja auch echt nett, hatte aber leider den IQ eines Goldfischs. Trish löste sich von seinem Arm und hinterließ dabei einen kleinen braunen Make-up-Rand, den Basti missbilligend zur Kenntnis nahm. Mit Schmollmund und klimpernden Wimpern sagte sie: »Hab ich doch schon gemacht. Aber beim letzten Mal hast du mir dann das Auto vollgekotzt, als ich dich danach abgeholt habe.«

»Und wer hat dir deswegen eine Komplettreinigung spendiert? Also, sage nicht, dass ich mich nicht für uns ins Zeug lege.«

Alex und ich versuchten verzweifelt, nicht loszuprusten. So was konnte auch echt nur von Basti kommen. Und bei den Frauen, die er abschleppte, kam er auch noch immer damit durch.

»Na los, ihr beiden. Lasst uns gehen. Umso schneller bin ich wieder zu Hause und kann verhindern, dass meine Freundin mit einem imaginären Bücherfreund durchbrennt.«

Ich gab Alex einen Klaps auf den knackigen Hintern, woraufhin er mich lachend küsste und es mir dann mit gleicher Münze heimzahlte. Kopfschüttelnd hielt Basti die Wohnungstür auf.

Nach einem letzten Kuss gelang es mir endlich, meinen Freund hinauszubugsieren.

Sosehr ich Alex auch liebte und die Zeit mit ihm genoss – jetzt freute ich mich auf die Ruhe und mein Buch. Draußen war es richtig kalt geworden und laut Wetterbericht war für morgen sogar der erste Schnee angekündigt. Ich schnappte mir eine Decke, kuschelte mich in meine Lieblingsecke der Couch und tauchte ab in eine andere Welt.

Keine dreißig Seiten später klopfte es an der Wohnungstür. Verdammt, dabei war die Stelle gerade so spannend. Na ja, wahrscheinlich musste mein FBI-Gorilla mal einem natürlichen Bedürfnis nachgehen. Es beruhigte mich jedes Mal, da es mir zeigte, dass er keine Maschine war. Während ich mich mühsam aus der Decke wickelte und mich von der Couch hochrappelte, klopfte es erneut. Meine Güte, da musste aber jemand wirklich dringend. »Schon gut, ich bin ja auf dem Weg«, rief ich in Richtung Tür. Ich schlüpfte in meine Hausschuhe und schlurfte dann gemächlich hinüber, um den Eingang zu öffnen. »Wissen Sie, Sie müssen nicht draußen herumstehen. Sie können sich ruhig zu mir setzen.« Vergnügt drückte ich die Klinke hinunter, zauberte mein breitestes Strahlen auf mein Gesicht und zog die Tür auf. »Ich mache Ihnen auch gerne einen Kaffee.« Wie immer blieb Jacks Blick eisern. Mann oh Mann, war das ein harter Knochen!

»Sie haben Besuch. Ein gewisser Rico möchte hochkommen. Kennen Sie ihn?«

»Rico?« Mit ihm hatte ich nun wirklich nicht gerechnet. Nachdem er mich erneut maßlos enttäuscht hatte, wollte ich ihn eigentlich nie mehr wiedersehen. Das hätte ich ihm gerne auch persönlich gesagt, wenn er denn einmal ans Telefon gegangen wäre oder auf meine Nachrichten reagiert hätte! Umso bes-

ser, dass er jetzt hier war. »Lassen Sie ihn ruhig raufkommen. Ich habe mit ihm noch ein Hühnchen zu rupfen!«

»Nun gut. Aber wenn Sie Schwierigkeiten mit ihm haben, werde ich ihn besonders gründlich auf Waffen untersuchen!«

Ich lachte auf, weil ich dachte, dass er einen Scherz gemacht hätte, erntete aber nur einen verständnislosen Blick von ihm. »Oh ... Sie meinen das ernst?«

Statt mir zu antworten, bellte er in die Gegensprechanlage: »Durchsucht ihn und schickt ihn dann hoch.«

»Ach kommen Sie, meinen Sie nicht, Sie übertreiben ein bisschen?«

»Mein Job ist es, Sie zu schützen. Nichts anderes zählt. Und wenn ich den Papst dafür einer Leibesvisitation unterziehen muss, werde ich es tun. Verstanden?«, zischte er mich entnervt an.

Beschwichtigend hob ich die Hände. »Ist ja gut.« Gleichzeitig war ich stolz, dass er endlich mal eine Gefühlsregung zeigte, und musste grinsen. Der inzwischen reparierte Aufzug hatte sich mittlerweile in Bewegung gesetzt. Die Zwischenzeit nutzte ich, um mir schon einmal ein paar passende Worte zurechtzulegen. Das würde gleich sehr unschön und wahrscheinlich auch laut werden. Vielleicht wäre es klüger, meinen FBI-Gorilla schon einmal darauf vorzubereiten. »Ähm, Jack, es könnte gleich ein wenig lauter werden. Und vielleicht werde ich ihn auch anschreien. Aber ich komme schon klar. Sie müssen nicht deswegen hereingestürmt kommen, okay?«

Er zog seine Sonnenbrille ab und musterte mich. »Das gefällt mir nicht.«

»Ich weiß, Sie müssen mich schützen. Aber ich versichere Ihnen, dass Rico mir nichts tun wird. Ich kenne ihn seit dem Kindergarten.«

»Also gut, ich werde nicht eingreifen«, räumte er ein. »Es sei denn, Sie drücken den Not-Knopf! Sie haben ihn immer bei

sich?« Ich zog den kleinen schwarzen Funksender aus meiner Hosentasche. »Natürlich. Falls nicht, hätte mich Alex schon höchstpersönlich windelweich geprügelt.« Sah ich da etwa tatsächlich den Hauch eines hochgezogenen Mundwinkels bei ihm? So regungslos er auch war, ich hatte ihn dennoch in mein Herz geschlossen.

Mit einem Ping verkündete nun der Aufzug seine Ankunft. Fast geräuschlos glitten die Türen auf und Rico betrat den Vorraum. Mit einem kalten »Komm rein!« begrüßte ich ihn und bedeutete ihm mit einem Kopfnicken, mir zu folgen. Zu mehr war ich derzeit noch nicht fähig. Jack musterte Rico mit hochgezogener Augenbraue, ließ ihn aber ungehindert passieren.

»Wow, dein eigener Bodyguard, hm?« Rico schloss die Wohnungstür und sah sich im Raum um. »Und ne schicke Bude hat er. Hast es ja weit gebracht. Da hätte ich sowieso nicht mithalten können.«

»Ernsthaft? Du meldest dich drei Wochen nicht und findest, das ist eine gute Gesprächseröffnung? Die Tatsache, dass ich im Krankenhaus lag, weil ich niedergestochen wurde, scheint dir völlig entgangen zu sein! Wie wäre es, wenn du mal fragst, wie es mir geht?« Blanke Wut kroch in mir hoch. Eigentlich hatte ich gehofft, dass er mir irgendeinen triftigen Grund liefern würde, warum er sich nicht gemeldet hatte. Zum Beispiel, dass er im Untergrund versucht hatte, Natascha ausfindig zu machen, und dabei selbst verletzt wurde. Irgendetwas, damit ich ihm einmal mehr verzeihen konnte.

Rico schlenderte hinüber zur Couch und ließ sich drauffallen. Mit übereinandergeschlagenen Beinen lehnte er sich zurück. »Ja, na ja, um ehrlich zu sein, finde ich das schon. Immerhin bin nicht ich es, der Anderen Hoffnungen macht, um sie dann zu zerstören. Und dir geht es doch prächtig. Hast dich hier einge-

nistet wie die Made im Speck. Also schieß los. Ich bin auf deine Entschuldigung gespannt. Vielleicht, aber auch nur vielleicht, werde ich sie sogar akzeptieren.«

Mir klappte der Unterkiefer runter. »Bist du irre? Wir haben doch lang und breit darüber gesprochen, dass aus uns nichts wird. Du hast doch auch eine Freundin!« Dann fiel mir wieder Alex' Bemerkung ein, ob ich mir wirklich sicher wäre, dass es diese ominöse Freundin gibt. »Oder hast du sie nur erfunden?«

Rico verzog den Mund. »Oh, bitte. Das habe ich nun wirklich nicht nötig. Sieh mich doch mal an. Ich hätte jede haben können. Wenn ich nicht so dämlich gewesen wäre, mich von dir ausnutzen zu lassen.« Er atmete einmal tief durch, wie um sich zu beruhigen. »Wie dem auch sei. Ich stelle sie dir gerne vor. Sie müsste auch gleich hier sein.«

»Sie kommt auch? Das ist doch super.« Auch wenn ich Rico gerade am liebsten verprügelt hätte, war ich ehrlich darüber erfreut, sie kennenzulernen. Vielleicht konnte sie mir sogar helfen, Rico endlich zur Vernunft zu bringen. Vorausgesetzt, sie überlebte die Leibesvisitation. »Ich sage schnell Jack Bescheid, dass er sie reinlässt.«

»Ja, mach das. Ich sehe mich so lange ein bisschen um.« Rico stand auf und stolzierte in Richtung Dachterrasse.

Ganz ruhig Silja, redete ich mir selbst gut zu. Er ist nur gekränkt. Das war ich zwar auch, aber einer von uns beiden musste ja der Vernünftige sein. Wie es aussah, war in dem Fall ich diejenige. Kopfschüttelnd ging ich zur Tür und erklärte Jack, dass er Ricos Freundin bitte gleich einlassen sollte.

Ich hätte schwören können, dass Jack wegen des erneuten Sicherheitsrisikos hinter seiner Sonnenbrille die Augen verdrehte. Am liebsten hätte ich ihm wie ein kleines Kind die Zunge herausgestreckt. Aber da ich vor ein paar Minuten erst beschlossen hatte, die Erwachsene zu sein, unterdrückte ich den Impuls.

Auf dem Weg zurück zu Rico ging ich in Gedanken noch einmal die Zeit nach unserer Aussprache durch. Wir hatten viel gelacht, viele Stunden miteinander verbracht. Es war im Grunde genommen wie früher. Rico hatte auch nicht noch einmal Andeutungen gemacht, dass er doch noch etwas mehr als Freundschaft für mich empfand. Meiner Meinung nach hatte ich mich nicht falsch verhalten und ihm auch keinerlei Hoffnungen gemacht. Alles ganz harmlos!

Durch die Schiebetür trat ich hinaus auf die Dachterrasse. Vorher hatte ich mir noch die Decke wieder um den Körper gewickelt. Das war eine weise Entscheidung, da bereits die ersten Schneeflocken in der Luft tanzten. Rico hatte die Hände aufs Geländer gelegt und schaute in Richtung Messeturm. »Wirklich ein wunderschöner Ausblick.« Sein Atem bildete kleine Wölkchen in der kalten Luft.

»Rico, was soll das? Ich dachte wirklich, wir hätten das hinter uns gelassen und könnten wie zwei erwachsene Menschen miteinander reden. Du machst es mir mit deinem Verhalten nicht gerade leicht. Ich bemühe mich ja, dich zu verstehen. Aber es scheint, dass wir zwei unterschiedliche Auffassungen von Freundschaft haben.« Trotz allem wollte ich mich nicht streiten. Jeder Andere hätte ihn wahrscheinlich schon längst in den Wind geschossen, die Nummer gelöscht und aus seinem Leben verbannt. Ich dagegen wollte einfach nur Frieden mit den Menschen in meiner Umgebung schließen. Vielleicht auch deshalb, weil ich mich gerade erst mit meinem Vater ausgesöhnt hatte. Rico war ein ebenso wichtiger Mensch für mich, den ich nicht so einfach loslassen wollte. Zumindest nicht ohne eine verständliche Erklärung für sein absurdes Verhalten. Einfach aufzugeben war noch nie meine Art.

Langsam drehte Rico sich um und suchte meinen Blick. »Unsere Verbindung geht so viel tiefer als Freundschaft. Das

wissen wir doch beide.« »Natürlich. Nur deswegen stehe ich hier und rede noch mit dir. Du bist für mich wie ein Bruder. Ein Seelenverwandter, mit dem ich über alles reden kann. Der mich versteht und bedingungslos für mich einsteht.« Ich seufzte und schüttelte leicht den Kopf. »Das dachte ich zumindest früher einmal. Aber du hast mich jetzt schon das zweite Mal in kurzer Zeit enttäuscht. Hast mich fallen gelassen, meine Beziehung zu Alex torpediert, wo du nur konntest, mich aufs Übelste beleidigt und zum Schluss komplett ignoriert.«

Nach diesem Resümee wurde mir erst bewusst, wie sehr mich sein Verhalten wirklich belastet und verletzt hatte. Ich würde ihm wahrscheinlich nie verzeihen können, aber ich wollte, dass er sein Fehlverhalten einsah. »Im Grunde genommen hättest du mir genauso gut das Messer selbst reinrammen können.« Sein unergründlicher Blick ruhte noch immer auf mir. Dann glitt er kurz hinter meinen Rücken in Richtung Schiebetür. Was er dort sah, schien ihm zu gefallen, da sich seine Mundwinkel zu einem Grinsen verzogen.

Einem ekelhaften und fiesen Grinsen …

»Aaah, da ist sie ja endlich. Silja, darf ich vorstellen: meine Freundin. Ich glaube, ihr zwei kennt euch bereits.«

Ich kniff meine Augenbrauen zusammen und drehte mich langsam um. Es lag nicht nur an der Schneeluft, dass mir eine eisige Kälte den Rücken entlangkroch. Trotz brauner Kurzhaarperücke würde ich diese eiskalten Augen überall erkennen. Im Türrahmen stand die Person, die die halbe Stadt suchte, weil sie versucht hatte, mich umzubringen. Vor Schreck blieb mir fast das Herz stehen. »Natascha.«

»Oh schön, ich hatte schon befürchtet, dass du mich vergessen hättest. Du solltest deinen Wachhund dringend austauschen. Riesige Muskelberge hat er ja, aber so wirklich helle ist der nicht.« Mit einem süffisanten Grinsen holte sie ein Messer

hinter ihrem Rücken hervor. Ungläubig starrte ich es an. Das konnte nicht sein! Jack hatte sie mit Sicherheit durchsucht.

Natascha schien meine Gedanken erraten zu haben: »Wozu sollte ich denn eine Waffe mit hierherbringen, wenn Alex in seiner Küche doch die feinsten und schärfsten Messer hortet?«

Natürlich wusste sie davon. Sie war echt eine Profi-Stalkerin. In Gedanken verfluchte ich meinen Freund für seine Sammelleidenschaft. Gerade erst vor ein paar Tagen hatte er sich wieder ein handgefertigtes Messer aus Damaszenerstahl gekauft und mir vorgeführt, wie sanft es doch durch Fleisch glitt. Na danke auch!

Falls ich das hier überlebte, würden sämtliche Messer auf dem Müll landen. Vorher musste ich aber irgendwie Jack auf mich aufmerksam machen. Rufen würde nichts bringen, da Natascha mittlerweile die Schiebetür hinter sich geschlossen hatte.

Erstaunlicherweise war ich vollkommen ruhig und konnte klar denken. Vielleicht gewöhnte sich mein Hirn ja langsam daran, mit einem Messer bedroht zu werden. Irgendwie musste ich unauffällig an den Not-Knopf in der Tasche meiner Jogginghose kommen. Da ich noch immer meine Decke um mich geschlungen hatte, sollte das ja kein Problem sein. Ich musste Natascha nur in ein Gespräch verwickeln und dann unauffällig danach angeln.

Blöd war nur, dass sie mir mit hocherhobenem Messer Stück für Stück näherkam. Ihr aufgelegter Gesichtsausdruck stimmte mich auch nicht gerade zuversichtlich, dass sie es sich durch bloßes gutes Zureden anders überlegen würde. Trotzdem musste ich es versuchen: »Es tut mir echt leid, dass du dich da in was verrannt hast mit Alex. Und ich weiß auch, dass Alex alles dafür tun würde, damit es dir besser geht!«

»Einen Scheiß weißt du!«, schrie sie mich an und stürzte auf mich los. Okay, jetzt war doch Panik angesagt! Ich riss meine

Arme hoch, um mein Gesicht vor ihrer Attacke zu schützen. Doch auf wundersame Weise blieb der Angriff aus. Bei der Aktion war mit allerdings die Decke vom Körper gerutscht, sodass ich meinen schönen Plan, Jack unauffällig zu rufen, vergessen konnte.

Ich blinzelte zwischen meinen Armen hindurch und sah, wie Rico Nataschas Handgelenk festhielt. »Nicht! Wir hatten das anders abgesprochen. Es hat schon gereicht, dass du sie beim ersten Mal fast getötet hättest«, fuhr er sie an.

Ich glaubte mich verhört zu haben. Das konnte doch nur ein schlechter Scherz sein! »Wie? Du steckst auch hinter der ersten Attacke? Wieso willst du mich tot sehen? Mein Gott, Rico, das bist doch nicht du!«

Ungehalten schnalzte er mit der Zunge: »Quatsch! Ich will dich doch nicht tot sehen. Diese hohle Nuss sollte dich nur verletzen.«

Natascha riss sich los und baute sich vor ihm auf: »Ich hab genau dahin gestochen, wo ich sollte. So wie wir es geübt haben. Sie muss sich bewegt haben, sonst hätte ich die richtige Stelle getroffen und sie wäre jetzt gelähmt.«

Rico und Natascha standen sich wie zwei Streithähne gegenüber. Sie blickte wutschnaubend zu ihm hoch, während er nicht weniger wütend auf sie runterstierte und ihr Handgelenk mit dem Messer weiterhin wie in einem Schraubstock festhielt. Jetzt! Drück den verdammten Knopf!, schrie mir mein Hirn zu. Aber ich konnte nicht. Wie versteinert stand ich da und bemühte mich, das Gehörte zu verarbeiten. Mit jedem weiteren Wort machte alles nur noch weniger Sinn.

»W … Warum?«, stammelte ich vor mich hin.

Jetzt erst schienen mich die beiden wieder wahrzunehmen.

»Oh mein Schatz, du zitterst ja. Warte, ich wärme dich!« Rico eilte zu mir, hob die Decke auf, um sie wieder um mich zu legen

und meine Arme zu reiben. Bei dieser eigentlich liebevollen Geste wurde mir speiübel. Ich schüttelte ihn ab und wich so weit wie möglich vor den beiden Irren zurück. »Ich will wissen, warum du mir das antun wolltest? Was für ein kranker Mensch will denn den anderen lähmen? Dann töte mich lieber gleich!«, schrie ich Rico an.

Der fiese und überhebliche Gesichtsausdruck verschwand innerhalb von Sekunden von seinem Gesicht. Stattdessen zeigte er sich nun verletzt und ehrlich getroffen. Irgendetwas stimmte bei ihm ganz und gar nicht. Wie hatte mir das früher nie auffallen können?

»Mein Schatz, ich könnte dir niemals etwas antun. Ich wollte doch nur, dass alles so wird wie früher. Es war doch so wunderschön, als es nach dem Tod deiner Mutter nur uns beide gab. Du warst den ganzen Tag zu Hause und ich habe mich um dich gekümmert.«

Die Worte und Gedanken waren so verdreht, dass ich Mühe hatte zu folgen: »Wunderschön? Die Zeit war für mich die Hölle auf Erden!«

Seine Stimme wurde noch weicher, als er fortfuhr: »Zuerst ja. Aber danach bist du stärker daraus hervorgegangen, als wir uns das beide erträumt hätten. Das hast du nur mir zu verdanken. Wenn ich die Pillen nicht in ihrer Nähe platziert hätte, würdest du dich heute noch von ihr schikanieren lassen.«

Fassungslosigkeit drohte mich zu ersticken. Hatte mein bester Freund mir gerade gestanden, den Tod meiner Mutter eingefädelt zu haben? Konnte dieser Alptraum noch schlimmer werden? Nach Luft japsend lehnte ich mich über das Geländer. Es war mir egal, dass es unter mir zwölf Stockwerke nach unten ging. Hauptsache, ich musste Ricos Gesicht nicht länger ertragen.

Ich stand kurz davor, endgültig einen hysterischen Anfall zu bekommen. Meine Aussichten, lebend von dieser Terrasse zu

kommen, standen denkbar schlecht. Entweder würde ich ersticken, erstochen werden oder erfrieren. Alles, ohne noch ein einziges Mal Alex gesehen zu haben. Vor lauter Verzweiflung spielte ich sogar kurz mit dem Gedanken zu springen. Bevor ich durchspielen konnte, wie meine Chancen standen, den Sturz zu überleben, schlang Rico seine Arme um mich und wiegte mich hin und her.

»Ich weiß doch, wie sehr du es genossen hast, dass ich mich um dich gekümmert habe. Natürlich war mir klar, dass du am Anfang nicht begeistert sein würdest. Aber im Laufe der Zeit hättest du erkannt, was für einen riesigen Gefallen ich dir getan habe. Ich habe sogar schon eine barrierefreie Wohnung angemietet.«

Rico drückte mich noch fester und presste dabei meine Beine ans Geländer. Etwas Stumpfes bohrte sich dabei schmerzhaft in meine Leistengegend. Das Not-Signal!

Da ich die Decke wieder umhängen hatte, konnte ich meinen ursprünglichen Plan wieder aufnehmen. Ich musste die beiden nur ablenken und am Reden halten. »Und wie hätte das Natascha weitergeholfen?«

Erfreut, wieder mitreden zu dürfen antwortete sie: »Na, ich hätte natürlich Alex zurückbekommen. Er hätte sich doch niemals weiter mit dir getroffen. Ein kleiner Schnitt und wir wären alle glücklich gewesen.« Mit erhobenem Messer und teuflischem Grinsen kam sie langsam auf mich zu.

Hinter meinem Rücken spürte ich, wie Rico den Kopf schüttelte, woraufhin sie eine Schnute zog und beleidigt mit dem Fuß aufstampfte: »Ach komm schon, Rico. Ich versau es auch nicht noch mal. Ich hab ein bisschen geübt.« Wie ein Hund, der auf ein Leckerli wartet, blickte sie ihn hoffnungsvoll an.

Möglichst unauffällig wanderte meine Hand in Richtung Hosentasche, während meine Chancen von Minute zu Minute

schwanden. Nur noch ein paar Zentimeter, dann hätte ich ihn endlich erreicht.

»Wie habt ihr zwei euch denn überhaupt kennengelernt?« Ich bemühte mich um einen möglichst neutralen Tonfall, konnte aber das Zittern nicht gänzlich unterdrücken.

»Das war an dem Tag, an dem du mich für diesen Alex im Café hast sitzen lassen. Wie ein kleines Hündchen bist du zu ihm hingerannt und hast auf unsere Freundschaft geschissen!« Ich sah zwar Ricos Gesicht nicht, aber seine Tonlage verriet mir, dass der fiese Rico gerade wieder die Oberhand hatte. Ich schluckte die aufkommende Angst hinunter und konzentrierte mich wieder auf meine Befreiung. Meine Fingerspitzen hatten bereits den oberen Rand des Drückers erreicht.

Durchhalten, Silja.

»Aber dann hat sich Natascha zu mir gesetzt. Und was soll ich sagen – wir hatten eine wunderbar kreative Nacht zusammen verbracht.« Ricos frivoles Lachen an meinem Ohr ließ mich mehr zittern als die eiskalte Dezemberluft um uns herum. Der Vorteil war, dass ich nun endlich den Drücker erreicht hatte und den Knopf betätigen konnte. Am liebsten hätte ich erleichtert die Luft ausgestoßen. Gleich würde mein Gorilla hier einmarschieren und mich retten. Aus dem Augenwinkel sah ich, wie sich keine zwei Sekunden später langsam die Wohnungstür öffnete. Erst sicherte er eine Seite des Raumes, dann betrat er ihn ganz und erkannte einen Blick später die Situation. Mit Handzeichen gab er mir zu verstehen, dass ich die beiden weiter ablenken sollte. So konnte er sich anschleichen, während sie ihre Aufmerksamkeit auf mich richteten.

Von Sekunde zu Sekunde wurde ich immer nervöser und irgendwann tat ich das, was ich immer tat, um meine Nervosität zu bekämpfen – ich plapperte einfach drauf los. »Das heißt also, dass ihr das zusammen geplant habt? Habt ihr uns etwa

die ganze Zeit beobachtet? Uns hinterherspioniert? Ich dachte wirklich, dass du etwas eingesehen hast, Rico. Und du, Natascha ... Alex hat sich wirklich Sorgen um dich gemacht. Wieso nur willst du unser Leben zerstören? Und deins gleich mit dazu. Wie wollt ihr mich überhaupt aus der Wohnung bekommen? Jack wird das niemals zulassen ...« Ich holte kaum Luft und redete einfach darauf los, was mir in den Sinn kam.

Was ich sonst als nervtötende Schwäche empfand, konnte mir dieses Mal vielleicht das Leben retten. Jack hatte mittlerweile die Schiebetür erreicht und versuchte sie möglichst geräuschlos zu öffnen. Die Waffe hielt er weiter im Anschlag, jederzeit bereit zu schießen, falls nötig. Ich hoffte sehr, dass es nicht notwendig sein würde.

»Wenn ihr euch beruhigen würdet, könnten wir uns vielleicht zusammensetzen und darüber reden. Es gibt doch für alles eine Lösung ...«

»Jetzt halt doch endlich die Klappe! Rico, stopf ihr das Maul, sonst tu ich es! Wenn ich mir noch eine Sekunde länger diesen Mutter-Teresa-Scheiß anhören muss, schlitz ich sie auf!« Natascha kam auf mich zu und fuchtelte erneut mit dem Messer vor meinem Gesicht herum. Blitzschnell drehte sich Rico herum und schob seinen Oberkörper zwischen Natascha und mich. Dadurch war ich zwar aus seiner Umarmung befreit, allerdings hatte er so freie Sicht in die Wohnung – und auf Jack!

Momentan war er noch abgelenkt durch Natascha. Die Frage war nur, wie lange noch. Beide beschimpften sich aufs Übelste und schubsten sich gegenseitig über die Terrasse. Diesen Tumult nutzte Jack, um die Tür in einem Schwung zu öffnen und zu brüllen: »Waffe fallen lassen!«

Vor Schreck erstarrten wir alle mitten in der Bewegung.

Ja, ich gebe zu, auch ich erstarrte! Natürlich wurde mir das direkt zum Verhängnis. Natascha erwachte als Erste, glitt in

einer einzigen fließenden Bewegung hinter mich und hielt mir das Messer an die Kehle. »Keinen Schritt weiter!«

Rico schien mit der Situation völlig überfordert und sagte gar nichts mehr. Er blickte nur mit aufgerissenen Augen von einem zum anderen.

»Lassen Sie sie los und ich verspreche, dass ich nicht schießen werde.«

An meinem Hals spürte ich den kalten Stahl. Sobald ich mich auch nur versuchte ein kleines Stück zu bewegen, ritzte die Klinge in meine Haut. Erst als ich fühlte, wie Blut langsam meinem Hals entlangrann, wurde mir bewusst, dass ich tatsächlich gleich sterben könnte.

Die Messerattacke vor der Alten Oper war schlimm. Sehr schlimm! Bis eben war Natascha allerdings eher ein Gespenst gewesen. Ein dunkler Schatten, der mein Glück bedrohte, aber immer weit genug von mir weg, dass sie eben nichts weiter war als ein Schatten. Eine psychische Belastung, aber keine körperliche, reale Bedrohung.

Mit einem Messer an der Kehle sah das dagegen schon ganz anders aus. Ich versuchte mir Szenen aus Actionfilmen ins Gedächtnis zu rufen. Den Helden gelang es doch auch, sich irgendwie aus solchen brenzligen Situationen zu befreien. Blöd nur, dass ich kein Stallone, Schwarzenegger oder gar Chuck Norris war.

Rico war mittlerweile vor Natascha auf die Knie gegangen und flehte sie an, mich loszulassen. Er widerte mich so unglaublich an! Ebenso angewidert war auch Nataschas Gesichtsausdruck, wie sie von oben auf ihn herabsah.

Just in dem Moment reifte ein Gedanke in mir. Mir war klar, dass ich nicht ohne Verletzung hier rauskommen würde. Aber ich würde die Bühne lebend verlassen! Gespielt erfreut rief ich in Richtung Terrassentür: »Alex! Gott sei Dank!«

Genau wie erwartet ließ Natascha für eine Sekunde das Messer sinken, in der freudigen Erwartung, Alex in der Tür stehen zu sehen. Jetzt oder nie!

Ich hatte zwar keinerlei Kampfausbildung, aber einmal mehr baute ich auf meine aus Filmen aufgesaugten Informationen. Wie Sandra Bullock in Miss Undercover nutzte ich die S-O-N-G-Technik, rammte ihr meinen Arm in den Solarplexus, trat ihr auf den großen Onkel, haute ihr die Faust auf die Nase und … gut, den vierten Teil (Tritt in die Glocken) konnte ich mir sparen, da Natascha so oder so bereits auf dem Boden lag und sich vor Schmerzen krümmte.

Zeit, um mich zu freuen, blieb mir nicht, da Jack herbeieilte, um mich dann im Laufschritt durch die Wohnung zu scheuchen, damit ich mich oben im Bad einschließen konnte, während er die Polizei rief und die beiden Irren in Schach hielt. Seine Kollegen, die sonst vor der unteren Tür Wache hielten, waren mittlerweile auch in der Wohnung eingetroffen und sicherten sie ab. Noch einmal sollte sie nicht entwischen können!

Ich tigerte unruhig im Bad auf und ab, so lange bis ich die Sirenen hörte, die Rettung und Hilfe ankündigten. Erst dann erlaubte ich mir, auf dem Badezimmerboden zusammenzubrechen und den ganzen aufgestauten Ängsten und Tränen freien Lauf zu lassen.

In dieser Haltung und mit völlig verquollenen Augen fand mich zwanzig Minuten später Alex. »Sie ist hier. Kommen Sie hier rüber«, rief er jemandem hinter sich zu. Dann stürzte er zu mir und wiegte mich in seinen Armen. Kurz darauf erschien ein Sanitäter in der Tür, der mich in eine Rettungsdecke hüllte und noch ein paar Untersuchungen durchführte, bis er endlich zufrieden bestätigte, dass ich mir außer einer Schnittwunde nichts zugezogen hätte.

»Schnittwunde? Wo?« Irritiert sah ich an mir herab. Hatte sie mich doch erwischt? Vorsichtig hielt der Sanitäter einen Wattebausch an meinen Hals. Es brannte wie Hölle! Zischlaute und Verwünschungen ausstoßend, ließ ich die Prozedur über mich ergehen.

»Man kann dich echt keine zwei Sekunden alleinlassen!« Zärtlich strich Alex mir über den Kopf und pustete dann auf die Wunde. Ja, ehrlich, er pustete auf die Wunde! Die Geste war so unglaublich süß, dass mein Herz vor Freude hüpfte und mich den Schrecken ein wenig überwinden ließ. »Aber ein Bärchen-Pflaster klebst du mir jetzt nicht drauf, oder?«

Erwartungsvoll fragte Alex den Sanitäter: »Haben Sie eins? Vielleicht mit Hello Kitty oder so? Sie müssen wissen, da steht sie total drauf.« Dann zwinkerte Alex ihm verschwörerisch zu, während ich meinem Freund tadelnd in die Seite knuffte.

Kopfschüttelnd, aber mit einem kleinen Grinsen bekam ich ein stinknormales Pflaster verabreicht, bevor der Mann sich verabschiedete.

Alex wurde wieder ernst und nahm mein Gesicht in seine Hände: »Geht es dir wirklich gut?«

Ich zuckte mit den Schultern. »Denke schon. Mein Urteilsvermögen hat wohl am meisten gelitten. Wieso war ich nur so blind?«

»Ich verstehe den Zusammenhang, ehrlich gesagt, nicht so wirklich. Aus Jack war nichts Brauchbares herauszubekommen. Er macht sich schwere Vorwürfe, dass er auf dich gehört und dich mit den beiden alleingelassen hat.«

»Du hast schon mit ihm geredet?«

»Er hat mich direkt nach der Polizei angerufen. Ich war gerade mitten im Interview, aber als ich seine Nummer auf dem Display sah, habe ich sofort alles abgebrochen und bin durch die Stadt gerast.«

»Oh verdammt, das tut mir leid. Kannst du es noch nachholen?«

Ungläubig blinzelte mich Alex an: »Das fragst du ernsthaft? Ist mir doch vollkommen egal, ob ich das nachholen kann oder nicht! Du wurdest bedroht – wieder einmal – und ich war nicht da, um dich zu retten!«

Ich wollte protestieren, aber er kannte mich bereits zu gut und fiel mir ins Wort: »Und jetzt sag ja nicht, dass das alles ja nicht so schlimm war! Du hattest ein verdammtes Messer am Hals! Alles nur wegen mir. Ich will dich nie wieder so sehr in Gefahr bringen.«

Mit großen Augen starrte ich ihn an. Aus genau diesem Grund hatte er mich damals verlassen. Angst erfüllte mein Herz. Diese Angst war schlimmer als die um mein Leben. »Willst du jetzt lieber Schluss machen?«

Seine Augen schienen sich direkt in meine Seele zu bohren. »Manchmal würde ich zu gerne wissen, was in diesem Kopf vor sich geht, dass du solche Schlussfolgerungen ziehst …«

»Na ja, damals hast du doch auch …«

»Das war ein unglaublich dummer Fehler! So schnell wirst du mich nicht mehr los, mein Schatz.« Seine Worte besiegelte er mit einem langen, zärtlichen Kuss, der mir Erleichterung verschaffte.

Mein Lieblings-Gorilla betrat das Bad, gefolgt von einem Polizeibeamten. »Dieser Herr möchte gerne Ihre Aussage aufnehmen, wenn Sie sich dazu bereit fühlen.«

Ich löste mich von Alex und stand auf: »Klar. Heißt das, Sie haben die beiden verhaftet?«

Der Polizist nickte. »Ja. Sie werden dem Haftrichter vorgeführt. Dafür benötigen wir aber noch Ihre Zeugenaussage.«

»Ok, aber … kann mein Freund in der Nähe bleiben? Bitte…«

»Selbstverständlich. Aber vielleicht sollten wir die Lokation wechseln.« Höflich bat er mich, ihm in Richtung Wohnzimmer zu folgen. Ich ergriff Alex' Hand und ging ihm nach. Wir setzten uns auf die Couch, gegenüber dem Polizeibeamten, und ich wiederholte alles Erlebte. Ich sparte nicht einmal den Teil aus, als Rico mir offenbarte, dass er mich absichtlich lähmen wollte, um mich gesund zu pflegen. An dem Punkt ballte Alex die Fäuste und musste kurz raus in die Kälte gehen, um sich abzureagieren.

Als ich fertig war, schilderte Jack noch einmal seine Sicht der Dinge. Ich konnte ihm ansehen, dass er sich schwere Vorwürfe machte, die beiden überhaupt erst in die Wohnung gelassen zu haben. Beschwichtigend legte ich ihm eine Hand auf den Arm. »Es war nicht Ihre Schuld. Es liegt alleine an mir, dass ich viel zu lange den falschen Leuten vertraut und das falsche Spiel nicht durchschaut habe.« Dankbar nickte er mir zu, aber ich hatte so das Gefühl, dass er niemals wieder jemanden näher als zwei Meter an mich heranlassen würde.

Nachdem sie unsere Aussagen aufgenommen hatten, verabschiedeten sich die Polizisten. »Wir werden Sie auf dem Laufenden halten. Sie haben heute großen Mut bewiesen!« Anerkennend nickte mir der eine Polizist zu, während er mir die Hand schüttelte.

»Danke, aber ich möchte das Ganze wirklich nicht so schnell wiederholen.«

»Wir werden alles in unserer Macht stehende tun, damit Sie sicher sind. Und Ihr Bodyguard mit Sicherheit auch. Jetzt schlafen Sie sich erst einmal aus und versuchen, den Schrecken zu vergessen. Gute Nacht!«

Alex bedankte sich auch noch einmal bei dem Polizisten und begleitete ihn und seine Kollegen dann zur Tür hinaus. Mit meiner Kuscheldecke begab ich mich wieder hinaus auf die Terrasse. Ich wollte testen, ob sie sich irgendwie für mich verändert

hatte. Noch immer fiel Schnee vom Himmel, der sich auf dem Terrassenboden gesammelt hatte und die Stadt in ein schönes goldenes Licht hüllte. Es sah alles so unglaublich friedlich aus! Kaum zu glauben, dass ich vor nicht einmal einer Stunde genau an diesem Ort noch um mein Leben fürchten musste.

Leises Knirschen verriet mir, dass sich mein Freund näherte. Er schlang seine Arme um mich und fragte besorgt: »Ist es dir nicht zu kalt?«

Ich schüttelte den Kopf und legte ihn dann in den Nacken, um in den Himmel zu sehen: »Nein. Die Kälte ist gut. Nur weiß ich nicht, ob ich Schneefall jemals wieder schön finden kann. Er wird mich wohl immer an diese Nacht erinnern.«

Alex drückte mich enger an sich. »Schatz, ich weiß gar nicht, was ich sagen soll. Es tut mir so leid, dass ich nicht da war. Ich hätte alles absagen sollen, solange Natascha noch da draußen frei rumgelaufen ist.«

Nun drehte ich mich zu ihm um und blickte ihm ernst ins Gesicht. »Nein, hättest du nicht. Wir lassen uns von niemandem mehr in unserer Freiheit einschränken. Selbst wenn sie Natascha früher gefangen genommen hätten, wäre noch immer Rico eine Gefahr gewesen. Irgendwann hätte er mich erwischt. Wenn mich das Ganze eins gelehrt hat, dann, dass ich keinen Prinzen haben will, der mich beschützt.«

Unter meinen Worten war Alex zusammengezuckt und sah jetzt ein wenig gekränkt aus. Ungerührt fuhr ich fort: »Ich will nicht, dass du für mich meine Schlachten schlägst. Ich will, dass du an meiner Seite stehst, wenn ich sie selbst gewinne. Magst du mich auf dem Weg unterstützen, so ein Mensch zu werden?«

Mit diesem sexy Lächeln, das mir jedes Mal durch Mark und Bein fuhr und ein wohliges Ziehen in der Lendengegend verursachte, antwortete er: »Der bist du doch schon längst. Und ich bin unglaublich stolz, dass ich an deiner Seite sein darf.«

Ich konnte nicht anders, als ihn anzustrahlen.

Womit hatte ich nur diesen wundervollen, perfekten Mann verdient, der jetzt mit einem leidenschaftlichen Kuss all meinen Kummer und Schrecken in Sekunden vertrieb?

ein Jahr später ...

Verdammt, Schatz, es ist arschkalt! Wieso können wir nicht einfach in den Baumarkt fahren und uns einen Weihnachtsbaum holen wie jeder andere auch?« Zitternd zog ich den Schal wieder vor den Mund, damit mir meine Lippen nicht einfroren.

»Weil ich die Familientradition aufrechterhalten will. Schon mein Urgroßvater ist in den Wald gestiefelt und hat eigenhändig den Weihnachtsbaum gefällt!«

»Ja, aber nur, weil es zu seiner Zeit noch keinen Baumarkt gab ...«, grummelte ich vor mich hin.

»Das hab ich gehört! Hält mich aber trotzdem nicht davon ab, dich zu schikanieren.« Fröhlich pfeifend beschleunigte Alex seine Schritte auch noch und zog an mir vorbei.

Meine Kondition hatte sich noch immer nicht wesentlich verbessert und Alex zog mich bei jeder Gelegenheit damit auf. Dafür war ich der ungeschlagene FIFA-Champion und beliebtes Mitglied in der Paintball-Mannschaft.

Ich hatte mich ganz gut von den Anschlägen auf mein Leben erholt. Körperlich zumindest. Eine Narbe würde wohl für immer auf meiner Seele zurückbleiben. Es belastete mich aber nicht mehr so sehr, dank meines Therapeuten, der mir bereits nach dem Tod meiner Mutter geholfen hatte. Alex hatte mich dazu überredet, ihn aufzusuchen, nachdem meine Alpträume einfach kein Ende nehmen wollten, selbst als Rico und Natascha bereits verurteilt waren. So schnell würde ich die beiden wohl nicht mehr wiedersehen. Hoffte ich zumindest. Und mit viel Glück würde es mir auch irgendwann gelingen, Frieden mit der Sache zu schließen. Einfach, um mein Leben in Ruhe weiterleben zu können.

Und abgesehen davon war dieses Leben ein einziger Traum!

Ich hatte das Glück, im vergangenen Jahr mit vielen wunderbaren Menschen arbeiten zu dürfen. Einige von ihnen zählte ich mittlerweile sogar zu richtigen Freunden, die die Lücke mehr als nur ausfüllten, die Rico hinterlassen hatte.

Bastis derzeitige Flamme zählte ich ebenfalls dazu. Ihre Geschichte war mindestens so kompliziert wie meine und ich hoffte sehr, dass sie eines Tages zueinanderfinden würden. Aber diese steht auf einem anderen Blatt.

Und was Alex und mich anging … Niemals hätte ich gedacht, dass eine Beziehung so sein könnte. Auf wundersame Art und Weise schafften wir es tatsächlich, jeweils ausgeglichen zu geben und zu nehmen. Wir unterstützten uns, gaben uns Halt, freuten uns für den Erfolg des Anderen und regten uns gemeinsam auf, wenn etwas schieflief.

Selbst daran, dass Alex sehr viel unterwegs war, hatte ich mich gewöhnt. Dafür war unsere gemeinsame Zeit umso intensiver. Klar flogen auch mal die Fetzen, aber mindestens genauso schnell versöhnten wir uns auch wieder. Natürlich gefolgt von diesem weltenbewegenden, atemberaubenden Sex. Und ich musste zu meiner Schande gestehen, dass ich schon mehrfach einen Streit nur deswegen provoziert hatte. Ich konnte mich an seinem Körper und dieser animalischen Geschmeidigkeit, mit der er sich bewegte, einfach nicht sattsehen. Wer würde mir das schon übel nehmen?

Nun stand mir die härteste Prüfung bevor. Weihnachten mit der Familie, inklusive Drei-Gänge-Menü an Heiligabend. Selbstgekocht, versteht sich. Nicht, dass ich schon allein deswegen mit den Nerven am Ende wäre. Neeiiinnn, jetzt scheuchte er mich auch schon eine geschlagene Stunde durch den Tiefschnee am Feldberg, um irgendwo im Nirgendwo den perfekten Baum zu schlagen.

Wenn ich diesen Mann nur nicht so sehr lieben würde, wäre ich schon längst umgedreht und wieder zurück ins wärmere Frankfurt gefahren. Als liebende Freundin stapfte ich stattdessen natürlich maulend hinter ihm her. »Wenn ich den Auftrag nächste Woche nicht antreten kann, weil ich mir eine Erkältung eingefangen habe, verpetze ich dich bei Diego!«

Aus irgendeinem Busch vor mir hörte ich Alex' Stimme: »Wir sind doch gleich da. Du wirst schon nicht krank. Und wenn doch, freu dich auf ein gemeinsames heißes Bad mit mir.«

Dieser Mistkerl wusste echt, wie man mich motivieren konnte. Ich beschleunigte meine Schritte und schlug mich zu ihm durch. »Oooh, mir ist schon ganz schummerig. Ich glaube, ich brauche ganz dringend so ein Bad!«

Flatsch

Ein eiskalter Schneeball traf mich an der Stirn. Ich quietschte auf und wischte mir mit dem Ärmel über das Gesicht. Natürlich nicht, ohne einen Schwall an Flüchen in Richtung Alex abzufeuern.

Flatsch

Der nächste hatte mich am Hals getroffen. Genau an den zwei Zentimetern, die nicht vom Schal bedeckt waren. Langsam bahnte sich der geschmolzene Schnee unter meinen Klamotten einen Weg den Rücken hinunter. Einbeinig hüpfend versuchte ich mich gleichzeitig von der Kälte zu befreien und einen eigenen Schneeball zu formen. Alex lachte wie ein kleiner Junge und feuerte bereits das nächste Geschoss auf mich ab. »Zeig mal, was du draufhast, wenn du keine Paintball-Knarre als Unterstützung in der Hand hast.«

Das ließ ich mir nicht zweimal sagen. Schwungvoll holte ich aus und traf ihn mitten auf die Stirn. »Ha!«, brüllte ich ihm entgegen und führte einen Siegestanz auf. Dann sah ich geballte 1,90 Meter Manneskraft auf mich zustürmen …

Ich hatte gerade noch Zeit, »Oh, Oh!« zu sagen und meine Arme schützend vor die Brust zu ziehen, als er mich auch schon hochhob und ich mit ihm zusammen in einer riesigen Schneeverwehung zwischen den Bäumen verschwand.

Prustend und lachend seiften wir uns gegenseitig ein, bis meine Haut wie tausend Nadelstiche brannte.

Am Boden liegend nahm Alex mich in den Arm, um mich ein wenig zu wärmen. Mein Gesicht bedeckte er mit Küssen und strich mir liebevoll eine Strähne aus der Stirn. Etwas an ihm war anders als sonst. Ich konnte es nicht genau greifen, aber diese Stimmung gerade ging über alles Erlebte hinaus.

»Alles in Ordnung?«, fragte ich ihn neugierig.

»Mir ging es nie besser. Ich habe gefunden, wonach ich gesucht habe.« Bevor ich etwas erwidern konnte, half er mir aufzustehen und rief dann in den Wald: »Seht ihr das nicht auch so?« Ich fragte mich, ob er eventuell einen Ball zu viel an den Kopf bekommen hatte, aber da traten auch schon jede Menge mir wohlbekannte Leute zwischen den Bäumen hervor. Unter ihnen alle, die mir so unglaublich viel bedeuteten und ohne die ich mir ein Leben nicht mehr vorstellen konnte: Diego, Yolanda, Sandra, mein Vater, Alex' Eltern, sein Bruder, Basti, Marco und Hündin Leica, meine Teamkollegen und die halbe Fußballmannschaft!

Jeder grinste mich nur an, aber keiner sagte ein Wort. Was machten sie alle hier? Gemeinsames Weihnachtsbaumschlagen als Teamevent? Alex ergriff meine Schultern und führte mich zu einem Baum in der Nähe. »Das ist er. Der perfekte Baum!«

Der Baum war wirklich wunderschön. Gerade gewachsen, mindestens zwei Meter groß, ausladende Äste. Mein Blick blieb an einem der Äste hängen. Auf Augenhöhe baumelte etwas. Eine dicke, rote Kette! Neugierig ging ich näher ran. Am Ende der Kette glitzerte es. Ich griff danach, rieb den Schnee weg und starrte auf einen wunderschönen, goldgefassten Ring mit einem

Stein in der Mitte. Mein Mund klappte nach unten. War es das, was ich dachte?

Alex beantwortete meine stumme Frage, indem er mir den Ring abnahm und sich vor mich hinkniete. Genau in diesem Moment setzte Schneefall ein.

Mein Magen schlug Purzelbäume! Entfernt nahm ich wahr, dass jeder meiner umstehenden Freunde einen Fotoapparat in der Hand hatte und fleißig drauflos knipste.

Ich konnte sehen, wie emotionsgeladen Alex war, als er die alles entscheidende Frage formulierte: »Mein Schatz, wir haben in unserer kurzen Beziehung schon mehr erlebt als so mancher in zwanzig Jahren Ehe. All die Ereignisse haben uns nur noch mehr zusammengeschweißt. Du bist in unseren Herzen fest verankert und ich kann mir keinen Tag mehr ohne dich an meiner Seite vorstellen. Dieses Jahr werden wir das erste Mal als Familie feiern. Ich möchte, dass du auch offiziell ein Teil davon wirst. Willst du meine Frau werden?«

Völlig überwältigt musste ich zeitgleich lachen und weinen. Hinter mir hörte ich die Fotoapparate klicken.

»Heißt das ja?«

»Ja, ja, natürlich heißt das ja!«

Damit fiel ich ihm um den Hals und küsste ihn stürmisch. Im Hintergrund hörte ich unsere Freunde johlen und Applaus klatschen. Als wir uns endlich voneinander lösten, kamen sie auf uns zugelaufen, um uns mit Gratulationen zu überschütten und zu herzen.

Dann machten sie sich daran, unseren ersten Familien-Weihnachtsbaum zu fällen. Arm in Arm schauten Alex und ich zu und strahlten uns überglücklich an. Der Schnee fiel weiterhin sanft auf uns nieder, während Leica um unsere Füße tobte.

»Ich glaube, ich kann Schneefall ab sofort doch wieder etwas Schönes abgewinnen«, lachte ich meinen zukünftigen Mann

an. Dieser gab grinsend zurück: »Ich habe dir doch gesagt, dass ich nach und nach alle schlechten Erinnerungen ersetzen werde, wenn du mich lässt.« Dankbar küsste ich ihn und schmiegte mich dann wieder an seine Seite. Wir beobachteten unsere Freunde, die sich lachend und scherzend mit dem Baum abmühten. Langsam formte sich in mir ein Gedanke, der mich von innen heraus wärmte:

Ich war endlich angekommen.

ENDE